淮海集箋注

〔宋〕秦觀　撰
徐培均　箋注

修訂本

一

上海古籍出版社

圖書在版編目(CIP)數據

淮海集箋注 /（宋）秦觀撰 ; 徐培均箋注. -- 修訂本. -- 上海 : 上海古籍出版社，2025. 5. --（中國古典文學叢書）. -- ISBN 978-7-5732-1588-8

Ⅰ. I214. 412

中國國家版本館 CIP 數據核字第 2025CG7007 號

中國古典文學叢書

淮海集箋注(修訂本)

（全四册）

〔宋〕秦　觀　撰

徐培均　箋注

上海古籍出版社出版發行

（上海市閔行區號景路 159 弄 1-5 號 A 座 5F　郵政編碼 201101）

（1）網址：www. guji. com. cn

（2）E-mail：guji1@guji. com. cn

（3）易文網網址：www. ewen. co

商務印書館上海印刷有限公司印刷

開本 850×1168　1/32　印張 69. 25　插頁 22　字數 1,443,000

2025 年 5 月第 2 版　2025 年 5 月第 1 次印刷

印數：1—1,100

ISBN 978-7-5732-1588-8

I·3918　精裝定價：380. 00 元

淮海閒居文集序

元豐七年冬余將西赴京師索文稾於囊中得數百篇辭鄙而悖於理者輒删去之其可存者古律體詩百十有二雜文四十有九從遊之詩附見者五十有六合成二百一十有七篇次爲十卷號曰淮海閒居集云

舒王荅蘇内翰薦秦公書

安石啓得書知尚盤桓江北俯仰逾月不勝感悵示及秦君詩適業致遠一見亦謂清新嫵麗鮑謝似之公奇秦君口之而不置我得其詩手之而不釋又聞秦君嘗學至言妙道無乃笑我與公嗜好過乎餘卷正晄眩未

淮海集卷第一

秦觀　少游

浮山堰賦并引

梁武帝天監十三年用魏降人王足計欲以淮水灌壽陽乃假太子右衛康絢節督卒二十萬作浮山堰於鍾離而淮流湍駛漂疾將合復潰或曰淮有蛟龍喜乗風雨壞岸其性惡鐵絢以爲然乃引東西冶鐵器數千萬斤益以薪石沉之猶踰年乃合堰袤九里水逆淮而上所蒙被甚廣魏人患之果徙壽陽戍頓八公山餘民分就岡壠未幾淮暴漲堰壞奔于海有聲如雷水之怪祆

日本内閣文庫藏宋乾道高郵軍刻本

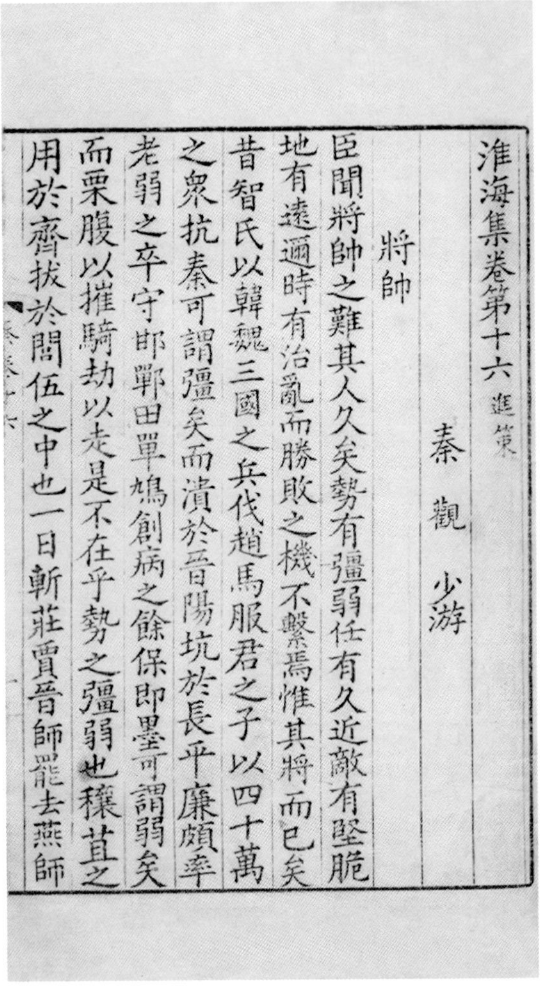

淮海集卷第十六　進策

秦觀　少游

將帥

臣聞將帥之難其人久矣勢有彊弱任有久近敵有堅脆地有遠邇時有治亂而勝敗之機不繫焉惟其將而已矣昔智氏以韓魏三國之兵伐趙馬服君之子以四十萬之衆抗秦可謂彊矣而潰於晉陽坑於長平廉頗率老弱之卒守邯鄲田單鳩創病之餘保即墨可謂弱矣而栗腹以摧騎劫以走是不在乎勢之彊弱也穰苴之用於齊拔於閭伍之中也一日斬莊賈晉師罷去燕師

宋紹熙謝雩修補本

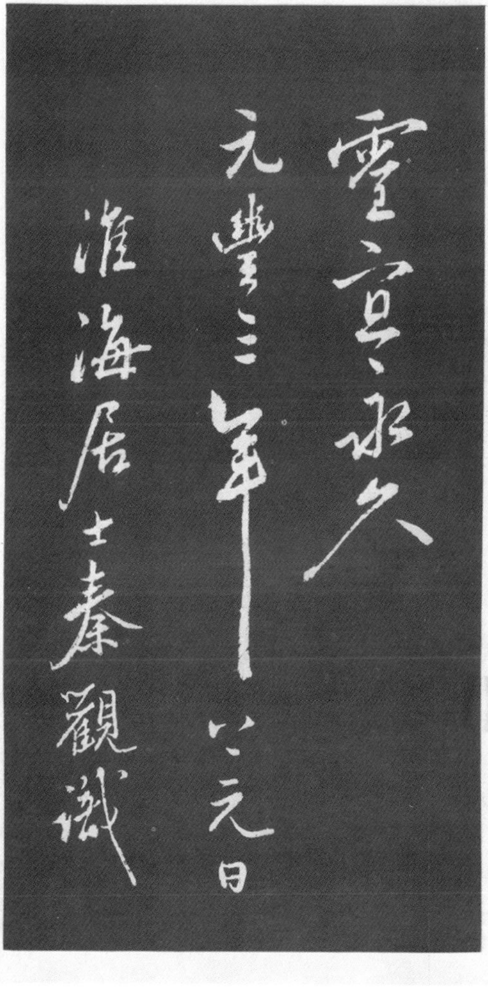

秦觀墨君詩手迹（收録于清嘉慶《秦郵帖》）

無錫惠山二茅峰南秦觀墓

前言

秦觀以詞名，一般學者只知他是婉約詞人的代表，而不知他在詩文方面也有突出的成就；即使提到他的詩，印象上總以爲是「女郎詩」，而不知還有其他風格的作品。至於文，則更少有人論及了。其實這是歷史的誤會。明人胡應麟説：「秦少游當時自以詩文重，今被樂府家推作渠帥，世遂寡稱。」〔一〕可見他的詩文在宋代頗負盛名，只是到了後來才被詞名所掩。從宋刻本看，淮海集前後集共四十九卷，其中只有三卷是詞，其餘賦一卷、詩十四卷、挽詞一卷（以上爲韻文），而以文爲最多，共三十卷。此次將淮海集作了一次系統整理，鈎沉輯佚，辨僞存真，計得詩四百三十餘首（不含逸句和存疑之作），辭賦十篇，各種體裁的散文二百五十七篇。三者相加，數量大大超過了詞。因此這個集子連同前出之淮海居士長短句校注，基本上反映了秦觀作品的全貌。

一

南宋初年，吕本中已開始爲少游作品大致分期。他在童蒙詩訓中説：「少游過嶺後詩，嚴重高古，自成一家，與舊作不同。」以元符元年(一〇九八)少游自郴州編管横州爲分界線，説明此後的作品風格發生巨大變化。他的意見基本上是對的，但還不够具體和準確。

少游生於宋仁宗皇祐元年(一〇四九)，卒於徽宗元符三年(一一〇〇)，享年五十二歲。其實際從事創作的時間若假定爲二十歲(熙寧元年)開始，那末至其壽終，最少經歷了三十二年。其中主要經歷了神宗、哲宗兩朝。這是王安石變法漸次失敗、舊黨重新走上政治舞臺又再次退出的時期。在這時期内，社會危機日益加劇，統治層的内部鬭争也日益激烈。秦觀早期居家讀書，入仕之後捲入了這一漩渦，最後導致了遠謫嶺南死於藤州的悲慘結局。根據秦觀的生活歷程，他在創作上大致可以分爲前、中、後三個時期。前期從熙寧二年(一〇六九)作浮山賦始，至元豐八年(一〇八五)止，其中除了兩度漫遊、三次應舉之外，基本上是在家讀書，有時還參加輕微的田間勞動。兩度漫遊：一次是熙寧九年與孫莘老、參寥子同遊歷陽(今安徽和縣)之湯泉，得詩三十首、賦一篇(見遊湯泉記)；一次是元豐二年春搭乘蘇軾調任湖州的便船南下，省大父承議公與叔父秦定於會稽，郡守程公闢館之於蓬萊閣，從遊八月，酬唱百篇(見謝程公闢啓)。此外他還常到附近的揚州和楚州。三次應舉分别爲元豐元年、五年和八年。前兩次均未考中，但有詩篇反映了落第心情，記録了往返京師的足跡。其間有對淮南詔獄二首，究竟所爲何故，現在還没有足够的材料可資考證。總的來講，這一時期的紀遊之作佔壓倒多數，可以説是他創作上的發軔時期。

中期是從元豐八年考中進士開始至紹聖元年（一〇九四）止，其間經歷了整個元祐時期。在元祐五年（一〇九〇）五月以前，詩人在蔡州教授任上，以後以范純仁、蔡肇薦，爲太學博士、祕書省校對黄本書籍，歷祕書省正字、國史院編修。在京四年，詩人政治上曾兩次遭到打擊：一次是元祐三年（一〇八八）蘇軾與鮮于侁以賢良方正薦之於朝，未幾被斥回蔡州；一次是元祐六年（一〇九一）七月，由校對黄本書籍遷爲正字，因受洛黨賈易彈劾而罷。這兩次政治上的打擊，詩人並未直接發之於吟咏，僅在某些詩篇中作了一些曲折的反映。這一時期的作品篇章相當豐富，内容也較複雜，同前期相比，除模山範水之外增加了對政治的關心，可以説是他創作上的發展時期。

從紹聖元年（一〇九四）三月被放出京至元符三年（一一〇〇）八月卒於藤州，是後期。這與吕本中的分期大體相符，但具體時間提前了四年。因爲這是以詩人政治上遭受貶謫爲斷限，而不僅是從地域上來劃分的。這一時期長達七年，照理作品應該很多，但如今僅存五十七首，如從元符元年過嶺後計算，則僅存三十三首，主要是因爲詩人身處放逐之中，一方面有使者承風望指，嚴加監督，創作上没有自由；一方面是住地不斷遷徙，即使有所創作，也容易散失。然而，儘管流傳下來的作品不多，但無論在抒情的深度上和藝術技巧上，都遠遠超過以前兩個時期，因此不妨説這是他創作上的成熟時期。

明確了秦觀詩的分期，便可對其思想内容與藝術風格作進一步探討。秦觀詩所涉及的内容較廣，在居住農村時，他寫了不少田園詩和閑適詩。秦觀家居高郵城東之武寧鄉，家境並不富裕：「敝廬數間，足以庇風雨。薄田百畝，雖不能盡充饘粥絲麻，若無横事，亦可給十七。」〔二〕因此年輕時他曾從事一定的田間勞動，寫出了春耕秋收的艱辛生活，反映了官吏催租、農民困苦的慘痛現實。由於家中以農業收入爲生活來源之一，他在詩中對農事表現出應有的關心。有時則安閑恬適，自得其樂；有時也有一些閑愁閑悶，感傷頹放。在他身上明顯地存在着一個生長於農村耕讀之家的知識分子特有的思想情操。

在漫遊歷陽、會稽以及揚州等地時，秦觀寫了大量的紀遊詩。像「草隱月崖垂鳳尾，風生陰穴帶龍腥」（和孫莘老遊龍洞）、「宿鳥水干迎曉鬧，亂帆天際受風忙」（次韻子瞻贈金山寶覺大師），都從不同角度攝下了大自然美好的丰姿，表達了詩人愉悦的心情。但漫遊並不全是樂觀的，有時也會遇到煩惱。次韻參寥莘老詩中有些筆墨頗與杜甫茅屋爲秋風所破歌相似：「我垣既已頹，我棟又以撓。豈無一木支，横力難與較。」在大自然威力面前，他顯得軟弱無力。值得一提的是雪上感懷這首七絶。元豐二年春，他赴會稽省親時，烏臺詩案發，蘇軾就逮。詩人趕回湖州打聽消息，沉痛地寫道：「七年三過白蘋洲，長與諸豪載酒遊。舊事欲尋無處問，雨荷風蓼不勝秋。」詩人熙寧五年初訪孫莘老於湖州，熙寧七年又來此訪李公擇，至元豐二年又隨東坡至此：前後三過，時間七年。詩以凝鍊和含蓄的手法，寄託了對往日歡娱的懷念，表達了對蘇軾冤獄的深切同情。

青年時代的秦觀，理想高遠，慷慨豪儁，立志獻身疆場，報效祖國。他曾對摯友陳師道説：「往吾少時如杜牧之强志盛氣，好大而見奇，讀兵家書，乃與意合，謂功譽可立致，而天下無難事。顧今二虜有可勝之勢，願效至計，以行天誅，回幽夏之故墟，吊唐晉之遺人。」〔三〕熙寧五年，他才二十四歲，便滿懷熱情地寫下了郭子儀單騎見虜賦，稱贊郭子儀在回紇重兵包圍之中，「雖鋒無鏌鋣之鋭，而勢有泰山之壓」。元豐初，當史稱忠義之臣的曾孝序調守邊防之際，秦觀作詩相贈，表示「丹青儻不渝，與子同裳衣」（送曾逢原）。元祐初，他剛入仕途，就通過詩篇發表對邊防和外交的看法：「蝮蛇初螫手，壯士斷其腕。豈不悲毁傷，所恤在軀幹。西羌沙鹵地，置戍或煩漢。鷄肋不足云，阿瞞妙思算。」（和邢敦夫秋懷十首之五）雖不免書生之見，然惓惓心思，亦屬不易。元祐五年，林旦出使契丹，他在送林次中諫議詩中説：「留犂撓酒知胡意，尺牘移書示漢情。」元祐八年，蔣之奇由户部侍郎出知熙州，他在送蔣穎叔帥熙河二首中説：「瀚海一空何足道，歸來黄閣坐調元。」（其一）「要須盡取熙河地，打鼓梁州看上元。」（其二）詩中充滿了鼓舞鬬志收復失地的熱烈感情。當時與西夏、契丹所發生的戰事，是中華民族在融合過程中所必然發生的歷史現象，今天應該運用歷史唯物主義的觀點去看待。但是詩中的愛國思想作爲一種道德傳統，至今還是有一定教育意義的。

在秦觀思想中，有積極進取的一面，也有消極頽喪的一面。當他準備應舉以及仕途順利時，情緒較爲昂揚；而人生道路上一遇挫折，就變得悲觀失望，這與胸襟豁達的蘇軾相比，相差很遠。同時代人王直方批評他説：「秦少游始作蔡州教授，意謂朝夕便當入館，步青雲之上，故作東風解凍詩云：『更無舟楫礙，從此百川通。』已而久不見用，作送和叔云『大梁豪英海，故人滿青雲。爲謝黄叔度，鬢毛今白紛』，謂山谷也。説者以爲意氣之盛衰，一何容易。」〔四〕又譏評其晚出左掖詩説：「作一黄門校勘而衒耀如此，必不能遠到。」〔五〕每當個人理想在現實中無法實現，秦觀就感到十分苦悶：「長安仕路與雲齊，倦僕羸驂不可躋。」「屠龍肯自羞無用，畫虎從人笑不成。」（次韻參寥）即使寄情山水，内心的悲哀也難以排解：「笑我徜徉吴楚間，經卷酒卮隨所遇。人生迮意十八九，月得解顔能幾度！」（答朱廣微）在政治上遭受打擊之後，對現實尤爲不滿，對前途更喪失信心。自警詩云：「莫嫌天地少含弘，自是人生多褊窄。争名競利走如狂，復被利名生怨隙。」他爲自己找尋了一條出路：「從兹俗態兩相忘，笑指青山歸未得。」似乎看破紅塵，超脱一切，然而一個政治上失敗者的悲哀，仍然藴藏在字裏行間。

秦觀逃避現實的辦法是借助佛老，遁入虚無。早在元豐七年蘇軾薦秦觀於王安石時就説他「通曉佛書」，王安石答書也説「又聞秦君嘗學至言妙道」。秦觀自己亦云「余家既世崇佛氏」（五百羅漢圖記）；「蹇吾妙齡，志於幽玄」（遺瘧鬼文）。他生平喜與僧道爲友：釋子有顯之、參寥、辯才、平闍黎，道士有陳太初、姚丹元、蹇翊之、虞安仁等。在送少章弟赴仁和主簿中，還諄諄囑咐説：「吴中多高士，往往寄老釋。……投閑數訪之，可得三友益。」這種信佛好道思想到了政治上遭到第三次打擊時，就更形發展。紹聖元年，哲宗親政，起用新黨，貶謫舊黨，秦觀出爲杭州通判，在赴杭倅至汴上作一詩中自慰云：「俯仰觚稜十載間，扁舟江海得身閑。平生孤負僧牀睡，準擬如今處處還。」貶監處州酒税時，他經常到法海寺念經禮懺，抄寫佛書；這一時期的詩作中頗有抒發佛老思想的。在艇齋詩中，他明確地否定儒家，嚮往道家。精思一詩，更直接取材於抱朴子祛惑篇，反映了詩人遭受貶謫的處境，表達了追求仙境的幻想。詩中把政治遭遇與宗教思想糅合在一起，隱然含有不滿現實的憤慨。在五十歲生日那天，詩人在反初詩中回顧一生而寫道：「晞髮陽之阿，餔餟太和精。心將虛無合，身與元氣并。陟降三境中，高真相送迎。」正顯示了他的思想歸宿。

在北宋表現嶺南生活的作家中，除了蘇軾之外，應推少游。他於元符元年自湖南郴州編管横州，曾醉卧横州海棠橋下祝姓書生家，寫下了自度曲醉鄉春，表現了「醉鄉廣大人間小」的避世思想。而寧浦書事六首則又把詩人拖回到了嚴峻的現實生活中。儘管他萬里投荒，但對元祐黨人的存亡絶續仍然寄予深切的關注：「洛邑太師（文彦博）奄謝，龍川僕射（吕大防）云亡。他日歸然獨在，不知誰似靈光？」他把自己的命運同幸存的舊黨人物聯繫在一起。蘇軾在長期貶逐中對南方漸漸習慣，説：「日噉荔支三百顆，不辭長作嶺南人。」（食荔支）秦觀到嶺南不久，也愛上了這片土地：「魚稻有如淮右，溪山宛類江南。自是遷臣多病，非干此地煙嵐。」並且決心在嶺南終老一生：「寒暑更拚三十，同歸滅盡無疑。縱復玉關生入，何殊死葬蠻夷！」語言未免激憤，感情卻很深沉。因而在雷陽書事三首、海康書事十首中，他便帶着深沉的感情描繪了一幅幅嶺南人民的風俗畫：或祭供鬼神，鷄骨占卜以問病；或以鼓笛送葬，宰殺猪羊以驅疫；或在村墟趕集，售魚買布；或寫颶風怒號，蜑户採珠……用形象化的藝術手法，再現了嶺南地區的風物與歷史。

同淮海詞相比，秦觀詩中的愛情題材顯得太少，百不一二三。較突出的僅墨莊漫録所收的遺朝華三首，以及贈女冠暢師、賞酴醿有感等幾篇。可能他仍信守詩詞嚴分畛域的觀點，因此將愛情題材寫入詞中，而用詩來表現其他内容。即使在詩中寫到愛情，格調也很健康。

秦觀詩的藝術風格多種多樣，豐富多采，元好問以「女郎詩」一語概之，亦未免偏頗。其實「女郎詩」之説，也不自元好問始。早在元祐七年秦觀寫了西城宴集詩，王仲至和蘇東坡就曾摘出「簾幕千家錦繡垂」一句，譏之爲小石調〔六〕。所謂小石調者，旖旎柔靡之別稱也。至南宋敖陶孫便在臞翁詩評中正式批評説：「秦少游如時女步春，終傷婉弱。」似乎已由個別辭語的笑謔發展爲對其整個詩風的評價。至元好問論詩絶句一出，八百年來耳口相傳，「女郎詩」遂成定讞。其實，在廣袤的詩國裏，應該百花齊放，異采紛呈。固然要有雄渾豪放、清曠華潤、嚴重高古的作品，但婉美旖旎的篇什，也自有其審美價值。歷代有成就的詩人，風格也往往不拘於一格。宋人黄徹云：「淮海詩亦然，人戲謂小石調，然率多美句，但綺麗太盛耳。子美『并蒂芙蓉本自雙』、『水荇牽風翠帶長』，退之『金釵半醉坐添春』，牧之『春風十里揚州路』，誰謂不可入黄鍾宫邪？」〔七〕以詩聖著稱的杜甫、號稱古文運動領導者的韓愈都寫了一些豔麗的抒情詩，爲什麽唯獨秦觀不可呢？

統觀全體，少游詩風雖有豔麗的一面，但在有宋詩壇卻自成一家，風格獨特。北宋經歐陽修領導詩文革新運動，平易疏暢自然樸實的詩風代替了浮豔華靡的西崑體。然而自此以後又出現了嚴羽所批評的「以文字爲詩，以議論爲詩，以才學爲詩」的傾向〔八〕，部份詩歌採用散文的章法和句式，大量地引用典故，發抒政論，宣揚哲理，往往因而沖淡了詩歌特有的抒情性和意境，削弱了詩歌的形象性和藝術感染力。而在秦觀詩中，這樣的弊病就不多見。在現存淮海集中，大約半數是古體詩。除了祝壽慶典、褒功頌德的少數篇什受到當時詩風一些影響之外，大都寫得形象鮮明，感情深厚，意境悠遠。如七古和王通叟琵琶夢中「風驚玉露不成圓，一夜芙蕖泣秋月」等句，以物態象徵人情，清麗淒苦而又深沉婉篤。其春日雜興十首渾成質樸，清潤凝重。第一首中的「雨砌墮危芳，風軒納飛絮」，就是膾炙人口的名句，當時李公擇認爲「謝家兄弟（指謝靈運、謝惠連）得意詩，只如此也」〔九〕。他的紀夢答劉全美，繪聲繪影，描寫夢中見人開殯，讀之令人骨竦神寒。如果説和王通叟琵琶夢一首寫夢醒之後是着重意境的話，此篇則主要刻劃夢醒之後的神態和環境。因此前人評曰「夢回景色如畫」〔一〇〕。他的七古和黄法曹憶建溪梅花，以梅擬人，寫作者對這一自然景物的詩意的感受，深刻地表現了寒梅的神韻，而不斤斤於形似。相傳王安石曾把它寫在扇子上（見釋惠洪石門文字禪卷二十七），而蘇軾則在和作中贊揚説：「西湖處士骨應槁，只有此詩君壓倒。」以爲壓倒林逋，容或過譽，然而其藝術性之高卻是毋庸置疑的。宿金山詩爲紀遊之作，但秦觀避開了宋詩中常見的那種寫實手法，而是擷取了最富詩意的片斷，結合内心的感受加以描寫，讀之如飲醇醪，沁人心脾。明代批評家徐渭讀後，不禁嘆曰：「七言古，覺更公之所長！」〔二〕根據上述特點，可以說，秦觀以充滿生活氣息、富有生命力的詩作，給宋詩注入了一股新鮮的血液。

在淮海集中，也有爲數不少的近體詩，頗能寫難言之情，狀難繪之景。他那些遭人譏評的風格柔媚之作大都集中在近體詩中。如春日五首中最突出的例子便是被元好問批評過的那兩句「有情芍藥含春淚，無力薔薇卧曉枝」。遊鑑湖一詩，詩人玉屑也引雪浪齋日記説：「少游詩甚麗，如『翡翠側身窺緑酒，蜻蜓偷眼避紅粧』。」（其實少游這後一句是從杜甫風雨看舟前落花戲爲新句詩中「偷眼蜻蜓避伯勞」化來。）其餘像春詞絶句五首、牽牛花等，均屬此類，構成了少游詩歌頗具特色的一個方面。

從秦觀詩風發展過程作全面衡量，其前期主要風格當爲清新嫵麗。元豐二年，他的同門好友張耒説：「秦子我所愛，詞若秋風清。蕭蕭吹毛髮，肅肅爽我情。精工造奥妙，寶鐵鏤瑶瓊。」（寄答参寥五首之三）元豐七年，王安石答蘇子瞻薦秦觀書云：「示及秦君詩，適葉致遠一見，亦謂清新嫵麗，鮑謝似之。公奇秦君，口之而不置；我讀其詩，手之而不釋。」秦觀詩不僅得到自己的師友蘇軾和張耒的贊賞，而且深受王安石、葉致遠這兩位政見不同而負譽文壇之人的推重，主要是因爲它的藝術性較高。例如他的納涼詩，以自然清麗的語言，寫閑雅恬適的情致，讀後令人産生心曠神怡的美感。他的還自廣陵四首以及越中所寫的一組紀遊詩，也都富有這樣的特色。像荷花一首，不僅描繪了雨後荷花的娟浄，而且借以抒懷人之思，寓不遇之感。從荷寫到美人，因爲二者都具有美豔的特質，因此自然貼切；再從美人寄寓詩人身世之悲，則荷又符合美人芳草的比興傳統。以風格而言，這些詩歌，語言婉麗，意致淡遠，它與南北朝時期的鮑照、謝靈運又十分接近。

秦觀後期作品由清新嫵麗漸趨嚴重高古，這不僅和他的生活遭際密切相關，也是和詩人藝術經驗的日益成熟分不開的。如海康書事十首中的第二首：「卜居近流水，小巢依嶔岑。終日數椽間，但聞鳥遺音。鑪香入幽夢，海月明孤斟。鷦鷯一枝足，所恨非故林。」雖也寫景，卻少雕績；雖亦抒情，卻少做作。在工整凝鍊的詩句中，反映了一個逐客的孤寂情懷。同前期春日雜興中某些篇什相比，内容迥異，而藝術上的嬗替痕迹，似仍依稀可辨。不管詩風如何變化，但都表現了一定環境中一定的思想性格。他的女婿范温在潛溪詩眼中説：「世俗喜綺麗，知文者能輕之；後生好風花，老大即厭之。然文章論當理不當理耳。苟當於理，則綺麗、風花同入於妙；苟不當理，則一切皆爲長語。」〔一三〕這些話並不是針對乃岳而言，但很符合少游的創作道路。少游前期作品雖有一些不免綺麗，然皆「當於理」，故亦「同入於妙」，後期作品逐漸老辣，卸盡鉛華，直抒胸臆，更具有感人肺腑的力量。少游若無遠謫嶺南的痛苦遭遇，當不會寫出這樣的作品。

張耒、晁補之曾經説少游「詩如小詞」〔一三〕。在各類文體中，詞是一種最富音樂性的抒情詩體，以描寫日常生活和個人内心細微的感情活動見長。少游擅場填詞，勢必在不知不覺中以填詞的手法作詩，故其詩感情色彩特別濃厚。許彥周詩話云：「詩壯語易，苦語難。」少游不善壯語，而工於苦語，讀了他的一些抒寫哀情之作，往往令人潸然淚下，其中尤以自作挽詞爲最。詩人在序中説：「昔鮑照、陶潛自作哀挽，其詞哀。讀予此章，乃知前作之未哀也。」此言並非誇飾。相傳元符三年東坡自海南過雷州，少游出示這首挽詞，東坡撫其背曰：「某嘗憂少游未盡此理，今復何言！」〔一四〕後來黄庭堅讀了也感動地説：「可爲霣涕，如此奇才，今世不復有矣！」〔一五〕釋惠洪評此詩説：「少游鍾情，故其詩酸楚。」〔一六〕

在寫景狀物方面，少游具有特殊的才能。東坡曾稱贊他説：「少游下筆精悍，心所默識而口不能傳者，能以筆傳之。」〔一七〕如他寫傲慢僧人：「坐客一語不入意，目如明星視飛鳥。」（送僧之保寧）寫衰老的道士：「背因書字曲，髮爲注經華。」（送陳太初道録）都很準確、鮮明地抓住了人物各自的個性特徵。有時他能借助客觀景物把感情寫得細緻入微：「兒輩未來鈎箔坐，長春花上雨如絲。」（興國院獨坐時兒子湛就試未出）「風定小軒無落葉，青蟲相對吐秋絲。」（秋日三首之二）有時他能抓住一剎那的動作寫出無限詩意：「天寒水鳥自相依，十百爲群戲落暉。過盡行人都不起，忽聞冰響一齊飛。」（還自廣陵其四）「霜落邗溝積水清，寒星無數傍船明。菰蒲深處疑無地，忽有人家笑語聲。」（秋日三首之一）在贈女冠暢師中，詩人非但刻劃了一位清麗不俗的女道士形象，而且感情寫得十分含蓄。其結尾云：「禮罷曉壇春日静，落紅滿地乳鴉啼。」無疑是運用了填詞中以景結情的手法，因而留有無窮餘味。近人陳衍在宋詩精華録中指出此詩：「末韻不著一字，而濃豔獨至。桐江詩話以此道姑爲神仙中人，殆不虚也。」這個評價可謂揭示了其中的妙諦。

當然，秦觀詩歌並不是没有弱點的，宋人詩每因用事用典過多，致傷詩情，他的詩有時也不能免。如五言排律次韻莘老、鮮于子駿使君生日、正仲左丞生日，都用了很多典故。進南郊慶成詩五言二十韻，次韻蔣穎叔南郊祭告上清儲祥宫詩五言二十六韻，中間幾乎句句用典，字字有來歷。按當時標準，用典是這類詩歌所必要的，楊萬里曾説過：「褒頌功德，五言長韻律詩，最要典雅重大。」〔一八〕鋪陳典實，固然古色斑斕；然過於堆砌，即枯燥無味，晦澀費解，有如霧裏看花，終隔一層。對於這類作品，許彦周詩話嘗「謂之點鬼簿，亦謂之堆垛死屍」，用語雖尖刻，道理卻是對的。不過，少游詩中這些問題，並不代表他的主流。

二

秦觀的散文也有很大成就。蘇軾不止一次地稱贊説：「秦觀自少年從臣學文，詞采絢發，議論鋒起，臣實愛重其人。」〔一九〕「寄示詩文，皆超然勝絶，亹亹爲來逼人矣。」〔二〇〕他擅長各種文體，依淮海集原來的分類，計有進策、進論、論、傳、傳説、表、啓、簡、文、疏、誌銘、贊、跋、狀、書、記、序、雜文等十八種，就内容而言，其中以政論、哲理散文、游記以及部分小品更爲出色。

元祐三年，秦觀應制科（即賢良方正能直言極諫科），進策三十篇、論二十篇、序一篇。這都屬於政論。少游的政論寫得很活，深受東坡影響，尤其注意聯繫當時的社會現實，較少作書生之空談，因此深得前人贊許。近人林紓曾説：「實則學東坡之似者，無若少游」，而「策論，則與東坡同一軌轍」〔三〕。他和東坡都是看到北宋經歷王安石變法之後舊黨重新執政的一些弊端，因而通過策論提出自己的政見，以期補苴罅漏，鞏固趙宋王朝的統治。他的策論是認真研究了歷史經驗，觀察了社會現實，從政治、經濟、軍事乃至人材等各個方面，提出了一整套的政治見解。談及政治方面的，主要有國論、主術，以及治勢上下篇、法律上下篇。哲宗嗣位之初，起用司馬光、吕公著爲相。新黨人士，俱遭黜免。神宗時一切新法，盡行罷去。因此社會上有人議論，説哲宗「遽聽一二大臣更張幾盡」，不符合「父作之，子述之」的傳統。秦觀不同意這種看法，竭力支持舊黨的做法，建議哲宗效法盤庚和武王，「託於詞令，丁寧而告於庭，委曲而誓諸野，然後民始悦然而服從」（國論）。在治勢下篇中，他提出「御天下之術」，要審時度勢，寬猛相濟，「遏逋慢之原，杜懈弛之漸，明詔内外，一乎中和，使天下之緩勢不得而成」。對於王安石變法，因爲彼時他年紀尚輕，未及著文發表意見。在他的詩歌中，也祇是通過對舊黨人物如傅堯俞、李公擇、孫莘老的悼念，抒寫了一些同情舊黨不滿新黨的情緒。此時在策論中則有機會發表較爲系統的看法。他對於王安石變法之後國家尊重法律、輕視詩書表示異議。還尖鋭地批判法家，說：「申韓之術，不仁之至矣！夫不仁者，三代之所以失天下也。」（法律下）其言當爲有感而發。對免役法與差役法，這時朝中有兩派意見，哲宗即位以來，三年争論不休。秦觀既不反對免役法，也不堅持差役法，而是建議「悉取二法之可用於今者，别爲一書，謂之元祐役法」（論議上）。可見他在新舊黨鬭争中，也採取過折衷的態度。

如前所述，秦觀是愛國的。在他筮仕之初，北宋與契丹、西夏的關係仍十分緊張。先是元豐五年，高遵裕攻靈州不下，既而夏人陷永樂，徐禧等敗死：兩役死者六十萬人，錢穀銀絹損失無算。元祐元年，夏主秉常又遣使求蘭州、米脂等五砦，宰相司馬光不敢反抗，竟欲並棄熙河，幸賴安燾固争，孫路婉勸，這一政策才没有實現。在此背景下，秦觀起初雖在和邢敦夫秋懷詩中擁護過司馬光的主張，然而此時上將帥、謀主、奇兵、兵法、邊防諸策，完全是出於加强防務、保衛北宋江山的一片忠心。他提出「西北二邊，宜各置統帥一人，用大臣材兼文武、可任天下之將者爲之。凡有軍事，惟以大義上聞；進退賞罰，盡付其手，得以便宜從事」（將帥）。宋代鑒於唐代藩鎮之禍，自太祖立國，杯酒釋武將兵權，純以文官領軍事。至神宗時又以爲没有勝任帥職的人選，久不設統帥。秦觀不顧傳統制度，根據形勢需要，提出以「材兼文武」者爲將帥，應該是一個大膽的建議。在將帥之外，他還提出以「精深敏悟之士，料敵合變、出奇無窮者爲之謀主」（謀主）。謀主與將帥通力合作，就能取得戰争的勝利。這樣的主張，應該是可行的。

宋人對待西北二邊的政策是：北邊對遼每年納幣七十餘萬，求得和平相處；西邊對夏人用兵，每年耗軍費四百餘萬。大臣們對此有兩種看法：一種主張「以蘭會之地復賜夏人，用府州故事，擇土酋以爲熙河之守，則數百萬之費一朝而省」；一種主張「遂取横山，次復靈武，則蘭會熙河，自爲内地，尚安有數百萬之費乎？」（邊防上）秦觀初時也曾主張割棄西北土地，與前一種主張相合；時隔一年，他就改變了看法，提出輪番出擊，務在擾亂對方，消耗羌人有生力量，目的不在一城一地之得失的方針（邊防下）。這同現代有些戰術相比，幾乎有某種相似之處。北宋統治者倘能採納，付諸實施，未必不能收到一定效果。

在財政經濟上，秦觀也有一些設想，比如軍隊採用漢代趙充國的屯田制，政府在各州設一勸農官吏，督促農業生産。這一套辦法雖非獨創，但他企圖挽救積貧積弱的北宋經濟，用心是良苦的。

無論何種政策，關鍵在於由什麼人去執行。因此秦觀在任臣、人材等篇中對用人問題發表了議論。他首先批評朝廷在用人方面「未能去用親之嫌」，受時輩推重的奇材異行，一涉大臣之親，便不敢援之以進。因此他主張「惟賢是進，惟不肖是退，而勿以用親爲嫌」（任臣上）。這些説法很可能是爲正在興起的朋黨之争製造輿論。他還批評朝廷罷免官員，極爲輕率，「嘗以所言不效，諫官御史接迹引去」。他認爲應該具體問題具體處理，一二人不稱職者，「則去其一二人可也」，不必「空臺省而逐之」。這也是針對北宋王朝以簡單化方法處置新舊黨人物而言的。

那時新黨執政，則舊黨全遭罷免；舊黨上臺，則新黨又皆被黜逐。這種「空臺省而逐之」的辦法，秦觀是竭力反對的。他還把人材分爲成材、奇材、散材、不材四種，主張量材録用，人盡其才，對於奇材異能，則尤所深惜。明人徐渭看到他關於奇材的議論，特作眉批贊曰：「重奇材是大旨。」〔二二〕他的朋黨論，是同人材説直接攸關的。他認爲朋黨是人類生活中的必然現象：「朋黨者，君子小人所不免也。」「人主御群臣之術，不務嫉朋黨，務辨邪正而已。」（朋黨上）意即只要這個朋黨是君子之黨，其政見是正確的，就應該信賴、重用；而小人所組成的邪黨，則應在排斥之列。在朋黨下篇中，他實際上已站在蜀黨立場上，對洛黨展開了批判。此次進策之所以未得採納，可能同這些論點有關。洛黨朱光庭等既於元祐元年底密疏彈奏蘇軾策題不當，又於元祐五年五月對秦觀之除太學博士進行攻訐，這與所進策論不能没有關係。

秦觀的策論，都是優美的政論文。他文筆犀利，説理透徹，引古證今，富有説服力與感染力。黄庭堅在晚泊長沙示秦處度范元實詩之四中説：「少游五十策，其言明且清。筆墨深關鍵，開闔見日星。陳友論斯文，如鐘磬鼓笙。」在與秦覯書中也説：「至於議論文字，今日當付之少游及晁、張、無己。」張耒卻不以此自居，仍然推重秦少游和晁无咎，他在贈李德載之二中説：「秦文倩藻舒桃李，晁論峥嶸走金玉。」吕本中紫微詩話還引他的話説：「少游生平爲文不多，而一一精好可傳。」陳師道也稱譽説：「魯直長於詩詞，秦晁長於議論。」（答李端叔書）蘇門這些學士好似選舉一般，大都投秦少游的票，説明他的議論文字確實寫得好。

秦觀策論結構嚴密,章法井然。如主術一篇,作者首先揭示人主之術主要在於能任政事之臣與議論之臣。這是一篇的主腦。然後他從用人的角度着眼,説明人有智愚賢不肖,「人主以一身之思慮,一耳目之聰明」,進退百官,不可能不亂。那麽怎麽辦呢?於是他又拉回本題,説明必須依靠政事之臣作爲股肱,議論之臣作爲耳目。至此話似説完,忽又宕開一筆,從反面加以論證:一方面舉漢成帝寵信王鳳、唐明皇專任李林甫爲例,説明單用政事之臣的弊端;一方面又舉漢武帝重用嚴助、朱買臣等、唐德宗重用李齊運、裴延齡等爲例,揭示單用議論之臣的害處。使人感到殷鑒不遠,心悦誠服。説到這裏,作者便從正面作出結論,指出本朝的仁宗,既能使「政事之臣得以舉其職」,又能使「議論之臣得以行其言」,故「兩者之勢適平」。最後點出一篇的宗旨是「願鑒漢唐之弊,專取法於仁祖」。全篇起承轉合,起伏跌宕,縱横捭闔,層層深入,在古代政論文中,實爲罕見。

然而少游的策論也不定於一種模式。他能根據内容的需要,選取不同的表達方法。如袁紹論主旨在於説明不能殺士。袁紹雖在官渡敗於曹操,然尚佔有冀州,南據黄河,北阻燕代,形勢猶爲有利。可是因爲殺了田豐這個謀士,便失掉天下。這篇文章的結構純爲主題服務,「文隨起隨結,氣定神閒。末段奇峰陡起,始折入田豐,氣力極偉!」[二三]讀完之後便會留下强烈的印象:士不可殺,殺士則失天下。他的序篇,樸質奥衍,詞約義豐,「文法古健如老子」[二四]。他的謀主,廣譬博喻,含義深刻,「此文純學孫子十三篇」[二五]。有的鋪陳排比,氣足神完,就像賈誼的過秦論，因而吕本中稱「其文字乃自學西漢」〔二六〕；有的比喻準確，説理透辟，文風如同莊子。如在人材一文中，他以各種不同的木材比喻各種不同的人材，借以説明量材録用的道理，批判浪費人材的現象，委婉曲折，深入淺出，使聽者既易明瞭，又易接受。秦觀不僅善用比喻，而且會講故事。例如在當局徘徊於免役、差役之間而莫衷一是時，他在論議上篇中，巧妙地以楚人修建房屋爲例，提倡拆掉兩所舊房，取其可用之材，另建一所新房。以之説明廢除差、免二法，另訂元祐役法。姑不論其説正確與否，但這種娓娓動聽的表述方法却是極爲高明的。我們讀了這些政論文，毫不感到枯燥，倒像讀了一些抒情散文。無怪乎前人對他的策論評價極高，説是「至於灼見一代之利害，建事揆策，與賈誼、陸贄争長；沉味幽玄，博參諸子之精蘊；雄篇大筆，宛然古作者之風」〔二七〕。

在秦觀的策論中，也涉及文藝思想。他説：「古者諸侯卿大夫交接鄰國，以微言相感動，當周旋進退之時，必稱詩以喻其志，蓋以别賢不肖而觀盛衰焉。其後聘問不行於列國，學詩之士逸於布衣，於是賢人失志之賦興，屈原離騷之詞作矣。此文詞之習所由起也。及其衰也，彫篆相夸，組繪相侈。苟以譁世取寵而不適於用，故孝武好神仙，相如作大人賦以風其上，乃飄飄然有凌雲之志。此文辭之弊也。」（論議下）短短一段文字，把文學的社會功能、文學産生的社會原因及其發展的歷史，作了高度的概括。雖然不少觀點來源於詩大序及漢書藝文志，但他重視文學的社會作用，反對形式主義、譁世取寵的文風，態度還是積極的，當是針對宋初西崑體的餘風而發。在韓愈論中，秦觀又歸納出文學史上各類文體，歷評諸家風格，對於韓愈、杜甫尤爲推崇。他説：「昔蘇武、李陵之詩，長於高妙；曹植、劉公幹之詩，長於豪逸；陶潛、阮籍之詩，長於沖澹；謝靈運、鮑照之詩，長於峻潔；徐陵、庾信之詩，長於藻麗。於是杜子美者，窮高妙之格，極豪逸之氣，包沖澹之趣，兼峻潔之姿，備藻麗之態，而諸家之作所不及焉。然不集諸家之長，杜氏亦不能獨至於斯也。」他把每一個作家的藝術特色，以簡練的語言概括得非常準確；而以爲到了杜甫，則猶如百川歸海一般，博采衆家之長，陶冶鎔鑄，自成一家，可謂是詩歌史上的集大成。宋代自歐陽修創造詩話這種論詩形式以來，許多詩話或摘評幾句，或單評一詩，或僅以一二作家相比較。唯有李清照的詞論才綜合評論許多不同的詞人，但時間已晚了幾十年。像秦觀這樣全面而有系統的作家論，在中國文學史上，不失爲一個突出的貢獻。

淮海集中還有一部分哲理性散文。如前所述，少游「通曉佛書」，尤邃於老莊。因此他的哲理性散文中多佛老思想。在形式上也不拘一格：有的是傳、論、説，實際上屬於論文一路；有的是銘、疏、祝文和行狀，乃是一種宗教性的應用文。在這些散文中，都含有不同程度的哲理，對禪宗思想與老莊學説作了一定的闡發。文章典雅，或駢或散，中多典實，呈現出一種濃郁的宗教氣氛。如高郵長老開堂疏：「棒頭取證，尤爲瓦解冰消；喝下承當，未免龍頭蛇尾。況乃不快漆桶，無孔鐵鎚，徒認影以迷頭，但抱贓而叫屈。」駢四儷六，對仗工穩，且句句用事，多採自佛學經典。他如録寶林事實，記一佛寺之興廢，慶禪師塔銘與圓通禪師行狀，分別寫兩位禪師之行實，莫不語語當行，文筆精粹，翔實地記載了佛教史上某些側面，反映了他對佛學有高深的造詣。

值得注意的是，少游並不是單純地傾向佛家或道家，而是以儒家思想爲基礎，旁搜遠紹，廣泛地吸收了佛家與道家學説，形成了自己獨特的世界觀。他那整整佔了一卷篇幅的長篇論文浩氣傳便是這方面的代表。此文開頭便説：「元氣爲物至矣！其在陽也，成象而爲天；其在陰也，成形而爲地。……況於人乎。」將氣與陰陽天地乃至人結合起來，這當然不僅是儒家的思想。固然易繫辭上説過：「在天成象，在地成形，變化見矣。」但列子天瑞也曾説道：「太初者，氣之始也；太始者，形之始也。……清輕者上爲天，濁重者下爲地。」黄帝内經素問則説：「人以天地之氣生……天地合氣，命之曰人。」莊子知北遊也説：「人之生，氣之聚也。」抱朴子至理也説：「人生氣中，氣在人中。」少游的論文從孟子的「吾善養吾浩然之氣」出發，融合了莊子、列子、抱朴子、黄帝内經，由儒及道，縱横捭闔，反覆論證，表現出精深的哲理思辨。他的聖人繼天測靈論，談道德，講體用，也是融老莊易學於一爐。他的變化論、君子終日乾乾論，則着重闡釋易理。他的心説，將心與道結合起來論述，認爲心與道家的玄虚之説是一致的：「夫虚空之於心，猶一心之於天。」並旁通釋氏，與禪宗萬物皆空、一切本無、以心爲本之思想有一定聯繫，體現了宋儒思想不同於其他時期的某些特徵。他的俞紫芝字序論證了宇宙的有本與無本，進一步發揮了魏晉以來的無本論；而魏景傳則提出「天生萬物，人心生萬物」，並對道釋作出自己的解釋,説是「盜天地陰陽之機謂之道,識萬物之理謂之釋」。這些哲理散文,是淮海集的主要特色。因此近人林紓在淮海集選序中説:「集中如魏景傳及心説,皆直造蒙莊之室,爲東坡集中所無。」如果説淮海詞與東坡分庭抗禮的話,不妨説他的一部分哲理散文也是與東坡風格顯然有别的。

除此以外,少游的遊記、傳記和各類小品也寫得十分出色。熙寧十年所寫的遊湯泉記篇幅較長,寫沿途風景,抒曠遠情懷,夾叙夾議,情景雙繪,引人入勝。龍井題名記寫他元豐二年中秋後一日去訪辯才法師,全文不到二百字,把從西湖至龍井一段路上的夜景,描繪得静謐幽絶,充滿詩意,宛如蘇軾的記承天寺夜游,因而徐渭評曰:「疑似東坡作。」〔二八〕他的書輞川圖後,本是一種題跋,但却寫得情趣盎然,帶有遊記的特點,恍如一幅神遊圖。元祐三年,他舉賢良方正不中,回到蔡州後與失意歸來的邊將高無悔相從於城東古寺。在他所寫的高無悔跋尾中把兩人滿腹牢愁、狂放不羈的形象,刻劃得栩栩如生,如云:「(二人)日飲無何,絶口不掛時事。余酒酣悲歌,聲震林木。無悔瞋目熟視,髮上衝冠。人多怪之,余二人者自若也。」這在一般題跋中是不易看到的。他的書晉賢圖後,實際上也屬於題跋一類。當時的名畫家李龍眠認爲此畫乃是一幅醉客圖,少游便抓住「醉」字生出波瀾。他舉出江南一僧反誣他人爲醉的例子,對龍眠加以嘲笑戲謔,富有幽默情趣,然卻謔而不虐。因此近人林紓評曰:「將一醉字,弄玩如宜僚之丸,隨心高下,真聰明臻於極地!」〔二九〕他的眇倡傳、二侯説都是小品,寓深刻的哲理於生動的形象，讀後發人深思。長篇清和先生傳，以豐富的典實，曲折隱晦的筆法，將酒擬人，爲酒立傳，構思新穎，頗似韓愈的毛穎傳。其遣瘧鬼文，以形象的手法描寫瘧疾的症狀，與韓愈的送窮文、遣瘧鬼詩，異曲而同工。他的書簡寫日常瑣事，溝通友朋之情，簡古凝鍊，如晉宋人語。因此林紓稱贊説：「多言俗事而偏不俗，由胸次高尚耳。」〔三〇〕綜上所述，少游的散文確實具有很高的成就，在北宋文壇上應該佔有一席地位。

三

一個作家的成長，同當時的社會影響、文學薰陶是分不開的，也是同作家的才性與努力密切相關的。歷史孕育了作家，作家又以他的成就爲歷史增添了光輝。對於秦觀來説，也是如此。

第一，秦觀在詩賦和散文方面獲得的成就，同當時的考試制度有一定關係。根據宋史紀事本末記載：「神宗熙寧四年（辛亥，一〇七一）二月丁巳，更定科舉法，從王安石議，罷詩賦及明經諸科，專以經義、論策試士。」秦觀自至和元年入小學，至熙寧四年，年方二十三歲。在十六年寒窗苦讀中，除了四書五經、佛老哲學及一些兵家書以外，主要是學習詩賦。李廌在師友談記中説他少時就用意作賦。賦是一種韻文，與詩詞較爲接近。秦觀通過作賦，訓練了對仗押韻和煉句煉意、安章布局的基本功。他對自己要求很高，力求「鬬難鬬巧鬬新」。因此在辭賦方面獲得很深的造詣。他所作的黄樓賦,深得蘇軾的贊許,説是「雄辭雜今古,中有屈宋姿」〔三一〕。明人胡應麟也評價説:「此賦頗得仲宣步驟,宋人殊不多見。」〔三二〕爲什麽説「宋人殊不多見」?因爲宋人的賦如歐蘇之作逐漸走上散文化的道路。他們打破了原來對偶工整、韻律嚴謹的形式,採用散文的筆調,並用虚字呵活,成爲一種饒有情韻的散文詩。而少游的賦,基本繼承並保持傳統的特點,鋪采摛文,音律諧婉,與楚辭以來的賦體大致相近。由於「作賦正如填歌曲」〔三三〕,少游以之做詩填詞,便駕輕就熟,取得優越的成就。至熙寧四年以後,科舉改用經義、策論。秦觀出於「養親」的需要,閉門却掃,「與諸弟輩學時文應舉」(與蘇公先生簡四)。在元豐年間,他更留心觀察時事,鑽研歷史,因而所撰策論,達到相當高的水平,贏得蘇軾及後之論者的贊譽。

第二,在秦觀的時代,歐陽修所領導的文學革新運動,已獲得一定成就,到了蘇軾,更以卓越的才華,團結了包括蘇門四學士(或六君子)在内的一群作家,推進了詩文辭賦的全面發展。歐陽修的散文,無論議論或叙事,都簡潔明瞭,豐潤生動,在發抒政論時也帶有抒情色彩。他的詩歌,平易疏暢。蘇軾接踵歐梅,創造出清雄曠逸的詩歌和一新天下耳目的豪放詞。他的辭賦,進一步打破了舊傳統,運用抒情散文的筆法,將詩情、畫意、理趣冶於一爐。在京任職期間,他更以雄辯的政論文爲武器,與不同政見者展開論争。秦觀生活在這樣的環境中,他的詩賦、散文不能不受到影響。特别是他的策論,基本上是在蘇軾的指導下寫成的。明人張綖在盜賊下篇按語中説:「富鄭公(弼)、蘇長公(軾)論弭盜嘗有此説,秦公謂有縉紳先生告臣者,其實指蘇公,殆非設言也。」近人林紓在淮海集選序中也説：「唯策論則與東坡同一軌轍。」這就是一個有力的證明。

第三，秦觀本人的才性和主觀努力是獲得成就的基本條件。他幼年好學，至老不衰。二十歲以後，爲養親而求禄仕，即使科場上兩次失敗，也没有放鬆學業。他説：「元豐初，觀舉進士不中，退居高郵，杜門却掃，以詩書自娱。」（掩關銘）所謂「自娱」，乃是自我解嘲，實際上在埋頭苦讀。他在與蘇子由著作簡中，也説了同樣的話，並引用古語説：「蘭生幽谷，不爲莫服而不芳。」（見淮南子説山訓）説明他抱有大器晚成的信心。元豐五年考試第二次失敗，作精騎集序自勉，以高標準要求自己，針對以往「不勤」和「善忘」兩個缺點，因取經傳子史之文，編成若干卷，朝夕諷誦，可見他的治學態度是極其認真而勤奮的。今存淮海集四十九卷是他畢生心血的結晶。

在北宋文壇上，秦觀是一位重要作家。不僅他的詞獨樹一幟，世稱婉約之宗，可與東坡的豪放之作相頡頏；而且他的詩文也頗具特色，備受前人稱道。因其才性（如個性較軟弱，感情較細緻）所致，故早年和中年的詩風清新嫵麗；晚年歷盡坎坷，詩風變爲嚴重高古。而細膩深摯、清麗婉曲，則是前後統一、貫徹始終的。與同列蘇門的數人相比：既不同於黄庭堅的拗峭冷澀，也不同於張耒的平易舒坦，更有别於陳師道的嚴峻疏淡。在蘇軾以一代文豪雄踞詩壇的時刻，他和蘇門其他學士各以其獨特的詩歌更酬迭唱，組成時代的交響曲，如群星之拱北辰，衆花之擁牡丹。在中國文學史上，形成光輝的一頁。

淮海集前人無注，個人從事此書的箋注，頗感難以勝任。由於上海古籍出版社的大力支持，始勉力以從。在箋注過程中，中華書局傅璇琮、許逸民兩先生，將從日本内閣文庫攝來的宋乾道癸巳高郵軍學刻淮海集縮微膠卷，慨然賜予使用，使此書有了完善的底本。陳華卿、徐飈、張雪華、徐樺、許曉藿等幫助搜集資料，謄寫書稿，付出大量勞動。此外，又曾得到復旦大學王運熙教授、顧易生教授、上海古籍出版社陳振鵬先生、趙昌平先生、李學穎先生以及責任編輯王維堤先生、曹中孚先生的指教與關心。全書初稿甫成，業師朱東潤教授尚健在，不僅審閲了部分書稿，而且欣然爲之作序。北京圖書館、上海圖書館熱情提供資料。在此一併致以謝忱！然限於水平，缺點與錯誤在所難免，衷心希望專家與讀者們賜予指正。

書稿成於一九八五年五月，上海古籍出版社早已審閲完畢，今年上海社會科學院特組織院内外專家評審此稿，同意以黄逸峰科研出版基金給予資助，始能付梓，我表示衷心的感謝，贅此數語，以志不忘。

徐培均　一九九〇年五月

〔一〕詩藪雜編卷五。

〔二〕與蘇公先生簡三。

〔三〕陳師道淮海居士字序。

〔四〕宋阮閱詩話總龜前集卷八引王直方詩話。

〔五〕宋蔡正孫詩林廣記後集卷八引王直方詩話。

〔六〕宋胡仔苕溪漁隱叢話前集卷五十引王直方詩話：「元祐中，諸公以上巳日會西池，王仲至有二詩，文潛和之最工，云：『翠浪有聲黄帽動，春風無力綵旗垂。』至秦少游即云：『簾幕千家錦繡垂。』仲至讀之，笑曰：『此語又待入小石調也。』」又宋湯衡張紫微雅詞序：「昔東坡見少游上巳游金明池詩有『簾幕千家錦繡垂』之句，曰：『學士又入小石調矣。』」

〔七〕碧溪詩話卷三。

〔八〕滄浪詩話詩辨。

〔九〕宋吴曾能改齋漫録卷十一。

〔一〇〕明段斐君本淮海集徐渭眉批。

〔一一〕同前。

〔一二〕蔡夢弼杜工部草堂詩話卷一引。

〔一三〕胡仔苕溪漁隱叢話前集卷四十二引王直方詩話。

〔一四〕宋何薳春渚紀聞卷六。

〔一五〕與王庠周彦書。

〔一六〕冷齋夜話卷三。

〔一七〕宋朱弁曲洧舊聞卷五。
〔一八〕誠齋詩話。
〔一九〕辨賈易彈奏待罪劄子。
〔二〇〕答秦太虚書。
〔二一〕林紓林氏選評名家文集淮海集選序。
〔二二〕見明段斐君本淮海集眉批。
〔二三〕林紓林氏選評名家文集淮海集評語。
〔二四〕見明段斐君本淮海集眉批。
〔二五〕見林紓選評淮海集。
〔二六〕宋陳善捫蝨新話卷四引。
〔二七〕明張綖嘉靖鄂州刻淮海集秦少游先生淮海集序。
〔二八〕見明段斐君本淮海集。
〔二九〕〔三〇〕俱見林紓選評淮海集。
〔三一〕太虚以黄樓賦見寄作詩爲謝。
〔三二〕詩藪外編卷五。
〔三三〕李廌師友談記引秦觀語。

箋注説明

一、本書以宋乾道癸巳高郵軍學刻淮海集爲底本，原編次不動，惟後集之淮海居士長短句三卷已列入上海古籍出版社之宋詞别集叢刊，於一九八五年梓行，不再編入。

二、本書所用宋刻本還有：

①宋乾道高郵原刻、紹熙謝雩重修淮海集四十卷、後集六卷、長短句三卷（簡稱宋紹熙本），現藏北京圖書館；

②宋寧宗時眉山文中刊淮海文集二十六卷（殘本，簡稱蜀本），現藏北京圖書館；

③宋刻明印淮海集四十卷、後集六卷、長短句三卷（殘本，簡稱宋刻明印本），現藏上海圖書館。

三、本書所用明刻本有：

①張綖嘉靖十八年己亥鄂州刻淮海集四十卷、後集六卷、長短句三卷（簡稱張本）；

②胡民表嘉靖二十四年乙巳高郵重刻淮海集四十卷、後集六卷、長短句三卷（簡稱胡本）；

③李之藻萬曆四十六年戊午高郵重刻淮海集四十卷、後集六卷、長短句三卷（簡稱李本）；

④段斐君明末武林刻淮海集四十卷、後集六卷、長短句三卷，附詩餘一卷（簡稱胡本）。

以上四種現藏上海圖書館。

四、本書所用清刻本有：

①淮海集四十卷、後集六卷、長短句三卷，清初鈔本，黄丕烈、韓應陛校並跋。現藏北京圖書館；

②淮海集十七卷、後集二卷、詞一卷，清道光丁酉王敬之重刻於高郵（簡稱王本）；

③淮海集四十卷、後集六卷、長短句三卷，臺灣影印清文淵閣四庫全書本；

④淮海集四十卷、後集六卷、長短句三卷，清同治十二年癸酉秦元慶刻於無錫（簡稱秦本）。

以上三種，現藏上海圖書館。此外還用了四部備要本。

五、本書在校記中，爲避免過於繁瑣，對異體字、通假字、避諱字以及某些明顯刻誤之字，除必須加案語説明者外，一般逕改不作校記。少游詩文見諸前人筆記、詩話、選本或他宋人集者，則酌加校讎。王本、四部本書末均附有詩文考證（四部本多出於王本，間有小異），對有參考價值者，移置於各篇校記中。

六、本書箋注部份，一如拙著淮海居士長短句校注，其中第一條箋釋創作年代、本事、交遊，餘則釋典、釋辭，冀能使具有大學文化水平之讀者讀懂原文。

七、各篇凡有前人評語、有關掌故，均作爲「彙評」附於篇末。凡涉及作者全人及全書者，作爲「總評」，附於全書之末。有關詞評，已收入淮海居士長短句校注，不重録。

八、詩篇凡與他人唱和者，依宋刻淮海集舊例，附於篇末；其中爲宋本所未收而世不多見者，亦酌予採録，以供研究參考。

九、本書附有秦觀年譜，凡年代可考之作品，均已繫年，庶幾彌補未能編年之缺憾。

十、宋刻淮海集中混入部分他人之作，爲保持原來編次，不予釐出，均於校記及箋注中説明。

十一、本書在前人别集、選集、詩話、筆記及地方志中輯得佚詩三十九首、文二十一篇，聯句一首，逸句七則，凡年代可考者作爲補遺；尚有歧説者，列爲存疑。

淮海集箋注目録

正集卷第三　古詩

正集卷第四　古詩

正集卷第五　古詩

正集卷第六　古詩

正集卷第七　律詩

正集卷第八　七言律詩

正集卷第九　律詩

正集卷第十　絶句

正集卷第十一　絶句

正集卷第十二　進策

正集卷第十三　進策

正集卷第十四　進策

正集卷第十五　進策

正集卷第二十二　進論

正集卷第二十三　論

正集卷第二十四　傳

正集卷第二十五　傳、説

正集卷第二十六　表

正集卷第三十　簡

正集卷第三十一　文

正集卷第三十二　文、疏

正集卷第三十三　誌銘

正集卷第三十四　贊、跋

雪齋記……一三九五
龍井記……一三九七
龍井題名記……一四〇二
閑軒記……一四〇六
芝室記……一四〇八
祖氏先塋芝記……一四一三
羅君生祠堂記……一四一六
代蔡州敕書獎諭記……一四一九
遊湯泉記……一四二二

正集卷第三十九　序

俞紫芝字序……一四三一
曹號州詩序……一四三五
逆旅集序……一四三八
揚州集序……一四四〇
會稽唱和詩序……一四四六
懷樂安蔣公唱和詩序……一四四九
送錢秀才序……一四五一
王定國注論語序……一四五四
集瑞圖序……一四五八
送馮梓州序……一四六〇

正集卷第四十　哀挽

大行太皇太后挽詞二首……一四六五
韓樞密夫人挽詞二首……一四六九
俞公達待制挽詞二首……一四七二
陳承事挽詞……一四七六
永壽縣君挽詞二首……一四七八
曾子固哀詞……一四八一
蔡氏哀詞……一四八六
時宣義挽詞……一四八九
中書侍郎挽詞二首……一四九〇
吕與叔挽章四首……一四九三
東平夫人挽章……一四九七
開府李公挽章……一四九九
孫莘老挽詞四首……一五〇一

後集卷第一　詩

後集卷第二　詩

後集卷第二　詩

後集卷第四　詩

後集卷第五　雜文

後集卷第六　雜文

補遺卷第一　詩

附録

淮海集箋注卷第一

辭　賦

浮山堰賦　并引〔一〕

梁武帝天監十三年，用魏降人王足計，欲以淮水灌壽陽。乃假太子右衛康絢節，督卒二十萬，作浮山堰於鍾離；而淮流湍駛漂疾，將合復潰〔二〕。或曰：「淮有蛟龍，喜乘風雨壞岸，其性惡鐵。」絢以爲然，乃引東西冶鐵器數千萬斤，益以薪石沉之〔三〕，猶踰年乃合，堰袤九里〔四〕，水逆淮而上，所蒙被甚廣。魏人患之，果徙壽陽，戍頓八公山〔五〕，餘民分就岡壟。未幾，淮暴漲，堰壞，奔於海，有聲如雷，水之怪祆蔽流而下〔六〕，死者數十萬人〔七〕。初，鎮星犯天江，而堰實退舍而壞〔八〕。嗚呼，異哉！感而作浮山堰賦。其詞曰：

緊四瀆之並釃兮〔九〕，實脈絡於坤靈。惟長淮之湠漫兮〔一〇〕，自桐柏而發源〔一一〕。貫江河以下騖兮〔一二〕，拉泗沂而左奔〔一三〕。走獰雷以赴海兮〔一四〕，駕扶摇而薄山。固元氣之宣節兮，熄衆兆之災患〔一五〕。

粤蕭梁之服命兮，抗北魏以争衡〔一六〕。信降虜之詭計兮，阻湯湯而倒征。依兩崖以受土兮，羌合脊於中央〔一七〕。揵竹畚石之不足兮，又沈鐵以厭不祥〔一八〕。袤九里以中峙兮，截萬派之奔茫。大隄屹乎如墉兮，杞柳菀其成行〔一九〕。展源深而支永兮，雖塹否而必通。倏鯨吼以奔潰兮，與蒼蒼而俱東。若燃犀之照渚兮〔二〇〕，旅百怪而争遒。騂馬怒而嘘蹀兮〔二一〕，虎蛟冤而相糾。哀死者之數萬兮，孤魂逝其焉游〔二二〕？

背自然以司鑿兮，固神禹之所惡。世苟近以昧遠兮，或不改其此度。螳蜋怒臂以當車兮〔二三〕，精衛銜石而填海〔二四〕。懵梁人之不思兮，卒取非於異代。豈方迫於尋引兮，不違議夫無窮。將姦臣取容以幸入兮，公相援而欺蒙。抑五材因壯之有數兮〔二五〕，特假手於憧憧〔二六〕。

系曰：敦阜寇冥大川屯〔二七〕，精氣扶輿變乾文〔二八〕。運徒力頓漂無垠〔二九〕，潮波復故彌億年。

【校】

〔辭賦〕二字原缺，據王本補。

〔羌合脊〕原誤作「差合背」，據張本、胡本、李本、段本改。

〔虎蛟冤〕蜀本、張本、胡本、李本、段本、王本、秦本「冤」俱作「咆」。

〔精衛〕「精」原誤作「飛」，據王本、四部本改。

〔無垠〕底本、張本、胡本、李本、段本、王本、秦本、四部本「垠」俱作「根」。此據蜀本改。

〔潮波復故彌億年〕原脱「故彌億年」四字，據張本補。

【箋注】

〔一〕清秦瀛淮海先生年譜（以下簡稱秦譜）熙寧二年己酉：「先生年二十一，作浮山堰賦。」光緒安徽通志卷三十三泗州：「浮山堰，在盱眙縣城外，梁天監中築堰，遏淮水以灌壽陽。南起浮山，北抵巉石，極丁夫之力，百計而成。」又乾隆泗州志：「巉石山，州東南八十里，梁天監時築堰於此。……南岸緊對浮山，在盱眙境，爲淮河關鎖，泗州一大門户也。」

〔二〕梁武帝八句：梁書武帝紀天監十三年：「是歲作浮山堰。」又南史康絢傳：「康絢，字長明，華山藍田人也。……天監元年，封南陽縣男，除竟陵太守，累遷太子左衛率，甲仗百人，與領軍蕭景直殿内。……時魏降人王足陳計，求堰淮水以灌壽陽。足引北方童謡曰：『荆山爲上格，浮山爲下格。潼沱爲激溝，併灌鉅野澤。』帝以爲然。……假絢節，都督淮上諸軍事，并護堰作，役人及戰士有衆二十萬，於鍾離南起浮山，北抵巉石，依岸築土，合脊於中流。十四年四月，堰將合，淮水漂疾，復決潰。」案：壽陽，本壽春縣，晉時避諱改。即今安徽壽縣。鍾離，古城名。讀史方輿紀要江南鳳陽府臨淮縣：「鍾離城，在縣東四里，古鍾離子國，漢因置鍾離縣。」

〔三〕乃引東西冶二句：東西冶，皇室所辦煉鐵廠，一稱左右二冶。梁書康絢傳：「因是引東西二冶鐵器，大則釜鬵，小則鋘鋤，數千萬斤沉於堰所，猶不能合。乃伐樹爲井幹，填以巨石，加土其上，緣淮百里内，岡陵木石無巨細必盡，負擔者肩上皆穿。」

〔四〕猶踰年乃合二句：指天監十五年（五一六）堰合。梁書康絢傳：「十五年四月，堰乃成，其長九里，下闊一百四十丈，上廣四十丈，高二十丈，深十九丈五尺。」

〔五〕八公山：在今安徽壽縣北，淝水之北，淮水之南。

〔六〕淮暴漲五句：資治通鑑梁紀天監十五年：「九月丁丑（按梁書作「秋八月」），淮水暴漲，堰壞。」南史康絢傳：「其聲若雷，聞三百里。水中怪物，隨流而下，或人頭魚身，或龍形馬首，殊類詭狀，不可勝名。」

〔七〕死者數十萬人：此數疑誇大。魏書島夷蕭衍傳：「漂其緣淮城戍居民村落十餘萬口，流入於海。」通鑑梁紀從之。南史康絢傳作「殺數萬人」，本篇賦文亦謂「哀死者之數萬兮」，與此處前後矛盾。

〔八〕鎮星二句：鎮星，即土星。天江，天河。梁書康絢傳姚察贊語：「先是，鎮星守天江而堰興，及退舍而堰決，非徒人事，有天道矣。」

〔九〕四瀆：爾雅釋水：「江、河、淮、濟爲四瀆。四瀆者，發源注海者也。」南史康絢傳：「或謂絢曰：『四瀆天所以節宣其氣，不可久塞，若鑿湫東注，則游波寬緩，堰得不壞。』絢然之，開湫東注。」釃，分流。

〔一〇〕淤漫：文選木華海賦：「沖瀜沆瀁，渺瀰淤漫。」李善注：「淤漫，曠遠之貌。」

〔一一〕桐柏：山名，在今河南桐柏縣西南，爲淮河發源地。書禹貢：「導淮自桐柏。」蔡傳：「水經云：淮水出南陽平氏縣胎簪山，禹只自桐柏導之耳。」

〔一二〕貫江河句：書禹貢：「浮於淮泗，達於河。」蔡傳：「許慎曰：汳水受陳留浚儀陰溝，至蒙爲灉水，東入於泗，則淮泗之可以達於河者，以灉至於泗也。」又禹貢：「沿於江海，達於淮泗。」蔡傳：「禹時江淮未通，故沿於海，至吴始開邗溝，隋人廣之，而江淮舟船始通也。孟子言『排淮泗而注之江』，記者之誤也。」

〔一三〕拉泗沂句：書禹貢：「導淮自桐柏，東會於泗沂，東入於海。」蔡傳：「沂入於泗，泗入於淮。此言會者，以二水相敵故也。」

〔一四〕獰雷：唐杜牧李甘詩：「烈風駕地震，獰雷驅猛雨。」

〔一五〕衆兆：指廣大人民。屈原九章惜誦：「行不群以顛越兮，又衆兆之所殆也。」

〔一六〕粤蕭梁二句：魏書蕭寶夤傳載蕭衍與寶夤手書曰：「而今立此堰，卿當未達本意，……正爲李繼伯在壽陽，侵犯邊境，……終無寧日，邊邑争桑，吴楚連禍，所以每抑鎮戍，不與校計。繼伯既得如此，濫竊彌多。今修此堰，止欲以報繼伯侵盜之役。」案：李繼伯，名崇，北魏將領。由此可見築堰實質非爲民造福，而是爲與魏争衡。

〔一七〕依兩崖二句：兩崖，指南起浮山、北至巉石山，合脊於中流。參見注〔一〕。

〔一八〕揵竹二句：參見注〔三〕。揵竹，以竹堵塞。揵，堵塞。甾，説文：「東楚名缶曰甾，象形也。」此處爲菑之假借。漢書溝洫志：「隤林竹兮揵石菑，宣防塞兮萬福來。」注：「石菑者謂臿石立之，然後以土就塡塞也。」

〔一九〕大隄二句：南史康絢傳：「堰乃成……夾之以堤，並樹杞柳，軍人安堵，列居其上。」菀，茂盛貌。詩小雅杞柳：「有菀者柳，不尚息焉。」

〔二〇〕燃犀：晉書温嶠傳：「至牛渚磯，水深不可測，世云其下多怪物。嶠遂燬犀角而照之。須臾，見水族覆火，奇形異狀，或乘馬車著赤衣者。」

〔二一〕騂馬：獸名。山海經北山經：「其中多騂馬，牛尾而白身，一角，其音如呼。」晉郭璞江賦：「騂馬騰波以噓蹀，水兕雷咆乎陽侯。」

〔二二〕哀死者二句：參見注〔七〕。

〔二三〕螳蜋句：莊子人間世：「汝不知夫螳蜋乎？怒其臂以當車轍，不知其不勝任也。」

〔二四〕精衛銜石：山海經北山經：「發鳩之山，其上多柘木。有鳥焉，其狀如烏，文首，白喙，赤足，名曰精衛，其鳴自詨。是炎帝之少女名曰女娃。女娃游於東海，溺而不返，故爲精衛。常銜西山之木石，以堙於東海。」

〔二五〕五材：左傳襄二十七年：「天生五材，民並用之。」指金、木、水、火、土五行。此句謂築堰丁壯爲五材所困乃是天數。

〔二六〕憧憧：摇曳不定貌。漢桓寬鹽鐵論刺復：「諸侯並臻，中外未然，心憧憧若涉大川。」晉左貴嬪雜思賦：「夜耿耿而不寐兮，魂憧憧而至曙。」此謂蕭梁優柔寡斷。

〔二七〕敦阜：高土堆。素問五常政大論：「土曰敦阜。」注：「敦，厚也；阜，高也。土餘故高而厚。」

〔二八〕精氣句：扶輿，狀盤旋而上，猶扶摇。楚辭王褒九懷昭世：「登羊角兮扶輿，浮雲漠兮自娱。」乾文，天文、天象。

〔二九〕運徒句：謂從事運石之民工，力竭而漂尸入海。

黄樓賦 并引〔一〕

太守蘇公守彭城之明年，既治河決之變，民以更生。又因修繕其城，作黄樓於東門之上，以爲水受制於土，而土之色黄，故取名焉。樓成，使其客高郵秦觀賦之。其詞曰：

惟黄樓之瓌瑋兮，冠雉堞之左方。挾光晷以横出兮，干雲氣而上征。既要眇以有度兮，又洞達而無旁。斥丹雘而不御兮，爰取法乎中央。列千山而環峙兮，交二水而旁奔。岡陵奮其攫拏兮，谿谷效其吐吞。覽形勢之四塞兮〔二〕，識諸雄之所存。意天作以遺公兮，慰平日之憂勤。

繄大河之初決兮，狂流漫而稽天。御扶摇以東下兮〔三〕，紛萬馬而争前。象罔出而侮人兮〔四〕，螭蜃過而垂涎。微精誠之所貫兮，幾孤墉之不全。偷朝夕以昧遠兮，固前識之所羞。慮異日之或然兮，復厭之以兹樓。時不可以驟得兮，姑從容而浮遊。儻登臨之信美兮，又何必乎故丘〔五〕？

觴酒醪以爲壽兮，旅殽核以爲儀。儼雲霄以侍側兮，笑言樂而忘時。發哀彈與豪吹兮，飛鳥起而參差。悵所思之遲暮兮，綴明月而成詞。噫變故之相詭兮，遒傳馬之更馳〔六〕。昔何負而遑遽兮，今何暇而遨嬉？豈造物之莫詔兮，惟元元之自貽〔七〕。將苦逸之有數兮，疇工拙之能爲。韙哲人之知其故兮，蹈夷險而皆宜。視蚊虻之過前兮，曾不介乎心思〔八〕。

正余冠之崔嵬兮，服余佩之焜煌〔九〕。從公於斯樓兮，聊裴回以徜徉。

【校】

〔儼雲霄以侍側〕「霄」，原誤作「髾」，據蜀本改。又原脱「側」字，據蜀本補。

【箋注】

〔一〕施宿東坡先生年譜元豐元年（一〇七八）：「九月九日，黄樓始成。……秦觀，字少游，時從先生學，後居四學士之列。」王宗稷蘇文忠公年譜元豐元年戊午：「（公）爲熙寧防河録云：『迺即徐州城之東門爲大樓，堊以黄土，名之曰黄樓，以土實水故也。』子由作黄樓賦，先生跋云：『元豐元年八月癸丑，樓成；九月庚辰，大合樂以落之。』」秦譜元豐元年戊午：「是時蘇公以治河功成，作黄樓，先生作黄樓賦以寄，公爲詩以謝。」案：本書卷三十與蘇公先生簡之二，言及蘇軾命撰黄樓賦事甚詳，可參看。

〔二〕四塞：謂四境險要。戰國策齊三：「今秦四塞之國。」注：「四面有山關之固，故曰四塞之國也。」

〔三〕扶搖：盤旋而上之暴風。莊子逍遥遊：「鵬之徙於南冥也，水擊三千里，摶扶摇而上者九萬里。」

〔四〕象罔：即罔象之倒文，傳説中水怪。國語魯語下：「水之怪曰龍、罔象。」

〔五〕儻登臨二句：王粲登樓賦：「雖信美而非吾土兮，曾何足以淹留。」

〔六〕噫變故之相詭二句：蘇軾因反對王安石新法，熙寧四年(一〇七一)出倅杭州；七年，差知密州；十年，移知徐州。(施宿東坡年譜)二句即指此。傳馬，驛站之馬，漢書昭帝紀：「頗省乘輿馬及苑馬，以補邊郡三輔傳馬。」蘇軾屢易州郡，奔馳道路，故云「傳馬更馳」。

〔七〕豈造物二句：造物，指天、大自然；詔，告也，助也。元元，指平民。柳宗元天説：「天地，大果蓏也。……其烏能賞功而罰禍乎！功者自功，禍者自禍，欲望其賞罰者大謬。」此處蓋用其意，謂人之禍福與天無涉，惟得人民之助而已。蘇軾在徐，親率士民禦水，城以保全，故云。

〔八〕視蚊虻二句：莊子寓言：「彼視三釜三千鍾，如觀雀蚊虻相過乎前也。」

〔九〕正余冠二句：屈原離騷：「高余冠之岌岌兮，長余佩之陸離。」崔嵬，高聳貌。焜煌，明亮。

【彙評】

黄庭堅題蘇子由黄樓賦草：銘欲頓挫崛奇，賦欲弘麗，故子瞻作諸物銘光怪百出，子由作賦，紆徐而盡變。二公已老，而秦少游、張文潛、晁無咎、陳無己方駕於翰墨之場，亦望而可畏者也。

胡應麟詩藪外編卷五：蘇長公極推秦太虚黄樓賦，謂屈宋遺風固過許；然此賦頗得仲宣步驟，宋人殊不多見。

趙翼甌北詩話卷五：東坡所至好營造，守徐州時值河決，澶淵泛濫，到徐城，不浸者三版。悉力捍禦，城得無患。水既落，乃拆項羽霸王廳材，築黄樓於城東門。諸名人王定國、秦少游、黄魯直及弟子由等，作詩賦以張之。……徐州黄樓雖已無存，而其名尚在人耳目間。名流之用心深矣！

王敬之小言集所宜軒詩賸友人書來言徐州古迹索寄題：坡仙提唱黄樓日，絶愛秦郎國士才。太守風流今未墜，魋山吹笛更誰來？

林紓林氏選評名家文集淮海集：「天作遺公」句，不是説樓；正以此樓塞河患後始成，故接處即承起。「河決」，其下慮異日之復然，則文中鎖筆也。「哀彈豪吹」以下四語，真掇得宋玉之精華，自是才人極筆。

【附】

蘇軾太虚以黄樓賦見寄作詩爲謝：我坐黄樓上，欲作黄樓詩。忽得故人書，中有黄樓詞。黄樓高十丈，下建五丈旗。楚山以爲城，泗水以爲池。我詩無傑句，萬景驕莫隨。夫子獨何妙？雨雹散雷椎。雄辭雜今古，中有屈宋姿。南山多磬石，清滑如流脂。朱蠟爲摹刻，細妙分毫釐。佳處未易識，當有來者知。

寄老庵賦〔一〕

或問：「孫先生之遊湯泉山也，嘗於佛祠之旁、二松之下〔二〕，誅薙草茅，平夷土塗，規以爲庵，曰寄老焉。子時實從，與見其事〔三〕，願揚搉而陳之。」僕曰：「唯唯。」寄老之區，在於湯泉，實惟歷陽東城之域。山林鬱其修阻，水土婉而滋息。風和氣平，物無癘疫。其出遊也，南則峯巒經亘二百餘里，前望建業之都〔四〕，却顧項王之亭〔五〕。龍窟呀其旁出〔六〕，江漫漫而徂征。東則惠濟真相〔七〕，二刹相望；殿寢中開，四注修廊。問從遊子，於焉相羊。沈燎茗飲，樂未渠央。西則赭落之前〔八〕，三井天出。幽毖白浪，明晦如一。旁輪有斛，上庇有室。解衣入遊，百疾爲失〔九〕。北則瓦梁之河，陰陵之澤〔一〇〕。水潦之所集會，魚鼈之所充斥。芡菱蒲蓴，毛髮之富〔一一〕，被及鄰國。其入居也，則閉關却掃，反聽收視〔一二〕，内外既進，與妙自會，湛乎若玉淵之澄，枵然如槁木之廢〔一三〕。其游也，其居也，無所適而非道者，世奚足以識之哉？

雖然，先生方爲侍從之臣，充諫諍之官，論思獻納，日不遑給〔一四〕；雖欲復從二三子於寄老之上，未可得也。一旦功成事畢，引年乞身；天子憫之，不煩以政；公卿大夫設祖道供帳於國門之外，酒闋升車，望寄老而歸焉。則僕也亦將負杖屨而從之矣〔一五〕。

【校】

〔被及鄰國〕蜀本作「波及鄰國」。

〔與妙自會〕蜀本作「與神自會」。

〔引年〕「年」，張本、胡本、李本、段本均作「老」。

【箋注】

〔一〕秦譜熙寧十年丁巳：「是歲，孫莘老寄老庵成，作寄老庵賦。」案：此庵在歷陽（今安徽和縣）湯泉惠濟院之西六十步大丘之原。本書卷三十八遊湯泉記云：「孫公愛其地勝，欲寄以老焉，因請名曰寄老庵。」案：孫莘老於熙寧八年乙卯持祖母喪，至九年，與秦觀、參寥子同游歷陽之湯泉。賦作於次年。

〔二〕二松：遊湯泉記：「明年庵成，發二奇石於雙松之下，形勢益振。」劉邠彭城集卷三十二寄老庵記：「長松二本，對峙岡上。……於是薙草築居，以二松爲門，命曰寄老庵。」

〔三〕子時二句：秦譜熙寧九年丙辰：「（少游）同孫莘老、參寥子訪漳南老人於歷陽之惠濟院。」案：從游經過具載遊湯泉記。

〔四〕建業：今江蘇南京。

〔五〕項王亭：光緒安徽通志卷三十二和州：「項亭，在州城東四十里烏江鎮東南。寰宇記：即烏江亭長艤舟處。唐李德裕有項王亭賦。」案：據史記項羽本紀，項羽兵敗，自刎於此。後人立祠祀之，唐李陽冰篆額曰「西楚霸王靈祠」。

〔六〕龍窟：即龍洞。光緒安徽通志卷三十二和州：「龍洞山，含山縣西南五十里。山洞幽深，泉流涓涓，由魯橋澗通銅城牐入江。」呀，文選班固兩都賦：「呀周池而成淵。」李善注引字林：「呀，大空貌。」

〔七〕惠濟、真相：二佛寺名。

〔八〕赭落：山名。光緒安徽通志卷三十二和州：「赭樂山，州東北五十里，一峯亭亭秀出。」樂，通落。參寥子再賦湯泉詩：「赭落峯前與世分，溶溶湯井翳深雲。」

〔九〕三井七句：遊湯泉記：「惠濟三泉，旁皆甃石爲八方斛，竅其兩崖，一以受虚，一以泄滿，泉輸其中，晨夜不絶。其色深碧沸白，香氣襲人。爬搔委頓之病，浴之輒愈。」三井，即指惠濟三泉。

〔一〇〕北則二句：瓦梁河，在今江蘇六合西五十五里。隋書地理志：「六合縣有後齊所置瓦梁郡。」郡以河得名。見李承霈六合縣志。陰陵澤，史記項羽本紀：「項王至陰陵，迷失道……陷大澤中。」輿地紀勝謂在烏江縣西北四十五里。

〔一一〕毛髮：喻植物，指芡、菱、蒲、蓴等農産品。左傳隱公三年：「澗溪沼沚之毛，蘋蘩薀藻之菜。」

〔一二〕反聽收視：史記商君列傳：「反聽之謂聰，内視之謂明。」陸機文賦：「其始也，皆收視反聽，耽思傍訊。」

〔一三〕内外四句：莊子逍遥遊：「定乎内外之分，辯乎榮辱之竟，斯已矣。」郭象注：「内我而外物。」又齊物論：「形固可使如槁木，而心固可使如死灰乎？」四句謂内心與外物融爲一體，達到妙造自然、忘却自我之境界。

〔一四〕先生四句：指孫覺莘老在京供職之時。宋史孫覺傳：「嘉祐中，擇名士編校昭文書籍，覺首預選，進館閣校勘。神宗即位，直集賢院，爲昌王記室，王問終身之戒，爲陳諸侯之孝，作富貴二箴。擢右正言。」「熙寧二年，詔知諫院，同修起居注，知審官院。」

〔一五〕杖屨：禮内則：「杖屨，祇敬之，勿敢近。」負杖屨，即捧持杖屨。李商隱爲山南薛從事謝辟啓：「方將捧持杖屨，厠列生徒。」此謂己將以學生身份從之。

【彙評】

秦元慶本淮海集眉批：收得風致。

林紓林氏選評名家文集淮海集：末句見微旨。

錢基博中國文學史第五編：惟其爲賦，爲四六，以議論出波瀾，以跌宕爲昭彰。……賦如寄老庵賦、歎二鶴賦。……觀其陳古以監今，愜理而饜情……而辭主于達，氣異其激；俊邁軼蕩，雖不如軾之瀾翻不竭，而醇粹明白，意盡則言止，亦無軾好盡之累。

湯泉賦〔一〕

大江之濱，東城之野〔二〕，有泉出焉。直回峯，負深谷，分埒引源，迆邐相屬。晨夜有聲，涵雲注玉。薄爲虎鬚，洑爲魚目。鱗介莫潛，遇者斯浴。此何水也哉？

野老告余曰：泓泓涓涓，莫虞歲年；不火而燠，其名湯泉。嗚呼！豈非熒惑蒞於上耶〔三〕？燭龍隱於中耶〔四〕？旁通咸池〔五〕、日御之所經耶？幽精沈魄陰償其負耶？丹砂黄硫金石之氣酷悍之所激耶？德有常仁，惠公而浹。寒凝海兮不冰，旱焦山兮不竭。其或燥濕外乾，精氣散越，膚革瘡瘍，憊筋淫血。欣瀄汩之暫游〔六〕，悦幽憂之永脱。以沐則髮澤，以頮則膚悦〔七〕。其羡流冗浸捐棄於溝壑者，猶能灌蔬稻之畦，已牛馬之暍。此又何其然耶？

吾聞天下之水，厥類實繁。至於弱水儲陰，投羽必沈〔八〕；火井萃陽〔九〕，爛石灼金；祥摽醴泉，病飲而瘳〔一〇〕；異紀滋穴，神瀵以流〔一一〕。焦溪乏罥蔓之飾〔一二〕，沸潭謝聱耴之游〔一三〕。其餘酒墨所發〔一四〕，膠鹽是滋〔一五〕，啜懷千金〔一六〕，飲狂一國〔一七〕，哀玉乳以中涵〔一八〕，横金絲而徑度〔一九〕。詭品繆名，紛莫爲數。咸受命於元精，亦各私其所遇。若夫匡廬汝水之旁〔二〇〕，尉氏驪山之下〔二一〕，烟菲掩褥，王孫鳥隼之所娛〔二二〕；金穴椒房〔二三〕，專寵靡曼之所占；則湯泉之中，又有顯晦者焉。

野老听然而笑曰：「善乎齊給之士！」〔二四〕曳杖而去，行歌於塗曰：「滭沸滂沱，奮此泉兮，被彼山阿。吾唯灌沐兮，不知其他。」

【校】

〔聱耴〕各本「耴」皆誤作「取」。文選左思吴都賦注：「埤蒼曰：聱，不聽也，魚幽切；耴，牛乙切。」

〔野老听然〕「听」，張本、李本、段本作「𩑶」。

【箋注】

〔一〕本書卷三十八遊湯泉記末云：「得詩三十首，賦一篇。」案：遊記作於遊湯泉之明年，因署「熙寧十年九月」，則此賦之作，當在九年。秦譜繫之於熙寧九年，是。

〔二〕東城：古縣名，秦置。項羽兵敗，自陰陵引而東，至東城，即此。故城在今安徽定遠東南五十里。見史記項羽本紀正義。

〔三〕熒惑：火星别名。因隱現不定，令人迷惑，故名。史記天官書：「察剛氣以處熒惑，曰南方火，主夏，日丙、丁。」索隱引春秋緯文耀鈎云：「赤帝熛怒之神爲熒惑焉，位在南方。」

〔四〕燭龍：神名。山海經大荒北經：「西北海之外，赤水之北，有章尾山，有神，人面蛇身而赤，直目正乘。其瞑乃晦，其視乃明……是燭九陰，是謂燭龍。」屈原天問：「日安不到？燭龍何照？」

〔五〕咸池：日所浴處。屈原離騷：「飲余馬於咸池兮，總余轡乎扶桑。」淮南子天文訓：「日出於暘谷，浴於咸池。」

〔六〕瀄汩：急流激蕩貌。漢枚乘七發：「瀄汩潺湲，披揚流灑。」

〔七〕頮：洗面。書顧命：「甲子，王乃洮頮水。」釋文：「頮，音悔，説文作沬，云古文作頮。」段注：「從兩手匊水而洒其面，會意也。」

〔八〕弱水：古代神話中的水名。古小説鈎沉輯玄中記：「天下之弱者，有崑崙之弱水焉，鴻毛不能起也。」舊題東方朔十洲記：「鳳麟洲在西海之中央。……洲四面有弱水繞之，鴻毛不浮，不可越也。」

〔九〕火井：即産天然氣之井，古多用以煮鹽，亦稱鹽井。晉左思蜀都賦：「火井沈熒於幽泉，高爓飛煽於天垂。」劉良注：「蜀郡有火井，在臨邛縣西南。」華陽國志：「臨邛縣……有火井，夜時光映上照，民欲其火光，以家火投之，頃許如雷聲，火燄出，通耀數十里。以竹筒盛其光藏之，可拽行終日不滅。」

〔一〇〕祥摽二句：藝文類聚卷九水部下泉引廣志云：在湖縣「有醴泉，用之愈疾」。説文解字十二篇上：「摽，一曰挈。」段注：「挈者，提而啓之也。」祥摽，蓋爲提取醴泉之美稱。

〔一一〕異紀二句：列子湯問：「其國名曰終北……當國之中有山，山名壺領，狀若甔甀，頂有口，狀若員環，名曰滋穴，有水湧出，名曰神瀵。」注：「山頂之泉曰瀵。」

〔一二〕焦溪：藝文類聚卷九：「裴氏廣州記曰：管溪周圓丈餘，水極沸涌，如猛火煎油聲。」又周王褒温湯碑曰：「至於遷陵熱溪，沉魚涌浪；炎洲燒地，穴鼠含烟；火井飛泉，垂天遠扇；焦源沸水，衝流迸集。」此蓋狀溪之灼熱，云溪上植物稀少。

〔一三〕沸潭句：謝惠連雪賦：「沸潭無涌，炎風不興。」案：沸潭，即沸井。南齊書豫章王嶷傳：「嶷拜陵還，過延陵季子廟，觀沸井。」藝文類聚卷九引異苑曰：「句容縣有延陵季子廟，廟前井及瀆，恒自涌沸，故曰沸井，於今猶然。」聱耴，文選左思吴都賦：「魚鳥聱耴，萬物蠢生。」李善注：「聱耴，衆聲也。」唐陸龜蒙奉和太湖詩之一：「山川互蔽虧，魚鳥空聱耴。」案：此以聲音代指魚鳥。

〔一四〕酒墨所發：酒，謂酒泉。應劭漢官儀：「酒泉城下有金泉，泉味如酒，故曰酒泉。」墨，謂墨井，即煤礦。文選左思魏都賦：「墨井鹽池，玄滋素液。」李善注：「翰曰：墨井，井中有石如墨。」

〔一五〕膠鹽是滋：膠，膠醴，狀味之甘醇。列子湯問：「臭過蘭椒，味過膠醴，一源分爲四埒，注於山下。」鹽，謂鹽泉。文選左思蜀都賦：「家有鹽泉之井，户有橘柚之園。」藝文類聚卷九引廣志：「在湖縣有鹽泉，煮則爲鹽。」東坡志林卷四井河：「蜀去海遠，取鹽於井。陵州井最古，淯井、富順鹽亦久矣。」

〔一六〕啜懷千金：指貪泉。晉書吴隱之傳：「未至州（廣州）二十里，地名石門，有水曰貪泉，飲者懷無厭之欲。隱之既至，語其親人曰：『不見可欲，使心不亂。越嶺喪清，吾知之矣。』乃至泉所，酌而飲之，因賦詩曰：『古人云此水，一歃懷千金。試使夷齊飲，終當不易心。』」

〔一七〕飲狂一國：指狂泉。南史袁粲傳：「(粲)又嘗謂周旋人曰：『昔有一國，國中一水號曰狂泉，國人飲此水無不狂，唯國君穿井而汲，獨得無恙。國人既並狂，反謂國主之不狂爲狂，於是聚謀共執國主，療其狂疾，火艾針藥，莫不必具。國主不任其苦，於是到泉所酌水飲之，飲畢便狂。君臣大小，其狂若一，衆乃歡然。』」

〔一八〕裒玉乳句：玉乳，謂玉泉。藝文類聚卷九：「十洲記曰：瀛洲有玉膏，山出泉如酒味，名爲玉酒。」裒，聚集。又太平御覽卷七〇地部引隋書：「民爲之謡曰：我有丹陽，山出玉漿。濟我民夷，神鳥來翔。百姓因號其泉爲玉漿泉。」

〔一九〕横金絲句：金絲，謂金線泉，有二，一在濟南歷城縣西，元好問濟南行記：「金線泉，有紋若金線，夷猶池面。」又見續修歷城縣志。一在河南潢川縣南，趙抃詩：「玉甃常浮灝氣鮮，金線不斷縣南泉。」

〔二〇〕匡廬汝水：二地名，皆有温泉。本草綱目：「廬山温泉有四孔，可以熟雞蛋，一患有疥癬、風癩、楊梅瘡者，飽食入池，久浴後出汗，以旬日自愈。」水經注卷二十一汝水：「縣南有方城山……山有涌泉，北流畜之以爲陂。」

〔二一〕尉氏驪山：尉氏，縣名，今屬河南省。水經注卷二十二：「(苑陵)故城西北平地出泉，謂之龍淵泉……泉涌南流……又東逕尉氏縣故城南。」驪山，在今陝西臨潼東南，西北麓有温泉。太平御覽卷七一地部引辛氏三秦記：「始皇生時作閣道，至驪山八十里。人行橋上，車行橋下，金石柱見存，西有温泉。」唐貞觀中建温泉，天寶六載擴建，更名華清池。見唐會要卷三十。

〔二二〕王孫鳥隼：周禮春官司常：「熊虎爲旗，鳥隼爲旟。」此指王孫公子之車駕。

〔二三〕金穴椒房：喻華清宫。後漢書皇后紀上：「（郭后弟）況遷大鴻臚，帝數幸其第，會公卿諸侯親家飲燕，賞賜金錢縑帛，豐盛莫比，京師號況家爲金穴。」漢書車千秋傳：「江充先治甘泉宫人，轉至未央椒房。」注：「椒房，殿名，皇后所居也。」

〔二四〕野老二句：听，音吟，張口而笑。齊給，善辯。左思魏都賦：「安得齊給，守其小辯也哉。」

【彙評】

秦元慶本淮海集評「大江之濱」至「此何水也哉」：工琢而有幽趣。○又評「欣澥汨之甓游」四句：摹寫温滑處。○又評「若夫匡廬汝水之旁」六句：藻逸。

林紓林氏評選名家文集淮海集：光怪陸離中，音調諧婉，直逼蕭穎士，非李華所及。

【附】

子瞻跋云：余之所聞湯泉七：其五則今三子之所遊，與太虚之所賦，所謂匡廬、汝水，尉氏、驪山；其二則余之所見鳳翔之駱谷與渝州之陳氏山居也。皆棄於窮山之中，山僧野人之所浴，麋鹿猿猱之所飲。惟驪山當往來之衝，華堂玉甃，獨爲勝絶。然坐明皇之累，爲楊、李、禄山所汙，使口舌之士援筆唾罵，以爲亡國之餘，辱孰甚焉！今惠濟之泉，獨爲三子者詠嘆如此，豈非所寄僻遠,不爲當塗者所溷,而爲高人逸才與世異趣者之所樂乎?或曰:「明皇之累,楊、李、禄山之汙,泉豈知汙之?」然則幽遠僻陋之歎,亦非泉所病也。泉固無所榮辱,特以人意推之,可以爲抱器適用而不擇所處者之戒。元豐元年十月五日。

歎二鶴賦〔一〕

廣陵郡宅之圃〔二〕,有二鶴焉,昂然如人,處乎幽閑。翅翮摧傷,弗能飛翻。雖雌雄之相從,常悒悒其鮮懽。時引吭而哀唳,若對客而永歎。

圃吏告予曰:此紫微錢公之鶴也〔三〕。公熙寧時實守此邦,心虚一而體道〔四〕,治清淨而忘言〔五〕。既不耽乎豆觴〔六〕,又不嗜乎匏絃〔七〕。惟此二鶴,與之周旋。居則俛仰於賓掾之後,出則飛鳴乎導從之先。故鶴之來也,則知使君之將至;鶴之往也,則知使君之將還。是時,一郡之人好甚於姻,敬愈於客;如愛子之居家,若寵臣之在國。晝從乎風亭之濱,夜棲乎月觀之側〔八〕。謂此幸之可常,頗超摇而自得〔九〕。逮公之去,於今幾時。人各有好,鶴誰汝私?具名物於有司,鶵鶩易而侮之〔一〇〕。傍軒楹而蒙叱,歷階戺而遭麾〔一一〕。惟主人之故客,間一遇而嗟咨。

余聞而嘆曰：噫嘻！有恃而生者，失其所恃則悲〔一二〕。彼有啄乎廣莫之野〔一三〕，飲於清泠之淵〔一四〕，隨林丘而止息，順風氣而騰翥〔一五〕。一鳴九皋，聲聞於天〔一六〕。若然者，又豈衛侯之能好〔一七〕，而支遁之可憐哉〔一八〕？

【校】

〔弗能飛翻〕張本、胡本「弗」上有「而」字。

〔月觀〕原誤作「月臺」，據王本、四部本改。

〔騰翥〕翥，原作「騫」，此據蜀本。

【箋注】

〔一〕秦譜元豐元年戊午（一〇七八）：「作歎二鶴賦。」二鶴爲錢公輔所養。公輔，字君倚，常州武進人。少從胡瑗翼之學，第進士甲科。同修起居注，歷知制誥，英宗時謫爲滁州團練使。神宗立，復知制誥、命知諫院。熙寧中因反對王安石鹽法，出知江寧府，徙揚州。宋史有傳。又續資治通鑑長編卷二四〇云，熙寧五年（一〇七二）十一月庚申，兵部員外郎知制誥提舉崇福觀錢公輔卒，年五十二。蘇軾有錢君倚哀詞。

〔二〕廣陵：今江蘇揚州。讀史方輿紀要江南揚州府江都縣：「廣陵城，在府城東北，楚舊縣，史記表：懷王十年，城廣陵。秦因之，漢因之，吴王濞都此。」

〔三〕紫微錢公：指錢公輔。紫微，中書省之别稱。宋史本傳及長編卷二六四俱謂公輔曾任知制誥，案：宋史卷一六一職官志謂中書省「復置知制誥及直舍人院，主行詞命，與學士對掌内外制」。故以紫微稱公輔。

〔四〕心虚一而體道：虚，莊子人間世：「唯道集虚，虚者，心齋也。」此處用作動詞，有「包容」之意。一，指道。老子：「道生一。」説文：「惟初太極，道立於一。造分天地，化成萬物。」體道，謂身體力行此道。三國志魏書齊王芳傳：「太尉體道正直，盡忠三世。」

〔五〕治清净而忘言：清净即莊子在宥「無視無聽，抱神以静」的境界。忘言謂對「道」已心領神會，毋需形之於言，莊子外物所謂「得意而忘言」。

〔六〕豆觴：食器與酒器，此處借指酒肉。太平御覽卷七五九器物：「禮曰：『子云：觴酒豆肉，讓而受，惡民猶犯齒。』」

〔七〕匏絃：匏，簧樂器，八音之一。周禮春官大師：「皆播之以八音，金石土革絲木匏竹。」絃，絃樂器，即八音之「絲」。「匏絃」指代「樂」。以上二句謂不拘禮法。

〔八〕風亭、月觀：舊址在今揚州城北。南史徐湛之傳：「廣陵舊有高樓……湛之更起風亭、月觀、吹臺、琴室。」

〔九〕超摇：疊韻聯綿詞，同招摇、逍遥。史記司馬相如列傳引上林賦「招摇乎襄羊」，漢書作「消摇」，文選作「招邀」，字異，皆因聲以見義。超摇亦即「招摇」「逍遥」。

〔一〇〕雞鶩：雞鴨。屈原卜居：「寧與黃鵠比翼乎？將與雞鶩爭食乎？」

〔一一〕階戺：書顧命：「四人綦弁，執戈上刃，夾兩階戺。」戺，謂堂前階石之兩端。

〔一二〕有恃二句：莊子庚桑楚：「夫函車之獸，介而離山，則不免乎罔罟之患；吞舟之魚，碭而失水，則蟻能苦之。」此用其意。

〔一三〕彼有句：莊子養生主：「澤雉十步一啄，百步一飲，不期畜乎樊中。」又逍遥遊：「今子有大樹，患其無用，何不樹之於無何有之鄉，廣莫之野，彷徨乎無爲其側，逍遥乎寢卧其下。」廣莫，通廣漠。

〔一四〕清泠之淵：莊子讓王：「舜以天下讓其友北人無擇。北人無擇曰：『異哉后之爲人也！居於畎畝之中而遊堯之門，不若是而已，又欲以其辱行漫我。吾羞見之。』因自投清泠之淵。」注：「清泠之淵，山海經云：在江南；一云在南陽郡西崿山下。」

〔一五〕順風氣句：莊子逍遥遊：「(大鵬)摶扶摇而上者九萬里。……風之積也不厚，則其負大翼也無力，故九萬里則風斯在下矣。」此處化用其意。

〔一六〕一鳴二句：詩小雅鶴鳴：「鶴鳴於九皋，聲聞於天。」箋：「皋，澤中水溢出以爲坎，自外數至九，喻深遠也。」

〔一七〕衛侯之能好：左傳閔公二年：「狄人伐衛。衛懿公好鶴，鶴有乘軒者。將戰，國人受甲者皆曰：『使鶴，鶴實有禄位。余焉能戰？』」

〔一八〕支遁句：世説新語言語：「支公好鶴，住剡東峁山，有人遺其雙鶴，少時翅長欲飛，支意惜之，乃鎩其翮，鶴軒翥不復能飛，乃反顧翅，垂頭視之，如有懊喪意。林曰：『既有陵霄之姿，何肯爲人作耳目近玩？』養令翮成，置使飛去。」又注引高逸沙門傳：「支遁，字道林，河内林慮人，或曰陳留人，本姓關氏。少而任心獨往，風期高亮，家世奉法（即佛），嘗於餘杭山沈思道行，泠然獨暢。年二十五，始釋行入道。年五十三，終於洛陽。」

【彙評】

林紓林氏選評名家文集淮海集：言下若不勝其慨。

郭子儀單騎見虜賦　汾陽征虜壓以至誠〔一〕

回紇入寇，汾陽出征〔二〕。何單騎以見虜？蓋臨戎而示情。匹馬雄趨，方傳呼而免胄；諸羌駭矚，俄下拜以投兵〔三〕。

方其唐祚中微，胡塵内侮。承范陽猖獗之亂〔四〕，值永泰因循之主，金繒不足以塞其貪嗜，鎧仗不足以止其攘取〔五〕。雲屯三輔〔六〕，但分諸將之兵；烏合萬群，難破重圍之虜。子儀乃外弛嚴備，中輸至誠〔七〕，氣干霄而直上，身按轡以徐行。於是露刃者膽喪，控弦者骨驚〔八〕。謂令公尚臨於金甲，想可汗未厭於寰瀛〔九〕。頓釋前憾，來尋舊盟〔一〇〕。彼何人斯？忽去幢幡之盛；果吾父也，敢論戈甲之精？

豈非事方急則宜有異謀，軍既孤則難拘常法？遭彼虜之悍勁，屬我師之困乏；校之力則理必敗露，示以誠則意當親狎。所以徹衛四環，去兵兩夾。雖鋒無鏌邪之鋭〔一一〕，而勢有泰山之壓。據鞍以出，若乘擒虎之驄〔一二〕；失仗而驚，如棄華元之甲〔一三〕。金石至堅也，以誠可動〔一四〕；天地至大也，以誠可聞。矧爾熊羆之屬〔一五〕，困乎蛇豕之群〔一六〕。於是時也，將乘驕而必敗，兵不戢則將焚。惟有明信，乃成茂勳。吐蕃由是而引歸，師殲靈夏〔一七〕；僕固於焉而暴卒〔一八〕，禍息并汾。非不知猛虎無助也受侮於狐狸，神龍失水也見侵於螻蟻。曷爲鋒鏑之交下，遽遺紀綱而不以。蓋念至威無恃於張皇，大智不資於恢詭。遠同光武，輕行銅馬之營〔一九〕；近類曹成，獨造國良之壘〔二〇〕。

向若怨結不解，禍連未央；養威嚴於將軍之幕，角技巧於勇士之場。攻且攻兮天變色，戰復戰兮星動芒。如此則雖驍雄而必弊，顧創病以何長？苻秦夸南伐之師，坐投淝水〔二一〕；新室恃北來之衆，立潰昆陽〔二二〕。固知精擊刺者非爲將之良，敢殺伐者非用兵之至〔二三〕。況德善之身積，宜福祥之天畀〔二四〕。故中書二十四考焉〔二五〕，由此而致。

【校】

〔題〕李本、段本、王本、秦本、四部本題下無雙行小注。

〔泰山〕「泰」原作「太」，字同，此據張本、胡本。

〔苻秦〕各本「苻」俱誤作「符」，據晉書苻堅載記改。

【箋注】

〔一〕按此賦爲少游之場屋程試文。秦譜熙寧五年壬子：「好讀兵家書，作單騎見虜賦。」案郭子儀，唐華州鄭人。玄宗時爲朔方節度使，肅宗時，平安史之亂，功居第一。代宗永泰初，吐蕃回紇分道來犯，子儀單騎見回紇大酋，遂與回紇會軍破吐蕃。以一身繫時局安危幾二十年。累官至太尉，中書令，封汾陽王，號「尚父」。新、舊唐書有傳。回紇，一作回鶻，維吾爾的古稱。

〔二〕回紇二句：新唐書郭子儀傳：「永泰元年（七六五）……（僕固）懷恩盡説吐蕃、回紇、党項、羌、渾、奴剌等三十萬，掠涇、邠，躪鳳翔，入醴泉、奉天，京師大震。……急召子儀屯涇陽，軍纔萬人。比到，虜騎圍已合。乃使李國臣、高昇、魏楚玉、陳回光、朱元琮各當一面，身自率鎧騎二千出入陣中。」

〔三〕何單騎六句：郭子儀傳：「子儀將出，左右諫：『戎狄野心不可信。』子儀曰：『虜衆數十倍，今力不敵，吾將示以至誠。』左右請以騎五百從，又不聽。即傳呼曰：『令公來！』虜皆持滿待。子儀以數十騎出，免冑見其大酋曰：『諸君同艱難久矣，何忽亡忠誼而至是邪？』回紇捨兵下馬拜曰：『果吾父也！』子儀即召與飲，遺錦綵結歡，誓好如初。」

〔四〕范陽猖獗之亂：據新唐書安禄山傳，天寶十四載（七五五）冬安禄山於范陽起兵，先後攻陷洛陽、長安，稱雄武皇帝，國號燕。

〔五〕值永泰三句：永泰，唐代宗李豫年號。據舊唐書回紇傳，代宗即位後，即欲與回紇「修舊好」，然其可汗不聽，率兵陷河北州縣，並及東京。及退，僕固懷恩與可汗會，遣使上表稱賀，代宗引見於内殿，賜綵二百段，可汗、可敦及其臣僚，俱册封爲王公。永泰元年（七六五）秋，懷恩遂聯合回紇、吐蕃、吐谷渾、党項、奴剌之衆來犯，而代宗此時猶講紅王經。金繒，金與絹。平安史之亂後，金繒玉帛多歸回紇。

〔六〕三輔：京兆、扶風、馮翊也。見漢書景帝紀注。此喻京畿。

〔七〕中輸至誠：見箋注〔二〕。又舊唐書本傳：「且至誠感神，況虜輩乎？」

〔八〕控弦：史記匈奴列傳：「控弦之士三十餘萬。」説文：「控，匈奴引弦曰控弦。」

〔九〕謂令公二句：令公，指郭子儀，時官拜尚書令。新唐書本傳：「身自率鎧騎二千出入陣中，回紇怪問：『是謂誰？』報曰：『郭令公。』驚曰：『令公存乎？懷恩言天可汗棄天下，令公即世，中國無主。故我從以來。』」

〔一〇〕頓釋前憾，來尋舊盟：舊唐書回紇傳：「子儀先執杯，合胡禄都督請咒。子儀咒曰：『大唐天子萬萬歲！回紇可汗亦萬歲！兩國將相亦萬歲！若起負心違背盟約者，身死陣前，家口屠戮。』合胡禄都督等失色，及杯至，即譯曰：『如令公盟約。』」

〔一一〕鏌邪：古劍名，通莫邪，常與干將并稱。

〔一二〕擒虎：韓擒虎，隋河南東垣人，以膽略見稱。開皇九年，大舉伐陳，擒虎爲先鋒，以輕騎五百，直取金陵，生俘陳後主，進上柱國。北史本傳云：「先是江東謡曰：『黄斑青驄馬，發自壽陽涘。』禽本名擒虎，平陳之際，又乘青驄馬……與歌相應。」

〔一三〕華元：春秋時宋公族大夫，左傳宣公二年春，與鄭人戰於大棘，宋師敗績，囚華元，後逃歸，監宋人築城。「城者謳曰：『睅其目，皤其腹，棄甲而復。于思于思，棄甲復來。』（華元）使其驂乘謂之曰：『牛則有皮，犀兕尚多，棄甲則那？』」

〔一四〕金石二句：劉向新序雜事：「熊渠子見其誠心，而金石爲之開，況人心乎。」王充論衡感虚：「精誠所加，金石爲虧。」

〔一五〕熊羆：喻勇士。書牧誓：「勗哉夫子，尚桓桓，如虎如貔，如熊如羆。」又康王之誥：「則亦有熊羆之士，不二心之臣，保乂王家。」此指唐軍。

〔一六〕蛇豕：封豕長蛇之省語，喻貪殘之敵。晉書樂志祠文皇帝登歌：「蛇豕放命，皇斯平之。」語本左傳定公四年：「吴爲封豕長蛇。」此指回紇之兵。

〔一七〕吐蕃二句：此役原爲吐、回合兵來寇，子儀既與回紇約成，遂請諸將同擊吐蕃。舊唐書回紇傳：「又五日，朔方先鋒兵馬使、開府、南陽郡王白元光，與回紇兵馬合於涇州靈臺縣西五十里赤山嶺，共破吐蕃等十餘萬衆，斬首五萬餘級，生擒一萬餘人，駝馬牛羊凡百里相繼，不可勝紀，收得蕃落五千餘人。」靈，靈臺；夏，指大夏河一帶：均在今甘肅省境内。

〔一八〕僕固：即僕固懷恩，唐鐵勒部族人，善戰鬬，曉戎情。安史亂中，助郭子儀平賊有功，累官尚書左僕射。後以怨望，誘回紇、吐蕃等入侵，至鳴沙，病甚，還死靈武。郭子儀傳謂「會懷恩暴卒，群虜無所統一」，遂言和。舊唐書有僕固懷恩傳。

〔一九〕遠同二句：後漢書光武本紀：「秋，光武擊銅馬於鄡。……受降未盡，而高湖、重連從東南來，與銅馬餘衆合，光武復與大戰於蒲陽，悉破，降之，封其渠帥爲列侯。降者猶不自安，光武知其意，敕令各歸營勒兵，乃自乘輕騎按行部陳。降者更相語曰：『蕭王推赤心置人腹中，安得不投死乎！』由是皆服。」蕭王，光武（劉秀）當時封爵；銅馬，農民起義之一部。

〔二〇〕近類二句：曹成，即曹成王李皋，字子蘭，唐宗室。國良，王國良。韓愈曹成王碑云：「初，觀察使虐使將國良往戍界，良以武岡叛，戍衆萬人。斂兵荆、黔、洪、桂伐之，二年尤張。於是以王帥湖南，將五萬士，以討良爲事。王至則屏兵，投良以書，中其忌諱。良羞畏乞降，狐鼠進退。王即假爲使者，從一騎，踔五百里，抵良壁，鞭其門大呼：『我曹王，來受良降，良今安在？』良不得已，錯愕迎拜，盡降其軍。」

〔二一〕苻秦二句：苻秦，東晉十六國之一。前秦君主苻堅於晉太元五年，大舉攻晉，石越以爲晉有長江之險,不宜輕動。堅曰:「以吾之衆旅,投鞭於江,足斷其流。」晉命謝石謝玄迎戰,進逼淝水。堅欲俟晉軍半渡而殲之,麾兵小却;而晉軍則渡河直前,背水一戰,秦兵盡潰。見晉書苻堅載記。

〔二三〕新室二句:王莽既篡漢,自立爲新朝,聞劉玄立,遣王邑、王尋往討,會州郡之兵,號稱百餘萬。劉玄等走昆陽,王邑、王尋縱兵圍之。而光武帝劉秀自外發郾及定陵之兵,與尋、邑戰,城内復以兵夾擊之,莽兵大敗,世稱昆陽之戰。事見後漢書光武本紀。

〔二三〕固知二句:孫子謀攻:「是故百戰百勝,非戰之善者也;不戰而屈人之兵,戰之善者也。」此用其意。

〔二四〕況德善二句:用易坤「積善之家,必有餘慶」意。

〔二五〕中書二十四考:舊唐書本傳引裴垍語:「校中書令考二十有四。」

【彙評】

孫奕履齋示兒編卷八:昔秦少游郭子儀單騎見虜賦云:「兹蓋事方急……如棄華元之甲。」押險韻而意全若此,乃爲盡善。

楊慎升庵全集卷五三秦少游單騎見虜賦:單騎見虜賦,秦少游場屋程試文也。其略曰:「事方急則宜有異謀,軍既孤則難拘常法。遭彼虜之勁悍,屬我師之困乏;較之力則理必敗露,示以誠則意當親狎。我得不撤衛四環,去兵兩夾。雖鋒無莫邪之鋭,而勢有泰山之壓。據鞍以出,若蔑擒虎之威；失隊而驚，如棄華元之甲。」此即一篇史斷，今人程試之文，能幾有此者乎？一本作「果吾父也，遂有壺漿之迎；見大人焉，盡棄華元之甲」。

秦元慶本淮海集眉批：「匹馬雄趨」四句：史中如許情事，四語括之。〇「彼何人斯」四句：語趣而流。

浦銑復小齋賦話卷上：秦少游論律賦最精，見於李方叔濟南先生師友談記者，凡十三則。觀其郭子儀單騎見虜一賦，洵琢磨之功深矣。

和淵明歸去來辭〔一〕

歸去來兮，眷眷懷歸今得歸。念我生之多艱，心知免而猶悲。天風飄兮余迎，海月炯兮余追。省已空之憂患，疑是夢而復非。及我家於中途，兒女欣而牽衣。望松楸而長慟，悲心極而更微。

升沈幾何？歲月如奔。嗟我宿昔，通籍璧門〔二〕。賜金雖盡，給札尚存〔三〕。愧此散木，繆爲犧尊〔四〕。屬黨論之云興，雷霆發乎威顏。淮南謫於天庖，予小子其何安〔五〕？歲七官而五譴〔六〕，越鬼門之幽關〔七〕。化猿鶴之有日〔八〕，詎國光之復觀〔九〕。忽大明之生東〔一〇〕，釋纍囚而北還。釃天漢而一洗〔一一〕，覺宇宙之隨寬。

歸去來兮，請逍遥於至遊。内取足於一身，復從物兮何求〔一二〕？榮莫榮於不辱，樂莫樂於無憂。鄉人告余以有年，黍稷鬱乎盈疇。止有弊廬，泛有扁舟。濯余足兮寒泉，振余衣兮古丘〔一三〕。洞胸中之滯礙，眇雲散而風流。識此行之匪禍，乃造物之餘休〔一四〕。

已矣哉！桔槔俛仰無已時〔一五〕。舉觴自屬聊淹留，汝今不已將安之？封侯已絶念，仙事亦難期。依先塋而灑掃，從稚子而耘耔〔一六〕。修杜康之廢祠〔一七〕，補由庚之亡詩〔一八〕。爲太平之幸老，幅巾待盡更奚疑！

【校】

〔眇雲散〕王本、四部本「眇」作「渺」。

〔已矣哉〕蜀本哉作「乎」。

【箋注】

〔一〕秦譜元符三年庚辰：「先生既别（蘇）公，無何被命，復宣德郎，放還，於是作歸去來兮詞一篇。」蘇軾有和作。案：時少游在海康。淵明，即陶潛，字元亮，潯陽柴桑人，曾爲江州祭酒、鎮軍參軍。爲彭澤令時，因不願爲五斗米折腰，掛冠而去，歸隱田園。卒謚靖節先生。事見蕭統陶淵明傳及晉書本傳。

〔二〕通籍句：謂進士及第，登於仕籍，可出入宮廷。通籍，漢書元帝紀：「令從官給事宮司馬中者，得爲大父母、父母、兄弟通籍。」注引應劭曰：「籍者，爲二尺竹牒，記其年紀名字物色，懸之宮門，案省相應，乃得入也。」璧門，三輔黄圖卷二：「（建章）宮之正門曰閶闔，高二十五丈，亦曰璧門。」後即泛指宮門。温庭筠元日詩：「威鳳蹌瑶虡，升龍護璧門。」

〔三〕賜金二句：賜金，特指皇帝所賜之金。史記魏其武安侯列傳：竇嬰平吴楚叛，上「賜金千斤」，嬰將「所賜金陳之廊廡下，軍吏過，輒令財取爲用，金無入家者」。給札，特指皇帝給筆札令爲文賦之類。漢書司馬相如傳：「上令尚書給筆札」，令相如爲天子遊獵之賦。又賈逵傳：「帝敕蘭臺令給筆札，使作神雀頌。」秦譜元祐八年：「先生以才品見重於上，日有硯墨器幣之賜。」

〔四〕愧此二句：自謙之語。莊子天地：「百年之木，破爲犧尊，青黄而文之。」疏：「犧，刻作犧牛之形，以爲祭器，名曰犧尊也。」此以廊廟之器喻朝廷之臣。散木，不成材之木。繆，通謬。

〔五〕淮南二句：抱朴子祛惑：「昔淮南王劉安，升天見上帝，而箕坐大言，自稱寡人，遂見謫，守天厨三年。吾何人哉？」

〔六〕歲七官而五譴：少游歷仕蔡州教授、太學博士、祕書省校對黄本書籍、正字、國史院編修、杭州通判（未到任）、監處州酒税，凡七官；又自紹聖元年自國史院編修出爲杭州通判，道貶處州監酒税，三年削秩徙郴州，元符元年編管横州，復移雷州，故云「五譴」。詳附録年譜。

〔七〕鬼門之幽關：即鬼門關，在今廣西北流縣西，古爲通往欽、廉、雷、瓊等州要道，少游徙横、雷，當過此。有鬼門關詩，疑爲少游作，見詩集存疑之作。

〔八〕猿鶴：藝文類聚卷九十引抱朴子：「周穆王南征，一軍盡化，君子爲猿爲鶴，小人爲蟲爲沙。」後多指戰亂而死。李白古風之二八：「君子變猿鶴，小人爲沙蟲。」

〔九〕詎國光之復觀：易觀：「觀國之光，利用賓於王。」

〔一〇〕大明：指日。禮禮器：「大明生於東，月生於西。」鄭注：「大明，日也。」此喻徽宗即位，形勢好轉。

〔一一〕釃天漢句：杜甫洗兵馬：「安得壯士挽天河，盡洗甲兵長不用。」此用其意。釃，分流。

〔一二〕請逍遥三句：列子仲尼引壺丘子曰：「外游者，求備於物；内觀者，取足於身。取足於身，游之至也；求備於物，游之不至也。」

〔一三〕濯余足二句：左思詠史詩：「振衣千仞岡，濯足萬里流。」

〔一四〕餘休：餘惠，餘蔭。漢書外戚傳：「願歸骨於山足兮，依松柏之餘休。」

〔一五〕桔槔：井上汲水器。莊子天運：「且子獨不見夫桔槔者乎？引之則俯，舍之則仰。」

〔一六〕耘耔：除草與培土。詩小雅甫田：「今適南畝，或耘或耔。」

〔一七〕杜康：傳説中造酒之人，因轉稱酒爲「杜康」。曹操短歌行：「何以解憂？唯有杜康。」此句與下句喻飲酒宴賓客。

〔一八〕由庚：詩小雅六笙詩之一，儀禮鄉飲酒禮：「笙由庚。」朱熹認爲是「燕饗賓客上下通用之樂」。毛詩有其篇名，無其詞，故此云「補亡詩」。

【彙評】

秦元慶本淮海集評「榮莫榮於不辱」二句：淺俊似白香山。

淮海集箋注卷第二

古　詩

泊吳興西觀音院〔一〕

金刹負城闉〔二〕，闃然美栖止。卞山直穹窿〔三〕，苕水相依倚〔四〕。霜檜鬱冥冥，海棕鮮蕤蕤〔五〕。廣除庇夏陰〔六〕，飛棟明朝晷。溪光皃鷺邊，天色菰蒲裏。緒風解晝焚〔七〕，璧月窺夜禮〔八〕。洩雲彗層空〔九〕，規荷鑑幽沚〔一〇〕。艅艎煙際下〔一一〕，鍾磬林端起。聱牙戲清深〔一二〕，嶔崟撲空紫〔一三〕。所遇信悠然，此生如寄耳〔一四〕。志士恥溝瀆〔一五〕，征夫念桑梓〔一六〕。攬衣軒楹間，嘯歌何窮已！

【校】

〔闃然〕原誤作「闐然」，從王本、四部本改。

〔聱牙〕疑爲「聱耴」之誤。參見卷一湯泉賦校記。

【箋注】

〔一〕本篇作於元豐二年己未（一〇七九）四五月間。據秦譜，是時少游隨蘇軾、參寥子南行，赴會稽省大父承議公及叔父秦定，中途游吴興（即湖州）。案：宋王宗稷蘇文忠公年譜謂蘇軾於元豐二年三月「自徐州移知湖州。……是年以四月二十九日到湖州任」。案到任日王譜失考，蘇軾到湖州後，有謝上表云：「蒙恩就移前件差遣，已於今月二十日到任。」少游此篇當爲到湖州後所作。觀音院，據明成化湖州府圖志卷十二云：「鐵佛禪寺在府治西，宋乾興中，僧鑑真鑄鐵觀音像，號鐵觀音院。熙寧元年，賜名壽聖觀音院。紹興二十年，改廣福觀音院，元末毁於兵，僅存鐵觀音像。」

〔二〕金刹句：金刹，猶言寶刹，指佛寺。李白登塔詩：「水摇金刹影，日動火珠光。」城闉，説文解字注十二篇上：「闉是門外之城，即今之門外曲城是也。」

〔三〕卞山：即弁山。吴興統記云：「卞山，在烏程縣北一十八里。」嘉業堂吴興志卷四烏程縣：「卞山峻極，非清秋爽月不見其頂。顧長生三吴地記按：卞和於荆山采玉，今山中有似玉之石，土人謂之瑶琨，故以卞名之耳。」

〔四〕苕水：即苕溪。湖州府圖志卷六云：「苕溪在城西，其源有二……合而至於郡城之西……入於太湖。」

〔五〕海椶句：海椶，樹木名。椶同椶，本草無漏子：「釋名：木，名海椶。」今稱椶櫚樹。杜甫海椶行：「左綿公館清江濆，海椶一株高入雲。……自是衆木亂紛紛，海椶焉知身出群？」薿薿，茂盛貌。詩小雅甫田：「黍稷薿薿。」

〔六〕廣除：門屏之間曰除。除，臺階。

〔七〕緒風句：緒風，餘風。屈原九章涉江：「乘鄂渚而反顧兮，欸秋冬之緒風。」注：「緒，餘也。」晝焚，指觀音院内白晝焚香。

〔八〕璧月句：謂月圓如璧。南朝梁蕭綱南郊頌序：「乘熛祇之盛曜，即璧月之遐照。」夜禮，蓋指夜禪，因協韻而用禮字。王維藍田山石門精舍詩：「朝梵林未曙，夜禪山更寂。」唐白居易戲贈禮經老僧：「香火一爐燈一盞，白頭夜禮佛名經。」

〔九〕洩雲句：洩雲，飛雲。洩，飛翔貌。文選木玄虛海賦：「翔霧連軒，洩洩淫淫。」注：「洩洩淫淫，飛翔之貌。」晉左思魏都賦：「窮岫洩雲，日月恒翳。」彗，掃。漢班固東都賦：「元戎竟野，戈鋋彗雲。」

〔一〇〕規荷句：規荷，圓荷。沚，水中小洲。

〔一一〕艅艎：舟名。亦作「餘皇」。左傳昭公十七年：「獲其乘舟餘皇。」後漢書馬融傳：「方餘皇。」章懷太子注：「餘皇，吴船之名。」案文選郭璞江賦：「運艅艎。」李善注引左傳及杜預注，並作艅艎。

〔一二〕聱牙：此指魚類。佩文韻府卷二十一六麻引汪廣洋嶺南詩：「聱牙蠻蜒動成群。」案：「聱牙」不通。文選左思吴都賦：「魚鳥聱耴，萬物蠢生。」李善注：「聱耴，衆聲也。」即指魚鳥，義當本此。

〔一三〕嶔崟：山勢高聳貌。楚辭招隱士：「嶔崟崎嶬兮。」

〔一四〕此生句：曹丕善哉行：「人生如寄，多憂何爲？」

〔一五〕志士句：孟子滕文公下：「志士不忘在溝壑，勇士不忘喪其元。」溝瀆，溝渠。

〔一六〕桑梓：故里。詩小雅小弁：「惟桑與梓，必恭敬止。」毛傳謂桑梓「父之所樹」。文選張衡南都賦：「永世克孝，懷桑梓焉；真人南巡，睹舊里焉。」

三老堂　趙少師、張少保、趙通議〔一〕

堂堂三元老，業履冠儔匹。謇諤横秋霜〔二〕，高明麗朝日〔三〕。並道謁温宣〔四〕，連科收甲乙〔五〕。東南奠藩服〔六〕，西北馳使馹〔七〕。解鞅環堵安〔八〕，岸幘氈裘屈〔九〕。群姦懾謦欬，衆廢起咄叱〔一〇〕。至今領麾地，謳吟遍蓬蓽〔一一〕。出入雖異途，歸潔固如一。晚厭方内遊〔一二〕，把袂訪閑逸。雲壑慶安車〔一三〕，風川駛飛鷁〔一四〕。獻酬埃壒外〔一五〕，珠玉在揮筆〔一六〕。風標傲松鶴，顔髮移丹漆〔一七〕。遂令吴越人，藻繪資稱述。

邈然超世姿，髣髴得十七〔一八〕。辟廱禮寂滅〔一九〕，麟閣事蕭瑟〔二〇〕。兹焉出民願，名實更炳蔚〔二一〕。琬琰琢高詞〔二二〕，龍蘭燎深室〔二三〕。福履既所綏〔二四〕，光華無終畢。

【校】

〔使駟〕「駟」，宋紹熙本、張本、胡本皆作「驛」，通。

〔獻酬〕原作「酬獻」，據張本、胡本、李本、段本改。

〔資稱述〕張本、胡本、李本、段本、王本「資」作「恣」。

〔琢高詞〕原誤作「琢高詞」，據蜀本改。

【箋注】

〔一〕本篇元豐二年己未（一〇七九）作於會稽。少游越州請立程給事祠堂狀云：「先是，太子少保南陽趙公有惠政於越；既去，而公承其後。故議者謂近世越州之政，未有如二公者。南陽公嘗命畫史，圖太子少師天水趙公並公與己游從之像，號三老圖。而越之好事者遂作三老堂以寘之。」據新唐書卷七三宰相世系三下，趙氏有天水、南陽諸郡望。天水趙公指趙槩，南陽趙公指趙抃。羅以智趙清獻年譜（鈔本）云：「公諱抃，字閱道，衢州西安人。祖貫越州，五代時其先自京兆徙越中，公之祖始家於衢。祖諱湘，字叔靈（徐案：趙湘以其郡望名其文集曰南陽集）。」又云：「（治平四年）九月，遷右諫議大夫，與張方平並除參知政事，趙少師槩同在政府，槩長於公，人目槩爲大趙參政，公爲小趙參政。」熙寧十年五月，趙抃自越州移知杭州，「六月與趙少師（槩）同遊西湖」。查四庫本趙抃清獻集，有次韻林希喜少師槩遊杭諸詩，其聞致政趙少師槩入境寄獻云：「我公優暇若神仙，八十高齡衆所賢。政府昔同俄一紀，留封今別又三年。」此時越守程師孟公闢亦從遊，抃有次韻程給事寄獻趙少師云：「蓬閣（徐案：蓬萊閣在會稽卧龍山）屢傳賓榻解，濤江深阻故人遊。」又次韻趙少師寄程給事二首之二云：「越絶主人招意重，卧龍山好駕安車。」槩在杭約四月，暮春來，度夏始去，故抃次韻程給事寄趙少師三首之一云：「去日蓮花紅朵朵，來時荷葉緑田田。」留前人度夏方回南都云：「況屬炎輝初可畏，未逢秋爽莫言歸。」以上可見三老從游之蹟，宋史三人俱有傳，然皆不及此，因特疏之。鈔本趙清獻年譜謂抃「元豐二年己未，七十二歲。二月，加太子少保致仕」。長編卷二九八謂「元豐二年五月辛巳，太子少師致仕趙槩上所集諫林」。嘉泰會稽志卷二云：「程師孟，熙寧十年十月，以給事中充集賢殿修撰知，元豐二年十二月替。」據此可知三老爲趙抃、趙槩、程師孟。題下原注誤。

〔二〕謇諤句：謇諤，正直敢言。後漢書陳蕃傳：「謇諤之操，華首彌固。」晉陸機辨亡論上：「左丞相陸凱以謇諤盡規。」秋霜，喻威嚴。後漢書孔融傳：「懍懍焉，皜皜焉，其與琨玉秋霜比質可也。」

〔三〕高明句：言三老高而且明，可附麗於朝日。漢書董仲舒傳：「曾子曰：『尊其所聞，則高明矣；行其所知，則光大矣。』」

〔四〕温宣：温室、宣室，漢未央宮、長樂宮之宮室。三輔黃圖卷三：「温室殿，武帝建，冬處之温暖也。」漢書賈誼傳：「上方受釐，坐宣室。」注：「未央前正室也。」此處泛喻宮廷。

〔五〕連科句：指三老先後登第。鈔本趙清獻年譜謂趙抃「景祐元年甲戌二十七歲登張唐卿榜進士第」；宋龔明之中吴紀聞卷三亦謂程師孟「擢景祐元年進士第」，是爲同年。趙槩宋史本傳僅云「進士及第」，「奏事殿中，仁宗面賜銀緋」，然趙抃有次韻前人（指趙槩）懷西湖之游云：「龍山我念經年別，虎榜君應昔日同。」則趙槩亦於仁宗景祐元年登第。

〔六〕東南句：周禮職方氏：「又其外方五百里，曰藩服。」趙抃、程師孟熙豐間曾守越州，而程又曾守廣，作西城，及交阯陷邕管，聞廣守備固，不敢東。見宋史本傳。

〔七〕西北句：馹，傳車。說文段注：「釋言曰：馹，傳遽也。」又舍人注：「馹，尊者之傳也。」案宋史趙槩傳：「聘契丹，契丹主會獵，請賦信誓如山河詩。詩成，請酌玉杯爲槩勸，且授侍臣劉六符素扇，寫之納袖中，其禮重如此。」又程師孟傳：「賀契丹生辰，至涿州，契丹命席：迎者正南向，涿州官西向，宋使介東向。師孟曰：『是卑我也。』不就列。自日昃争至暮，從者失色。師孟辭氣益厲，叱儐者易之。於是，更與迎者東西向。」鈔本趙清獻年譜謂嘉祐八年英宗即位，「四月奏使（趙抃）告即位於契丹」。

〔八〕解鞅句：鞅，套在馬頭（或馬腹）上的皮帶，解鞅謂休歇，引申爲致仕。環堵，禮記儒行：「儒有一畝之宫，環堵之室。」

〔九〕岸幘句：岸幘，推起頭巾，露出前額。孔融與韋林甫書：「岸幘廣坐，舉杯相與。」喻傲岸之狀。氈裘，本謂西北民族服裝。戰國策趙二：「大王誠能聽臣，燕必致氈裘狗馬之地。」後借指西北民族。此指程師孟叱契丹儐者事，見箋注〔七〕。

〔一〇〕群姦二句：謂爲政嚴明，興利除弊。趙抃爲殿中侍御史，彈劾不避權倖，人稱鐵面御史。後爲内司諫，將煉丹之内侍鄧保信比作文成、五利，力論之。又劾副樞密陳升之，章二十餘上。趙槩知洪州，築石隄防水患。時僚吏鄭陶、饒奭挾持郡事，而州之歸化卒將生變，槩斬其犯夜者以徇，又收陶、奭抵罪，闔府股栗。程師孟在江西，盜起袁州，州吏爲耳目，師孟械吏數人，盜遂被擒。俱見宋史本傳。

〔一一〕至今二句：喻民頌其德政。麾地，此指趙抃、程師孟守越州。宋史趙抃傳：「知越州，吳越大饑疫，死者過半。抃盡救荒之術，療病埋死，而生者以全。」中吳紀聞卷三：「公（程師孟）至越，寬猛適中而事自治，民皆愛之。……所至之地，囹圄空虚，道不拾遺；既去，民爲立祠，刊石頌德。」蓬蓽，喻貧者所居。晉書皇甫謐傳贊：「士安好逸，栖心蓬蓽。」

〔一二〕方内：猶言世俗。莊子大宗師：「孔子曰：『彼遊於方之外，而丘遊於方之内者也。』」

〔一三〕安車：禮記曲禮上：「大夫七十而致事，若不得謝，則必賜之几杖，行役以婦人，適四方，乘安車。」陳注：「安車者，一馬小車，坐乘也。」趙抃次槩韻詩亦有「卧龍山好駕安車」之句，見箋注〔一〕。

〔一四〕飛鷁：喻舟船。漢書司馬相如傳：「浮文鷁。」注：「鷁，水鳥也，畫其像於船頭。」案：清獻集卷二、卷三、卷四載有三人游杭、越唱和詩十餘首；此二句及以下數句當指此。

〔一五〕埃壒：塵埃。班固西都賦：「軼埃壒之混濁，鮮顥氣之清英。」晉書阮籍傳論：「是以帝堯縱許由於埃壒之表，光武舍子陵於潺湲之瀨。」

〔一六〕珠玉句：杜甫奉和賈至舍人早朝大明宮詩：「朝罷香烟攜滿袖，詩成珠玉在揮毫。」案：先生謝程公闢啓云：「酬唱百篇，永作東吴之盛事。」本句盛稱公闢（程師孟字）之作。

〔一七〕風標：猶風儀，風采。白居易題王處士郊居：「寒松縱老風標在，野鶴雖飢飲啄閑。」二句稱頌三老風範儀容。趙抃陪前人（指趙槩）游西湖兼簡坐客云：「杭民夾道焚香看，白髮朱顔長壽仙。」即指此。

〔一八〕遂令四句：藻繪，彩色繪畫。史記平準書：「緣以藻績爲皮幣。」姚綬廬山觀瀑圖賦：「以文章緒餘而施之朱鉛兮，發天機於藻績。」此謂吴越人所爲之三老圖，形神得其十之七。

〔一九〕辟廱句：韓詩説：「辟廱者，天子之學圓如璧，壅之以水示圓。言辟，取辟有德。不言辟水言辟廱者，取其雍和也，所以教天下春射秋饗，尊事三老五更。在南方七里之内，立明堂於中，五經之文所藏處。」此謂古代以辟廱尊事三老五更之禮久已不行。

〔二〇〕麟閣句：麟閣，即麒麟閣，在漢未央宫内。三輔黄圖卷六：「麒麟閣，蕭何造，以藏祕書、處賢才也。」漢宣帝時，曾圖霍光、蘇武等十一功臣像於閣上，以彰其功。見漢書蘇武傳。此謂麒麟閣圖功臣像之事也已不行於當世。

〔二一〕炳蔚：文采鮮明華麗。易革：「大人虎變，其文炳也。」又：「君子豹變，其文蔚也。」抱朴子廣譬：「泥龍雖藻繪炳蔚，而不堪慶雲之招。」以上二句謂人民立三老堂以紀之。

〔二二〕琬琰：琬圭與琰圭。書顧命：「赤刀、大訓、弘璧、琬琰在西序。」孝經序：「寫之琬琰，庶有補於將來。」瑑，玉器上凸文。周禮考工記玉人：「瑑圭璋八寸。」注：「瑑，文飾也。」後引申爲在玉器上雕飾凸文。漢書董仲舒傳：「臣聞良玉不瑑，資質潤美，不待刻瑑。」案：卷三十九會稽唱和詩序謂廣平程公（公闢）、南陽趙公（抃）「皆喜登臨，樂吟賦……平夷渾厚，不事才巧」，觀「因手寫二十二篇之詩，以遺越人鑱諸石，又述其所以然者發其端云」。本句即指此。

〔二三〕龍蘭：香料名，即龍涎（亦稱瑞腦、龍腦）、蘭麝。張世南遊宦紀聞卷七：「諸香中，龍涎最貴重。……或云龍多蟠於洋中大石，卧而吐涎。」實爲抹香鯨體内排出的分泌物。

〔二四〕福履句：言三老福禄已安。詩周南樛木：「樂只君子，福履綏之。」傳：「履，禄也。」

送周裕之赴新息令〔一〕

丈人淮海英〔二〕，抗節浮雲外〔三〕。揮毫錯星錦，抵掌參竽籟〔四〕。青春抱脩能〔五〕，脱略無范蔡〔六〕。晚營三徑資，百里聊束帶〔七〕。扁舟歲欲徂〔八〕，古刹夜仍艾〔九〕。去去整羽儀〔一〇〕，行與高風會〔一一〕。

【校】

〔丈人〕又作「文人」，誤。

【箋注】

〔一〕本篇試繫於元豐八年乙丑（一〇八五）。是歲少游舉焦蹈榜進士，授蔡州教授，回里迎親。據徐積節孝集附載秦淮海帖云：「觀本欲詣門下請辭，適鄉人喬吏部（希聖）約同行。小宦迎親，遠涉畏途，且欲藉其徒御之衆，遂挽舟出關，以此不遑前詣。」詩作於此帖之前，時尚未離高郵，云「扁舟歲欲徂，古刹夜仍艾」，謂歲暮在一古刹，蓋高郵之乾明寺也。又云「去去整羽儀，行與高風會」，謂少游不久赴蔡州將與之相會也。新息爲蔡州屬縣，故少游有此語。周裕之，嘉靖維揚志卷十九：「周裕之，泰州人，歸貞孫，熙寧庚戌葉祖洽榜進士，與秦定、周秩同科。」據清段朝端徐集小箋卷上考證，周裕之，字廉彦，海陵（今江蘇泰州）人。徐積有謝周裕之二首、謝周廉彦致奠，張文潛有和周廉彦七律。

〔二〕淮海英：海陵地屬淮海，因以譽周裕之。

〔三〕抗節句：抗節，堅守節操。漢書朱雲傳：「時中書令石顯用事，與充宗爲黨，百僚畏之，惟御史中丞陳咸年少抗節，不附顯等。」浮雲外，論語述而：「不義而富且貴，於我如浮雲。」此謂周裕之不求富貴，清廉自守。

〔四〕揮毫二句：稱喻周裕之文如星錦，語似竽籟。抵掌，擊掌。抵，通扺，玉篇手部：「扺，之氏切，側擊也，扺掌也。」戰國策秦策：「（蘇秦）見説趙王於華屋之下，抵掌而談，趙王大悦。」竽籟，樂器名。宋玉高唐賦：「纖條悲鳴，聲似竽籟。」

〔五〕脩能：卓越才能。屈原離騷：「紛吾既有此内美兮，又重之以脩能。」

〔六〕脱略句：脱略，輕慢、不拘。南朝梁江淹恨賦：「脱略公卿，跌宕文史。」晉書謝尚傳：「脱略細行，不爲流俗之事。」范蔡，即范雎、蔡澤，戰國時辯士，曾游説秦昭王，先後拜相。二人脱略形迹，不拘細行，事見史記范雎蔡澤列傳。

〔七〕晚營二句：嵇康高士傳謂後漢王莽爲宰衡時，蔣詡奏事到霸上，移疾歸杜陵，荆棘塞門，舍中三徑，終身不出。又梁蕭統陶淵明傳：「（淵明）謂親朋曰：『聊欲絃歌以爲三徑之資，可乎？』執事者聞之，以爲彭澤令。……歲終，會郡差督郵至，縣吏請曰：『應束帶見之。』」此化用其意以喻周。百里，指一縣之地，亦可代稱縣令之職。三國志蜀書龐統傳：「統以從事守耒陽令，在縣不治，免官。吴將魯肅遺先主書曰：『龐士元非百里才也。』」韋應物送唐明府赴溧水：「三爲百里宰，已過十餘年。」

〔八〕扁舟句：歲欲徂，謂一年將去也。徂，往也。詩大雅桑柔：「自西徂東。」

〔九〕夜仍艾：詩小雅庭燎：「夜如何其，夜未艾。」艾，盡也。

〔一〇〕羽儀：以羽毛裝飾之儀仗。南史宋武帝紀：「便步出西掖門，羽儀絡繹追隨，已出西明門矣。」

〔一一〕高風：贊喻周裕之。夏侯湛東方朔畫贊序：「睹先生之縣邑，想先生之高風。」

寄曾逢原〔一〕

孟夏氣候好，林塘媚晴輝〔二〕。回渠轉清流，藻荇相因依〔三〕。叢薄起疏籟〔四〕，衆鳥鳴且飛〔五〕。高城帶落日，光景酣夕霏〔六〕。即事遠興託〔七〕，撫己幽思微〔八〕。超搖弄柔翰〔九〕，徙倚紘金徽〔一〇〕。美人邈雲杪〔一一〕，志願固有違。丹青儻不渝，與子同裳衣〔一二〕。

【校】

〔雲杪〕原誤作「雲眇」，據王本、四部本改。

〔不渝〕原誤作「不逾」，據王本、四部本改。

〔同裳衣〕「裳」原誤作「棠」，據蜀本、張本、胡本、李本改。

【箋注】

〔一〕曾逢原，名孝序，晉江（今屬福建）人，以蔭補將作監主簿，監泰州海安（今江蘇海安）鹽倉，因家焉。累官至環慶路經略安撫使。因論事忤蔡京，竄嶺南，後知潭州。進龍圖閣直學士，知青州。靖康中死於青州兵變。見宋史忠義傳。案：元豐元年冬，參寥子在山陽有夜泊淮上復寄曾逢原詩云：「風約亂雲歸隴首，角吹明月出波心。」觀本篇結句，時曾逢原當戍守環慶前綫。此詩寫村景，疑作於元豐初家居之時。詳見附録年譜。按：王安石答蘇子瞻書謂少游之作「清新嫵麗，鮑謝似之」。本詩多化用陶謝筆意，或意境相似，或用語相襲。然卒章顯志，表示欲與曾逢原同上前綫殺敵報國的決心。

〔二〕孟夏二句：陶淵明讀山海經之一：「孟夏草木長，遶屋樹扶疏。」謝靈運石壁精舍還湖中作：「昏旦變氣候，山水含清暉。」

〔三〕回渠二句：謝靈運石壁精舍還湖中作：「芰荷迭映蔚，蒲稗相因依。」

〔四〕叢薄：草木叢生之處。楚辭招隱士：「叢薄深林兮人上慄。」洪興祖補注：「深草曰薄。」淮南子俶真：「夫鳥飛千仞之上，獸走叢薄之中，禍猶及之。」注：「聚木曰叢，深草曰薄。」疏籟：謂自然界空穴中發出之響聲，此指風吹草木之聲。

〔五〕衆鳥句：陶淵明詠貧士詩之一：「朝霞開宿霧，衆鳥相與飛。」謝靈運石門岩上宿詩：「鳥鳴識夜棲，木落知風發。」

〔六〕高城二句：謝靈運石壁精舍還湖中作：「林壑斂暝色，雲霞收夕霏。」

〔七〕即事句：意猶陶淵明癸卯歲始春懷古田舍詩：「雖未量歲功，即事多所欣。」及謝靈運石壁精舍還湖中作：「慮淡物自輕，意愜理無違。」

〔八〕撫己：陶淵明歲暮和張常侍詩：「撫己有深懷，履運增慨然。」

〔九〕超搖句：超搖，見卷一歎二鶴賦注〔九〕。柔翰，毛筆。晉左思詠史詩之一：「弱冠弄柔翰，卓犖觀群書。」

〔一〇〕徙倚句：徙倚，留連、低回。屈原遠遊：「步徙倚而遥思兮，怊惝怳而乖懷。」金徽，以金塗飾之琴徽。南朝梁元帝蕭繹詠秋夜詩：「金徽調玉軫，兹夜撫離鴻。」

〔一一〕美人：賢人。詩邶風簡兮：「云誰之思，西方美人。」鄭箋：「思周室之賢者。」此指曾逢原。

〔一二〕丹青二句：丹青，指史籍，古代丹册紀勛，青史紀事。此謂曾逢原將名垂史册。同裳衣，詩秦風無衣：「豈曰無衣，與子同裳。王于興師，修我甲兵，與子偕行。」此謂曾在前線，欲共同戰鬬也。

【彙評】

段斐君本淮海集徐渭眉批：置之陶韋集中，不復可辨。

送僧歸遂州〔一〕

寶師本巴蜀，浪迹遊淮海。定水湛虛明〔二〕，戒珠炯圓彩〔三〕。飄零鄉縣異，畹晚星霜改〔四〕。明發又西征〔五〕，孤帆破烟靄。

【箋注】

〔一〕本篇元豐七年甲子（一〇八四）八月作於金山。時蘇軾自黃州量移汝州，路經金山，有送金山鄉僧歸蜀開堂詩，查慎行註曰：「鄉僧，遂寧僧圓寶也，見糖霜譜。」少游於八、九月，會蘇軾於金山，見王文誥蘇詩總案卷二十四。是時蘇軾有次韻滕元發許仲塗秦少游詩，故少游亦作詩送圓寶。遂州，即遂寧，在今四川省中部、涪江上游。

〔二〕定水句：定水，佛家語，猶静水。南朝梁元帝蕭繹法寶聯璧序：「熏戒香，沐定水。」虛明，心空虛而内照曰虛明，亦用以指心。文選任昉王文憲集序：「非虛明之絶境。」李善注：「虛明，亦心也。」

〔三〕戒珠：佛家語，喻戒律精潔。法華經卷一序品：「精進持浄戒，猶如獲明珠。」金石粹編東魏中岳嵩陽寺碑：「高足大沙門統遵法師，忘懷體道，戒珠皎潔。」

〔四〕畹晚句：畹晚，遲暮、將暮。宋玉九辯：「白日畹晚其將入兮，明月銷鑠而減毀。」星霜，喻羈旅異鄉之歲月。柳宗元酬婁秀才將之淮南見贈之什：「風月歡寧間，星霜分益親。」

〔五〕明發：黎明、平明。詩小雅小宛：「明發不寐，有懷二人。」傳：「明發，謂將旦而光明開發也。」

司馬遷　分韻得壑字〔一〕

子長少不羈，發軔遍丘壑〔二〕。晚遭李陵禍〔三〕，憤悱思遠託〔四〕。高辭振幽光〔五〕，直筆誅隱惡〔六〕。馳騁數千載，貫穿百家作〔七〕。至今青簡上〔八〕，文彩炳金雘〔九〕。高才忽小疵，難用常情度。譬彼海運鵬〔一〇〕，豈復顧矰繳〔一一〕？區區班叔皮，未易議疏略〔一二〕。

【校】

〔題〕李本無題下附注。

〔議疏略〕蜀本「議」作「譏」，較勝。

【箋注】

〔一〕司馬遷：漢夏陽（今陝西韓城南）人，字子長，司馬談之子。早年曾漫游江淮沅湘汶泗，又奉使西南至邛笮。武帝元封三年繼父職爲太史令。後因爲李陵辯護，下獄受腐刑。出獄後，發憤完成史記，有太史公自序。漢書有傳。此首與何人分韻賦詩，不詳。

〔二〕子長二句：漢書司馬遷傳：「二十而南遊江淮，上會稽，探禹穴，窺九疑，浮沅湘，北涉汶泗，講業齊魯之都……過梁楚以歸。」發軔，軔爲制阻車輪之横木，發之則車行。屈原離騷：「朝發軔於蒼梧兮，夕余至乎縣圃。」

〔三〕晚遭句：漢書司馬遷傳：「十年而遭李陵之禍，幽於纍紲。」案：李陵，漢隴西成紀人，名將李廣之孫。武帝時任騎都尉。天漢二年，率步卒五千擊匈奴，孤軍無援，戰敗投降，司馬遷曾爲其辯解，因而獲罪，受腐刑。見漢書李陵傳。又見司馬遷報任安書。

〔四〕憤悱句：司馬遷報任少卿書：「蓋西伯拘而演周易；仲尼厄而作春秋；屈原放逐，乃賦離騷；左丘失明，厥有國語；孫子臏脚，兵法修列；不韋遷蜀，世傳吕覽；韓非囚秦，説難孤憤；詩三百篇，大抵賢聖發憤之所爲作也。此人皆意有所鬱結，不得通其道，故述往事，思來者。及如左丘明無目，孫子斷足，終不可用，退論書策以舒其憤，思垂空文以自見。僕竊不遜，近自託於無能之辭。」

〔五〕高辭句：太史公自序：「退而深惟曰：夫詩書隱約者，欲遂其志之思也。」史記正義序：「比之春秋，言辭古質；方之兩漢，文省理幽。」

〔六〕直筆句：漢書司馬遷傳贊：「然自劉向、揚雄博極群書，皆稱遷有良史之才，服其善序事理，辯而不華，質而不俚，其文直，其事核，不虛美，不隱惡，故謂之實録。」

〔七〕馳騁二句：漢書司馬遷傳：「亦其所涉獵者廣博，貫穿經傳，馳騁古今上下數千載間。」史記索隱序：「又其屬稿先據左氏、國語、系本、戰國策、楚漢春秋及諸子百家之書，而後貫穿經傳，馳騁古今。」

〔八〕青簡：文選劉孝標重答劉秣陵沼書：「青簡尚新。」吕延濟注：「青簡，竹簡，古無紙，用以爲書。」

〔九〕金䨼：金色與青色。文選江淹雜體陳思王贈友詩：「卷我二三子，辭義麗金䨼。」吕向注：「金䨼，雕飾也。」

〔一〇〕海運鵬：莊子逍遥遊：「鵬之背，不知其幾千里也，怒而飛，其翼若垂天之雲。是鳥也，海運則將徙於南冥。」郭象注引向秀云：「非海不行，故曰海運。」

〔一一〕矰繳：繫以絲繩用以射鳥之短箭。史記留侯世家：「鴻鵠高飛，一舉千里。……雖有矰繳，尚安所施？」

〔一二〕區區二句：班叔皮，班彪，字叔皮，漢扶風安陵人。光武初，舉茂才，拜徐縣令，因病免。博采遺聞，作西漢史後傳六十五篇，以補史記太初以後之未就。由其子固、女昭續成漢書。其論司馬遷史記曰：「至於採摭經傳，分散百家之事，甚多疏略。」見後漢書本傳。少游此處指班彪，然後文司馬遷論中則指班固。

觀易元吉獐猿圖歌〔一〕

參天老木相樛枝〔二〕，嵌空怪石銜青漪。兩猿上下一旁掛，兩猿熟視蒼蛙疑。蕭蕭叢竹山風吹，海棠杜宇相因依。下有兩獐從兩兒，花飧草囓含春嬉〔三〕。藝老筆精湖海推〔四〕，畫意忘形形更奇〔五〕。解衣一掃神扶持，他日自見猶嗟咨。金錢百萬酒千鴟〔六〕，荆南將軍欣得之〔七〕。老禪豪取橐爲垂，白晝掩門初許窺。房櫳炯炯明冬曦，榛藂羽革分毫釐。殘編未終且歸讀，歲暮有間重借披。

【校】

〔畫意忘形〕「畫」原誤作「書」，據張本、胡本、李本改。

〔初許窺〕「許」原誤作「詐」，據張本、胡本、李本改。

〔分毫釐〕「毫」原作「豪」，通，據胡本、李本、段本改。

【箋注】

〔一〕本篇疑元祐五年庚午（一〇九〇）以後作於汴京。是時同舍張耒亦有麞猿圖詩，結云：「妙哉易生筆有神，以此成名以終身。」劉摯在易元吉畫猿詩，中云：「枝間倒掛秋山猿」、「傳聞易生近已死」，當係同題一畫。據「老禪」二句，先生當於一僧人處得觀此畫。易元吉，字慶之，長沙人，擅花鳥蜂蝶，時稱徐熙後一人。其畫喜書款於石間，自署「長沙教授易元吉畫」。後見趙昌畫，遂寫猿獐。游荆楚間，入萬守山百餘里，觀察猿狖獐鹿之屬，心傳目擊，悉著毫端。又嘗於長沙宅後開圃鑿池，植竹種花，馴養水禽山獸，窺其動静游息之態，以資畫筆之思致。故繪畫動植之狀，一時無出其右者。英宗治平元年（一〇六四），景靈宫建孝嚴殿，召元吉畫花石珍禽；又於神遊殿作牙獐，皆極其妙。未幾，復召畫百猿，纔十餘枚，感時而卒，見宋郭若虚圖畫見聞志四。又米芾畫史云：「或云畫孝嚴殿壁畫，院人妒其能，只令畫獐猿，竟爲人所鴆。」其聚猿圖今藏遼寧省博物館。

〔二〕樛枝：樹枝向下彎曲，相互絞纏。

〔三〕下有二句：張耒𪊨猿圖詩：「下有遊貆意甚馴，雄雌嬉遊循水濱。」亦寫此。

〔四〕筆精：謂書畫筆法精妙。李白王右軍詩：「掃素寫道經，筆精妙入神。」

〔五〕畫意忘形：歐陽修盤車圖詩：「古畫畫意不畫形。」蘇軾書鄢陵王主簿所畫折枝二首其一：「論畫以形似，見與兒童鄰。……邊鸞雀寫生，趙昌花傳神。」

〔六〕酒千鴟：鴟，酒器。一作鴟夷。漢書陳遵傳：「揚雄作酒箴曰：『鴟夷滑稽，腹如大壺，盡日盛酒，人復借酤。』」注引師古曰：「鴟夷，韋囊盛酒，即今鴟夷幐也。」蘇軾和贈羊長史詩：「不持兩鴟酒，肯借一車書。」

〔七〕荆南將軍：不詳。

【附】

牟巘陵陽文集卷十七題易元吉猿圖：柳子厚以爲猿之德静，以常山之小草木，必環而行，遂其植，故猿之居山常鬱然。此黄黑二族，山深日暖，朋儔相命，雄雌相從，領其子孫，相與嬉遨，攀援上下，反掛倒懸，若相語相持。而其老者，或隱樹間，或伏枝上，以觀窺之。百態雖殊，意甚自適，了無静勃喧呶、搏噬挽裂之態，而其旁老幹叢筱，蒼葱自如，與柳子厚所言無異，可愛而玩也。圖有秦氏印章可考，真元吉畫。

周密雲煙過眼録卷一：易元吉手卷，紙上子母猿二十餘枚。秦氏物。前有尚書儀衛使官印。上題潭散吏易元吉作。甚佳。

夜坐懷莘老司諫　次韻參寥〔一〕

六合寥寥信茫昧〔二〕，中有日月無根柢〔三〕。古往今來漫不休，青髮素顔從此逝。嗟予自少多邅回〔四〕，氣血未衰心已艾〔五〕。北渡長淮霜入屨〔六〕，南窺禹穴塵生袂〔七〕。日鑿一竅渾沌死〔八〕，雖有餘風終破碎。回車復路可無緣？三問道人三不對〔九〕。

【箋注】

〔一〕莘老：孫覺字。高郵人，曾受業於胡瑗，舉進士，調合肥主簿，累擢右正言。神宗即位，直集賢院。熙寧中，王安石行新法，議不合，由是出知廣德軍，移守吴興、廬州、福州及應天府。其改右司諫，在熙寧末。哲宗立，召爲祕書少監，遷御史中丞。後以疾請罷。有文集、奏議六十卷，春秋經解十五卷。宋史有傳。參寥，即參寥子，僧道潛之别號，元祐中賜號妙總禪師，杭州於潛人。能詩，於蘇軾、秦觀爲詩友。元豐元年（一〇七八），訪蘇軾於徐州。軾謫黄州，夢與賦詩，後參寥往訪。元祐中，卓錫杭州智果寺。蘇軾守杭，訪之，作應夢記。紹聖初，受蘇軾牽連，詔令還俗。徽宗立，曾肇爲之辨誣，復落髮爲僧。有參寥子集十二卷。事迹散見於東坡志林、東坡詩集卷十七次韻僧潛見贈施注及咸淳臨安志。案參寥子元豐元年十月在高郵作有乾明夜坐懷孫莘老學士詩（參見年譜），少游此詩爲和作。觀其「南窺禹穴」一句，知作於元豐二年（一〇七九）越州省親期間。是歲秋七月，蘇軾因烏臺詩案發，就逮於湖州。少游聞訊，自越渡錢塘來湖，問訊得實，中秋後一日復回越州，過杭訪參寥子。見卷三十與蘇黄州簡、卷三十八龍井題名記並東坡跋尾。詩云「回車復路」，即指重行南下也。

〔二〕六合：天地四方。莊子齊物論：「六合之外，聖人存而不論。」

〔三〕日月無根柢：屈原天問：「日月安屬？列星安陳？」柳宗元天對：「規燬魄淵，太虛是屬。棋布萬熒，咸是焉託。」注：「謂日圓而明，月生而静，星若棋，皆託乎太虛也。」

〔四〕邅回：一作遭回。本指道路曲折，此以喻遭遇困頓。劉禹錫洛中酬陳判官見贈詩：「潦倒聲名擁腫材，一生多故苦邅回。」

〔五〕心已艾：心已老。禮記曲禮：「五十曰艾。」注引呂氏曰：「五十曰艾，髮之蒼白者如艾之色也。」

〔六〕長淮：指淮河。此句寫舉鄉貢不第事。

〔七〕禹穴：在今浙江紹興南會稽山上。清一統志：「禹穴在會稽委宛山，禹藏書之所，唐鄭魴從事越州，大書禹穴二字，立石序之。」

〔八〕日鑿句：莊子應帝王：「南海之帝爲儵，北海之帝爲忽，中央之帝爲渾沌。儵與忽時相遇於渾沌之地。渾沌待之甚善。儵與忽謀報渾沌之德，曰：『人皆有七竅，以視聽食息，此獨無有。』嘗試鑿之，日鑿一竅，七日而渾沌死。」注引崔云：「言不順自然，强開耳目也。」

〔九〕三問句：家語：「魯哀公問於孔子曰：『子從父命，孝乎？臣從君命，貞乎？』三問，孔子不對。」道人，指參寥子。

【附】

參寥子乾明夜坐懷孫莘老學士：余生飄泊猶斷蓬，詎肯低回附根柢？茲焉得坎謾棲止，一日從風即輕逝。淮南十月寒未苦，耿耿虛堂屬宵艾。（徐案：參寥子詩集卷二「艾」誤作「外」。）星辰錯落掛簷廡，爽氣侵尋入衣袂。桐葉聲翻玉露圓，竹枝影掃金波碎。安得南鄰龐老翁，揮麈（案原誤作「塵」）堂堂坐相對。

答朱廣微〔一〕

廣微才華殆天賦，十歲孤山有佳句〔二〕；又夢東林飲虎溪〔三〕，歎息清風人不悟〔四〕。自爾所見無全牛〔五〕，桐柏崑崙日傾注〔六〕。葱蘢曉景破新花，蹭蹬老拳擒脱兔〔七〕。身勤事左竟何成？巧迫化工天所怒。兩鬢星星滄海頭〔八〕，强學禪那慰遲暮〔九〕。昨夜燈花吐金粟〔一〇〕，曉烹鯉魚得尺素〔一一〕。笑我徜徉吳楚間〔一二〕，經卷酒巵隨所遇。人生迕意十八九，月得解顏能幾度〔一三〕？著書準易空自疲〔一四〕，服藥求仙良亦誤〔一五〕。北風老矣無能爲，行看黄鸝語飛絮。安得從君醉百場，落筆珠璣不論數〔一六〕。

【箋注】

〔一〕本篇當係元豐二年以後所作，時少游曾在徐、楚、揚、湖、杭、越諸州漫遊，故云「笑我徜徉吳楚間」。朱廣微，山陽徐仲車（積）友人。仲車有二老寄朱廣微二首，其一云：「吟翁最好鹽城住……寄聲切問朱監利。」據此，徐集小箋卷上謂：「廣微必鹽邑寓公，曾令監利者。」仲車又有寄朱子機二首，子機蓋爲廣微之字。鹽邑，今江蘇鹽城。

〔二〕孤山：在今杭州市西湖裏外二湖之間，一山聳立，旁無聯附，爲湖山勝絶處。見咸淳臨安志卷二十三。

〔三〕東林句：據陳舜俞廬山記卷二云，晉僧惠遠居廬山東林寺，送客不過溪。一日與陶淵明、道士陸静修共話，不覺踰之，虎輒鳴，三人大笑而别。

〔四〕歎息句：阮籍詠懷：「人誰不善始，尠能克厥終。休哉上世士，萬載垂清風。」謂朱因夢悟道，而歎世人不明此理。

〔五〕所見無全牛：莊子養生主：「庖丁爲文惠君解牛……釋刀對曰：『臣之所好者道也，進乎技矣。始臣之解牛之時，所見無非牛者。三年之後，未嘗見全牛也。』……文惠君曰：『善哉，吾聞庖丁之言，得養生焉。』」此謂得養生之道。

〔六〕桐柏句：桐柏，山名，在今河南省。書禹貢：「導淮自桐柏，東會於泗沂，東入於海。」崑崙，山名，在今新疆、西藏之間。説文：「河，河水出敦煌塞外崑崙山，發源注海。」此句謂淮、河日夜東流，不可阻遏，亦喻人生須順應自然也。

〔七〕蹭蹬句：蹭蹬，喻困頓失意。李白贈張相鎬詩：「晚途未云已，蹭蹬遭讒毁。」老拳，堅强有力之拳。晉書石勒載記下：「初，勒與李陽鄰居，歲常争麻地，迭相毆擊。……（及勒爲趙王）乃使召陽，既至，勒與酣謔，引陽臂笑曰：『孤往日厭卿老拳，卿亦飽孤毒手。』」脱兔，喻迅速。孫子九地：「是故始如處女，敵人開户；後如脱兔，敵不及拒。」

〔八〕兩鬢句：星星，鬢髮花白貌。晉左思白髮賦：「星星白髮，生於鬢垂。」滄海頭，鹽城瀕臨海邊，故云。

〔九〕禪那：梵語，意爲禪定、静思息慮。楞嚴經一：「殷勤啓請十方如來，妙奢摩他，三摩禪那，最初方便。」注：「禪那，華言静慮。」白居易三適訪道友詩：「禪那不動處，混沌未鑿時。」

〔一〇〕昨夜句：謂燈花報喜。金粟，形容燈花。

〔一一〕曉烹句：古詩飲馬長城窟行：「客從遠方來，遺我雙鯉魚。呼兒烹鯉魚，中有尺素書。」

〔一二〕徜徉吴楚間：謂熙寧、元豐間游湖州、歷陽、揚州、徐州、杭州、越州。其别程公闢給事啓謂「從游八月……永作東吴之盛事」，公闢時守越，是吴亦兼指越。

〔一三〕人生二句：晉書羊祜傳：「天下不如意事，恒十居七八。」莊子盜跖：「人上壽百歲，中壽八十，下壽六十，除病瘦死喪憂患，其中開口而笑者，一月之中，不過四五日而已。」解顔，笑也。

〔一四〕著書句：著書準易，謂雄倣易而著太玄。漢書揚雄傳下：「劉歆亦嘗觀之，謂雄曰：『空自苦！今學者有利禄，然尚不能明易，又如玄何？吾恐後人用覆醬瓿也。』」

〔一五〕服藥句：古詩十九首：「服食求神仙，多爲藥所誤。不如飲美酒，被服紈與素。」以下「安得從君醉百場」，用古詩後二句意。

〔一六〕珠璣：喻詩文之美。杜牧新轉南曹未叙朝散初秋暑退出守吴興書此篇以自見志詩：「一盃寬幕席，五字弄珠璣。」

送僧歸保寧〔一〕

西湖環岸皆招提〔二〕，樓閣晦明如卧披〔三〕。保寧復在最佳處，水光四合無端倪。車塵不來馬足斷〔四〕，時有海月相因依。上人弱齡已隸此，心目所證惟瑰琦。白玉芙蓉出清沼，天然不受緇塵擾〔五〕。坐客一語不入意，目如明星視飛鳥〔六〕。冠切雲兮佩玉環〔七〕，上人顧之真等閒。應緣聊入人間世〔八〕，興盡掃却湖上山〔九〕。伊余久欲窺禹穴〔一〇〕，矧今仲父官東越〔一一〕。行挽秋風入剡溪〔一二〕，爲君先醉西湖月。

【校】

〔已隸此〕「此」原誤作「比」，據蜀本、張本、胡本改。

〔玉環〕原作「玉難」，疑誤，此據四部本改。

【箋注】

〔一〕秦譜謂元豐二年春末少游如越省大父承議公，時叔父秦定爲會稽尉。觀本篇結尾四句，知作於此行之前，蓋元豐元年（一〇七八）秋也。詳見年譜。保寧，禪院名，舊址在杭州。咸淳臨安志卷七十九：「保寧院，天福三年（九三八）吴越王建，舊額保安無量壽院，治平二年（一〇六五）改今額。」陳師道思白堂記：「（西）湖之東州，保寧之寺，故唐刺史白公居易燕游之所也。」僧名不詳。

〔二〕西湖句：指杭州西湖，招提，指佛寺。慧琳音義：「招提，僧坊，此云四方僧坊也。」翻譯名義集：「後魏太武始光二年（四二五）造伽藍，創立招提之名。」

〔三〕樓閣句：形容寺廟樓閣或明或暗，宛如披閲畫幅。卧披，卧時披閲。僧德洪醴陵驛詩：「三湘在圖畫，開屏供卧披。」此句至「海月相因依」，皆寫保寧寺四周景色。陳師道思白堂記云：「臨淵而望西山，樓觀出焉；淵昧而林茂，魚鳥樂焉；江海山澤林廬之氣相錯，風林水麓鳥獸之聲相亂，而雨暘寒暑晝夜之變不齊也。」地域相近，可資參考。

〔四〕車塵句：陶淵明飲酒詩：「結廬在人境，而無車馬喧。」此用其意。

〔五〕白玉二句：化用李白贈江夏韋太守良宰詩：「清水出芙蓉，天然去雕飾。」芙蓉，指荷花。緇塵，指世俗之污垢。晋陸機爲顧彦先贈婦詩：「京洛多風塵，素衣化爲緇。」此處用周敦頤愛蓮説「出污泥而不染」意。

〔六〕坐客二句：孔子家語困誓云，孔子適衛，與衛靈公言伐蒲事，語不合靈公心意，靈公口曰「善」而卒不果伐，「他日靈公又與夫子語，見飛雁過而仰視之」。蓋以視飛鳥表示充耳不聞、不同意。

〔七〕切雲：冠名。屈原涉江：「帶長鋏之陸離兮，冠切雲之崔嵬。」

〔八〕人間世：王先謙莊子集解：「人間世，謂當世也。事暴君，處污世，出與人接，無争其名，而晦其德，此善全其道。」

〔九〕興盡句：掃，謂揮筆。王令夢蝗詩：「發爲疾蝗詩，憤掃百筆禿。」此謂乘興揮筆，寫盡西湖山色。

〔一〇〕禹穴：見前夜坐懷莘老司諫注〔七〕。

〔一一〕仲父：少游叔父秦定，神宗熙寧三年登葉祖洽榜進士第，授會稽尉，至元豐三年始得代。見秦譜及卷三〇與蘇公先生簡其四注〔一〕。

〔一二〕剡溪：水名，曹娥江上游，在今浙江嵊州境内。太平寰宇記卷九六：「剡溪在縣南一百五十步，一源出台州天台縣，一源出婺州武義縣，即王子猷雪夜訪戴逵之所也。」李白秋下荆門：「布帆無恙掛秋風……自愛名山入剡中。」

和王通叟琵琶夢〔一〕

鶗鴂鳴時衆芳歇〔二〕，華堂夢斷音容絶。風驚玉露不成圓〔三〕，一夜芙蕖泣秋月〔四〕。金紋捍面紫檀槽〔五〕，曾抱花前送酒舠〔六〕。庾郎江令費珠璧，小硏紅箋揮兔毫〔七〕。風流雲散令人瘦〔八〕，忍看麴塵昏錦綬〔九〕！楚水悠悠更不西，上天破鑑空依舊〔一〇〕。

【校】

〔題〕王本、四部本無「夢」字，注云：「一本琶下有夢字。」

〔曾抱花前〕蜀本「曾」下有注云：「一作獨。」

【箋注】

〔一〕本篇約作於元豐三年庚申（一〇八〇）。明嘉靖如皋縣志：「（王）觀，開封府解元，嘉祐二年丁酉，章衡榜。」張宗橚詞林紀事卷五王觀：「觀字通叟，高郵人（原注：一作如皋人），嘉祐二年進士，累遷大理丞，知江都縣，嘗著揚州賦、芍藥譜，有冠柳詞。」續資治通鑑長編卷三〇一謂元豐二年十二月辛酉，「詔大理寺丞王觀除名，永州編管，坐如（徐案：當爲知之誤。）江都縣受賄枉法，罪至流也」。觀本篇結四句，知作於王觀被逐之後，姑繫於本年。案：王觀，海陵如皋（今江蘇縣名）人，因被放逐，後世稱王逐客。參見卷三十三李氏夫人墓誌銘。

〔二〕鶗鴂：杜鵑鳥。文選張平子思玄賦：「恃己知而華予兮，鶗鴂鳴而不芳。」注：「臨海異物志曰：『鶗鴂，一名杜鵑，至三月鳴，晝夜不止，夏末乃止。』」一作鵜鴂。屈原離騷：「恐鵜鴂之先鳴兮，使夫百草爲之不芳。」首二句蓋指王觀被逐之時。

〔三〕玉露：露珠晶瑩如玉。南朝陳徐陵爲護軍長史王質移文：「比金風已勁，玉露方圓，宜及窮秋，幸踰高塞。」

〔四〕芙蕖：荷花之别稱。爾雅釋草：「荷，芙蕖。」以上二句點出和詩之日。

〔五〕金紋捍面紫檀槽：皆琵琶上零件。捍面，即捍撥，護撥之飾物。唐李賀春懷引：「捍撥裝金打仙鳳。」紫檀槽，檀木琵琶上架絃之格子。唐李商隱定子詩：「檀槽一抹廣陵春，定子初開睡臉新。」

〔六〕酒舠：船形小酒杯。集異記：「作酒杯如船，流於水上而飲。」元豐年間頗流行此種酒杯。玉海：「元豐中，太皇太后、皇太后幸金明池，豫爲百寶酒船，持以上壽。」舠，小船，形如刀，見韻會。又，古代酒樽之承盤亦稱舟，因亦以酒舟稱酒杯。見卷七題閻求仁虚樂亭三首其二注〔四〕。

〔七〕庾郎二句：庾郎，南齊庾杲之爲尚書駕部郎，家清貧。一飯僅有三韭。任昉戲之曰：「誰謂庾郎貧？食鮭常有二十七種。」見南齊書庾杲之傳。江令，南朝梁江總，濟陽考城人，字總持。好學能屬文，尤善五、七言詩。後仕陳爲尚書令。世稱江令。南史、陳書皆有傳。唐李商隱南朝詩：「滿宫學士皆顔色，江令當年只費才。」費珠璧，猶費才。珠璧，形容詩文之美。小砑紅箋，一種砑有金色之紅紙。考庾、江皆無詩文寫琵琶，此處蓋一般借以稱譽王觀原唱之富有才華。

〔八〕風流雲散：形容飄零分散。三國魏王粲贈蔡子篤詩：「風流雲散，一别如雨。」

〔九〕麴塵句：麴塵，酒麴所生細菌，淡黄似塵。麴一作「鞠」。周禮天官「鞠衣」鄭玄注：「黄桑服也，色如鞠塵，象桑葉始生。」此處指霉斑塵垢。錦綬，蓋指包裝琵琶之綬帶。

〔一〇〕上天破鑑：破鑑，即破鏡。玉臺新詠卷十古絶句四首之一：「藁砧今何在？山上復有山。何當大刀頭，破鏡飛上天。」樂府解題：「大刀頭者，刀頭有環也。何當大刀頭者，何日當還也。」案：環，與「還」諧音。破鏡，喻月半，意爲月半當還。此句則謂時至月半，人猶未歸。

【彙評】

段斐君本淮海集徐渭眉批：鮮俊在唐人中晚之間。

醫者〔一〕

塊然一氣初渾淪〔二〕，散作六物相吐吞〔三〕。主承客禦勝復存，是爲萬物疾病原〔四〕。寥寥空陂遊寃魂，誨此法術成軒轅〔五〕。金書玉册要不煩〔六〕，焕如星宿不可捫。時遷聖徂遂幽昏，弊俗竊以資利源。余嘗感慨期明論，世無妙質孰與言〔七〕？因君乞詩置屋軒，聊復援筆賦本根。

【校】

〔疾病原〕蜀本「原」作「源」，通。

〔感慨〕「慨」原誤作「槩」，此從王本、四部本。

【箋注】

〔一〕本篇當作於熙寧末年至元豐初年，是時參寥子從孫莘老、秦觀游，宿高郵乾明寺，有贈鄒醫詩云：「憐余寢瘵古佛刹，每辱珍劑相扶攜。傾囊倒橐願爲贈，唯有圓蒲并杖藜。君聞掉頭不我顧，止索詩句光衡圭。」此詩結二句云：「因君乞詩置屋軒，聊復援筆賦本根。」正與參寥詩相合，蓋作於同時。醫者當爲鄒放。後集卷之一有贈醫者鄒放詩。

〔二〕塊然句：塊然，孤獨貌，此猶渾然一體。渾淪，道家指天地未分時之迷濛狀態。列子天問：「太初者，氣之始也；太始者，形之始也；太素者，質之始也。氣、形、質具而未相離，故曰渾淪。渾淪者，言萬物相渾淪而未相離也。」

〔三〕六物：即六氣。左傳昭公元年：「天有六氣……曰陰、陽、風、雨、晦、明也。……過則爲菑（災）。陰淫寒疾，陽淫熱疾，風淫末疾，雨淫腹疾，晦淫惑疾，明淫心疾。」

〔四〕主承二句：指一般主體與客體關係。就醫學言，黄帝内經素問卷三以心爲主，以肺、肝、膽、膻中、脾胃、大腸、小腸、腎、膀胱、三焦等爲十二官，云：「主不明則十二官危，使道閉塞而不通，形乃大傷。以此養生則殃；以爲天下者，其宗大危。」此用其意。

〔五〕軒轅：即黄帝。相傳黄帝與岐伯論醫而著内經。政和證類本草圖經序：「讎校岐黄内經，重定鍼艾俞穴。」後因以岐黄或岐軒作中醫學之代稱。

〔六〕金書句：金書玉册，猶金文玉札，原指道家之書。南嶽魏夫人傳：「諸真君授夫人以玉札金文。」黄、老世稱道家，故以此喻醫書。要不煩，要言不煩。

〔七〕妙質：美妙之資質。陸雲與陸典書云：「挺自然之妙質，禀淵姿之弘毅。」

漫郎 分韻得桃字〔一〕

元公機鑒天所高，中興諸彦非其曹〔二〕。自呼漫郎示真率，日與聱叟爲嬉遨〔三〕。是時胡星殞未久，關輔擾擾猶弓刀〔四〕。百里不聞易五羖〔五〕，三士空傳殺二桃〔六〕。心知不得載行事，俛首刻意追風騷。字偕華星章對月〔七〕，漏泄元氣煩揮毫〔八〕。猗玗春深茂花竹〔九〕，九疑日暮吟哀猱〔一〇〕。紅顔白骨付清醥，一官於我真鴻毛〔一一〕！乃知達人妙如水，濁清顯晦惟所遭〔一二〕。無時有禄亦可隱〔一三〕，何必龕巖遠遁逃〔一四〕？

【校】

〔題〕李本、段本、王本、四部本無題下附注。

【箋注】

〔一〕漫郎：唐元結別號。結，字次山，武昌人，天寶進士，肅宗時，累遷水部員外郎。代宗時，以親老歸樊上，作元子十篇，始號猗玗子。大曆初拜道州刺史，進授容管經略使。卒於京師。文章戛戛自異，變排偶綺靡之習。有元次山集。又編有篋中集。新唐書有傳。道光永州府志卷二名勝志謂秦觀漫郎吟刻於浯溪中興頌磨厓碑之側，據此，詩蓋元符元年（一〇九八）自郴州編管橫州途經浯溪時所作，内容亦與被謫時心情相合。

〔二〕元公二句：據新唐書元結傳，史思明將攻河陽時，唐肅宗欲幸河東，召元結詣京師。結乃上時議三篇，論天下大事，勸肅宗居安思危，選賢用能。肅宗悦曰：「卿能破朕憂。」史思明亂，帝將親征，結建言：「賊鋭不可與争，宜折之以謀。」帝善之。結屯泌陽守險，全十五城。機鑒，謂其識見高遠，機智明鑒。中興諸彦，指平定安史之亂諸將如郭子儀、李光弼等。

〔三〕自呼二句：元結自釋：「後家瀼濱，自稱浪士。及有官，人以爲浪者亦漫爲官乎？呼爲漫郎。既客樊上，漫遂顯。樊左右皆漁者，少長相戲，更曰聱叟。彼誚以聱者，爲其不相從聽，不相鉤加，帶笭箵而盡船，獨聱齖而揮車。……能帶笭箵，全獨而保生；能學聱齖，保宗而全家。聱也如此，漫乎非邪？」又有漫酬賈沔州詩云：「自家樊水上，性情尤荒慢。雲山與水木，似不憎吾漫。以兹忘時世，日益無畏憚。漫醉人不嗔，漫眠人不唤。漫游無遠近，漫樂無早晏。漫中漫亦忘，名利誰能算？」皆喻其放浪自由，無所羈絆也。

〔四〕是時二句：胡星，指史思明。關輔，指長安近畿。二句實謂史思明犯河陽事，參箋注〔二〕。

〔五〕百里句：史記秦本紀繆公五年：「既虜百里傒，以爲秦繆公夫人媵於秦。百里傒亡秦走宛，楚鄙人執之。繆公聞百里傒賢，欲重贖之，恐楚人不與，乃使人謂楚曰：『吾媵臣百里傒在焉，請以五羖羊皮贖之。』楚人遂許與之。當是時，百里傒年已七十餘。繆公釋其囚，與語國事。……語三日，繆公大悦，授之國政，號曰五羖大夫。」此以百里傒爲秦穆公所賞識，寫身世之感。

〔六〕三士句：戰國策齊策：「公孫捷、田開疆、古冶子勇而無禮。晏子言於公，餽之二桃，曰：『三子計功而食。』古冶子曰：『君濟河，黿銜左驂，冶逆流百步，得黿頭頸。功可以食。』二子曰：『吾勇不若子，功不若子。』刎頸而死。冶亦刎頸而死。」後常以比喻陰謀殺人。三國蜀諸葛亮梁父吟：「一朝被讒言，二桃殺三士。」

〔七〕字偕華星：杜甫同元使君舂陵行：「道州憂黎庶，詞氣浩縱横。兩章對秋月，一字偕華星。」

〔八〕漏洩元氣：李商隱唐容管經略使元結文集後序：「次山之作，其綿遠長大，以自然爲祖，元氣爲根，變化移易之，太虛無狀，大賁無色。」

〔九〕猗玕：山洞名，在今湖北大冶境内。安禄山反，元結曾率族人避難於此。新唐書元結傳：「少居商餘山，著元子十篇。故以元子爲稱。天下兵興，逃亂入猗玕洞，始稱猗玕子。」

〔一〇〕九疑：山名。水經注湘水：「蟠基蒼梧之野，峯秀數郡之間。羅巖九舉，各導一溪；岫壑負阻，異嶺同勢；遊者疑焉，故曰九疑山。」也作「九嶷」。此指元結曾在嶺南任容管經略使。其欸乃曲之一云：「來謁大官兼問政，扁舟却入九疑山。」之二云：「千里楓林烟雨深，無朝無暮有猿吟。」此用其義。

〔一一〕紅顏二句：清醥，清酒，酒清謂之醥。晉左思蜀都賦：「觴以清醥，鮮以紫鱗。」「一官于我真鴻毛」，本于元結石魚湖上作「金玉吾不須，軒冕吾不愛」，亦即李白贈孟浩然「紅顏棄軒冕，白首卧松雲」之意。

〔一二〕乃知二句：楚辭漁父：屈原既放而嘆「舉世皆濁我獨清」，漁父曰：「聖人不凝滯於物，而能與世推移。」歌「滄浪之水清兮，可以濯吾纓；滄浪之水濁兮，可以濯吾足」而去。元結退谷銘：「名顯身晦，公恐漫叟。」此用其意。

〔一三〕有禄亦可隱：南史王僧祐傳：「（僧祐）遷司空祭酒，謝病不與公卿遊。齊高帝謂王儉曰：『卿從（弟）可謂朝隱。』」

〔一四〕龕巖：通嵁巖，指高山幽谷。莊子在宥：「賢者伏處嵁巖之下。」

【彙評】

葛立方韻語陽秋卷六：杜子美褒稱元結舂陵行兼賊退後示官吏二詩云：「兩章對秋水，一字偕華星。致君唐虞際，淳朴憶大庭。」又云：「今盜賊未息，得結輩數十公，落落然參錯爲天下邦伯，天下少安可立待已。」蓋非專稱其文也。至於李義山，乃謂次山之作以自然爲祖，以元氣爲根，無乃過乎？秦少游漫郎詩云：「字偕華星章對月，漏洩元氣煩揮毫。」蓋用子美、義山語也。

紀夢答劉全美〔一〕

歲逢困敦斗申指，辰次庚辰漏傳子〔二〕。夢出城闉登古原〔三〕，草木縈天帶流水。千夫荷鍤開久殯〔四〕，前有一人狀瓌偉〔五〕。素冠長跪烝酒殽，云是劉郎字全美。馬鳴車響斷還續，人境晦明秋色裏。既寤茫然失所遭，河轉星翻汗如洗。世傳夢凶常得吉，神物戲人良有旨〔六〕。全美聲名海縣聞，閉久當開乃其理。娟娟二十四橋月，月下吹簫聊爾耳〔七〕。洗眼看君先一鳴〔八〕，九萬扶摇從此始〔九〕。

【校】

〔荷鍤〕底本作「荷插」，據張本、胡本、李本改。

【箋注】

〔一〕本篇疑元豐七年甲子（一〇八四）作於高郵。秦譜云：「案紀夢答劉全美七古起二句云：『歲逢困敦斗申指，辰次庚辰漏傳子。』蓋子年七月庚辰日也。考元豐七年甲子，紹聖三年丙子，七月皆無庚辰。李燾長編：『熙寧五年壬子，六月己酉，朔；閏七月戊申，朔。』詩中所云

『辰次庚辰』者，七月初二也。」案劉全美，名發。據宋詩紀事卷三十四及宋詩紀事小傳補正卷二，發，遂州（今四川遂寧）人，元豐八年（一〇八五）進士，元祐中爲華亭主簿。（據紹熙雲間志，元祐五年，發作華亭縣學記。）因知於少游爲同榜。又王文誥蘇詩集成於元豐七年載有蘇軾詩，題曰「秦少游夢發殯而葬之者，云是劉發之柩，是歲發首薦。秦以詩賀之，劉涇亦作，因次其韻。」王文誥蘇文忠公詩編注集成總案卷二十四謂元豐七年八月十九日，「而許遵、秦觀亦至，遂會於金山」；二十日，「讀劉涇詠秦觀夢劉發事，並有詩，秦觀辭歸高郵」。據此，本篇似應作於元豐七年爲是。

〔二〕歲逢二句：記作夢之年月日時。困敦，古代曆法紀年十二地支中「子」的別稱。爾雅釋天：「（太歲）在子曰困敦。」斗申指，斗，北斗，北斗指申爲夏曆七月。禮記月令「孟秋之月」鄭玄注：「孟秋者……斗建申之辰也。」漏，古代計時器。漏傳子，謂時值午夜子時。

〔三〕城闉：見前泊吴興西觀音院注〔二〕。

〔四〕荷鍤：晉書劉伶傳：「常乘鹿車，攜一壺酒，使人荷鍤而隨之，謂曰：『死便埋我。』其遺形骸如此。」劉全美與劉伶同姓，因以喻之。

〔五〕瓌偉：奇偉。晉書郤詵傳：「詵博學多才，瓌偉倜儻。」

〔六〕世傳二句：晉書殷浩傳：「或問浩曰：『將涖官而夢棺，將得財而夢糞，何也？』浩曰：『官本臭腐，故將得官而夢尸；錢本糞土，故將得錢而夢穢。』時人以爲名言。」少游用其意。

〔七〕娟娟二句：二十四橋，方輿勝覽：「揚州府二十四橋，隋置，……後韓令坤省作州城，分布阡陌，別立橋梁，所謂二十四橋或在或廢，不可得而考矣。」沈括補筆談卷三：「揚州在唐時最爲富盛，舊城……可紀者有二十四橋。」據其自注謂「今存」者，有南橋、小市橋、廣濟橋、開明橋、通泗橋、萬歲橋、山光橋。可知北宋時實存七橋。李斗揚州畫舫録卷十五則云：「廿四橋即吴家磚橋，一名紅藥橋，在熙春臺後。『平泉湧瀑』之水，即金匱山水，由廿四橋而來者也。」以「廿四」爲橋名。杜牧寄揚州韓綽判官詩：「二十四橋明月夜，玉人何處教吹簫？」

〔八〕洗眼句：洗眼，謂細看，此猶拭目以待。章孝標及第後寄廣陵故人詩：「馬頭漸入揚州郭，爲報時人洗眼看。」一鳴，史記滑稽列傳：「此鳥不飛則已，一飛衝天；不鳴則已，一鳴驚人。」

〔九〕九萬扶摇：莊子逍遥遊：「鵬之徙於南冥也，水擊三千里，摶扶摇而上者九萬里。」李白上李邕詩：「大鵬一日同風起，扶摇直上九萬里。」

【彙評】

葛立方韻語陽秋卷十一：晉樂廣曰：「人未嘗夢乘車入鼠穴，搗虀噉鐵杵，以無想因也。」自樂論之，則凡夢皆出於想爾。而殷浩乃曰：「官本臭腐，故將官而夢尸。」是豈出於想邪？周官有六夢，夢非止於思而已。劉發方赴舉也，秦少游夢有發殯而葬之者，云是劉發之柩，是歲發首薦。少游以詩賀之曰：「世傳夢凶常得吉，神物戲人良有旨。全美聲名海縣聞，閉久當開乃其理。」少游所原，乃一時褒美贊喜之辭，非殷浩之意也。東坡云：「世衰道微士失己，得喪悲歡反其故。草袍蘆箠相嫵媚，飲食嬉遊事群聚。曲江船舫月燈毬，是謂舞殯而歌墓。」其末又有「故令將仕夢發棺，勸子勿爲官所腐」之語。全篇二百餘言，皆用浩意，可謂巧於遺詞者矣。

秦元慶本淮海集眉批：夢回景色如畫。

田居四首〔一〕

其一

雞號四鄰起，結束赴中原〔二〕。戒婦預爲黍，呼兒隨掩門〔三〕。犂鋤帶晨景，道路更笑喧。宿潦濯芒屨〔四〕，野芳簪髻根。霽色披窅靄，春空正鮮繁〔五〕。辛夷茂橫皋〔六〕，錦雉嬌空園。少壯已雲趨〔七〕，伶俜尚鴟蹲〔八〕。蟹黃經雨潤，野馬從風犇〔九〕。村落次第集，隔塍致寒暄〔一〇〕。眷言月占好〔一一〕，努力競晨昏。

【校】

〔一〕四首〕王本、四部本無此二字。

〔其二〕此爲箋注者所加，下同。

【箋注】

〔一〕參寥子詩集卷二有次韻黄子理宣德四時詩，分詠春夏秋冬。案：參寥子於熙寧九年來淮南，與孫莘老、秦觀同遊歷陽之湯泉（見卷三十八遊湯泉記），至元豐二年春，始與秦觀搭蘇軾官船回杭州。黄子理，即黄法曹（見卷之四和黄法曹憶建溪梅花詩及卷三十與黄魯直簡）。據此，則參寥子詩當作於元豐初。少游詩體例相似，可能作於同時。蓋熙寧十年前後，少游生於高郵東鄉（今三垛鎮），少習農事，詩中反映親歷的農村生活，很爲真切。每首除首尾二句外，皆用對偶，工巧而不失流麗，圓熟而兼生新。此時尚未涉仕途，故詩中心情較爲閑適也。

〔二〕結束句：結束，裝束。宋王珪宫詞：「朝朝結束防宣喚，一様珍珠絡轡頭。」此謂穿着勞動服裝及整治農具。中原，原中，田野中。詩小雅小宛：「中原有菽，庶民采之。」

〔三〕戒婦二句：秦譜：「治平四年丁未（一〇六七），先生年十九，娶徐氏，名文美，潭州寧鄉縣主簿徐成甫女。」又元祐五年庚午（一〇九〇）：「先生子處度公湛在都下應秋試未出。」案此時秦湛若爲二十歲，元豐元年（一〇七八）已十二矣。詩云「呼兒隨掩門」，基本符合實際。

〔四〕宿潦：隔夜之積水。芒屩，草鞋。

〔五〕霽色二句：窅靄，迷濛貌。梁元帝隱居先生陶弘景碑：「嶕嶢高棟，窅靄脩櫳。」鮮繁，鮮花盛開。唐韓愈陸渾山火和皇甫湜用其韵：「錯陳齊玫辟華園，芙蓉披猖塞鮮繁。」方世舉注：「言火色如花之鮮艷繁華，充實其中也。」

〔六〕辛夷：落葉喬木，其花「紫苞紅焰」（本草綱目），始尖鋭如筆，故俗稱木筆。

〔七〕雲趨：喻衆多。三國繁欽征天山賦：「轒轀雲趨，威弧雨發。」

〔八〕伶俜句：孤單。晉潘岳寡婦賦：「少伶俜而偏孤兮，痛忉怛以摧心。」古詩爲焦仲卿妻作：「晝夜勤作息，伶俜縈苦辛。」此與「少壯」相對，指老弱孤寡。鴟蹲，如鴟之蹲伏，狀坐未着地時形態。歐陽修對雪十韻：「兒吟雛鳳語，翁坐凍鴟蹲。」

〔九〕野馬句：莊子逍遥遊：「野馬也，塵埃也。」成玄英疏：「青春之時，陽氣發動，遥望藪澤之中，猶如奔馬，故謂之野馬也。」此指春日田野間霧氣。犇，通奔。

〔一〇〕村落二句：用陶淵明歸園田居：「時復墟里人，披草共來往。相見無雜言，但道桑麻長。」

〔一一〕眷言句：眷言，回顧貌。陸機贈尚書郎顧彦先：「眷言懷桑梓，無乃將爲魚。」月占，占卜月之吉凶。吕氏春秋勿躬：「容成作曆，羲和作占日，尚儀作占月，后益作占歲。」

【彙評】賀裳載酒園詩話秦觀：作田園詩，宜於樸直，其曲折頓挫在轉落處，用意不窮便佳，不在雕飾字句。常有用雅字則俗，用俗字反雅者，猶服大練不可承以錦襪耳。少游田居詩，描寫情景，亦有佳處，但篇中多雜雅言，不甚肖農夫口角，頗有驢非驢、馬非馬之恨。如「雞號四鄰起，結束赴中原」，此游俠少年及從軍行中語，田叟何煩爾！

其二

入夏桑柘稠，陰陰翳虚落〔一〕。新麥已登場，餘蠶猶占箔。隆曦破層陰〔二〕，霽靄收遠壑。雌蜺卧淪漪〔三〕，鮮飈泛蓤薄〔四〕。林深鳥更鳴，水漫魚知樂〔五〕。羸老厭煩歊〔六〕，解衣屢槃礴〔七〕。蔭樹濯涼飔〔八〕，起行遺帶索。冢婦餉初還〔九〕，丁男耘有託〔一〇〕。倒筒備青錢〔一一〕，鹽茗恐垂橐〔一二〕。明日輸絹租，鄰兒入城郭。

【校】

〔層陰〕張本、李本作「曾陰」，通。

【箋注】

〔一〕虚落：通墟落，指村落。南朝梁范雲贈張徐州稷詩：「軒蓋照墟落，傳瑞生光輝。」唐王維渭川田家詩：「斜光照墟落，窮巷牛羊歸。」

〔二〕隆曦：猶盛陽。柳宗元牛賦：「抵觸隆曦，日耕百畝。」

〔三〕雌蜺句：雌蜺，副虹。爾雅注：「虹雙出，色鮮盛者爲雄，雄曰虹；闇者爲雌，雌曰蜺。」屈原九章悲回風：「上高巖之峭岸兮，處雌蜺之標顛。」淪漪，微波，詩魏風伐檀：「河水清且淪猗。」釋文謂猗本亦作「漪」。文心雕龍情采：「夫水性虛而淪漪結。」

〔四〕鮮飇句：鮮飇，南朝梁江淹雜體三十首許徵君自叙：「曲櫺激鮮飇，石室有幽響。」吕向注：「鮮潔之風。」謝朓夏始和劉孱陵詩：「對窗斜日過，洞幌鮮飇入。」蘩薄，廣雅釋草：「草蘩生爲薄。」蘩，通叢。

〔五〕林深二句：化用杜甫秋野五首其二：「水深魚極樂，林茂鳥知歸。」魚知樂，莊子秋水：「莊子與惠子遊於濠梁之上，莊子曰：儵魚出游從容，是魚樂也。」

〔六〕羸老句：羸老，老弱。煩歊，悶熱。王逢夜坐詩：「沖襟謝煩歊，廣簟生離索。」

〔七〕槃礴：箕踞而坐。莊子田子方：「解衣般礴。」注：「般礴，謂箕坐也。」

〔八〕涼颸：涼風。謝朓在郡卧病呈沈尚書：「珍簟清夏室，輕扇動涼颸。」

〔九〕冢婦：謂嫡長子之婦。禮内則：「舅没則姑老，冢婦所祭祀賓客，每事必請於姑。」鄭玄注：「謂傳家事於長婦也，婦雖受傳猶不敢專行也。」

〔一〇〕丁男：成年男子。齊民要術：「丁男長女治十畝。」唐儲光羲效古詩：「婦人役州縣，丁男事征討。」

〔一一〕筒：貯錢之竹筒。蘇軾與秦觀書：「在黄州，日以錢百五十作一塊，用不盡者貯筒中。」

〔一二〕垂橐：空袋。左傳昭公元年：「伍舉知有其備也，請垂橐而入，許之。」

其三

昔我蒔青秧，廉纖屬梅雨〔一〕。及兹欲成穗，已復頽星暑。遲暮易昏晨，摇落多砧杵〔二〕。村迥少過從，客來旋炊黍。興發即杖藜〔三〕，未嘗先處所。褰裳涉淺瀨〔四〕，矯首没孤羽。藂祠土鼓悲〔五〕，野埭䴔雞舞〔六〕。稚子隨販夫，老翁拜巫女。辛勤稼穡事，惻愴田疇語〔七〕。得穀不敢儲，催科吏旁午〔八〕。

【校】

〔辛勤〕原注：「一作艱難。」

【箋注】

〔一〕廉纖：細微，此狀細雨。韓愈晚雨詩：「廉纖晚雨不能晴，池岸草間蚯蚓鳴。」

〔二〕摇落句：摇落，凋謝、零落。宋玉九辯：「悲哉秋之爲氣也，草木摇落而變衰。」砧杵，古擣衣用具。子夜四時歌秋歌：「佳人理寒服，萬結砧杵勞。」此指擣衣聲。

〔三〕杖藜：持藜莖爲杖，泛指拄杖而行。劉長卿贈西隣盧少府：「時因杖藜次，相訪竹林東。」

〔四〕褰裳句：褰裳，屈原九章思美人：「因芙蓉而爲媒兮，憚褰裳而濡足。」褰，揭起。淺瀨，屈原九歌湘君：「石瀨兮淺淺，飛龍兮翩翩。」注：「瀨，湍也。」

〔五〕蘩祠句：蘩通叢。叢祠，建在荒野叢林中之神祠。史記陳涉世家：「又間令吴廣之次近所旁叢祠中，夜篝火狐鳴。」土鼓，樂器。周禮春官：「籥章掌土鼓豳籥。」注引杜子春云：「土鼓以瓦爲匡，以革爲兩面，可擊也。」

〔六〕野埭：田野間築土爲壩曰埭。鶡雞：鳥名。楚辭宋玉九辯：「鶡雞啁哳而悲鳴。」洪興祖補注：「鶡雞似鶴，黄白色。」

〔七〕惻愴：陶淵明還舊居詩：「今日始復來，惻愴多所悲。」

〔八〕傕科句：傕科，傕租。旁午，交錯、紛繁。漢書霍光傳：「受璽以來二十七日，使者旁午。」注引師古曰：「一縱一横爲旁午，猶言交横也。」時王安石變法，賦税苛煩，故少游及之。

其　四

嚴冬百草枯，鄰曲富休暇〔一〕。土井時一汲，柴車久停駕〔二〕。寥寥場圃空，跕跕烏鳶下〔三〕。孤榜傍横塘〔四〕，喧春起旁舍〔五〕。田家重農隙，翁嫗相邀迓。班坐釃酒醪，一行三四謝。陶盤奉旨蓄，竹筯羞雞彘〔六〕。飲酣争獻酬〔七〕，語闋或悲咤。悠悠燈火暗，刺刺風飈射〔八〕。客散静柴門，星蟾耿寒夜〔九〕。

【校】

〔富休暇〕張本、胡本、李本、段本、秦本注云：「富疑作當。」

〔土井〕胡本、李本、秦本作「上井」。

【箋注】

〔一〕鄰曲：鄰居。陶淵明游斜川詩序：「與二三鄰曲，同游斜川。」又移居詩：「鄰曲時時來，抗言談在昔。」

〔二〕柴車：簡陋無飾之車。韓詩外傳卷十：「駑馬柴車，可得而乘之。」

〔三〕跕跕：下墮貌。後漢書馬援傳：「仰視飛鳶，跕跕墮水中。」

〔四〕孤榜：猶孤舟。榜，船槳，引申爲船。屈原九章涉江：「乘舲船余上沅兮，齊吴榜以擊汰。」

〔五〕喧舂：説文：「舂，擣米也。」舊時以杵或碓舂米，其聲甚喧。

〔六〕田家以下六句：陶淵明移居詩：「過門更相呼，有酒斟酌之。農務各自歸，閑暇輒相思。相思則披衣，言笑無厭時。」情境相似。班坐，依次而坐。旨蓄，詩邶風谷風：「我有旨蓄，亦以禦冬。」箋：「蓄聚美菜者，以禦冬月乏無時也。」後泛指所儲之美味。

〔七〕獻酬：謂飲酒時賓主互相酬勸。陶淵明遊斜川詩：「提壺接賓侶，引滿更獻酬。」

〔八〕刺刺：象風聲。李商隱送千牛李將軍赴闕五十韻：「去程風刺刺，別夜漏丁丁。」

〔九〕星蟾：星月。淮南子精神：「日中有踆烏，月中有蟾蜍。」

【彙評】

賀裳載酒園詩話秦觀：然如「寥寥場圃空，跕跕烏鳶下」，「飲酣争獻酬，語閧或悲咤。悠悠燈火暗，刺刺風飈射」，亦深肖田家風景，有儲詩之遺。

寄題傅欽之草堂〔一〕

河陽有洑流〔二〕，經營太行根〔三〕。盛德不終晦，發爲清濟源〔四〕。斯堂濟源上，太行正當門。仰視浮雲作，俯窺流水奔。修竹帶藩籬，百禽鳴朝暾〔五〕。相望有盤谷，李愿故居存〔六〕。主人國之老，實惟商巖孫〔七〕。班行昔供奉，亟進逆耳言〔八〕。天子色爲動，群公聲亦呑。蕭條冰霜際，不改白玉温〔九〕。出處士所重，其微難具論。公勿思草堂，朝廷待公尊。

【校】

〔朝廷句〕王本、四部本案：「此篇亦載黄文節公詩集。」案今傳山谷詩内外集、豫章黄先生集俱不載。

【箋注】

〔一〕本篇疑爲黄庭堅作。黄罃山谷先生年譜繫之於元豐七年甲子，云：「寄題傅欽之草堂，欽之，即傅堯俞，草堂在河陽。」案傅欽之，名堯俞，本鄆州須城人，徙孟州濟源，嘉祐八年許將榜進士，嘗監西京税院事，留守晏殊以爲有卿相才。神宗時以反對新法，出知廬州，改許州。哲宗時，官至中書侍郎。宋史有傳。濟源草堂，據名勝志云：「在濟瀆廟西，宋知河陽軍傅堯俞建，俗呼其遺址爲傅家林。」濟源，今河南省縣名。

〔二〕河陽句：河陽，舊縣名，漢置，明廢。故地在今河南孟縣。洑流，水在地下伏流。南朝梁何遜渡連圻詩之一：「洑流自洄糾，激湍視奔騰。」

〔三〕太行：山名。河南志：「太行山在懷慶府城北，其山西自濟源，東北接河内、修武、輝縣、林縣，至磁州界，緜亙數十里。其間峰谷巖洞，景物萬狀，雖各因地立名，實太行一山也。」案：此山今綿延於山西、河南、河北三省之間。

〔四〕清濟源：此指濟水之源。濟水源出於河南濟源縣王屋山（屬太行山脈），故云。

〔五〕朝暾：初昇之太陽。隋書樂志朝日歌：「扶木上朝暾。」

〔六〕相望二句：盤谷，在今河南濟源北。李愿，舊説爲唐西平郡王李晟之子。但觀韓愈送李愿歸盤谷序，實爲另一同名之隱者。韓文云：「太行之陽有盤谷。盤谷之間，泉甘而土肥，草木藂茂，居民鮮少。或曰：謂其環兩山之間，故曰盤。或曰：是谷也，宅幽而勢阻，隱者之所盤旋。友人李愿居之。」

〔七〕商巖：古地名，一稱傅巖。書説命上：「高宗夢得説，使百工營求諸野，得之傅巖。……説築傅巖之野。惟肖，爰立作相。」傳：「傅氏之巖在虞虢之界。」案，即今山西平陸。其地有聖人窟，相傳爲傅説版築之處。傅説，殷高宗時賢相，因傅欽之與之同姓，故稱喻其爲「商巖孫」。

〔八〕班行二句：逆耳言，謂忠言。史記留侯世家：「且忠言逆耳利於行。」宋史本傳云堯俞「論事君前，略無回隱」，司馬光稱其有「清、直、勇三德」。在大臣建言尊濮安懿王爲皇考時，堯俞與吕誨竭力反對，同上十餘疏，其言激切。

〔九〕蕭條二句：謂傅欽之於政治上遭受挫折之際不改其德。白玉温，喻君子之德。禮聘儀：「夫昔者君子比德於玉焉，温潤而澤仁也。」宋史本傳邵雍謂「欽之清而不耀，直而不激，勇而能温」。

次韻酬徐仲車見寄〔一〕

渭清非勝涇〔二〕，蘭芳本無慕〔三〕。我生季葉中，乃與古人遇〔四〕。職當供灑掃〔五〕，匏繫愧遲暮〔六〕。來章感存没〔七〕，三讀淚如注。

【箋注】

〔一〕本篇作於元豐三年庚申（一〇八〇）。詩云「來章感存没」，指徐仲車寄秦少游太虚詩中所云：「知用心於我，知者蔡彥規。彥規今死矣，誰能述所爲？若説子用心，古人如此稀。顧我不能報，臨老形於詩。」案乾隆淮安府志卷二十二下德義志：「蔡彥規，楚州山陽人，官主簿，居與徐仲車爲鄰。彥規爲兒時，與兒曹群行，仲車在簾箔間見其氣貌異於群兒，意甚念之。一日取其所爲文讀之，與時輩不類。仲車外氏在關中，自祖父母而下，凡八九喪未葬。彥規官關中，即爲買地謀葬。葬有日而彥規病，即以成事付其孫正。彥規卒於官，其守呂公哭之甚哀，喪事所需，盡出於呂。」又卷二十二上孝行志：「徐積字仲車，楚州山陽人，父石，以神童舉，知羅城縣事有聲。積孝行出於天禀，三歲父死，旦旦求之，甚哀。母使讀孝經，淚落不能止。應舉入都，不忍舍母，徒載而西。以父名石，終身不用石器，行遇石則避而不踐，曰怵然傷吾心，故不忍。母亡，水漿不入口者七日，廬墓三年，卧苫枕塊，衰絰不去體。雪夜伏墓側，哭不絶。……終喪不撤几筵，起居跪獻如平生。州以行聞，詔賜粟帛。元祐初，近臣交薦，乃以揚州司户參軍爲楚州教授。居數歲，使者又交薦之，轉和州防禦推官，改宣德郎，卒年七十六。」東都事略、宋史皆有傳。少游元豐三年有與參寥大師簡云：「蔡彥規已卒關中，今歸葬山陽，可傷！」（見卷三十）詩當作於本年。

〔二〕渭清句：詩邶風谷風：「涇以渭濁，湜湜其沚。」毛傳：「涇渭相入，而清濁異。」案涇本清而渭本濁，兩水交匯之處，涇因渭入而濁。詩意甚明。清乾隆帝嘗命陝撫秦承恩親履二水之源證實之。然少游此詩乃喻人品之高潔。

〔三〕蘭芳：孔子家語在厄：「芝蘭生於深林，不以無人而不芳；君子修道立德，不爲困窮而改節。」案：少游與蘇子由著作簡云：「古語有之：『蘭生幽谷，不爲莫服而不芳。』某雖不敏，竊事斯語。」時應試不第，故有此語。

〔四〕古人：借指徐積和蔡彦規。積孝行出於天稟，所作所爲皆有古人之風，故少游稱之。參見注〔一〕。

〔五〕供灑掃：謂執弟子之禮。大學章句序：「至於庶人之子弟，皆入小學，而教之以灑掃應對之節，禮樂射御書數之文。」

〔六〕匏繫：論語陽貨：「吾豈匏瓜也哉，焉能繫而不食？」時少游猶未入仕，故有此語。

〔七〕存没：杜甫遣懷：「吾衰將焉託？存殁再嗚呼。」此指徐仲車寄秦少游太虚詩中言及蔡彦規之死。少游與參寥大師簡云：「蔡彦規已卒闗中，今歸葬山陽，可傷！朋友凋落如此。」

次韻邢敦夫秋懷十首　以微雲淡河漢，疏雨滴梧桐爲韻〔一〕

其一

驅車陟高丘，却望大梁圻〔二〕。馳道入雙闕〔三〕，勾陳連太微〔四〕。夷門壯下屬〔五〕，清洛相因依〔六〕。美哉吾黨士，皋禹良可希〔七〕！

【校】

〔其一〕此爲箋注者所加，下同。

〔皋禹〕段本、秦本作「皋禹」，誤。

【箋注】

〔一〕本篇作於元祐元年丙寅（一〇八六）。黄庭堅有和邢敦夫秋懷十首，任淵繫之於元祐元年秋，陳師道有次韻答邢居實二首，亦次於此時。詩云「驅車涉高丘，却望大梁圻」，謂由京出發也；「馳道入雙闕」，謂入伊闕也；「勾陳連太微」，喻京城與洛陽相連也。全詩寫開封至洛陽。時少游方授蔡州教授，蓋順道西游洛陽耳。邢敦夫，名居實，邢恕和叔之子，河南原武人。有異材，年十四作明妃引。蘇子瞻見而稱之，由是知名。未幾，父貶隨州，敦夫侍行，病羸，嘔血。……以故疾日侵而夭。見晁公武郡齋讀書志卷四下。東坡云：「敦夫自爲童，所與交皆諸公長者。百不一見，遂與草木共盡。」此時敦夫隨父居貶所隨州，有秋風三疊寄少游，元祐二年二月十八日卒，年僅十九，有遺文曰呻吟集。事迹略見宋史邢恕傳附及宋詩紀事卷三十四。「微雲淡河漢，疏雨滴梧桐」，爲孟浩然遊秘書省聯句，見全唐詩。

〔二〕大梁圻：大梁，即汴京，今河南開封。圻，指邊界。

〔三〕雙闕：指伊闕，其地兩山相對，望之若闕，故名。見水經伊水注。清王琦李太白集明堂賦注：「歸田録：西京龍門山夾伊水上，自端門望之如雙闕，故謂之闕塞。」

〔四〕勾陳句：勾陳，星名，共六星，在紫微垣内。勾陳一，即北極星。漢劉向説苑辨物：「北辰，勾陳樞星。」唐李商隱陳後主詩：「渚蓮参法駕，沙鳥犯鈎陳。」此喻京城開封；太微，星垣名，三垣之一。史記天官書：「南宫朱鳥，權、衡。衡，太微，三光之廷。」索隱：「宋均曰：天帝南宫也。」此喻洛陽。

〔五〕夷門：戰國時魏都大梁城門。史記魏公子傳贊：「吾過大梁之墟，求問其所謂夷門。夷門者，城之東門也。」壯下屬，謂魏國信陵君重視侯嬴。史記云：「嬴乃夷門抱關者也，而公子親枉車騎，自迎嬴於衆人廣坐之中，不宜有所過，今公子故過之。……市人皆以嬴爲小人，而以公子爲長者能下士也。」

〔六〕清洛：元和郡縣志：「洛水在洛陽縣西南三里，河南縣北四里。」晉潘岳籍田賦：「清洛濁渠，引流激水。」

〔七〕皋咼：皋，皋陶，也稱咎繇，傳爲舜之賢臣，掌刑獄之事，偃姓。虞書舜典：「帝曰：皋陶，蠻夷猾夏，寇賊姦宄，汝作士，五刑有服。」咼，亦稱偰、契，舜之賢臣。虞書舜典：「帝曰：契，百姓不親，五品不遜，汝作司徒，敬敷五教，在寬。」

其二

暮有二客至，俱以能禪聞。一枝惠林出，一派智海分〔一〕。言各不相可，往來劇絲棼〔二〕。謝客姑舍是，妨余醉看雲〔三〕。

【箋注】

〔一〕一枝二句：惠林、智海，禪院名。冒廣生後山詩注補箋引宋東京考：「相國寺在府治東北大寧坊，元豐中立八院：東云寶嚴、寶梵、寶覺、惠林；西曰定慈、廣慈、普慈、智海。」據五燈會元卷十六載，元豐五年，神宗皇帝下詔，闢相國寺六十四院爲八禪二律，惠林、智海當置於此時。

〔二〕絲棼：左傳隱公四年：「臣聞以德和民，不聞以亂。以亂，猶治絲而棼之也。」棼，紊亂。

〔三〕醉看雲：喻超脱之情。王維終南别業：「行到水窮處，坐看雲起時。」

其三

昔者曾中書〔一〕，門户實難瞰〔二〕。筆勢如長淮，初源可觴濫。經營終入海，欲語焉能暫〔三〕？斯人今則亡〔四〕，悲歌風慘澹。

【校】

〔慘澹〕張本、胡本、李本、段本、秦本作「慘憺」，誤。

【箋注】

〔一〕曾中書：指曾鞏。鞏，字子固，建昌南豐（今屬江西）人。年十二，試作六論，援筆而成，辭甚偉。嘉祐二年進士，嘗編校史館書籍，遷館閣校勘、集賢校理。歷知齊州、襄州、洪州；加直龍圖閣，知福州，徙明、亳、滄三州。終中書舍人。工於散文，爲唐宋八大家之一。有元豐類稿。宋史有傳。

〔二〕門户句：謂其造詣高深，不可企及。論語子張：「子貢曰：『譬諸宮牆，賜之牆也及肩，闚見室家之好；夫子之牆數仞，不得其門而入，不見宗廟之美，百官之富。』」

〔三〕筆勢四句：謂曾鞏文章起源於六經，終至浩渺如長淮而入於海。書禹貢：「導淮自桐柏，東會於泗沂，東入於海。」觴濫，即濫觴。荀子子道：「昔者江出於岷山，其源可以濫觴。及其至江之津也，不放舟，不避風，則不可涉也。」宋史本傳云：「（鞏）爲文章，上下馳騁，愈出而愈工，本原六經，斟酌於司馬遷、韓愈，一時工作文詞者，鮮能過也。」

〔四〕斯人句：唐杜甫遺興五首之四：「爽氣不可致，斯人今則亡。」此用其成句。案：曾鞏卒於元豐六年癸亥（一〇八三），年六十五，少游有曾子固哀詞，見卷四〇。

其四

渤海有巨鼇，其顛冠嵯峨〔一〕。宿昔嘗小抃〔二〕，八紘相盪摩〔三〕。忽遭龍伯人，一舉空潮波〔四〕。取皮煎作膠，清此崑崙河〔五〕。

【校】

〔八紘〕當作「八紘」，見箋注〔三〕。

〔盪摩〕張本、胡本、李本俱誤作「盪靡」。

【箋注】

〔一〕渤海二句：據列子湯問云：渤海之東有大壑焉，中有五山，而根無所連著，常隨潮波上下往還。帝恐流於西極，失群聖之居，乃命禺彊使臣鼇十五，舉首而戴之。五山始峙。冠嵯峨，謂戴大山。嵯峨，山高峻貌。漢淮南小山招隱士：「山氣巃嵸兮石嵯峨。」

〔二〕宿昔句：楚辭天問：「鼇戴山抃，何以安之？」舊注引列仙傳：「有巨靈之龜，背負蓬萊之山而抃舞。」抃，擊手鼓舞貌。

〔三〕八紘句：八紘，疑當作「八紘」。淮南子原道訓「八紘九野」，高誘注：「八紘，天之八維也。」

「八紘相盪摩」蓋亦天問「鼇戴山抃，何以安之」之意。

〔四〕忽遭二句：列子湯問：「龍伯之國有大人，舉足不盈數步，而暨五山之所，一釣而連六鼇，合負而趣歸其國，灼其骨以數焉。於是岱輿員嶠二山流於北極，沈於大海。」

〔五〕取皮二句：淮南萬畢術：「膠likely水則清。」抱朴子外篇嘉遯：「寸膠不能治黃河之濁，尺水不能却蕭丘之熱。」書禹貢「崑崙」，蔡傳：「崑崙，即河源所出，在臨羌。」此處謂取巨鼇之皮煎成膠，以治黃河，使其水清。

其　五

蝮蛇初螫手，壯士斷其腕〔一〕。豈不悲毀傷〔二〕，所衈在軀幹。西羌沙鹵地，置戍或煩漢〔三〕。雞肋不足云，阿瞞妙思算〔四〕。

【校】

〔在軀幹〕「在」下原注：「一作存。」蜀本、張本同。

【箋注】

〔一〕蝮蛇二句：漢書田儋傳：「蝮螫手則斬手，螫足則斬足，何者？爲害於身也。」北史尒朱榮傳：「蛇蝮螫手，壯士解腕。」

〔二〕豈不句：孝經：「身體髮膚，受之父母，不敢毀傷。」

〔三〕西羌二句：羌，我國古代西部民族之一。此指西夏。宋史紀事本末卷四十載，元祐元年，夏國主秉常遣使來求蘭州、米脂等五城，司馬光建言：「靈、夏之役，本由我起，今既許其内附，若靳而不與，彼必以爲恭順無益，不若以武力取之。……群臣見小忘大，守近遺遠，惜此無用之地，使兵連不解。願決聖心，爲兆民計。」文彦博意與光合，高太后將許之，光又欲併棄熙、河，安燾固争之，邢恕亦言此非細事，當訪之邊人。恕，敦夫之父也。少游詩中所説，與司馬光同。置戍，謂在上述各地設防。

〔四〕雞肋二句：阿瞞，曹操小字。三國志魏書武帝紀注引九州春秋：「時王欲還，出令曰『雞肋』。官屬不知所謂，主簿楊修便自嚴裝。人驚問修何以知之？修曰：『夫雞肋，棄之如可惜，食之無所得；以比漢中，知王欲還也。』」此處殆以曹操比司馬光。

其　六

湯湯辟廱流〔一〕，中有學子居。但説「若稽古」，言猶三萬餘〔二〕。來者轉相祖，詞林日凋疎。稍喜績溪令，入校天禄書〔三〕。

【箋注】

〔一〕湯湯句：湯湯，大水急流貌。詩大雅江漢：「江漢湯湯，武夫洸洸。」辟廱，古代天子所設之大學。禮王制：「大學在郊，天子曰辟廱。」韓詩說：「辟廱者，天子之學圓如璧，壅之以水示圓。……言辟廱者，取其廱和也。」此指宋太學。

〔二〕但說二句：若稽古，書堯典、舜典、大禹謨諸篇皆以「曰若稽古」開端，傳訓「稽」爲「考」，言稽考古道。此處謂太學以煩瑣訓詁治經，解說「若稽古」三字即用三萬餘言。

〔三〕稍喜二句：績溪令，指蘇轍。轍於元豐八年（一〇八五）春由高安移知績溪縣（今屬安徽省）。八月丁卯以承議郎入爲校書郎，見王文誥蘇詩總案卷二十五、續資治通鑑長編卷三五九。天禄，閣名。三輔黄圖卷六：「天禄閣，藏典籍之所，漢宫殿疏云：『天禄麒麟閣，蕭何造，以藏祕書、處賢才也。』」漢劉向、揚雄曾先後校書於此。此指祕書省。

其七

匠氏構明堂，百材入斤斧〔一〕。儻非豫章棟，冗長亦焉取〔二〕？英英范與蘇〔三〕，器識兼文武。胡爲先一州，不用作霖雨〔四〕！

【校】

〔范與蘇〕原注：「登守、慶帥。」張本、胡本「帥」誤作「師」。

【箋注】

〔一〕匠氏二句：韓愈進學解：「夫大木爲宗，細木爲桷，欂櫨侏儒，椳闑扂楔，各得其宜，旋以成室者，匠氏之工也。」明堂，古代帝王宣明政教之處。宋制蓋異於古，常於郊祀前大享明堂。歐陽修歸田録卷二：「皇祐二年、嘉祐七年季秋大享，皆以大慶殿爲明堂。蓋明堂者，路寢也，方於寓祭圜丘，斯爲近禮。」

〔二〕儻非二句：豫章棟，史記司馬相如列傳：「其北則有陰林巨樹，楩楠豫章。」正義：「活人云：豫，今之枕木也；章，今之樟木也。二木生至七年，枕、樟乃可分别。」二句化用莊子人間世匠石之齊見櫟社樹義，此樹甚高大，然匠石不顧，弟子問曰：「自吾執斧斤以隨夫子，未嘗見材如此其美也，先生不肯視、行不輟何邪？」曰：「已矣，勿言之矣，散木也。……是不材之木也，無所可用。」

〔三〕范與蘇：范純仁與蘇軾。純仁，字堯夫，仲淹子，蘇州吴人。皇祐元年進士，歷知襄城縣、襄邑縣，遷侍御史。又知蘄州、京西提刑。元豐八年四月，加龍圖閣，知慶州，徙知齊州。哲宗立，復直龍圖閣，知慶州。未幾，進吏部尚書，拜尚書右僕射兼中書侍郎。宋史有傳。蘇軾於元豐八年八月知登州，十月十五日到任，二十日召爲禮部員外郎。見王宗稷蘇文忠公年譜引紀年録。少游謂二公「胡爲先一州」，蓋是時尚不知已調任也。

〔四〕胡爲二句：霖雨，書説命上：「若金，用汝作礪；若濟巨川，用汝作舟楫；若歲大旱，用汝作霖雨。」此爲殷高宗命傅説之辭，以喻濟世澤民。二句謂范純仁、蘇軾爲何僅守一州而不任以宰輔。

其八

憬彼高句麗，來修裔夷職〔一〕。天都富如海，勞汝送涓滴。舳艫尾相銜〔二〕，遠近困供億。止沸當絶薪，揚湯百無益〔三〕。

【校】

〔困供億〕徐案：「困」，疑爲「困」之誤。

【箋注】

〔一〕憬彼二句：高句麗，朝鮮北方古國名，簡稱高麗。續資治通鑑長編卷三六二云：「元豐八年十二月辛酉朔，高麗國賀登寶位。」是月戊辰興龍節，「宰臣率百官并遼國、高麗、于闐國信使副赴東上閤門，拜表稱賀」。長編卷三六四云，元祐元年正月辛未，「禮部言：高麗奉慰并賀登寶位，使人進奉物，合行回賜。詔賜高麗國王馬三匹、銀鞍勒一副、衣二襲、金帶二、錦綺羅一百五十四、絹一萬、銀器五百三十兩」。

〔二〕舳艫：前後相連之船隻。漢書武帝紀：「自尋陽浮江……舳艫千里，薄樅陽而出。」注：「舳，船後持舵處，艫，船前頭持櫂處也。言其船多，前後相銜，千里不絕也。」

〔三〕止沸二句：喻治本之道。吕氏春秋盡數：「夫以湯止沸，沸愈不止，去其火，則止矣。」三國志魏書董卓傳：「卓未至，進敗。」注引典略卓上表：「臣聞揚湯止沸，不如滅火去薪。」

其九

祖宗舉賢良，充賦多名儒。執事惡言者，此科爲之無〔一〕。雖有仲舒錯〔二〕，或横江潭魚〔三〕。果欲鳴鳳至，還當種梧桐〔四〕。

【箋注】

〔一〕祖宗四句：賢良，貢舉科目之一，全稱爲賢良方正能直言極諫科，西漢始設，宋爲制科之一。據宋史選舉志二，太祖始置賢良方正能直言極諫科；乾德初，詔許士子詣闕自薦；開寶八年，詔諸州選送；仁宗慶曆六年改爲隨禮部貢舉；熙寧七年五月辛亥詔罷。哲宗元祐二年四月，吕公著請復制科，隨即下詔復之。執事，指王安石、吕惠卿。畢沅續資治通鑑卷七十：「自孔文仲對策忤王安石意，因言於帝曰：『進士已罷詩賦，所試事業，即與制科無異，何必復置是邪？』帝然之。……至是吕惠卿執政，復言制科止於記誦，非義理之學，遂詔罷之。」此首謂廢制科後，將埋没賢才。

〔二〕仲舒錯：董仲舒與晁錯。仲舒，漢廣漢人。武帝時屢對策，建議罷黜百家，獨尊儒術。劉向稱其有王佐才，爲伊吕管晏所不及。漢書有傳。晁錯，漢潁川人。景帝時任爲御史大夫，主張重本抑末，納粟受爵，抗擊匈奴；並倡議削諸侯封邑，鞏固中央政權。漢書有傳。

〔三〕江潭魚：此以屈原忠而見逐爲喻，其漁父云：「屈原既放，游於江潭。……寧赴湘流，葬於江魚腹之中。」

〔四〕果欲二句：椅梧，即梧桐。莊子秋水：「南方有鳥，其名鵷雛……非梧桐不止，非練實不食，非醴泉不飲。」釋文：「鵷雛，鸞鳳之屬也。」文選顔延之秋胡詩：「椅梧傾高鳳，寒谷待鳴律。」注：「銑曰：椅亦梧類。」二句喻盼復制科。

其十

邢侯秋卧痾〔一〕，揮毫見深衷。賡者二三子〔二〕，翕然笙磬同〔三〕。不爲兒女姿，頗形四方風〔四〕。屬有山水念，因之絲與桐〔五〕。

【箋注】

〔一〕邢俁句：宋詩紀事卷三四引王直方詩話：「惇夫自少便多憔悴感慨之意，其秋懷詩云：『高歌感人心，心悲將奈何！』棗陽道中云：『有意問山神，此生復來否？』已而果卒於漢東。」漢東，即隨州。宋史邢恕傳謂居實隨父居任所，考續資治通鑑卷七九元祐元年春正月甲午，「謫恕，以本官權發遣隨州」。則居實「秋卧痾」，當在本年。

〔二〕賡者句：此題賡和者有黄庭堅、陳師道、秦少游諸人，故云。

〔三〕笙磬同：詩小雅鼓鐘：「鼓瑟鼓琴，笙磬同音。」此喻唱酬之和諧。

〔四〕不爲二句：言唱和之詩不詠兒女之情態，頗論政治之興廢。四方風，毛詩序：「言天下之事，形四方之風，謂之雅。雅者，正也，言王政之所由興廢也。」

〔五〕屬有二句：屬有，適有，正有。國語魯語上：「（魯莊）公曰：『吾屬欲美之。』」韋昭注：「屬，適也。」山水念，高山流水的念想。列子湯問：「伯牙鼓琴，志在高山。鍾子期曰：『善哉！峨峨兮若泰山。』志在流水。鍾子期曰：『善哉！洋洋兮若江河。』伯牙所念，鍾子期必得之。」絲與桐，指琴。古多用桐木製琴，練絲爲絃，故稱琴爲絲桐。三國魏王粲七哀詩之二：「絲桐感人情，爲我發悲音。」

淮海集箋注卷第三

古　詩

春日雜興十首〔一〕

其　一

飄忽星氣徂，青陽迫遲暮〔二〕。鳴飛各有適，赤白紛無數〔三〕。雨砌墮危芳，風軒納飛絮〔四〕。褰幃香霧横，岸幘雲峰度〔五〕。林影舞窗扉，池光染衣屨〔六〕。參差花鳥期〔七〕，蹭蹬琴觴趣〔八〕。撫事動幽尋，感時遺遠慕。秣馬膏余車，行行不周路〔九〕。

【校】

〔十首〕王本、四部本無此二字。

〔其一〕此爲箋注者所加，下同。

〔風軒〕王本、四部本「軒」作「櫺」。

【箋注】

〔一〕此爲組詩，非一時之作，亦非專咏春日。本篇宋吴曾能改齋漫録卷十一記詩云：「李尚書公擇初見秦少游上正獻公投卷詩云：『雨砌墮危芳，風簷納飛絮。』再三稱賞，云：『謝家兄弟得意詩，只如此也。』」案：正獻公，即吕公著，據續資治通鑑長編卷三四〇載，元豐七年春正月癸丑，吕公著自定州徙揚州。少游屢試不第，故投卷以干謁也。詩當作於本年暮春。

〔二〕飄忽二句：飄忽，迅疾貌。晉陸機嘆逝賦：「時飄忽其不再，老晼晚其將及。」星氣，指光陰。陶淵明飲酒詩：「冉冉星氣流，亭亭復一紀。」徂，往也。青陽，爾雅釋天：「春爲青陽。」唐孟浩然歲暮歸南山詩：「白髮催年老，青陽逼歲除。」此言春將暮。

〔三〕赤白：形容花開情景。唐元稹法曲：「赤白桃李取花名，霓裳羽衣號天落。」唐李益聽唱赤白桃李花詩：「赤白桃李花，先皇在時曲。」

〔四〕雨砌二句：危芳，將落之花。黄庭堅次韻師厚雨中晝寢憶江南餅麴酒詩：「雨砌無車馬，風簾灑静便。」

〔五〕褰幃二句：上句以幃喻霧，下句以岸幘狀雲峯。宋梅堯臣雪咏詩：「雪色混青冥，搴幃宿酒醒。」岸幘，見卷一三老堂注〔九〕。

〔六〕池光句：庾信春賦：「池中水影懸勝鏡，屋裏衣香不如花。」蓋從此化出。

〔七〕參差：差池，猶言錯過。化用唐太宗帝京篇十首之五：「烟霞交隱映，花鳥自參差。」又白居易禽蟲詩：「疑有鳳凰頒鳥曆，一時一日不參差。」花鳥期，指春日。

〔八〕蹭蹬句：蹭蹬，失勢、失意。杜甫上水遣懷：「蹭蹬多拙爲，安得不皓首。」韓愈南山詩：「攀援脱手足，蹭蹬抵積甃。」琴觴趣，謂琴酒之趣。白居易再授賓客分司詩：「賓友得從容，琴觴恣怡悦。」晉書陶潛傳：「性不解音，而蓄素琴一張，絃徽不具，每朋酒之會，則撫而和之，曰：『但識琴中趣，何勞絃上聲。』」

〔九〕秣馬二句：秣馬，餵飽馬匹。左傳文公七年：「訓卒利兵，秣馬蓐食。」膏余車，謂給車輛加油。不周，傳説中山名，在崑崙西北。山海經大荒西經：「西北海之外，大荒之隅，有山而不合，名曰不周。」屈原離騷：「路不周以左轉兮，指西海以爲期。」

【彙評】

胡仔苕溪漁隱叢話後集卷二：古今詩人以詩名世者，或只一句，或只一聯。雖其餘别有好詩，不專在此；然播傳於後世、膾炙於人口者，終不出此矣。豈在多哉？……秦少游有「雨砌墮危芳，風軒納飛絮」……凡此皆以一聯名世者。

魏慶之詩人玉屑卷十八引吕氏童蒙訓：「雨砌墮危芳，風軒納飛絮」之類，李公擇以爲謝家兄弟得意（之作）不能過也。少游過嶺後詩，嚴重高古，自成一家，與舊作不同。

胡應麟詩藪外編卷五:少游極爲眉山所重,而詩名殊不藉藉,當由詞筆掩之。然「雨砌墮危芳,風軒納飛絮」,實近三謝,宋人一代所無。諸古體尚有宗六朝處,惜不盡合。蘇、黄、陳間,故難自拔也。

王士禛帶經堂詩話卷一品藻類:秦少游五言:「雨砌墮危芳,風軒納飛絮。」六朝佳句也。古夫于亭雜録。

潘德輿養一齋詩話卷五:張文潛、秦少游並稱,而秦之風骨不逮張也。秦之得意句如「雨砌墮危芳,風軒納飛絮」,「菰蒲深處疑無地,忽有人家笑語聲」,「林梢一抹青如畫,知是淮流轉處山」,婉宕有姿矣!較文潛之「新月已生飛鳥外,落霞更在夕陽西」……力量似遜一籌。蓋秦七自是詞曲宗工,詩未專門也。

其　二〔一〕

結髪謝外好〔二〕,僶俛希前修〔三〕。繆挾江海志〔四〕,耻爲升斗謀〔五〕。齗歷難刻畫〔六〕,賤貧多釁尤〔七〕。發軔背伊闕〔八〕,解驂憩邗溝〔九〕。丹鉛費永晷〔一〇〕,麴糵毆深愁〔一一〕。璧月鑒簾櫳〔一二〕,珠星絡梧楸〔一三〕。泯泯渠水駛〔一四〕,霏霏花霧浮。公子悵何許,撫膺徒離憂!

【校】

〔敺深愁〕「敺」原誤作「歐」，據張本、胡本、李本、王本、四部本改。

【箋注】

〔一〕少游有望海潮洛陽懷古詞云：「金谷俊遊，銅駝巷陌，新晴細履平沙。」後集卷四又有白馬寺晚泊詩，其地俱在洛陽附近。本篇云：「發軔背伊闕，解驂憩邙溝。」當作於元豐五年落第西遊，自洛陽回里之後。

〔二〕結髮：指年輕時。古代男子自成童（十五歲）開始束髮。史記李廣傳：「廣結髮與匈奴大小七十餘戰。」此句猶言「十五有志於學」。

〔三〕僶俛句：僶俛，同「黽勉」，努力，奮勉。漢賈誼新書勸學：「然則舜僶俛而加志，我儃優而弗省耳。」希，通晞，仰慕。前修，古代品德高尚之人。左思咏史：「我希段干木，偃息藩魏君；我慕魯仲連，談笑却秦軍。」

〔四〕江海志：志在江海，謂不求仕進而在野。莊子刻意：「就藪澤，處閑曠，釣魚閑處，無爲而已矣。此江海之士、避世之人，閑暇者之所好也。」

〔五〕升斗謀：喻微薄之官俸。漢書梅福傳：「言可采取者，秩以升斗之禄，賜以一束之帛。」

〔六〕齞歷：齒疏而露於唇外，形容醜陋。文選宋玉登徒子好色賦：「其妻蓬頭攣耳，齞唇歷齒。」注：「張口見齒也。」

〔七〕釁尤：罪過。左傳宣公十二年：「觀釁而動。」杜預注：「釁，罪也。」

〔八〕發軔句：發軔，見卷二司馬遷注〔二〕。伊闕，地名，在今河南洛陽南。史記秦本紀昭襄王十四年：「左更白起攻韓魏於伊闕。」水經注卷十五：「伊水又北入伊闕。昔大禹疏以通水，兩山相對，望之若闕。伊水歷其間北流，故謂之伊闕矣，春秋之闕塞也。」

〔九〕解驂句：解驂，猶言息駕。劉孝威爲皇子謝敕賚功德馬啓：「既脱軛於金輪，又解驂於紺馬。」邗溝，又名邗江，即今江蘇境内自揚州西北入淮之運河，中途經高郵。嘉慶揚州府志卷八：「運河，皆云古邗溝也。……左哀九年杜預注：『於邗江築城穿溝，東北通射陽湖，西北至末口入淮。』」

〔一〇〕丹鉛句：丹鉛，丹砂與鉛粉，多用校勘文字，故稱考訂爲「丹鉛」。唐韓愈秋懷詩之七：「不如覷文字，丹鉛事點勘。」永晷，指長時間。晷，日影。

〔一一〕麴蘗句：麴蘗，指酒。禮月令：「乃命大酋，秫稻必齊，麴蘗必時。」注：「古者穫稻而漬米麴，至春而爲酒，因謂酒爲麴蘗。」甌，古驅字。

〔一二〕璧月：見卷二泊吴興西觀音院注〔八〕。

〔一三〕珠星：如連珠之星。南朝梁元帝蕭繹詠池中燭影詩：「河低扇月落，露上珠星稀。」

〔一四〕泯泯：紊亂貌。書吕刑：「民興胥漸，泯泯棼棼。」此謂水疾亂流。

其　三〔一〕

潭潭故邑井，猗猗上宫蘭。不食自清渫，莫服更幽閒〔二〕。志士耻弱植〔三〕，卷跡甘饑寒〔四〕。佳辰逗良覿〔五〕，觸物懸悲端〔六〕。川途眇回遠，經歲曠音翰〔七〕。豈不慕裘馬？詭得非所安〔八〕。蟬冕多怵迫〔九〕，繩樞尠憂患〔一〇〕。枉尋竟何補〔一一〕？方枘誠獨難〔一二〕！

【校】

〔逗良覿〕「逗」原作「追」，據蜀本改。

〔尠憂患〕王本、四部本「尠」作「尟」，通。

【箋注】

〔一〕本篇元豐二年己未（一〇七九）春作於高郵。卷三十九送錢秀才序云：「去年夏，余始與錢節遇於京師……於是復會於高郵。」又云「而節亦浸知余非脂韋汩没之人」，而爲「白眼視禮法士」。又卷三十與蘇子由著作簡之二云：「不肖之迹，雖復爲世所棄，而杜門謝客，頗得專意讀書；衡茅之下，有以自適。古語有之：蘭生幽谷，不爲莫服而不芳。」此詩亦云「莫服更幽閑」，皆寫落第後心境。故可定爲作於是時。本篇亦見張耒張右史文集卷九，係誤收。

〔二〕潭潭四句：交錯爲文，共用二典：其一爲易井：「九三，井渫不食，爲我心惻。」疏：「渫，治去穢污之名也。」潭潭，水深貌。其二爲猗蘭操，太平御覽九八三云：「猗蘭操者，孔子所作也。孔子歷聘諸侯，諸侯莫能任，自衛反魯，過隱谷之中，見薌蘭獨茂，喟然歎曰：『夫蘭當爲王者香，今乃獨茂，與衆草爲伍，譬猶賢者不逢時，與鄙夫爲倫也。』乃止車，援琴鼓之云云，自傷不逢時，託辭於薌蘭云。」猗猗，美盛貌。上宫，樓也。孟子盡心：「孟子之滕，館於上宫。」趙岐注：「上宫，樓也。」莫服，謂幽蘭未服，喻未出仕。

〔三〕弱植：軟弱不自樹立。左傳襄公三十年：「陳，亡國也……其君弱植。」

〔四〕卷跡：猶隱迹。卷，收藏。

〔五〕良覿：猶言歡聚。南朝宋謝靈運南樓中望所遲客詩：「搔首訪行人，引領冀良覿。」

〔六〕觸物：感觸外界事物。陸機文賦：「悲緣情以自誘，憂觸物而生端。」

〔七〕音翰：音訊。翰，羽毛所製之筆，代指書翰。陸機答賈謐詩：「公之云感，貽此音翰。」

〔八〕豈不二句：裘馬，輕裘良馬。曹丕善哉行：「策我良馬，被我輕裘。」陶潛詠貧士：「豈忘襲輕裘？苟得非所欽。」

〔九〕蟬冕：即貂蟬冠，引申爲侍從貴近之官。齊書庾杲之傳：「庾杲之風範和順，爲蟬冕所照，更有風采。」

〔一〇〕繩樞：以繩繫門，以代轉軸，形容貧窮之家。史記秦始皇本紀：「陳涉，甕牖繩樞之子。」

尠，尟俗字，少也。

〔二〕枉尋：枉尺直尋，喻小屈而大伸。孟子滕文公下：「志曰：枉尺而直尋，宜若可爲也。」集注：「枉，屈也；直，伸也；八尺曰尋。所屈者小，所伸者大也。」

〔三〕方枘：即方枘圜鑿，喻格格不入。宋玉九辯：「圜鑿而方枘兮，吾固知其鉏鋙而難入。」

其　四〔一〕

吴會雖褊小，海濱富奇峰〔二〕。天雞一號叫，劍戟明遥空〔三〕。谽谷相徑復，深林杳攢叢〔四〕。猿吟虎豹啼，雲氣迷西東。中有遯世士，超然閟孤蹤〔五〕。被蘭服明月〔六〕，起坐松聲中。夜鍛吸沆瀣〔七〕，朝琴庇青葱。騎星友元氣〔八〕，巢許安可同〔九〕？俛眄區中人〔一〇〕，飛埃集毛鋒〔一一〕。問津或不繆，從子游鴻蒙〔一二〕。

【箋注】

〔一〕吴會舊指吴郡會稽郡，但柳永望海潮云：「東南形勝，三吴都會，錢塘自古繁華。」是吴會有時也可用以特指錢塘。本篇首句「吴會」，當指錢塘（即杭州）。案，元豐二年秋，少游如越省親過錢塘，至龍井風篁嶺訪辯才於壽聖院。次年回里，爲寫龍井、雪齋兩記，寄辯才、無擇勒石（見與參寥大師簡）。詩之内容頗與龍井記諧合，疑作於同時。

〔二〕吴會二句：褊小，狹小。孟子滕文公：「夫滕壤褊小。」龍井記謂「淛江介於吴越之間，一晝一夜，濤頭自海而上」，「故岸江之山多爲所脅」，亦即「海濱多奇峯」之境界。

〔三〕天雞二句：天雞，初學記卷三〇晉郭璞玄中記：「桃都山上有大樹曰桃都，枝相去三千里，上有天雞。日出照木，天雞即鳴，天下雞皆鳴。」李白夢遊天姥吟：「半壁見海日，空中聞天雞。」劍戟，形容插入雲霄之山峯。韓愈奉和裴相公東征經女兒山下作：「旗穿曉日雲霞雜，山倚秋空劍戟明。」

〔四〕攢叢：即攢簇、聚集。

〔五〕中有二句：遯世士，孔叢子記義：「孔子讀詩及小雅，喟然而嘆曰：『……于考槃見遁世之士而不悶也。』」此處疑指僧人辯才。蘇軾贈上天竺辯才師：「中有老法師，瘦長如鸖鵠，不知修何行？碧眼照山谷。」意相同。案辯才法師當時住持龍井之壽聖院。

〔六〕被蘭句：屈原九歌山鬼：「被石蘭兮帶杜衡。」又九章涉江：「被明月兮珮寶璐。」此喻服飾高潔。

〔七〕夜鍛句：此用嵇康事。晉書本傳謂其「性絶巧而好鍛，宅中有一柳樹甚茂，乃激水圜之，每夏月居其下以鍛」。沆瀣，夜間霧氣凝成的露水，古人以爲仙人所飲。楚辭屈原遠遊：「餐六氣而飲沆瀣兮，漱正陽而含朝霞。」注引陵陽子云：「冬飲沆瀣者，北方夜半氣也。」

〔八〕騎星：莊子大宗師：「夫道……傅説得之，以相武丁，奄有天下，乘東維，騎箕尾，而比於列星。」箕、尾，二星名。元氣，指天地未分前混一之氣。漢書律曆志：「太極元氣，函三爲一。」此句意爲以自然爲友，超塵脱俗。梁江淹秋夕納涼奉和刑獄舅詩：「騎星謝箕尾，濯髪晞陽阿。」

〔九〕巢許：巢父與許由，古之隱士。漢書鮑宣傳：「堯舜在上，下有巢由。今明主方隆唐虞之德，小臣欲守箕山之節也。」

〔一〇〕區中：人世間。漢張衡思玄賦：「逼區中之隘陋兮，將北度而宣遊。」

〔一一〕飛埃句：用莊子則陽「有國於蝸之左角者曰觸氏，有國於蝸之右角者曰蠻氏」意而加變化。

〔一二〕問津二句：原指問渡口，見論語微子。此謂向辯才問道，若不錯，則從其作汗漫遊也。鴻蒙，自然之元氣。莊子在宥：「雲將東遊，過扶摇之枝，而適遭鴻蒙。」釋文：「司馬（彪）云：自然元氣也。」

其五〔一〕

東方有美人，容華茂春粲。抱影守單棲，含睇理哀彈〔二〕。聲意一何切！所歡邈雲漢。徒然事膏沐〔三〕，孰與徂昏旦〔四〕？微誠浪自持，嘉月忽復晏〔五〕。巧囀度虛檽〔六〕，飛紅觸幽幔〔七〕。歲歲芳草滋，夜夜明星爛。合并會有時〔八〕，索居不必歎〔九〕。

【校】

〔巧囀〕「囀」原作「轉」，據王本、四部本改。

【箋注】

〔一〕秦譜云：「元豐元年戊午，先生年三十。先生舉鄉貢不售……退居高郵，杜門却掃，以詩書自娱，乃作掩關之銘。」本篇蓋作於元豐二年己未（一〇七九）之春。詩以「美人」自喻，詩末云：「合并會有時，索居不必歎」，正與當時處境相合。

〔二〕含睇：猶凝睇。屈原九歌山鬼：「既含睇兮又宜笑，子慕予兮善窈窕。」哀彈：指悲哀之琴瑟。潘岳笙賦：「輟張女之哀彈，流廣陵之名散。」

〔三〕膏沐：婦女潤髮油脂，喻妝飾。詩衛風伯兮：「自伯之東，首如飛蓬。豈無膏沐，誰適爲容？」

〔四〕徂昏旦：猶今語過日子。徂，往。昏旦，早晚。

〔五〕嘉月：指美好月分。謝惠連西陵遇風獻康樂詩：「成裝候良辰，漾舟陶嘉月。」此指春天。

〔六〕巧囀句：巧囀，此處指代鳴聲巧媚之鳥。櫺，窗上雕有花紋之木格子，此處指代窗。虚櫺，敞開之窗户。

〔七〕飛紅句：飛紅，落花。少游千秋歲詞：「春去也，飛紅萬點愁如海。」幽幔，内室之帳幔。謝惠連秋懷詩：「寒商動清閨，孤燈曖幽幔。」

〔八〕合并：指相見，王粲雜詩：「人欲天不遠，何懼不合并！」

〔九〕索居：散處、獨居。禮記檀弓上：「（子夏曰：）吾離群而索居，亦已久矣！」

其　六〔一〕

寢瘵倦文史〔二〕，駕言從遨嬉〔三〕。颸風舉遥溆〔四〕，規日麗清漪〔五〕。含桃粲朱實〔六〕，杜若懷碧滋〔七〕。娉娉弱絮墮〔八〕，團團文魴馳〔九〕。明霞廓遠矚，哀禽攪離思。縟草天際合，孤雲川上移。寬閑絶輪鞅〔一〇〕，重複多路岐。信美難久佇〔一一〕，歸歟從所治〔一二〕。

【校】

〔規日〕「日」字原損，據張本、胡本補。

【箋注】

〔一〕本篇似熙寧九年（一〇七六）春作於吴興，時李公擇守湖州（見嘉泰吴興志秩官）。後集卷之四雪上感懷云：「七年三過白蘋洲，長與諸豪載酒游。」據秦譜云，熙寧五年孫莘老守湖州，少游曾至湖爲其書屯田郎中俞汝尚墓表，此次爲初過。參寥子哭少游學士詩回憶：「瓶盂客京口，彷彿熙寧末；君方駕扁舟，歸來自苕霅。」案秦譜云，熙寧九年先生同莘老、參寥子同游湯泉，則參寥子所謂熙寧末先生自苕霅來，自爲九年無疑矣。此次爲二過。合元豐二年如越省親經湖州，正爲「七年三過」。本篇結二句云：「信美難久佇，歸歟從所治。」寫二過時也。

〔二〕寢瘵：即卧病。瘵，病。詩大雅瞻卬：「邦靡有定，士民其瘵。」

〔三〕駕言：乘車。言，語助辭。詩邶風泉水：「駕言出遊，以寫我憂。」

〔四〕飂風句：飂風，文選左思吴都賦：「翼飂風之颼飂。」李善注：「飂，疾風。」遥淑，遠處水邊。

〔五〕規日：圓日。詩小雅沔水序箋：「規者正圓之器也。」

〔六〕含桃：櫻桃之别稱。吕氏春秋仲夏：「仲春羞以含桃，先薦寢廟。」注：「羞，進。含桃，鸎桃，鸎鳥所含食，故言含桃。」

〔七〕杜若：芳草名。一名杜蘅、杜蓮、山薑。屈原九歌湘君：「采芳洲兮杜若，將以遺兮下女。」

〔八〕娉娉：美好貌。杜牧贈别詩：「娉娉嫋嫋十三餘，荳蔻梢頭二月初。」

〔九〕圉圉句：圉圉，困而未舒之貌。孟子萬章上：「昔者有饋生魚於鄭子産。子産使校人畜之池。校人烹之，反命曰：『始舍之，圉圉焉；少則洋洋焉，悠然而逝。』」文魴，有花紋之魴魚。陶淵明游斜川詩：「弱湍馳文魴，閑谷矯鳴鷗。」

〔一〇〕輪鞅：指車馬。陶淵明歸田園居詩之二：「野外罕人事，窮巷寡輪鞅。」

〔二〕信美句：王粲登樓賦：「雖信美而非吾土兮，曾何足以少留！」少游遠在吳興，雖風物佳麗，亦動離思，故有此語。

〔三〕所治：與首句呼應，指治文史。

其　七〔一〕

昔我游京室，交通五陵間〔二〕。主客各英妙，袍馬相追攀。千金具飲啜，百金雇吹彈。纓弁羅廣席〔三〕，當頭舞交竿〔四〕。鮮粧耀渌酒，采纈生風瀾〔五〕。燈燭暗夜艾〔六〕，士女紛相班。歡娛易徂歇，轉盼如飛翰〔七〕。亹亹負孤願〔八〕，離離銜永歎〔九〕。山鳥窺茗飲，簷花笑蔬餐〔一〇〕。棄捐勿重陳〔一一〕，事定須蓋棺〔一二〕。

【校】

〔永歎〕原作「永歡」，據王本、四部本改。案前云「歡娛易徂歇」，此應以「永歎」爲是。

【箋注】

〔一〕本篇前半回憶汴京生活，後半抒寫謫居之恨，當係作於紹聖元年被謫離京之後。詳注〔一一〕。本篇亦見張右史文集卷九，詩境與張耒之生活遭遇不合，當係誤載。

〔二〕五陵：指漢代五帝在長安之陵墓，即高祖長陵、惠帝安陵、景帝陽陵、武帝茂陵、昭帝平陵。陵旁聚居富豪與外戚，其子弟豪華奢侈。此處借指貴族子弟。庾信華陵園馬射賦：「六郡良家，五陵豪選。」

〔三〕纓弁：有縛帶之冠冕，喻指官宦貴族。隋書韋世康傳：「吾生因緒餘，夙霑纓弁。」

〔四〕交竿：楚辭招魂：「二八齊容，起鄭舞些。衽若交竿，撫案下些。」朱注：「言舞人回旋，衣襟相交如竿也。」

〔五〕采纈：指文采斑斕之絲綢服裝。采通綵。玉篇：「纈，綵纈。」

〔六〕夜艾：夜已盡。見卷二送周裕之赴新息令注〔九〕。

〔七〕飛翰：飛鳥。詩小雅小宛：「宛彼鳴鳩，翰飛戾天。」

〔八〕亹亹：勤勉不息貌。詩大雅文王：「亹亹文王，令聞不已。」

〔九〕離離：憂傷貌。楚辭九歎思古：「曾哀悽欷，心離離兮。」注：「離離，剝裂貌。」此喻心痛欲裂。

〔一〇〕簷花：簷前之花。杜甫醉時歌：「清夜沉沉動春酌，燈前細雨簷花落。」

〔一一〕棄捐：指爲朝廷所不用。劉向戰國策序：「孟子荀卿儒術之士棄捐於世，而游説權謀之徒見貴於俗。」亦即「捐棄」，謂削職失官。蔡邕讓高陽侯印綬策符表：「無狀取罪，捐棄朔野。」

按：按秦譜，紹聖元年（一〇九四）先生坐黨籍，出爲杭州通判。時有吳興道中詩云：「胡爲御舟者，挽我至此傍！」亦頗有棄捐之意。

〔一二〕事定句：晉書劉毅傳：「大丈夫蓋棺事方定。」

其八〔一〕

客從遠方來，遺我昭華管〔二〕。吹之動人心，異境生虛窾〔三〕。磝磝青嶂橫〔四〕，泱泱春溜滿〔五〕。馬蹄交狹邪〔六〕，車轂錯平坦。士女競芳辰，禽魚蔭修竿〔七〕。依微認睇笑〔八〕，凌波見纖短〔九〕。停吹歘泯滅，耽耽復空館〔一〇〕。靈物信所珍，顧恨知音罕。

【校】

〔凌波〕原誤作「凌没」，據王本、四部本改。

【箋注】

〔一〕本篇元祐七年壬申（一〇九二）春作於汴京，詩中寫京中冶遊生活，「泱泱春溜滿」句與西城宴集元祐七年三月上巳詔賜館閣官花酒詩中「春溜泱泱初滿池」相似，當爲同時之作。本篇又見四部叢刊本張右史文集卷九，係誤植。

〔二〕客從二句：文選古詩飲馬長城窟行：「客從遠方來，遺我雙鯉魚。」句式似之。昭華管，即玉笛。西京雜記卷三：高祖初入咸陽，周行庫府，見玉笛，長二尺三寸，二十六孔。吹之，則車馬山林，隱轔相次。吹息，不復見。銘曰「昭華之琯」。唐李商隱昭肅皇帝挽歌辭三首之三：「莫驗昭華管，虛傳甲帳神。」

〔三〕虛窾：指笛孔。史記太史公自序：「實不中其聲者，謂之窾。」注：「窾，空也。」

〔四〕磝磝：山上多石貌。韓愈别知賦：「山磝磝其相軋，樹蓊蓊其相摎。」

〔五〕泱泱：水深廣貌。杜牧蘭溪詩：「蘭溪春盡碧泱泱。」春溜：春水。陰鏗渡青草湖：「洞庭春溜滿。」

〔六〕狹邪：一作「狹斜」，謂小街曲巷。樂府詩集卷三五長安有狹斜行：「長安有狹斜，狹斜不容車。」

〔七〕竿：指竹。李涉頭陀寺看竹：「寺前新筍已成竿。」

〔八〕依微：依稀、隱約。韋應物自鞏洛舟行入黃河即事寄府縣僚友詩：「寒樹依微遠天外，夕陽明滅亂流中。」

〔九〕凌波句：曹植洛神賦：「凌波微步，羅韈生塵。」纖短，指佳人足。

〔一〇〕耽耽，深邃貌。張衡西京賦：「大廈耽耽，九户開闢。」

其　九〔一〕

桃李用事辰〔二〕，鮮明奪雲綺。繁華一朝去，默默慚杞梓〔三〕。時徂鷹化鳩〔四〕，地遷橘爲枳〔五〕。獨有羨門生〔六〕，後天猶不死〔七〕。

【校】

〔猶不死〕「猶」下原注：「一作常。」

【箋注】

〔一〕本篇前半言繁華易逝，後半謂境遷人詘，蓋作於紹聖元年甲戌（一〇九四）貶謫之後。本篇亦見張右史文集卷九，當係誤收。

〔二〕桃李：喻小人。李白古風其十二：「松柏本孤直，難爲桃李顔。」

〔三〕杞梓：優質木材，喻優秀人材。國語楚語上：「晉卿不若楚，其大夫則賢。其大夫皆卿材也，若杞梓、皮革焉，楚實遺之。」晉書陸機陸雲傳論：「觀夫陸機陸雲，寔荆衡之杞梓。」

〔四〕鷹化鳩：禮月令：「仲春之月，鷹化爲鳩。」

〔五〕橘爲枳：晏子春秋六雜下：「嬰聞之，橘生淮南則爲橘，生於淮北則爲枳。」

〔六〕羨門生：傳説中古之仙人。宋玉高唐賦：「有方之士，羨門高谿。」史記秦始皇本紀：「始皇之碣石，使燕人盧生求羡門、高誓。」

〔七〕後天：謂後於天時。易乾：「先天而天弗違，後天而奉天時。」

其　十〔一〕

藝籍燔祖龍〔二〕，斯文就淪喪〔三〕。帝矜黔首愚〔四〕，諸隽出相望。揚馬操宏綱〔五〕，韓柳激頹浪〔六〕。建安妙謳吟〔七〕，風概亦超放。玉繩帶華月〔八〕，豔豔青冥上。奕世希末光〔九〕，經緯得無妄〔一〇〕。兒曹獨何事，詆斥幾覆醬〔一一〕？原心良自誣，猥欲私所尚。螳螂拒飛轍〔一二〕，精衛填冥漲〔一三〕。咄咄徒爾爲，東海固無恙。鵷鸞日彫滅〔一四〕，黄口紛冗長〔一五〕。投袂睇層霄，茲懷誰與亮？

【校】

〔諸隽〕「隽」下原注：「一作雄。」

【箋注】

〔一〕本篇蓋作於元祐間。其時洛蜀相攻，洛黨程頤云：「某素不作詩，亦非是禁止不作，但不欲爲此閑言語。且如今言能詩無如杜甫，如云『穿花蛺蝶深深見，點水蜻蜓款款飛』：如此閑言語道出做甚！某所以不常作詩。」（見二程遺書卷十八）且以爲少游水龍吟詞中「名韁利鎖」數句「蝶瀆上帝」（見宋陳鵠耆舊續聞卷八）。此詩「兒曹」以下，當係有所感而發。

〔二〕藝籍句：謂秦始皇焚書。祖龍，史記秦始皇本紀，秦始皇三十六年秋有「今年祖龍死」之讖，集解引蘇林曰：「祖，始也；龍，人君象。謂始皇也。」

〔三〕斯文：指禮樂制度。論語子罕：「天之將喪斯文也，後死者不得與於斯文也。」

〔四〕黔首：百姓。史記秦始皇本紀：「二十六年……更名民曰黔首。」説文解字卷十：「秦謂民黔首，謂黑色也。」

〔五〕揚馬：揚雄、司馬相如，皆辭賦家，漢書俱有傳。李白古風之一：「正聲何微茫，哀怨起騷人。揚馬激頹波，開流蕩無垠。」

〔六〕韓柳：韓愈、柳宗元，皆唐代古文運動倡導者，新、舊唐書俱有傳。蘇軾曾稱韓愈「文起八代之衰」，故此處曰「激頹浪」。

〔七〕建安句：漢末建安間，曹操父子及建安七子善詩文，齊集鄴下，繼承漢樂府民歌傳統，並能創新，作品多反映社會動亂與人民疾苦。文心雕龍時序稱之爲「建安風骨」。鍾嶸詩品：「降及建安，曹公父子，篤好斯文。平原兄弟，鬱爲文棟；劉楨王粲，爲其羽翼。……彬彬之盛，大備於時矣。」

〔八〕玉繩：星名。漢張衡西京賦：「上飛闥而仰眺，正睹瑶光與玉繩。」注引春秋元命苞曰：「玉衡北兩星爲玉繩。」此二句稱譽建安時人材薈萃，群星燦爛。

〔九〕奕世句：奕世，累世。國語周語上：「奕世載德，不忝前人。」末光，餘光。史記蕭相國世家：「及漢興，依日月之末光。」晉左思魏都賦：「彼桑榆之末光，踰長庚之初輝。」

〔一〇〕經緯：左傳昭公二十五年：「禮，上下之紀，天地之經緯也。」疏：「言禮之於天地，猶織之有經緯，得經緯相錯乃成文。」西京雜記引司馬相如論賦云：「合綦組以成文，列錦繡而爲質，一經一緯，一宫一商，此賦之跡也。」

〔一一〕覆醬：形容文章毫無價值。漢書揚雄傳下：劉歆觀雄所著太玄，謂之曰：「空自苦，今學者有祿利，然尚不能明易，又如玄何！吾恐後人用覆醬瓿也。」

〔一二〕螳蜋句：見卷一浮山堰賦注〔一三〕。

〔一三〕精衛句：冥漲，同溟漲：泛指大海。謝靈運游赤石進帆海詩：「溟漲無端倪，虚舟有超越。」見卷一浮山堰賦注〔二四〕。

〔一四〕鵷鸞：鸞鳳之屬，喻賢者。莊子秋水：「夫鵷雛發於南海而飛於北海，非梧桐不止，非練實不食，非醴泉不飲。」釋文：「鵷雛乃鸞鳳之屬也。」

〔一五〕黄口：雛鳥。淮南子天文：「蟁蝱不食駒犢，鷙鳥不摶黄口。」此喻無知小兒。

和孫莘老題召伯斗野亭〔一〕

淮海破冬仲，雪霜滋不平。菱荷枯折盡，積水寒更清。輟棹得佳觀，湖天繞朱甍〔二〕。信美無與娱〔三〕，濁醪聊自傾。北眺桑梓國〔四〕，悠然白雲生〔五〕。南望古邗溝〔六〕，滄波帶蕪城〔七〕。村墟翳茅竹，孤煙起晨烹。簷間鳥聲落，客子念當行。攬衣視日景，薄陰漏微明。何時復來遊？春風發鮮榮。

【校】

〔題〕蜀本、王本題中「召伯」下有「埭」字。

〔破冬仲〕王本考證云：「（坡門）酬唱集作正冬仲。」

〔雪霜〕王本攷證云：「坡門酬唱集作霜雪。」

〔菱荷〕王本攷證云：「坡門酬唱集作芰荷。」

〔佳觀〕王本攷證云：「坡門酬唱集作住觀。」

【箋注】

〔一〕本篇元豐三年庚申（一〇八〇）作於邵伯。孫莘老年譜元豐二年：「（莘老）自高郵之蘇州，過邵伯埭，留詩斗野亭。」並案云：「先生斗野亭詩，和者甚夥，俱非一時作。山谷集和先生詩題云：『外舅孫莘老守蘇州，留詩斗野亭，庚申十月庭堅和。』庚申爲元豐三年。據此則和作山谷最先，少游次之，蓋即於庚申歲暮得魯直和詩次韻。餘如兩蘇公次韻，依施注當在元豐八年。」其説是。案：黄庭堅於元豐三年秋赴官泰和，過高郵會少游，後少游有與黄魯直簡云：「昨揚州所寄書，中得次韻莘老斗野亭詩，殊妙絶。」又云：「斗野詩、八音二十八舍歌，并公所寄詩皆和了，今録其副寄上。」則少游此詩作於本年冬甚明。斗野亭，嘉慶揚州府志卷三十一：「斗野亭在邵伯鎮梵行院之側，宋熙寧三年建（雍正志）。揚州於天文屬斗分野，故名。」

〔二〕湖天：斗野亭近旁有邵伯湖。揚州府志引建邵伯鎮斗野亭記云：「蓋鎮上承高、寶諸湖，積水涵虛，菰蒲掩映，朝煙夕霏，頃刻變態。」亭周景色可想。

〔三〕信美：見前春日雜興十首其六注〔一一〕。

〔四〕桑梓國：指高郵故里。參卷二泊吴興西觀音院注〔一六〕。

〔五〕白雲生：兼喻思親。新唐書狄仁傑傳：「仁傑登太行山，反顧，見白雲孤飛，謂左右曰：『吾親舍其下。』瞻悵久之，雲移乃得去。」

〔六〕邗溝：見前春日雜興十首其二注〔九〕。

〔七〕蕪城：指廣陵故城，通常指揚州。北魏南侵及南朝宋竟陵王劉誕叛亂後，城邑荒蕪，鮑照作蕪城賦以傷之，故名。

【附】

孫莘老倡首詩：淮海無林丘，曠澤千里平。一渠閑防瀦，物色故不清。老僧喜穿築，北户延朱甍。簷楯斗杓落，簾幃河漢傾。平湖杳無涯，湛湛春波生。結纜嗟已晚，不見芙蓉城。尚想紫芡盤，明珠出新烹。平生有微尚，一舟聊寄行。遇勝輒偃蹇，霜鬚刷澄明。可待齒開豁，歸歟謝浮榮。

黄庭堅和詩：謝公所築埭，未歎曲池平。蘇州來賦詩，句與秋氣清。結構擅空闊，湖光浮棟甍。維斗天司南，其下百瀆傾。貝宫産明月，含澤遍諸生。盤薄淮海間，風煙浸十城。籟簫吹木末，浪波拂庖烹。我來杪摇落，霜清見魚行。白鷗遠飛回，得我若眼明。佳人歸何時，解衣繞厢榮。

蘇軾和詩：落帆謝公渚，日脚東西平。孤亭得心憩，暮景含餘清。坐待斗與牛，錯落掛南甍。老僧如宿昔，一笑意已傾。新詩出故人，舊事疑前生。吾生七往來，送老海上城。逢人輒自哂，得魚不忍烹。似聞績溪老，復作東都行。小詩如秋菊，艷艷霜中明。過此感我言，長篇發春榮。

蘇轍和詩：扁舟未得解，坐待兩閘平。濁水污人思，野寺爲我清。昔遊有遺詠，枯木存高甍。故人獨未來，一罇誰與傾？北風吹微雲，暮寒依月生。前望邗溝路，却指鐵甕城。茅簷卜兹地，江水供晨烹。試問東坡翁，畢老幾此行？奔馳力不足，隱約性愈明。早爲歸耕計，免慚老僧榮。

張琬和詩：維舟得古寺，望遠天四平。晴日揮揮散，晚風泠泠清。危亭下瞰野，層閣高連甍。起望斗與牛，淮海相奔傾。往來誰百年？今昔我平生。悠悠何所遇？臺上多化城。與其逐影死，寧似不鳴烹。咄哉應有止，老矣將安行！中庭柏子落，丈室霜月明。此意竟蕭條，猶然笑安榮。

張舜民和詩：我登甘棠埭，所向殊未平。舟行汙地中，頓失江湖清。蛙聲亂僧唄，鴟吻嚇市薨。意同伯喈死，苟與衛士傾。開池種白蓮，壘石擬三生。猶淹南斗墟，終遠北斗城。設我紫藕供,報之白芽烹。三年猿鶴友,萬里秦楚行。秋風隴首至,落日淮南明。寄言懷土士,慎勿慕官榮!

和虛飄飄〔一〕

虛飄飄,虛飄飄。風寒飄絮浪,春暖履冰橋。勢緩霜垂霰〔二〕,聲乾葉下條〔三〕。雨中漚點没流水〔四〕,風裏綵雲鋪遠霄。虛飄飄,比時光影猶堅牢〔五〕。

【校】

〔飄絮浪〕王本攷證云:「(坡門)酬唱集作吹絮浪。」

〔春暖句〕王本攷證云:「暖履,(坡門)酬唱集作水暖。」

〔勢緩句〕王本攷證云:「霜垂霰,(坡門)酬唱集作霙垂霰。」

〔風裏句〕王本攷證云:「鋪遠,(坡門)酬唱集作横碧。」

〔比時句〕王本攷證云:「光影,(坡門)酬唱集作富貴。」

篇末王本、四部本注:「此詩誤載宋氏本蘇氏删補二十九首内。」

【箋注】

〔一〕本篇作於元祐三年戊辰（一〇八八）。周紫芝太倉稊米集有和詩，序云：「元祐間，山谷作虚飄飄，蓋樂府之餘，當時諸公皆有和篇。」王文誥蘇詩集成列此詩於送錢穆父出守越州絶句二首之前第二首，該詩引施注斷爲元祐三年九月所作；然則少游此詩亦當作於是時。

〔二〕霜垂霰：謂降霜。霰，雪珠，此喻霜花。

〔三〕葉下條：謂落葉。楚辭九歌湘夫人：「洞庭波兮木葉下。」

〔四〕漚點：水中氣泡。楞嚴經卷六：「空生大覺中，如海一漚發。」

〔五〕堅牢：蘇軾雪詩：「也知不作堅牢玉，無奈能開頃刻花。」

【彙評】

袁文甕牖閑評逸文：秦少游虚飄飄詩云：「雨中漚點没流水，風裏綵雲鋪遠霄。」余謂「没」字恐誤，欲改作「泛」字。若漚點既已没矣，自不足云也。惟其尚在流水之間，故有虚飄飄之意焉。（録自永樂大典卷八二二東字韻部）

段斐君本淮海集徐渭眉批：總以物之易滅者入詠，詩之比體也。

【附】

黄庭堅虚飄飄：虚飄飄，虚飄飄。飛花不到地，虹起漫成橋。入夢雲千疊，游空絲萬條。蜃樓百尺聳滄海，雁字一行書絳霄。虚飄飄，比人生命猶堅牢。

蘇軾和作：虚飄飄，虚飄飄。畫簷蛛結網，銀漢鵲成橋。塵積雨梧葉，霜飛風柳條。露凝殘點見紅日，星曳餘光横碧霄。虚飄飄，比浮名利猶堅牢。（徐案：蘇軾詩集起句不疊，「塵積」句作「塵漬雨桐葉」。）

和游金山〔一〕和子由同彦瞻

江流會揚子〔二〕，洶洶東南騖〔三〕。海門劃前開〔四〕，金山屹中據〔五〕。鼓鐘食萬指〔六〕，金艧棲千柱〔七〕。夜庭游月波，曉觀摶香霧〔八〕。天清猿鳥哀，風暗魚龍怒。雲物横古今〔九〕，濤波閲晨暮。三州氣色來〔一〇〕，上下端倪露〔一一〕。偉哉元氣間，此勝知誰聚？念昔憩精廬，登臨輒忘去〔一二〕。汲新試團月〔一三〕，飯素羹魁芋〔一四〕。妙興入芳藤，真境在芒屨。别來星暑换，寤寐經從處〔一五〕。忽蒙珠璧投〔一六〕，了與雲巒遇。幽光炯肝肺，爽氣森庭户。區中多滯念〔一七〕，方外饒奇趣。寄語山阿人〔一八〕，泠然行復御〔一九〕。

【校】

〔題〕李本、段本、秦本、王本、四部本俱作「陪彦瞻游金山和子由詩」。徐案：據從游事實，詩題應作「和子由同彦瞻游金山」。
〔東南騖〕「騖」原作「鶩」，字通，此從蜀本、王本、秦本、四部本。
〔鼓鐘〕「鐘」原作「鍾」，字通，此從王本、四部本。
〔猿鳥哀〕「哀」原誤作「京」，據張本、胡本、李本改。
〔星暑换〕「星」原誤作「景」，據張本、胡本、李本改。

【箋注】

〔一〕永樂大典卷二三九九蘇潁濱年表謂子由元豐三年有「高郵别秦觀詩，揚州五詠，遊金山詩」。案：此時蘇轍赴高安，在揚州逗留甚久，頗得郡守鮮于子駿、從事邵彦瞻禮遇。後子由過江游金山，有詩題作遊金山寄揚州鮮于子駿從事邵光。先生和作，當在此時。彦瞻，名光，宜興人。范祖禹手記云：「邵光，子瞻稱之，已卒。」案手記作於元祐四年至七年，則彦瞻當卒於元祐中。少游曾爲邵氏作集瑞圖序，云：「邵氏之祖考，既以潛德隱行見推鄉閭，至舜文、彦瞻、端仁，又以文學收科第，弟兄相繼有聞於時。」見卷三〇。

〔二〕揚子：古津渡名，故址在今江蘇江都縣南。隋開皇十年，楊素率舟師即自揚子津入。長江流至此處，爲揚子江，即以揚子津而得名。見嘉慶一統志九七揚州府二。

〔三〕洶洶句：騖，奔馳。讀史方輿紀要江南揚州：「揚子江，府南四十里，繇六合縣經儀真縣至瓜洲鎮，又東過泰興、如皋，歷通州故海門縣而入海。」流向朝東南，故云「東南騖」。

〔四〕海門:唐宋時長江入海口近潤州。唐王昌齡宿京江口期劉昚虚不至詩:「霜天起長望,殘月生海門。」蘇轍原唱云:「鐵甕本誰安,海門復誰植?」皆可證。

〔五〕金山:宋盧憲嘉定鎮江志卷六:「金山在江中,去城七里。」又引九域志金山記云:「唐時有頭陀掛錫於此……忽一日於江際獲金數鎰,尋以表聞,賜名金山。」以上二句謂金山屹立江中,將江水劃分爲二,今南支已淤爲陸地,金山位於南岸,已異於古。

〔六〕鼓鐘句:鼓鐘,謂佛寺中暮鼓晨鐘,指僧人之生活。食萬指:喻仰食之人甚多。此指金山寺僧人衆多。

〔七〕金雘:金色與青色。詳見卷二司馬遷詩注〔九〕。

〔八〕摶香霧:謂寺觀内香霧盤繞。

〔九〕雲物:猶景物。文心雕龍比興:「圖狀山川,影寫雲物。」唐劉長卿送崔處士先適越詩:「山陰好雲物,此去又春風。」

〔一〇〕三州:指潤州(今江蘇鎮江)、真州(今儀徵)、金陵州(今南京)。

〔一一〕端倪:邊際。莊子大宗師:「反覆終始,不知端倪。」謝靈運游赤石進帆海詩:「溟漲無端倪,虚舟有超越。」此謂登上金山,隱約可見上述三州。

〔一二〕念昔二句:指元豐二年四月隨東坡、參寥赴越時途中留憩金山。時東坡有大風留金山兩日詩,少游有次韻子瞻贈金山寶覺大師詩,中云:「青鞋踏雨尋幽徑,朱火籠紗語上方。」即詠

「登臨」之事。

〔一三〕團月：即月團，茶餅名。歐陽修歸田録卷二：「茶之品，莫貴於龍、鳳，凡八餅重一斤。」盧仝走筆謝孟諫議新茶詩：「開緘宛見諫議面，手閲月團三百片。」

〔一四〕魁芋：即芋根。漢書翟方進傳：「飯我豆食，羹芋魁。」注：「師古曰：羹芋魁者，以芋根爲羹也。」

〔一五〕别來二句：謂己離開金山已越一載，猶在夢寐中記憶舊遊之地。

〔一六〕珠璧：喻子由、子駿唱和之作完美相稱，有如珠聯璧合。李善上文選注表：「經緯成德，文思垂風。……耀三辰之珠璧……宣六代之雲英。」

〔一七〕區中：人世間。漢張衡思玄賦：「逼區中之隘陋兮，將北度而宣遊。」

〔一八〕山阿人：謂山中高人。屈原九歌：「若有人兮山之阿，披薜荔兮帶女蘿。」謝靈運從斤竹澗越嶺溪行：「想見山阿人，薜荔若在眼。」案：子由初至金陵詩云：「路繞匡廬更南去，懸知是處可忘憂。」本句蓋指此。

〔一九〕泠然句：莊子逍遥遊：「夫列子御風而行，泠然善也。」

【附】

蘇轍遊金山寄揚州鮮于子駿從事邵光詩：揚州望金山，隱隱大如幞。揭來長江上，孤高二千尺。僧居厭山小，面面貼蒼石。虚樓三百間，正壓江潮白。清風斂霽霧，曉日曜金碧。直侵魚龍居，似得鬼神役。我行有程度，欲去空自惜。風吹渡江水，山僧午方食。波瀾洗我心，筍蕨飽我腹。平生足遊衍，壯觀此云極。鐵甕本誰安，海門復誰植？東南遞隱見，遥與此山匹。茲遊幾不遂，深愧幕府客。歸時日已暮，正值江月黑。顧視天水併，坐恐星斗濕。使君何時罷？登覽不可失。

鮮于子駿和詩并序：子由同彦瞻遊金山，子由枉詩，卒章有「使君何時罷？登覽不可失」之句，因繼賦一首。蓬萊三神山，横絶倚鼇背。鼇傾海水動，一峯失所在。飛來大江心，盤礴幾千載。化爲金仙居，龍象錯朱貝。夙昔愛山水，江湖不暫忘。君前或破竹，匏繫古維揚。隱然勝絶境，旦旦遇相望。不意二君子，招攜一葦航。高攀躡雲梯，闊視瞰溟漲。潮來隱天地，萬里捲白浪。波清霄漢浄，澄澈迷下上。更深月正中，山影杳無象。蛟鼉四面穴，形勢三州壯。融結既難窮，丹青殊莫狀。蘇侯韻高遠，邵子雅趨尚。奇觀極無邊，幽尋端未放。浮生閲流水，清話造方丈。畢景趣言歸，侵星摇兩槳。武功真好奇，落筆掃珠璣。持語淮南守，茲遊不可遺。君恩早晚東南下，一棹扁舟信所之。

同子瞻端午日遊諸寺分韻賦得深字〔一〕

太史抱孤韻〔二〕，暢懷在登臨。别乘載鄒枚〔三〕，佳辰事幽尋。參差水石瘦，窅窕房櫳深。清磬發疎箔〔四〕，妙香横素襟〔五〕。復登窣堵波〔六〕，環回矚嶔崟〔七〕。雙溪貫城郭〔八〕，暝色帶孤禽。涼飈動爽籟〔九〕，薄雨生微陰。塵想澹清漣，牢愁洗芳斟〔一〇〕。揮箑訂往古，援毫示來今〔一一〕。愧無刻燭敏〔一二〕，續此金玉音〔一三〕。

【校】

〔題〕原無「分韻」二字，據蜀本補。

〔窣堵波〕蜀本「窣」作「窣」，通。張本、胡本、李本、段本、王本、秦本、四部本作「翠堵坡」，誤。

【箋注】

〔一〕本篇元豐二年己未（一〇七九）端午日作於湖州。秦譜云：「元豐二年己未，先生年三十一。……端午日，同（蘇）公遍遊諸寺。」時蘇軾新知湖州。諸寺，蓋指觀音院、玄妙觀（宋大中祥符時改爲天慶觀，孫莘老作有歸鶴亭），見明成化本湖州府圖志。又有飛英寺，中有塔，見嘉泰吴興志。

〔二〕太史：官名。三代爲史官及曆官之長，後世凡在史館任職者，多稱太史。此指蘇軾。軾於元豐元年以尚書祠部員外郎直史館知徐州，故稱。孤韻：獨特風韻。江淹知己賦：「聳孤韻以風邁，鶱逸氣以烟翔。」

〔三〕別乘句：別乘，指隨從車騎。鄒枚，鄒陽、枚乘，漢世皆以文辯著稱，先後爲吴王濞、梁孝王武文學侍從之臣，漢書有傳。鄒枚仕梁孝王時，常在梁園遊賞宴集。水經注睢水：「梁王與鄒、枚、司馬相如之徒，極游於其上。」考蘇詩總案卷十八，蘇軾過吴江，曾與關彦長、徐安中會於垂虹亭，時少游、參寥同載，不數日至湖同游諸寺。鄒枚，當喻指以上從蘇軾游覽諸人。

〔四〕疎箔：即疎簾。黄庭堅題浄因壁詩：「半窗疎箔逗微涼。」

〔五〕妙香：奇香，佛家語。增一阿含經：「有妙香三種，謂多聞香、戒香、施香，此三種，逆風順風房無不聞之。」

〔六〕窣堵波：梵語佛塔。大唐西域記一縛喝國：「伽藍北有窣堵波，高二百餘尺，金剛泥塗，衆寶厠飾，中有舍利。」翻譯名義考七引徐鉉曰：「西國浮圖也。」案：蘇軾端午遍遊諸寺得禪字詩「忽登最高塔」查慎行注引吴興志云：「飛英寺，在湖州府治北，寺中有塔名飛英。」本句即指此。

〔七〕嶔崟：山高貌。此指湖州卞山。見卷二泊吴興西觀音院注〔一三〕。

〔八〕雙溪：指苕溪、霅溪。見卷二泊吴興西觀音院注〔四〕。

〔九〕涼颸句：涼颸，涼風。爽籟：指自然界各種竅孔中發出之音響。王勃滕王閣序：「爽籟發而清風生。」

〔一〇〕牢愁句：謂以酒銷愁。牢愁，憂鬱不平。漢書揚雄傳：「又旁惜誦以下至懷沙一卷，名曰畔牢愁。」陸龜蒙紀事：「感物動牢愁。」

〔一一〕揮箑二句：箑，扇子。淮南子齊俗訓：「往古來今謂之宙，四方上下謂之宇。」此謂與東坡等論古往今來之事。

〔一二〕刻燭：南史王泰傳：「泰每預朝宴，刻燭賦詩，文不加點，帝深賞嘆。」通常刻燭一寸，賦四韻詩一首。後世因以「刻燭成詩」比喻才思敏捷。

〔一三〕金玉音：詩小雅白駒：「毋金玉爾音，而有遐心。」

【彙評】

胡仔苕溪漁隱叢話後集卷三十三：同子瞻端午日遊諸寺云：「雙溪貫城郭，暝色帶孤禽。」用老杜秦中紀行詩「暝色帶遠客」之語也。

【附】

蘇軾端午遍遊諸寺得禪字詩：肩輿任所適，遇勝輒流連。焚香引幽步，酌茗開淨筵。微雨止還作，小窗幽更妍。盆山不見日，草木自蒼然。忽登最高塔，眼界窮大千。卞峯照城郭，震澤浮雲天。深沉既可喜，曠蕩亦所便。幽尋未云畢，墟落生晚煙。歸來記所歷，耿耿清不眠。道人亦未寢，孤燈同夜禪。

參寥子吴江垂虹亭同賦得岸字：蜿蜒誇長虹，吴會稱傑觀。淪漣幾萬頃，放目失浪岸。倒影射遥山，青螺點空半。從來誇震澤，勝事無昏旦。破浪涌長鬐，排空度飛翰。肺肝入清境，劃若春冰泮。安得凌九垓，從公游汗漫！

寄陳季常〔一〕

一鈎五十犗，始具任公釣〔二〕。揭竿趣灌瀆，與爾不同調〔三〕。先生本西蜀〔四〕，俠氣見英妙。哀憐世間兒，細點似黄鷂〔五〕。侍童雙擢玉，鬒髮光可照〔六〕。駿馬錦障泥〔七〕，相隨窮海嶠〔八〕。平生攜手好，十七登廊廟〔九〕。小生相吏耶，徒枉尺書召〔一〇〕。暮年更折節，學佛得心要〔一一〕。鬻馬放阿樊〔一二〕，幅巾對沈燎〔一三〕。泠泠屋外泉，兀兀原頭燒〔一四〕。欲知山中樂，萬古同一笑〔一五〕。

【校】

〔鬒髮〕蜀本、宋紹熙本作「鬢髮」。

【箋注】

〔一〕本篇似作於元祐中，與黄魯直與陳季常簡爲同時之作。陳季常，名慥，眉州人，自號龍丘子，又號方山子，與蘇軾同鄉。少時慕朱家、郭解之爲人，閭里之俠皆宗之。稍壯，折節讀書，然終不遇。晚乃遯迹於光州、黄州間之岐亭。元豐四年（一〇八一），東坡時謫黄，多所往還，嘗爲季常作方山子傳。據苕溪漁隱叢話後集卷三十九云：「龍丘子自洛之蜀，載二侍女，戎裝駿馬，至溪山佳處，輒留數日，見者以爲異人。後十年，築室黄岡之北，號静庵居士，作臨江仙贈之，云：『細馬遠馱雙侍女……』秦太虚寄之以詩，亦云：『侍童雙擢玉……』觀此，則知季常載二侍女以遠游，及暮年甘於枯寂。」據秦譜云，元豐五年少游如黄州候蘇公，似爲結識之始。

〔二〕一鈎二句：莊子外物：「任公子爲大鈎巨緇，五十犗以爲餌，蹲乎會稽，投竿東海，旦旦而釣，期年不得魚。已而，大魚食之。」犗，釋文：「犍牛也。」即閹牛。

〔三〕揭竿二句：莊子外物：「夫揭竿累，趣灌瀆，守鯢鮒，其於得大魚，難矣！」灌瀆，灌溉渠。

〔四〕先生句：蘇軾陳公弼傳：「公諱希亮，字公弼，姓陳氏，眉之青神人。」季常爲公弼子，故云。

〔五〕哀憐二句：細黠，精細狡黠。黄鷃，鳥名，似鷹而小。蓄之以捕小鳥。韓愈嘲魯連子：「魯連細而黠，有似黄鷃子。」案：蘇軾方山子傳謂陳季常用財如糞土，園宅財帛皆棄不取，蓋能同情世間窮人，又似魯仲連能謀劃策略也。

〔六〕侍童二句：指陳季常所蓄二侍女。擢玉，俊秀，猶亭亭玉立。

〔七〕錦障泥：垂於馬腹兩側用以遮擋塵土之錦緞。晉書王濟傳：「濟善解馬性，嘗乘一馬，着連乾鄣泥。」唐劉復春雨詩：「曉聽鐘鼓動，早送錦障泥。」此指陳季常常騎駿馬出游。

〔八〕海嶠：近海多山之地。唐張九齡送使廣州詩：「家在湘源住，君今海嶠行。」季常何時游海濱，不可考。

〔九〕十七句：十七，即十分之七。漢書霍去病傳：「師率減什七。」注：「言其破敵故匈奴之師什減其七。」句謂平生友好十之七仕於朝廷。

〔一〇〕小生二句：小生，古代文人自謙之稱。相吏，諸侯之輔臣。賈誼新書淮難：「天子選功臣有職者以爲之（指淮南王）相吏。」漢書朱雲傳載丞相薛宣備賓主禮待朱雲，曰：「在田野亡事，且留我東閣，可以觀四方奇士。」雲曰：「小生迺欲相吏邪。」師古注：「小生謂其新學後進，言欲以我爲吏乎？」此爲少游自謙之詞，二句指元祐五年召爲太學博士。

〔一一〕暮年二句：折節，猶言强制自己，改變素志。史記郭解傳：「及解年長，更折節爲儉。」蘇軾方山子傳：「稍壯，折節讀書，欲以此馳騁當世，然終不遇。」

〔一二〕鬻馬句：白居易不能忘情吟序：「樂天既老，又病風，乃録家事，會經費，去長物。妓有樊素者，年二十餘，綽綽有歌舞態，善唱楊枝，人多以曲名名之，由是名聞洛下；籍在經費中，將放之。馬有駱者，駔壯駿穩，乘之亦有年；籍在長物中，將鬻之。」案：洪邁容齋三筆云，陳季常「好賓客，喜畜聲妓，然其妻柳氏絶兇妒。故東坡有詩云：『……忽聞河東獅子吼，拄杖落地心茫然。』……黄魯直元祐中有與季常簡曰：『審柳夫人時須醫藥，今已平安否？公暮年來想求清淨之樂，姬媵無新進矣。柳夫人比何念以致疾邪？』」據此，則季常暮年想求清淨之樂，故而遣散聲妓，一心學佛。參見箋注〔一〕。

〔一三〕幅巾：古男子用絹一幅束髮，不著冠。三國志魏武帝紀「建安二十五年」注引傅子：「漢末王公，多委王服，以幅巾爲雅。」沈燎：指無焰之薰爐。文選江淹雜體詩休上人別怨：「膏鑪絶沈燎，綺席生浮埃。」李善注：「鑪，薰鑪也。取其芬香，故加之膏，煙而無焰，故謂之沈。」

〔一四〕兀兀：静止貌。韓愈雉帶箭詩：「原頭火燒静兀兀，野雉畏鷹出復没。」

〔一五〕欲知二句：謂陳季常晚年欲享隱居之樂。蘇軾方山子傳云：「其家在洛陽，園宅壯麗與公侯等……皆棄不取，獨來窮山中。」案：楚辭九章涉江云：「哀吾生之無樂兮，幽獨處乎山中。」此則反用其義，謂山中樂趣，萬古相同。

淮海集箋注卷第四

古詩

同子瞻參寥游惠山三首〔一〕

其一 王武陵韻〔二〕

輟棹縱幽討〔三〕，籃輿入青蒼。圓頂相邀迓〔四〕，旃檀燎深堂〔五〕。層巒淡如洗，傑閣森欲翔〔六〕。林芳含雨滋，岫日隔林光。涓涓續清溜〔七〕，靡靡傳幽香〔八〕。俯仰佳覽眺，悠哉身世忘。

【校】

〔題〕原脱「參寥」二字，據段本、王本、秦本、四部本補。「其一王武陵韻，其二竇群韻，其三朱宿韻」,原作題下附注,今依段本、秦本移置各首之前。

【箋注】

〔一〕本篇作於元豐二年己未(一〇七九)三四月間。蘇軾遊惠山詩叙曰:「余昔爲錢塘倅,往來無錫,未嘗不至惠山。既去五年,復爲湖州,與高郵秦太虛、杭僧參寥同至,覽唐處士王武陵、竇群、朱宿所賦詩,愛其語清簡,蕭然有出塵之姿,追用其語,各賦三首。」參寥子詩集卷四有子瞻赴守湖州詩,題下自注云:「少游與余同載,因游惠山,覽唐處士王武陵、竇群、朱宿詩,追用其韻,各賦三首。」據施宿東坡先生年譜,蘇軾於是歲「二月,移知湖州……時秦觀、參寥同載,四月至湖」。其到達湖州時間爲四月二十日,見卷二泊吳興西觀音院注〔一〕。惠山,據蘇軾遊惠山詩查慎行注云:「陸羽惠山寺記:『惠山,古華山也。』顧歡吳地志:『華山在吳城西北一百里。』釋寶唱名僧傳云:『沙門僧顯宗,元徽中入吳,憩華山精舍,老子枕中記所謂吳西神山是也。梁大同中,有青蓮花育於此,尋更爲惠山寺。寺前有曲水亭,中有方池,名千葉蓮花池,亦名纑塘,亦名浣沼。』獨孤及惠山新泉記:『寺居西山之足,山小多泉,山下有靈池異花。』唐邱丹湛長史舊居志云:『無錫縣西郊七里,有惠山寺,即宋司徒右長史湛茂之之別墅也。』」上述名勝,皆爲少游等經遊之地。此詩寫遊惠山情景。

〔二〕王武陵:唐詩人,字晦伯,游惠山時尚未仕,後登諫列。新舊唐書無考。明談修惠山古今考載王武陵、竇群、朱宿於貞元四年(七八八)八月同遊惠山,賦詩以紀其事。詩云:「秋日遊古寺，秋山正蒼蒼。泛舟次巖壑，稽首金仙堂。下有寒泉流，上有珍禽翔。石門吐明月，竹木涵清光。中夜何沈沈，但聞松桂香。曠然出塵境，憂慮澹已忘。」

〔三〕輟棹：指停船。謝朓新亭渚別范零陵雲詩：「停驂我悵望，輟棹子夷猶。」幽討：尋幽探勝之意。

〔四〕圓頂：薙髮之僧。唐曹松薦福寺贈應制白公詩：「瓶勢傾圓頂，刀聲落碎髭。」案：此處蓋指錢道人或惠山僧惠表，蘇軾曾有詩贈之。

〔五〕旃檀：即檀香，梵語旃檀那之略稱。玄應音義：「旃檀那，外國香木也，有赤、白、紫等諸種。」唐段成式酉陽雜俎：「一本四香：根曰旃檀，節曰沉香，花曰雞舌，膠曰薰陸。」

〔六〕層巒二句：傑閣，高閣。唐許渾懷惠山寺詩：「排空殿塔倚嵒巒。」寫同一景象。

〔七〕清溜：指惠山泉，又名天下第二泉。遠碧樓劉氏寫本無錫縣志卷三下：「第二泉即陸子泉也，在惠山之麓若冰洞前。」此句寫漪瀾堂景色，參見後附蘇詩。

〔八〕靡靡句：無錫縣志卷三下：「（第二泉）池中有金蓮花，蔓生如荇，開花黃色，似蓮蕊半開，而不實，朵小如水仙花，甚香，舊稱千葉云。」此處形容千葉蓮之香氣。

【彙評】

蘇軾湖州答秦太虛書：昨晚知從者當往何山，辱示……分韵詩語益妙，得之殊喜。拙詩令兒子録呈。

清秦瀛梁溪雜詠：三唐詩味別酸鹹，後有秦蘇并道潛。好向漪瀾弄明月，泠泠琴筑一時兼。

自注：「唐朱宿、竇群、于武陵皆有惠山寺詩，宋先淮海公與蘇文忠、僧參寥和之。『一步漪瀾堂』，文忠句，堂在第二泉上。『雜佩間琴筑』，見文忠寄焦千之求惠山泉詩。」

【附】

蘇軾遊惠山詩：夢裏五年過，覺來雙鬢蒼。還將塵土足，一步漪瀾堂。俯窺松桂影，仰見鴻鵠翔。炯然肝肺間，已作冰玉光。虚明中有色，清静自生香。還從世俗去，永與世俗忘。

參寥子遊惠山詩：山煙弄滅没，山木含葱蒼。刺舟傍遥岸，理策升虚堂。周遭矚層巘，矯矯如翱翔。下瞰平田流，澹然浮日光。青篁解初籜，洗雨聞新香。雖云迫前途，真賞豈易忘？（徐案：參寥子詩集卷四，本篇題作子瞻赴守湖州。）

其　二　竇群韻〔一〕

使君厭機械〔二〕，所與惟散人〔三〕。顧慙蒹葭陋，繆倚瓊枝新〔四〕。上干青礅〔五〕，下屬白磷磷〔六〕。洞天不知老〔七〕，金界無棲塵〔八〕。緬彼人間世，烏蟾閲青旻〔九〕。詎得踵三隱〔一〇〕，山阿相與鄰〔一一〕？

【箋注】

〔一〕竇群：字丹列，唐扶風人。隱居毗陵（今江蘇常州），以節操聞，徵拜左拾遺，後爲御史中丞，因僞構李吉甫陰事，出知黔州。新、舊唐書有傳。明談修惠山古今考載其自叙云：「元和二年五月三日重遊此寺，獨覽舊題，二十年矣。當時三人，皆登諫列。朱遐景（宿）方詣行車，王晦伯武陵尋卒郎署，余自西掖累遷外臺，復此躊躕，吁嗟存没，因題壁以志所懷。詩云：『共訪青山寺，曾隱南朝人。問世松桂老，開襟言笑新。步移月亦出，水映石磷磷。予洗腸中酒，君濯纓上塵。結綵入幽抱，清氣連蒼旻。信此澹忘歸，淹留冰玉鄰。』」

〔二〕使君句：使君，太守之別稱。此指蘇軾。機械，指機巧、巧詐。淮南子原道：「故機械之心藏於胸中，則純白不粹，神德不全。」

〔三〕散人：閑散不爲世用之人。莊子人間世：「且也若與予也，皆物也，奈何哉其相物也？而幾死之散人，又惡知散木？」此指作者與參寥子。

〔四〕顧慙二句：世説新語容止：「魏明帝使后弟毛曾與夏侯玄共坐，時人謂蒹葭倚玉樹。」意謂雙方品貌極不相稱。瓊枝，猶玉樹，喻美好人物。李商隱送千牛李將軍赴闕五十韻詩：「照席瓊枝秀，當年紫綬榮。」

〔五〕磝磝：見卷三春日雜興十首其八注〔四〕。

〔六〕磷磷：水石明净貌。文選劉公幹贈從弟詩之一：「泛泛東流水，磷磷水中石。」

〔七〕洞天：道家指仙人所居之處。茅君内傳：「大天之内有地之洞天三十六所，乃真仙所居。」

〔八〕金界：指佛寺。獨孤及題思禪寺上方詩：「攀雲到金界，合掌開禪扃。」此指惠山寺。

〔九〕烏蟾：指日月。淮南子精神訓：「日中有踆烏，而月中有蟾蜍。」梅堯臣和新晴詩：「誰詠陳根有微緑？烏蟾易失似跳丸。」

〔一〇〕三隱：指王武陵、竇群、朱宿。查慎行注蘇詩曰：「三人後皆登諫列，而題詩惠山日，皆未仕也。」

〔一一〕山阿：山之彎曲處。參見卷三和游金山注〔一八〕。此指欲隱居山林。

【附】

蘇軾游惠山詩：薄雲不遮山，疏雨不濕人。蕭蕭松徑滑，策策芒鞋新。嘉我二三子，皎然無淄磷。勝遊豈殊昔？清句仍絶塵。吊古泣舊史，疾讒歌小旻。哀哉扶風子，難與巢許鄰。

參寥子游惠山詩：松門暗朝雨，寂歷無行人。蔓草忽穿徑，卉木鬱以新。階泉漱石齒，照眼光磷磷。使君美無度，卓犖遺囂塵。風標傲竹柏，談笑凌窮旻。何愧沈冥子，卧霞吞結鄰。

其三　朱宿韻〔一〕

樓觀相複重，邈然閟深樾〔二〕。九龍吐清泠〔三〕，瀌瀌曾未絶〔四〕。罌缶馳千里，真珠猶不滅〔五〕。況復從茶仙〔六〕，兹焉試葵月〔七〕。岸巾塵想消〔八〕，散策佳興發〔九〕。何以慰遨嬉？操觚繼前轍〔一〇〕。

【箋注】

〔一〕朱宿：字遐景，唐吴郡人，題詩時適「自秦還吴，次無錫」。後登諫列（參見其二注〔一〕引王武陵原題序）。新、舊唐書無考。其原韻曰：「古寺隱秋山，登攀度林樾。悠然青蓮界，此地塵境絶。機閒任晝昏，慮淡知生滅。微吹遞遥泉，疎松對殘月。庭虚露華綴，池浄荷香發。心悟形未留，遲遲履歸轍。」

〔二〕深樾：玉篇：「楚謂兩樹交陰之下曰樾。」

〔三〕九龍句：九龍，山名，無錫惠山之别稱。唐陸羽惠山寺記：「其山有九隴，俗謂之九隴山，或云九龍山，或云鬭龍山。『九龍』者，言山隴之形若蒼虬縹螭合沓然。」清泠，指惠山泉。

〔四〕溅溅：水流聲。韓愈藍田縣丞廳壁記：「水溅溅循除鳴。」

〔五〕罌缶二句：謂千里之外皆來取泉水，泉水猶涓涓不絶。罌缶，盛水容器。三國志吴宗室傳：「頃連雨水濁，兵飲之多腹痛，令促具罌缶數百口澄水。」真珠，喻泉水。羅鄴題水簾洞：「亂泉飛下翠屏中，色共真珠巧綴同。」

〔六〕茶仙：指陸羽。羽，字鴻漸，唐竟陵人，上元初隱於苕溪，自號桑苧翁。嗜茶，嘗品水味，列無錫惠山泉爲天下第二泉，泉上有祠祀羽畫像，後人稱爲茶仙。事見無錫縣志及新唐書本傳。

〔七〕葵月：葵花（茶名）、月團（茶餅名）之合稱。蘇軾和錢安道寄惠建茶詩：「葵花玉銙不易致。」盧仝茶歌：「手閲月團三百片。」

〔八〕岸巾：推起頭巾，露出前額。唐劉肅大唐新語卷二：「中宗愈怒，不及整衣履，岸巾出側門。」

〔九〕散策：扶杖散步。杜甫鄭典設自施州歸詩：「北風吹瘴癘，羸老思散策。」

〔一〇〕操觚：執簡爲文。晉陸機文賦：「或操觚以率爾，或含毫而邈然。」前轍：指前韻。

【附】

蘇軾遊惠山詩：敲火發山泉，烹茶避林樾。明窗傾紫盞，色味兩奇絶。吾生眠食耳，一飽萬想滅。頗笑玉川子，飢弄三百月。豈如山中人，睡起山花發。一甌誰與共，門外無來轍。

參寥子遊惠山詩：揚帆渡江來，洗眼鶩翠樾。雲姿既容裔，鳥哢更清絶。淩梯訪前蹤，琬琰亦未滅。嗟我魚目光，疇能綴明月？狂墨掃琅玕，風煙座中發。殊勝區中人，茫茫走飛轍。

馬上口占二首〔一〕

其一

向晨結束争長途，利風刮面冰在鬚。岡窮得水馬不進，霧暗失道人相呼。悠悠旁舍見汲井〔二〕，軋軋隔林聞輓車〔三〕。游目騁懷自可樂〔四〕，勿憶鄉縣增煩紆〔五〕。

【校】

〔題〕蜀本題下附注：「或云後一首參寥和。」

〔其二〕此爲箋注者所加，下同。

【箋注】

〔一〕秦譜：「熙寧九年丙辰，先生年二十八，同孫莘老、參寥子訪漳南老人於歷陽之惠濟院，浴湯泉，游龍洞山，謁項羽祠，極山水之勝，得詩三十首。……」卷三十八游湯泉記云：「於是余與道人參寥請從之，具鞍馬，戒徒御，翼日出高郵西郭門，馳六十里。……」又云：「越三日……東南馳八里，至龍洞山下，棄馬可徒步，山形斗起蒙蘢，曲道尤難登。」本篇當作於此時，其二疑爲參寥子和（見校記）。

〔二〕悠悠句：少游遊湯泉記：「故墟荒落晨汲暝春之狀，悠然與耳目謀。」

〔三〕輓車：同挽車。左傳襄公十四年：「或輓之，或推之。」注：「前牽曰輓。」

〔四〕游目句：王羲之蘭亭集序：「仰觀宇宙之大，俯察品類之盛，所以游目騁懷，足以極視聽之娱，信可樂也！」

〔五〕煩紆：心亂貌。文選張衡四愁詩：「路遠莫致倚踟躕，何爲懷憂心煩紆？」五臣注：「幹曰:「煩紆,思亂也。」

其二

霜風稜稜萬木枯〔一〕,梅花破萼猶含鬚。田家往往事游獵,追逐狐兔相號呼。微茫山中起狂燒,隱約林梢低日車〔二〕。馬頭漸覺有佳趣,勿厭阡陌多縈紆〔三〕。

【校】

〔縈〕原誤作「榮」,據四庫本改。

【箋注】

〔一〕稜稜:嚴寒貌。鮑照蕪城賦:「稜稜霜氣,蔌蔌風威。」

〔二〕微茫二句:寫落日晚霞。狂燒,謂晚霞紅似火。馬戴邯鄲驛樓作:「雲燒天中赤,山當日落秋。」日車,指太陽。莊子徐無鬼:「若乘日之車,而遊於襄城之野。」

〔三〕縈紆:回環曲折。白居易長恨歌:「黄埃散漫風蕭索,雲棧縈紆登劍閣。」

別子瞻學士〔一〕

人生異趣各有求,繫風捕影祇懷憂〔二〕。我獨不願萬户侯,惟願一識蘇徐州〔三〕。

徐州英偉非人力，世有高名擅區域。珠樹三株詎可攀〔四〕？玉海千尋真莫測〔五〕。一昨秋風動遠情，便憶鱸魚訪洞庭〔六〕。芝蘭不獨庭中秀〔七〕，松柏仍當雪後青〔八〕。故人持節過鄉縣，教以東來償所願〔九〕。天上麒麟昔漫聞〔一〇〕，河東鸑鷟今纔見〔一一〕。不將俗物礙天真，北斗已南能幾人〔一二〕？八塼學士風標遠〔一三〕，五馬使君恩意新〔一四〕。黄塵冥冥日月換，中有盈虚亦何算？據龜食蛤暫相從〔一五〕，請結後期游汗漫〔一六〕。

【校】

〔題〕原作「别子瞻」，各本同，此據底本及張本、胡本、李本目録改。

【箋注】

〔一〕本篇作於元豐元年戊午（一〇七八）。子瞻，蘇軾字。秦譜繫於熙寧十年，云：「蘇公自密州徙知徐州，先生乃往候公於彭城，贈之以詩，蘇公次韻贈别。」誤。案：施宿東坡先生年譜元豐元年戊午云：「秦觀字少游，高郵人，時從先生學，後居四學士之列。僧道潛字參寥，卒由先生得詩名。皆至是始見。」又查慎行蘇公年表謂「是年（元豐元年），秦少游將入京應舉，至徐謁見先生，黄魯直以古風二首上先生，黄秦二君奉教於先生始此」。又本篇蘇軾和作，王文誥蘇詩集成有案曰：「李公擇自徐過淮上，而少游因攜其書以來，故詩有『故人持節』二句。」蘇詩總案元豐元年四月「秦觀投長篇來謁」條：「欒城集次韻秦觀秀才攜李公擇書相訪詩自注云：『秦君與家兄子瞻約，秋後再游彭城。』據此，則少游到徐，當在夏初以後。」（俱見蘇詩集成卷十六次韻秦觀秀才見贈秦與孫莘老李公擇甚熟將入京應舉題下注）以上可證少游於元豐元年四月以後至徐見蘇，臨别時作此詩。

〔二〕繫風捕影：喻有求不得。梁書劉孝綽傳謝啓：「但雕朽杇糞，徒成延獎；捕影繫風，終無效答。」

〔三〕我獨二句：李白上韓荆州書：「生不願封萬户侯，但願一識韓荆州。」此倣用其意。

〔四〕珠樹三株：山海經海外南經：「三珠樹在厭火北，生赤水上，其爲樹如柏，葉皆爲珠。」唐代王勔王勮王勃兄弟三人均有才名，杜易簡稱之爲三珠樹，見新唐書王勃傳。此處稱蘇氏兄弟。

〔五〕玉海：喻氣度博大精深。南史朱异傳：「五經博士明山賓表薦异……器宇弘深，神表峯峻。金山萬丈，緣陟未登；玉海千尋，窺映不測。」

〔六〕一昨二句：一昨，前些日子。淳化閣帖八王羲之帖：「多日不知君問，得一昨書，知君安善爲慰。」晉書張翰傳：「翰因見秋風起，乃思吴中菰菜蓴羹鱸魚膾，曰：『人生貴得適志，何能羈宦數千里以要名爵乎？』遂命駕而歸。」洞庭，太湖的别稱。二句回憶熙寧九年至湖州訪李公擇事，爲「故人」二句伏筆。參見春日雜興十首之六注〔一〕。

〔七〕芝蘭句：晉書謝安傳：「（謝玄）少穎悟，與從兄朗俱爲叔父安所器重。安嘗戒約子侄，因曰：『子弟亦何豫人事，而正欲使其佳？』諸人莫有言者，玄答曰：『譬如芝蘭玉樹，欲使其生於庭階耳。』」後人因以「芝蘭玉樹」喻佳子弟。

〔八〕松柏句：論語子罕：「歲寒然後知松柏之後彫也。」

〔九〕故人二句：指李公擇自徐過淮上，薦其見蘇。見箋注〔一〕。案：本年三月，李公擇（常）自齊州徙淮南西路提點刑獄，見蘇詩總案卷十六。

〔一〇〕天上麒麟：南史徐陵傳：「年數歲，家人攜以候沙門釋寶誌。寶誌摩其頂曰：『此天上石麒麟也。』」後因稱美他人之子。杜甫徐卿二子歌：「孔子釋氏親抱送，並是天上麒麟兒。」

〔一一〕河東鸑鷟：鸑鷟，古瑞鳥名，鳳凰之别稱。唐薛收、收族兄薛德音及從兄子薛元敬，俱有文才，因其爲蒲州汾陰人，屬河東道，時有「河東三鳳」之稱。見新唐書薛收傳。

〔一二〕北斗句：新唐書狄仁杰傳：「狄公之賢，北斗以南，一人而已。」

〔一三〕八塼學士：唐李程爲翰林學士，性疏懶，每待日影至階前八塼始入朝，時人稱爲「八塼學士」。見唐李肇翰林志。塼，通甎、磚。

〔一四〕五馬使君：太守之代稱。宋程大昌演繁露卷二據鄭玄周禮注，認爲漢時太守相當於舊時州長，出則御五馬。玉臺新詠卷一日出東南隅行：「使君從南來，五馬立踟躕。」

〔一五〕據龜食蛤：淮南子道應：「倦龜殼而食蛤蜊。」注：「楚語謂倨爲倦。」又引論衡曰：「若士食蛤蜊之肉，乃與民同食，安能升天？」黄昇花庵詞選附録玉林詞水龍吟贈丁南林：「待據龜食蛤，相期汗漫，與烟霞會。」

〔一六〕汗漫：淮南子俶真：「至德之世，甘瞑於溷澖之域，而徙倚於汗漫之宇。」釋惠洪冷齋夜話：「東坡徵意特奇，如曰『見説騎鯨遊汗漫，亦曾捫蝨話辛酸』。」此指太虛之境。

【附】

蘇轍次韻秦觀秀才攜李公擇書相訪：濟南三歲吾何求？史君後到消人憂。君言有客輕公侯，扁舟相從古揚州。致之匹馬恨無力，千里相望同異域。誦詩空使四座驚，隱居未易凡人測。史君南歸無限情，鴻飛攜書墮我庭。此書兼置昔年客，袖中秀句淮山青。老夫强顔依府縣，堆案文書本非願。清談亹亹解人頤，安得坐右長相見？狂客吾非賀季真，醉吟君似謫仙人。末契常遭少年笑，白髮應慙傾蓋新。都城酒貴誰當换，塵埃汙面非良算。歸來泗上苦思君，莫待黄花秋爛漫。（原注：秦君與家兄約，秋後再遊彭城。）

和黄法曹憶建溪梅花〔一〕

海陵參軍不枯槁，醉憶梅花愁絶倒〔二〕。爲憐一樹傍寒溪，花水多情自相惱〔三〕。清淚斑斑知有恨〔四〕，恨春相逢苦不早。甘心結子待君來，洗雨梳風爲誰好〔五〕？誰云廣平心似鐵〔六〕，不惜珠璣與揮掃〔七〕。月没參横畫角哀〔八〕，暗香銷盡令人老〔九〕。

天分四時不相貸，孤芳轉盼同衰草。要須健步遠移歸，亂插繁華向晴昊〔一〇〕。

【箋注】

〔一〕本篇作於元豐三年庚申（一〇八〇）。本年，少游有與黄魯直簡曰：「今奉寄八音歌、次韻斗野亭、黄子理憶梅花詩，凡四首，亦隨以呈，聊發一笑耳。」與參寥大師簡云：「僕自去年（案指元豐二年自越州）還家，人事擾擾，所往還者，惟黄子理、子思家兄弟。子思又已分居，困於俗事。」案：黄子理，福建浦城人，時爲海陵（今江蘇泰州治）司法參軍，司刑法獄訟。建溪，閩江上游，今屬福建南平一帶。據嘉慶揚州府志云：「浮香亭，在泰州舊治藕花洲之後，有大梅，秦觀諸人唱和黄法曹梅花處也。宋紹興初，陳垓守泰州，鐫茂陵御書額及秦觀、蘇軾、蘇轍、參寥詩於上。」

〔二〕海陵二句：稱譽黄子理色豫才高，原詩美好，語本杜甫蘇端薛復筵簡薛華醉歌：「少年努力縱談笑，看我形容已枯槁。坐中薛華善作歌，歌辭自作風格老。近來海内爲長句，汝與山東李白好。何劉沈謝力未工，才兼鮑昭愁絶倒。」非但沿用其韵，摘用其辭。純用其意，且其中暗以薛華、李白諸名士喻黄子理，而出語自然，羚羊挂角，無迹可求。詩之結句又及之，少游受杜詩之影響，於此可見一斑，而前人未之覺也。

〔三〕花水句：亦用杜甫江畔獨步尋花七絶句之一：「江上被花惱不徹，無處告訴只顛狂。」

〔四〕清淚：梅花上的雨水。唐李賀金銅仙人辭漢歌：「空將漢月出宫門，憶君清淚如鉛水。」

〔五〕甘心二句：唐摭言謂杜牧佐宣城幕，遊湖州，刺史崔君張水戲，使州人畢觀，令牧閒行閲奇麗，得垂髫者十餘歲。後十四年，牧刺湖州，其人已嫁生子矣，乃悵然而爲歎花詩（一題悵詩）曰：「自恨尋芳到已遲，往年曾見未開時。如今風擺花狼藉，緑葉成陰子滿枝。」「甘心」句化用其意。

〔六〕廣平：指宋璟，唐邢州南和人，武后時爲御史中丞，睿宗時任宰相，玄宗時復任，開元八年罷相，有功於開元之治，封廣平郡公，新、舊唐書有傳。唐皮日休桃花賦序：「余嘗慕宋廣平之爲相，貞姿勁質，剛態毅狀，疑其鐵腸與石心，不解吐婉媚辭；而有梅花賦，清便富豔，得南朝徐庾體，殊不類其爲人也。」

〔七〕珠璣：見卷二答朱廣微注〔一六〕。

〔八〕月没參横：謂天將曉。宋吴曾能改齋漫録卷六：「秦少游和黄法曹梅花詩：『月落參横畫角哀，暗香銷盡令人老。』世謂少游用古善哉行云：『月没參横，北斗闌干。親友在門，忘寢與餐。』按異人録載：『隋開皇中，趙師雄游羅浮。一日，天寒日暮，於松林間酒肆旁舍見美人，淡妝素服出迎。時已昏黑，殘雪未消，月色微明。師雄與語，言極清麗，芳香襲人。因與之叩酒家門共飲。少頃一緑衣童來，笑歌戲舞。師雄醉寢，但覺風寒相襲。久之，東方已白，起視，乃在大梅花樹下。上有翠羽啾嘈，相顧月落參横，但惆悵而已。』乃知少游實用此事。」此條亦見舊題柳子厚龍城録。洪邁容齋隨筆卷十梅花横參云：「今人梅花詩詞多用

『參横』字，蓋出柳子厚龍城録所載趙師雄事，然此實妄書……其語曰：『東方已白，月落參横。』且以冬半視之，黄昏時參已現，至丁夜則西没矣，安得將旦而横乎？秦少游詩：『月落參横畫角哀，暗香消盡令人老。』承此誤也。」

〔九〕暗香：林逋山園小梅：「疏影横斜水清淺，暗香浮動月黄昏。」

〔一○〕晴昊：晴空。此二句用杜甫蘇端薛復筵簡薛華醉歌：「安得健步移遠梅，亂插繁花向晴昊。」

【彙評】

釋惠洪石門文字禪卷二十七石臺肱禪師所蓄草聖：少游此詩，荆公自書於紈扇，蓋其勝妙之極，收拾春色於語言中而已。及東坡和之，如語中出春色。山谷草聖不數張長史、素道人，遂書兩詩於華光梅花樹下，可謂四絶。予不曉草字，開卷但見其雷砰電射，揭地祇而西七曜耳。吁哉異也！政當送與龍安照禪師，使一讀之。

阮閲詩話總龜前集卷九引王直方詩話：秦少游嘗和黄法曹憶梅花詩，東坡稱之，故次其韻，有「西湖處士骨應槁，只有此詩君壓倒」之句。此詩初無妙處，不知坡所愛者何語，和者數四。余獨愛坡兩句云：「江頭千樹春欲暗，竹外一枝斜更好。」後必有能辨之者。

蔡正孫詩林廣記後集卷八引詩話云：少游此詩，東坡謂其壓倒林逋。觀其稱許之辭，則愛重之意可見矣。

胡仔苕溪漁隱叢話後集卷四：復齋漫録云：「古曲有落梅花，非謂吹笛則梅落，詩人用事，不悟其失。」余意不然之。蓋詩人因笛中有落梅花曲，故言吹笛則梅落。其理甚通，用事殊未爲失。且如角聲，有大小梅花曲，初不言落，詩人尚猶如此用之，故秦太虚和黄法曹梅花云「月落參横畫角哀，暗香消盡令人老」者是也。

又卷二十一云：秦太虚和黄法曹憶梅花詩，但只平穩，亦無驚人語。子瞻繼之，以唱首第二韻是「倒」字，故有「西湖處士骨應槁，只有此詩君壓倒」之句，亦是趁韻而已，非謂太虚此詩，真能壓倒林逋也。林逋「疎影横斜水清淺，暗香浮動月黄昏」之句，古今詩人，尚不曾道得到，第恐未易壓倒耳。後人不細味太虚詩，遂謂誠然，過矣。

吴聿觀林詩話：太虚又云：「僕有梅花一詩，東坡爲和，王荆公嘗書之於扇。」有見荆公扇上所書者，乃「月落參横畫角哀，暗香消盡令人老」兩句。涪翁又愛其四句云：「清淚斑斑知有恨，恨春相從苦不早。甘心結子待君來，洗雨梳風爲誰好？」曰：「玉臺詩中，氣格高者乃能及此耳。」

許顗許彦周詩話：林和靖梅詩云：「疏影横斜水清淺，暗香浮動月黄昏。」大爲歐陽文忠公稱賞。大凡和靖集中，梅詩最好，梅花詩中此兩句尤奇麗。東坡和少游梅詩云：「西湖處士骨應槁，只有此詩君壓倒。」僕意東坡亦有微意也。然和靖詩屬對清切。

明段斐君本淮海集徐渭眉批：允稱清新流利。末句用杜，妙，當！

【附】

參寥子次韻少游和子理梅花詩：朔風蕭蕭方振槁，雪厭茅齋欲攲倒。門前誰送一枝梅？問訊山僧少病惱。强將筆力爲君寫，麗句已輸何遜早。碧桃丹杏空自妍，嚼蕊嗅香無比好。先生攜酒傍玉叢，醉裏雄辭驚電掃。東溪不見謫仙人，江路還逢少陵老。我雖不飲爲詩牽，不惜山衣同藉草。要須陶令插花歸，醉卧春風軼軒昊。

蘇軾和秦太虚梅花詩：西湖處士骨應槁，只有此詩君壓倒。東坡先生心已灰，爲愛君詩被花惱。多情立馬待黄昏，殘雪消遲月出早。江頭千樹春欲暗，竹外一枝斜更好。孤山山下醉眠處，點綴裙腰紛不掃。萬里春隨逐客來，十年花送佳人老。去年花開我已病，今年對花還草草。不知風雨捲春歸，收拾餘香還畀昊。

蘇軾再和潛師詩：化工未識蘇群槁，先向梅花一傾倒。江南無雪春瘴生，爲散冰花除熱惱。風清月落無人見，洗妝自趁霜鐘早。惟有飛來雙白鷺，玉羽瓊枝鬬清好。吴山道人心似水，眼浄塵空無可掃。故將妙語寄多情，横機欲試東坡老。東坡習氣除未盡，時復長篇書小草。且撼長條餐落英，忍饑未忍呼穹昊。

蘇轍次韻秦觀梅花：老夫毛骨日凋槁，愁見米監惟醉倒。忽傳騷客賦寒梅，感物傷春同懊惱。江邊不識北風勁，牆頭知有南枝早。未開素質夜光明，半落清香春更好。鄰家小婦學閑媚，靚妝惟有長眉掃。孤芳已與飛霰競，結子仍先百花老。苦遭横笛亂飛英，不見遊人醉芳草。可憐物性空自知，羞作繁華助芒昊。

蘇轍復次前韻答潛師：憐君古木依岩槁，西江飲醉須彌倒。野花幽草亦何爲？嶮語長篇空自惱。萬點浮溪輒長嘆，一枝過嶺誇先早。拾香不忍浮塵污，嚼蕊更憐真味好。道人遇物心有得，瓦竹相敲緣自掃。誰知真妄了不妨，令我至今思璉老。妙明真覺皆未識，但向閑窗看詩草。浮雲時起鳥四飛，畢竟安能亂青昊！

黄庭堅花光仲仁出秦蘇詩卷思兩國士不可復見開卷絶歎因花光爲我作梅數枝及畫煙外遠山追少游韻記卷末：夢蝶真人貌黄槁，籬落逢花須醉倒。雅聞花光能畫梅，更乞一枝洗煩惱。扶持愛梅説道理，自許牛頭參已早。長眠橘洲風雨寒，今日梅開向誰好？何況東坡成古丘，不復龍蛇看揮掃。我向湖南更嶺南，繫船來近花光老。歎息斯人不可見，喜我未學霜前草。寫盡南枝與北枝，更作千峯倚晴昊。（徐案：任淵注云：「少游北歸，至藤州卒於江上。其子處度護喪，藁殯於潭，故有『長眠橘洲』之語。」）

送少章弟赴仁和主簿〔一〕

我宗本江南，爲將門列戟〔二〕。中葉徙淮海，不仕但潛德〔三〕。先祖實起家〔四〕，先君始縫掖〔五〕。議郎爲名士，余亦忝詞客〔六〕。風流以及汝〔七〕，三通桂堂籍〔八〕。汝弱不好弄，文章有風格〔九〕。久從先生游〔一〇〕，術業良未測。武林一都會〔一一〕，山水富南國。下有賢別駕，上有明方伯〔一二〕。干將入砥礪〔一三〕，騕褭就銜勒〔一四〕。勿矜孔鸞姿〔一五〕，不樂棲枳棘。吴中多高士〔一六〕，往往寄老釋。辯才雖物化〔一七〕，參寥猶夙昔。投閑數訪之，可得三友益〔一八〕。少來輕别離，老去重乖隔。念汝遠行役，惘惘意不懌。道山雖云佳〔一九〕，久寓有饑色。功名已絶意，政苦婚嫁迫〔二〇〕。終從大人議，税駕邗溝側〔二一〕。追蹤漢兩疏〔二二〕，父子老阡陌。

【校】

〔風格〕張本、胡本、李本、段本、王本、秦本、四部本俱作「新格」，義較勝。

〔大人〕王本、四部本「人」作「夫」，注云：「一本作人。」

【箋注】

〔一〕本篇元祐六年辛未（一〇九一）作於汴京。秦譜云是歲「先生在京師，弟少章先生登馬涓榜進士第，調仁和主簿。張文潛有送秦少章赴臨安簿序。先生作詩送之。」案文潛序云：「（少章）元祐六年及第，調臨安主簿。」此詩云：「辯才雖物化。」可見作於是歲九月之後。仁和，縣名，即今浙江杭州，本錢塘鹽官地，唐麟德二年，於州郭置錢塘縣，宋太平興國四年，改爲仁和縣。見讀史方輿紀要浙江杭州府。案杭僧參寥子次年有清明日湖上呈秦少章主簿詩，末注：「時少章喪耦。」附此備考。

〔二〕我宗二句：江南，指南唐。南唐李璟爲周世宗所敗，改號江南國主。李清照詞論：「獨江南李氏君臣尚文雅。」門列戟，宋史輿服志二仁宗天聖四年：「檢會令文，京兆、河南、太原府、大都督府、都護，門十四戟，若中都督、上都護，門十二戟，下都督、諸州，門各十戟，並官給。」仁宗之世，去南唐未遠，其制可資參考。　則少游之宗，至少曾任下都督或州官。　然據錫山秦氏宗譜卷首嘉靖戊子譜序云：「吾宗先望會稽，後徙淮海，中間世系顯晦不詳，荐經兵燹，莫可考據，其見於圖者，自宋直龍圖閣觀始。」案：江寧府志卷三八人物云：「宋秦羲，字致堯，江寧人，累官東染院使，知蘇州，遷内園使，知泉州。」又宋史秦羲傳云：「秦羲字致堯，江寧人。世仕江左。曾祖本，岳州刺史；祖進遠，寧國軍節度副使；父承裕，建州監軍使、知州事。李煜之歸朝也，承裕遺羲詣闕上符印，太祖召見。」如是，則自秦本始，有四代仕於江南爲州郡長官，其門可列十戟，其中兩代爲將。　少游所云，當指此。

〔三〕中葉二句：蓋指秦羲以後。羲卒於天禧四年(一〇二〇)，年六十四。案：自宋初至作詩之日，凡一百三十年，所謂「中葉」，當在仁宗天聖初。此時羲之後方徙居淮海。潛德，謂名位不顯而品德高尚。漢劉歆遂初賦：「處幽潛德，含聖神兮。」

〔四〕先祖：指其先大父承議公。秦詠少游書王氏齋壁云：「皇祐元年，余先大父赴官南康，道出九江，余實生焉；滿歲受代，猶寓止僧舍。」下文「議郎」即指大父。案：二〇一五年十月二十五日揚子晚報報道揚州蜀岡路南延段發現秦詠墓誌，謂其身份爲「宋故内殿崇班致仕」。夫人朱氏亦有墓誌。内殿崇班，官階與太子中允等。墓誌爲高郵孫覺撰，署「朝奉郎知應天府兼南京留守」。據宋史本傳，孫覺知應天府在元豐六年，可知秦詠之死當在此後不久。秦詠葬於江都縣東鄉馬坊村。墓志顯示，詠之曾祖裕，祖禹，父玫，子三人、女三人，孫八人，曰觀、震、鼎、昇等。其子中當有秦觀父元化公，惜無其名。

〔五〕先君句：先君，指其父元化公。秦譜云：「父元化公，諱某，師事胡安定先生瑗，有聲太學。」少游李氏夫人墓誌銘：「至和中，先君遊太學，事安定先生胡公。歲時歸覲，具言太學人物之盛。」縫掖，寬袖單衣，後漢書輿服志：「孔子衣縫掖之衣。」後乃爲儒生所服，亦代指儒生。後漢書王符傳：「皇甫規解官歸，雁門守謁之，不迎；及王符在門，倒屣迎之，語曰：『徒見二千石，不如一縫掖。』」縫，一作「逢」。此句謂其先君始入太學爲儒生。

〔六〕忝詞客：忝，謙詞。唐王維偶然作：「宿世謬詞客，前身應畫師。」宋陳師道後山詩話：「今代詞人，惟秦七、黄九耳，唐諸人不逮也。」

〔七〕風流：謂流風遺韻。漢書趙充國辛慶忌傳贊：「其風聲氣俗，自古而然；今之歌謠慷慨，風流猶存耳。」

〔八〕桂堂籍：即桂籍，科舉登第者之名籍。宋徐鉉廬陵別朱觀先輩詩：「桂籍知名有幾人，翻飛相續上青雲。」此句謂秦氏已有三人登第，當指其叔父定、少章與己。

〔九〕汝弱二句：左傳僖公九年：「夷吾弱不好弄。」弱，年幼時。弄，嬉戲。南朝宋顔延之陶徵士誄：「弱不好弄，長實素心。」文章，秦譜案：「山谷是年題少章詩卷云：少章別來文字亹亹日新。」

〔一〇〕先生：指蘇軾。宋任淵后山詩注元祐四年送秦覯三首題下注：「覯，字少章，少游之弟也，從東坡學於杭州。」

〔一一〕武林：指杭州，因其地有山名武林，即今靈隱山。

〔一二〕別駕：地方長官之副手，此指杭州通判袁轂。方伯：一方諸侯之長。禮王制：「千里之外設方伯。」後泛指州郡長官。此謂州守蘇軾。

〔一三〕干將：古劍名。相傳春秋時吴人干將與妻莫邪善鑄劍，鑄有二劍，鋒利無比，一名干將，一名莫邪，後者獻與吴王闔閭。見吴越春秋闔閭内傳。

〔一四〕騕褭：古良馬名，金喙赤色，日行萬里者。淮南子齊俗：「夫待騕褭、飛兔而駕之，則世莫乘車。」

〔一五〕孔鸞：孔雀與鸞鳥。山海經大荒南經：「南方有鸞鳥，有翠鳥，有孔鳥。」司馬相如上林賦：「道孔鸞，促鵕儀。」

〔一六〕吴中：原指今江蘇吴縣（蘇州），此處泛指江南。

〔一七〕辯才：僧名。據蘇轍龍井辯才法師塔碑載，師姓徐氏，名元浄，字無象，杭之於潛人，年十六落髮，十八就學於天竺慈雲法師。年二十五，賜紫衣及辯才號，隱於天竺山。元豐二年，退居龍井之壽聖院。於東坡爲方外交。元祐六年九月乙卯圓寂，實壽八十一。少游於元豐二年中秋後一日偕參寥子往訪，並作有龍井題名記、龍井記及録龍井辯才事諸文及照閣詩。

〔一八〕三友益：論語季氏：「益者三友，損者三友。友直、友諒、友多聞，益矣。」

〔一九〕道山：後漢書竇融傳：「學者稱東觀爲老氏藏室，道家蓬萊山。」此指祕書省。時秦觀爲祕書省校對黄本書籍。

〔二〇〕婚嫁迫：指兒女婚事。先生有子湛，元祐五年已入京應舉；有女嫁范温，此時均已達婚嫁年齡，故有此語。

〔二一〕終從二句：大人，指其母戚氏，時其父已故。見年譜。税駕，謂解駕、停車，此指歸隱。史記李斯傳：「物極則衰，吾未知所税駕也。」邗溝，見卷三春日雜興十首其二注〔九〕。

〔二二〕漢兩疏：指疏廣疏受。據漢書疏廣傳云，疏廣爲太傅，兄子受爲少傅。父子並爲師傅，朝廷以爲榮。廣謂受曰：「吾聞知足不辱，知止不殆。」即日俱稱疾，上書乞骸骨，上皆許之。

送李端叔從辟中山〔一〕

人畏朔風聲，我聞獨寬懷。豈不知凛冽？爲自中山來。端叔天下士，淹留蹇無成〔二〕。去從中山辟，良亦慰平生。與君英妙時，俠氣上參天〔三〕。孰云行半百〔四〕，身世各茫然。當時兒戲念，今日已灰死。著書如結氂〔五〕，聊以忘憂耳。騷騷歲遒盡〔六〕，淮海歸無期。功名良獨難，雖成定奚爲？念君遠行役，中夜憂反側〔七〕。攬衣起成章，贈以當馬策〔八〕。

【箋注】

〔一〕本篇元祐八年癸酉（一〇九三）九月作於汴京。據王宗稷蘇文忠公年譜引查慎行年表，是歲八月，東坡「出知定州，九月二十七日出都門，十月到定州任。時辟李之儀、孫敏行爲幕官」。中山，即今河北定縣。宋史地理志二：「中山府，次府，博陵郡。建隆元年，以易、北平來屬。太平興國初，改定武軍節度，本定州。」李端叔，名之儀，宋史有傳附於其兄之純，稱滄州無棣人，吴芾姑溪居士前集序則作景城人。考四庫全書總目卷一一五集部别集類八：「熙寧六年，省景城入樂壽，則當爲樂壽人。史殆因滄州景城郡横海軍節度，治平九年嘗由清池徙治無棣，遂誤以景城爲無棣也。陳氏書録解題據所題郡望稱爲趙郡人，蓋失之矣。之儀元豐中舉進士，元祐初爲樞密院編修官，通判原州，元符中監内香藥庫。以嘗從蘇軾幕府，爲御史石豫劾罷。崇寧初，提舉河東常平，坐草范純仁遺表過於鯁直，忤蔡京意，編管太平。……姑溪居士，之儀南遷後自號。……之儀在元祐熙寧間，文章與張耒、秦觀相上下。王明清揮麈後録稱其尺牘最工；然他作亦皆神鋒俊逸，往往具蘇軾之一體。」又張耒送李端叔赴定州序云：「某爲兒童，從先人於山陽學官，始見端叔爲諸生。……後幾二十年，端叔罷官四明，還楚，某又獲見。」元豐三年，又居楚，嘗與少游往還，見卷三十與黄魯直簡。秦李訂交亦已久矣。

〔二〕端叔二句：天下士，才高出衆之士。孔子家語王言解：「因天下之禄，以富天下之士。」史記魯仲連列傳：「吾乃今日知先生爲天下之士也。」淹留，滯留。宋玉九辯：「事亹亹而覬進兮，蹇淹留而躊躇。」此謂仕途淹蹇。案宋史李之儀傳：「之儀字端叔，登第幾三十年，乃從蘇軾於定州幕府。」二句指此。

〔三〕與君二句：英妙時，謂年輕而負才氣之時。文選潘岳西征賦：「終童山東之英妙，賈生洛陽之才子。」案：少游與端叔從遊時間可考者爲元豐三年，是歲先生有與黄魯直簡云：「李端叔後公十數日，遂過此南如晉陵，爲留兩日。」端叔至晉陵，復有詩寄少游，題云秦太虚寄書云想君在毗陵廣座中白眼望青天也因録此語爲寄兼簡諸君。詩云：「白眼望青天，我乃厭多酒。秦郎才語新，高低秀蜀柳。」其俠氣可想見一斑。

〔四〕行半百：少游時年四十五，端叔年齡無考，蓋相近。

〔五〕結氂：氂，指毛織物。爾雅釋言：「氂，罽也。」疏：「織毛爲之，若今之氍毹，以衣馬之帶鞅也。」古人常以結旄表示無遠志，其實是借以韜晦，亦以解憂。三國志蜀志諸葛亮傳注：「魏略曰：『備性好結旄，時適有人以氂牛尾與備者，備因手自結之。亮乃進曰：明將軍當復有遠志，但結旄而已邪？』備知亮非常人也，乃投旄而答曰：『是何言與！我聊以忘憂耳。』」

毦,通氄。

〔六〕騣騣:馬疾行貌,引申爲光陰易逝。梁簡文帝蕭綱納涼詩:「斜日晚騣騣。」

〔七〕反側:輾轉不安。詩周南關雎:「求之不得,輾轉反側。」

〔八〕贈以句:左傳文公十三年謂晉士會奔秦,晉人慮其爲秦所用,誘之使歸;臨行,秦大夫繞朝贈之以策,曰:「子無謂秦無人,吾謀適不用也。」策,馬鞭。贈策,寄意也。唐李白送羽林陶將軍詩:「莫道詞人無膽氣,臨行將贈繞朝鞭。」

淮海集箋注卷第五

古　詩

贈蹇法師翊之〔一〕

天都九經緯〔二〕，人物如紡績。豈無仙聖遊？但未見衷識〔三〕。蹇師蜀方士，鬼物充服役〔四〕。朅來長安城，摩挲金銅狄〔五〕。大蛇死已論〔六〕，葛陂囚且釋〔七〕。是事何足云，聊爾恤艱厄。方從馬明生〔八〕，西去鍊金液〔九〕。丹成得度世，造化爲莫逆〔一〇〕。予亦江海人〔一一〕，名宦偶牽迫。投劾去未能〔一二〕，見師三歎息。

【校】

〔衷識〕張本、胡本、李本、段本作「高識」。

〔丹成〕「成」原誤作「或」，據張本、胡本、李本改。

【箋注】

〔一〕本篇蓋作於元祐三年戊辰（一〇八八）。蘇軾曾有送蹇道士歸廬山、書黄庭經尾付蹇道士及留别蹇道士拱辰三詩。蘇轍亦有次韻子瞻書黄庭内景經卷後贈蹇道士拱辰及送葆光蹇師遊廬山二詩。黄庭堅次韻子瞻書黄庭經尾付蹇道士題下任淵注曰：「東坡書黄庭經跋云：『成都道士蹇拱辰翊之葆光法師，將歸廬山，東坡居士蘇軾子瞻爲書黄庭内景經一卷，龍眠居士李公麟伯時爲畫經相贈之，元祐三年九月二十日。』時山谷正在史局。山谷和篇有序云：『十月四日。』」少游詩亦當作於此時。蘇轍龍川略志卷十云：「成都道士蹇拱辰，善持戒，行天心正法，符水多驗。居京城爲人治病，所獲不貲。」

〔二〕天都句：天都，帝王之都，猶言天京。王維終南山詩：「太乙近天都，連山到海隅。」九經緯，喻道路之縱横交錯。周禮考工記匠人：「國中九經九緯。」注：「國中，城内也；經緯，謂途也。」

〔三〕衷識：猶有見識。左傳哀公十一年：「天若不識不衷，何以使下國？」注：「言天識不善。」

〔四〕鬼物：謂鬼魅。漢書劉向傳：「淮南有枕中鴻寶苑秘書，言神仙使鬼物爲金之術。」

〔五〕朅來二句：後漢書方術傳謂方士薊子訓於長安東霸城，「與一老公共摩挲銅人，相謂曰：『適見鑄此，已近五百歲矣。』」注：「史記秦始皇二十六年，於咸陽鑄金人十二，重各千斤，至此四百二十餘年。」朅來，即何不來。金銅狄，張衡西京賦：「高門有閌，列坐金狄。」

〔六〕大蛇句：後漢書方術傳：「章帝時有壽光侯者，能劾百鬼衆魅，令自縛見形。其鄉人有婦爲魅所病，侯爲劾之，得大蛇數丈，死於門外。又有神樹，人止者輒死，鳥過者必墜，侯復劾之，樹盛夏枯落，見大蛇長七八丈，懸死其間。」

〔七〕葛陂句：後漢書方術傳：東海君來見葛陂君，因淫其夫人，費長房遂劾繫之三年，而東海大旱。長房至海上，見其人請雨，乃釋其囚，於是雨立注。東海君，係後代龍王之雛形。葛陂在今河南新蔡北。

〔八〕馬明生：太平御覽卷六六一引真人傳：「馬明生者，齊國臨淄人也，本姓帛，名和，字君賢，爲縣吏捕賊所傷，遇太真元君，與藥即愈，隨至泰山石室中，金牀玉几，珍物奇偉，人迹所不能及。太真乃授以長生之方……後隨安期先生服餌仙去爲真人。」

〔九〕西去句：鍊金液，指道家煉丹。列仙傳：「馬明生從安期生受金液神丹方，乃於華陰山合金液，不樂升天，但服半劑爲地仙。」

〔一〇〕造化句：淮南子覽冥訓：「懷萬物而友造化。」高誘注：「造化，陰陽也，與之相朋友。」莫逆，同心相契。莊子大宗師：「四人相視而笑，莫逆於心，遂相與爲友。」

〔一一〕江海人：謂不求仕進但求閒散之人。參見卷三春日雜興十首其二注〔四〕。

〔一二〕投劾：謂遞呈引罪自責之辭呈。東觀漢記崔篆傳：「太保甄豐舉爲步兵校尉，篆辭曰：『吾聞伐國不問仁人，戰陳不訪儒士，此舉奚至哉？』遂投劾歸。」

送劉貢父舍人二首〔一〕

其一

虎去藜藋采〔二〕,珠在其川媚〔三〕。君子一詘信〔四〕,實繫天下事。念昔元豐間,公初謫南裔〔五〕,託詞吊湘水〔六〕,聞者爲心醉。踰年儉臣逐,國老起相繼〔七〕。除公守襄陽〔八〕,士始有生意。兹焉歸法從〔九〕,乃是朝廷計。在公何足云,事業本餘棄。掖垣美花木〔一〇〕,入直春正麗。同僚看家風,立馬揮九制〔一一〕。

【校】

〔二首〕王本、四部本無此二字。

〔其一〕此爲箋注者所加,下同。

〔藜藋采〕「采」原作「採」,此從王本、四部本。

【箋注】

〔一〕本篇元祐元年丙寅(一〇八六)歲暮作於蔡州。貢父,劉攽字。據清錢大昕淮海先生年譜跋云:「考元祐元年,先生赴蔡州任,其時劉貢父實知州事,是歲即被召去。」案續資治通鑑長編卷三八〇載，是歲六月甲辰，祕書少監劉攽知蔡州。又卷三九三云，是歲十二月庚寅，寶文閣直學士權知開封府謝景温知蔡州；庚子，劉攽爲中書舍人。可見貢父之受代，當在年底。詩云「入直春正麗」，係指來年。劉攽，臨江新喻人，劉敞之弟，與兄同登慶曆進士，仕州縣二十年，始爲國子監直講。後因反對新法，有所黜陟。哲宗朝官至中書舍人。曾參預修資治通鑑，專職漢史。有彭城集、劉貢父詩話。宋史有傳。

〔二〕虎去句：漢書蓋寬饒傳：「山有猛獸，藜藿爲之不采。」此反用其意。

〔三〕珠在句：晉陸機文賦：「石韞玉而山輝，水懷珠而川媚。」

〔四〕詘信：即屈伸。詘、屈、信、伸，古通。

〔五〕念昔二句：指黜監衡州鹽倉。南裔，南邊。宋史劉攽傳，謂攽嘗致書王安石論新法不便，出爲京東轉運使，徙知兗亳二州，吴居厚代爲轉運使，乃追坐攽廢弛，黜監衡州鹽倉。

〔六〕湘水：即湘江，在今湖南省境内。劉攽彭城集卷七和章都官洞庭詩云：「九疑不到二妃泣，聖賢失勢令人悲。……湘靈奔走伺顔色，鼓瑟獻巧招馮夷。」蓋即「託詞」也。

〔七〕踰年二句：指哲宗元祐元年蔡確、章惇相繼罷去，司馬光、吕公著、文彦博召回執政。見續通鑑七十九。憸臣，奸邪之臣。書冏命：「爾無昵於憸人，充耳目之官。」國老，指告老退職之大臣。禮王制：「有虞氏養國老於上庠，養庶老於下庠。」

〔八〕守襄陽：宋史劉攽傳：「哲宗初，起知襄州。」其時當在守蔡之前。

〔九〕茲焉句：指本年十二月庚子劉攽被召爲中書舍人。法從，隨從車駕。漢書揚雄傳：「是時趙昭儀方大幸，每上甘泉，常法從，在屬車間豹尾中。」注：「法從者，以言法當從耳，非失禮也。一曰從法駕也。」

〔一〇〕掖垣：宮殿之圍牆，亦指門下省（左掖）及中書省（右掖）。三國魏劉楨贈徐幹詩：「誰謂相去遠，隔此西掖垣。」

〔一一〕立馬句：指攽兄劉敞草制時才思敏捷。宋徐度却掃編：「（劉敞）嘗直紫薇閣，一日，追封皇子、公主九人，方將下直，爲之立馬却坐，一揮九制，凡數千言，文辭典雅，各得其體。」制，皇帝詔命。

其二

觀也本諸生〔一〕，早與世參商〔二〕。方枘不量鑿〔三〕，交親指爲狂。末路辱公知〔四〕，賜出非所望。相期古人處，豈止事文章。汝南雖奧區〔五〕，校官實始張〔六〕。解鞅百無有〔七〕，棲棲寄僧坊〔八〕。築室從有徒〔九〕，皆公借餘光〔一〇〕。一壺千金直〔一一〕，所濟在倉黄〔一二〕。萬里猶比鄰〔一三〕，別離無足傷。何以報公德？修好以爲常。

【箋注】

〔一〕諸生：儒生。漢書叔孫通傳：「臣願徵魯諸生與臣弟子共起朝儀。」此爲作者謙詞，猶後世之生員。

〔二〕參商：二星名。參在西，商在東，此出彼没，永不相見。此處喻與世隔絶。杜甫贈衛八處士詩：「人生不相見，動如參與商。」

〔三〕方枘句：見卷三春日雜興十首其三注〔一二〕。

〔四〕末路：猶末位、末列。文選王子淵四子講德論：「囊從末路，望聽玉音，竊動心焉。」

〔五〕汝南句：汝南，郡名，治所在上蔡。宋史地理志一：「蔡州，緊，汝南郡，淮康軍節度。」奥區，内地，腹地。東漢班固西都賦：「防禦之阻，則天下之奥區焉。」注：「奥，深也。言秦地險固，爲天下深奥之區域。」

〔六〕校官：學官。此時蔡州始設教授，故云「實始張」。少游時任此職。

〔七〕解鞅句：此句謂到任後一無所有。解鞅，猶下馬，初到任。參三老堂注〔六〕。

〔八〕栖栖：不能安居貌。論語憲問：「微生畝謂孔子曰：『丘何爲是栖栖者與？』」後漢書徐穉傳：「何爲栖栖，不遑寧處。」

〔九〕有徒：指衆人。逸周書芮良夫解：「實蕃有徒。」句謂衆人相助築室。

〔一〇〕餘光：史記甘茂傳：「臣聞貧人女與富人女會績，貧人女曰：『我無以買燭，而子之燭光幸有餘。子可分我餘光，無損子明，而得一斯便焉。』」

〔一一〕一壺千金：鶡冠子學問：「中流失船，一壺千金。」注：「壺，瓠也。」案宋張淏雲谷雜記卷四云：「壺蓋瓠屬。莊子曰：『今子有五石之瓠，何不慮以爲大樽，而浮乎江海。』司馬彪曰：『縛於身，浮於江海，可以自渡，所謂腰舟。鶡冠子所指正此耳。』故劉子隨時篇徑作『中流失船，一瓠千金』。」

〔一二〕倉黃：急遽貌。説文解字段注：「蒼，舊作倉，今正。蒼黄者，匆遽之意，刈穫貴速也。」

〔一三〕比鄰：近鄰。此用曹植贈白馬王彪詩：「丈夫四海志，萬里猶比鄰。」

【彙評】

段斐君本淮海集徐渭眉批：壺，瓠屬，負之免溺。

南京妙峯亭

王勝之所作，蘇子瞻題榜〔一〕。

王公厭承明〔二〕，出守南宮鑰〔三〕。結構得崇丘，巋然瞰清洛。是時謫仙人，發軔自廬霍〔四〕。郊原春鳥鳴，來此動豪酌。報投一何富〔五〕！玉案金刀錯〔六〕。新牓揭中楹〔七〕，千載見遠託。朅來訪陳迹〔八〕，物色屬摇落〔九〕。人煙隔梟雁，田疇帶城郭。紅蕖隕風漪，砂礫卷飛籜。青青陵上姿〔一〇〕，獨汝森自若。人生如博弈，得喪難前約。

金鎚初控頤，已復東方作〔一一〕。大明昇中天〔一二〕，龍鸞入階閣〔一三〕。深懲漁奪弊，法令一刊削〔一四〕。斯民如解懸〔一五〕，喜氣鬱磅礴〔一六〕。公乎數登覽，行矣翔寥廓〔一七〕。

【校】

〔王勝之〕原誤作王滕之。

【箋注】

〔一〕本篇作於元豐八年乙丑（一〇八五）秋赴京應試歸來之時。蘇軾和王勝之三首查慎行注：「王勝之於元豐七年秋，自江寧移守南都。」又蘇軾南都妙峯亭詩查注：「南都妙峯亭，留守王勝之所建，東坡爲題榜，見淮海集詩注。先生於元豐八年春至南都，得請歸陽羨。以詩考之，正王勝之守南都時也。」王文誥蘇詩總案卷二十五謂元豐八年正月二十日，蘇軾有「和王益柔詩，益柔作亭東皋，名曰妙峯，爲書榜」。清蔡上翔王荆公年譜考略卷二三云：「別紀：王勝之，名益柔，河南人，用蔭得官。後歷知制誥直學士院，連守大郡，至江寧纔一日，移南都。」宋史有傳。案本篇云：「紅蕖隕風漪，砂礫卷飛籜。」可見詩作於是歲秋季。一說起句王公名震字子發，爲王鞏定國之從弟。此詩與南都新亭行寄王子發寫同一人。

〔二〕承明：漢承明殿旁有屋曰承明廬，爲侍臣值宿之所。漢書嚴助傳曰：「君厭承明之廬，勞侍從之事，懷故土，出爲郡使。」注引張晏云：「承明廬，在石渠閣外。」益柔嘗直舍院、知制誥兼直學士院，故云。

〔三〕南宫鑰：喻出守南京。宋史本傳：「宰相怒其不申堂，用他事罷其兼直。遷龍圖閣直學士、秘書監，知蔡揚亳州、江寧、應天府。」應天府即宋之南京，今河南商丘。

〔四〕是時二句：謫仙人，借指蘇軾。王直方詩話云：「山谷避暑城西李氏園，（題詩於壁云：）『荷氣竹風宜永日，冰壺涼簟不能回。題詩未有驚人句，會喚謫仙蘇二來。』」（見郭紹虞宋詩話輯佚卷上）蘇二，即蘇軾。據施宿東坡先生年譜：「先生（於元豐八年）正月離泗上至南京，尋得請常州居住。時李廌方叔舊從先生學，自陽翟來南京見先生，三月六日，先生在南京，聞神宗皇帝遺詔。」在此期間，當爲南京妙峯亭題榜。廬霍，廬山與霍山。杜甫昔遊詩：「杖藜望清秋，有興入廬霍。」蘇軾元豐七年自黄州量移汝州，來南京前，曾遊廬山，故云。

〔五〕報投：詩衛風木瓜：「投我以木瓜，報之以瓊琚。匪報也，永以爲好也。」此指勝之待己極厚。

〔六〕玉案句：漢張衡四愁詩：「美人贈我金錯刀，何以報之英瓊瑶。……美人贈我錦繡段，何以報之青玉案。」此用其意。

〔七〕新牓：指東坡新題之榜。

〔八〕朅來：猶「盍來」，有「何不」義。李白感興詩：「朅來荆山客，誰爲珉玉分？」

〔九〕摇落：凋謝、零落。宋玉九辯：「悲哉秋之爲氣也，蕭瑟兮草木摇落而變衰。」

〔一〇〕青青句：古詩十九首：「青青陵上柏，磊磊磵中石。」此用其意。

〔一一〕金鎚二句：莊子外物：「儒以詩禮發塚，大儒臚傳曰：『東方作矣，事之何若？』小儒曰：『未解裙襦，口中有珠。詩固有之曰：青青之麥，生於陵陂；生不布施，死何含珠爲？』按其鬢，壓其顪，儒以金椎控其頤，徐別其頰，無傷口中珠。」椎，通「槌」。李白古風之三十：「大儒揮金槌，琢之詩禮間。」此處大儒乃譏諷熙豐新黨，謂其假聖人之術以售其奸，然至元豐八年，政局漸呈變化之象，故曰「已復東方作」。二句承「得喪難前約」而舉以説明。

〔一二〕大明：指太陽。禮記禮器：「大明生於東，月生於西。」此指哲宗於本年三月嗣位，太皇太后高氏權同聽政。

〔一三〕龍鸞：猶龍鳳，喻優異人材。南史王僧虔傳：「王家門中，優者龍鳳，劣猶虎豹。」時司馬光入朝，民遮道呼曰：「公無歸洛，留相天子，活百姓。」秋七月，又以吕公著爲尚書左丞。故少游有此語。參見宋史紀事本末卷四十三。

〔一四〕深懲二句：指元祐更化。據宋史紀事本末卷四三載：「太后既聽政，即散遣修京城役夫，止造軍器及禁廷工技，出近侍尤無狀者，戒中外無苛斂，寬民間保户馬。」四月丁亥，「詔中外臣庶，許直言朝政得失，民間疾苦」。秋七月，詔罷保馬法。

〔一五〕斯民句：孟子公孫丑上：「民之悦之，猶解倒懸也。」

〔一六〕磅礴：盛大貌。莊子逍遥遊：「將旁礴萬物以爲一世。」

〔一七〕公乎二句：公，指王勝之。翔寥廓，化用莊子逍遥遊：「有鳥焉，其名爲鵬，背若泰山，翼若垂天之雲，摶扶摇羊角而上者九萬里。」晉書潘尼傳安身論：「泰則翔乎寥廓之宇，否則淪乎渾冥之泉。」

次韻奉酬丹元先生〔一〕

金華紫煙客，來作牧羊兒〔二〕。至言初無文〔三〕，尋繹自成詩。二景入妙解，元氣含煙詞〔四〕。憐我鬢蒼浪〔五〕，黄埃眩蟲絲〔六〕。勸解冠上纓，一濯含風漪〔七〕。攝身列缺外，倒躡蜿蜒鬐〔八〕。維斗錯明珠〔九〕，望舒耿修眉〔一〇〕。真遊無疆界〔一一〕，浩蕩天風吹。

【箋注】

〔一〕本篇作於元祐七年壬申（一〇九二）。是歲蘇軾有次秦少游韻贈姚安世詩，王文誥蘇詩集成註云：「續通鑑長編：元祐六年七月，秦觀爲正字，八月罷正字，依舊校對黄本書籍，以賈易言。八年六月，復爲正字。先生和詩，正其校書時也。」據吴中人物志卷九云，姚安世，自號丹元先生，吴郡（今江蘇蘇州）人，居飲馬橋，扁其宅爲寧極齋。能文詞，善辯博。元祐間往來京師與王定國（鞏）遊。蘇子瞻見而奇之，稱其詩有謫仙風采，屢贈以詩。又葉夢得避暑録話卷上云，姚丹元因王鞏以進於東坡，「姚本京師富人王氏子，不肖，爲父所逐，事建隆觀一道士，天資慧，因取道藏遍讀，或能成誦，又多得其方術丹藥。大抵好大言，作詩間有放浪奇譎語，故能成其説。浮沉淮南，屢易姓名，子瞻初不能辨也」。後復其姓名爲王繹，又易名元誠。力詆林靈素，爲其毒死。

〔二〕金華二句：李白古風之十七：「金華牧羊兒，來作紫煙客。」此用其意。案神仙傳云，有皇初平者，丹谿人，年十五，家使牧羊，被一道士將至金華山石室中，四十餘年。其兄初起行山尋索，見市中一道士，問之，曰：「金華山中有一牧羊兒，姓皇名初平，是卿弟非疑。」遂得相見。初起往山中，唯見白石。初平叱之曰：「羊起！」於是白石皆變爲羊數萬頭。後初平改字爲赤松子。

〔三〕至言句：淮南子説林訓：「至言不文。」此處稱美姚丹元原詩得道之精妙。

〔四〕二景二句：二景，黄庭經分爲内景經與外景經。以七言歌訣講述養生之術，爲道教上清派主要經書之一。元氣，指天地未分前混一之氣。漢書律曆志上：「太極元氣，函三爲一。」太平御覽卷一引禮統曰：「天地者，元氣之所生，萬物之所自焉。」又引三五曆紀曰：「元氣無形，洶洶濛濛，偃者爲地，伏者爲天也。」

〔五〕鬣蒼浪：謂鬢髮已白。白居易浩歌行：「鬢髮蒼浪牙齒疎，不覺身年四十七。」蒼浪，髮白貌。少游時年四十四歲，蓋已早衰。

〔六〕黄埃句：形容年老目眩，視塵摇曳如遊絲。蟲絲，蛛絲。庾信傷注：「鏡塵言苦厚，蟲絲定幾重。」

〔七〕勸解二句：孟子離婁：「有孺子歌曰：『滄浪之水清兮，可以濯我纓。』」此用其意。

〔八〕攝身二句：猶莊子逍遥遊「乘雲氣，御飛龍」之意。列缺，閃電。漢書司馬相如傳大人賦：「貫列缺之倒景兮。」注：「列缺，天閃也。」蜿蜒，龍蛇行貌。曹植九愁賦：「御飛龍之蜿蜒，揚群電之華旌。」

〔九〕維斗：即北斗星。莊子大宗師：「維斗得之，終古不忒。」疏：「北斗爲衆星綱維，故曰維斗。」

〔一〇〕望舒：本爲月之御者，此指月。屈原離騷：「前望舒使先驅兮，後飛簾使奔屬。」修眉，喻新月。

〔一一〕真遊：仙遊。宋史樂志十真宗奉聖祖玉清昭應宫御製十一首送聖真安：「精心既達，真遊允臻。」

送裴仲謨〔一〕

君才出於德，妙高如匠石〔二〕。但見廣厦成，不見斧斤迹。厚爲諸兄奉〔三〕，自奉頗云嗇。三生陽亢宗〔四〕，薄俗有慚色。汝南古佳郡，月旦評一易〔五〕。爾來似揚州，不辨龍蜥蜴〔六〕。短簿髯參軍，喜怒移頃刻〔七〕。正平竟獲免，實我文舉力〔八〕。念公多乖隔，憂思如紡績〔九〕。耻爲兒女仁〔一〇〕，到此淚横臆。熙朝大烹飪〔一一〕，賢者不家食〔一二〕。朝爲郡縣吏，暮作臺省客〔一三〕。矧聞諸法從，久欲薦言責〔一四〕。去去勿重陳，九萬自此擊〔一五〕。

【校】

〔廣厦〕原作「廣夏」，通，夏爲厦之古字。此據胡本、李本、段本、王本、秦本。

【箋注】

〔一〕本篇作於元祐五年庚午（一〇九〇）。裴仲謨，名綸。續資治通鑑長編卷四四八云，是歲九月癸未，「左朝散郎裴綸爲監察御史，尋改屯田員外郎」。原注：「裴綸不知誰薦，又不知何故便改屯外，改屯外在十月十一日，今並書。范祖禹手記云：『元祐五年除御史，辭不就。』」同書又載侍御史孫升言：「臣竊聞新除監察御史裴綸辭免除命甚堅，議者皆言綸之擢用，外廷不知所以被召因依。……伏望聖慈詳察，明降召用裴綸因依付外，不獨使綸有以自明，立朝無愧，亦所以示天下後世用人之公也。」因知裴仲謨被召任監察御史，曾引起朝議，故少游詩中每每表示義憤與同情。

〔二〕匠石：古代名石之匠人。莊子徐無鬼：「郢人堊漫其鼻端，若蠅翼，使匠石斲之。匠石揮斤成風，聽而斲之，盡堊而鼻不傷。」此喻裴仲謨才藝超群。

〔三〕諸兄：指裴秀才等。卷三十四裴秀才跋尾云：「君，晉公（裴度）之裔孫也。少篤學，鋒氣鋭甚，頗有志於天下之事。已而舉進士屢不中。……於是退居許之陽翟，葛巾藜杖，日閲佛書，惟以專精神、養壽命爲事。」

〔四〕三生句：三生，佛家語，指前生、今生、來生。白居易贈張處士山人詩：「世説三生如不謬，共疑巢許是前身。」陽亢宗，新唐書卓行傳：「陽城，字亢宗，定州北平人，徙陝州夏縣，世爲官族。……年長，不肯娶，謂弟曰：『吾與若孤惸相育，既娶則間外姓，雖共處而益疏，我不忍。』弟義之，亦不娶，遂終身。」此喻裴仲謨篤於兄弟。

〔五〕汝南二句：汝南，即蔡州，詳前送劉貢父舍人二首其二注〔五〕。月旦評，後漢書許劭傳：「劭與（從兄）靖俱有高名，好共覈論鄉黨人物，每月輒更其品題。故汝南俗有『月旦評』焉。」此謂古風今已變易。

〔六〕爾來二句：揚州，此指古代越地。卷三十九揚州集序云：「按禹貢曰淮海惟揚州。……而周禮職方氏亦稱東南曰揚州，其山鎮曰會稽，其澤藪曰具區，川曰三江，浸曰五湖。則三代以前所謂揚州者，西北劇淮，東南距海，江湖之間盡其地。自漢以來，既置刺史於是，稱揚州者，往往指其刺史所治而已。……江左自吴至陳，指建業或會稽。」案吕氏春秋有始覽：「東南爲揚州，越也。」説苑奉使：「（越人）剪髮文身，爛然成章以象龍子者，將避水神也。」據古今注：「蝘蜓一名龍子」，漢書揚雄傳顔注則謂「蝘蜓，蜥蜴也」。又博物志二：「蜥蜴或名蝘蜓。」是越人以蜥蜴爲龍子。淮南子精神訓記禹巡南方，濟江遇黄龍，「視龍爲蝘蜓」，高誘注亦謂「蝘蜓，蜥蜴也」。是作者此時頗有荀子賦「螭龍爲蝘蜓，鴟鴞爲鳳皇」之慨嘆，比之「汝南古佳郡，月旦評一易」，頗感今不如昔也。

〔七〕短簿二句：世説新語寵禮：「晉王珣、郗超並爲大司馬桓温所重，珣爲主簿，超爲記室參軍。珣狀短小，超多鬚。時人語曰：『髯參軍，短主簿，能令公喜，能令公怒。』」此二句蓋有所喻。案長編卷四四八元祐元年九月癸未載劉摯記裴綸及胡兢事云：「先是中旨召綸及兢爲言事官，輔臣面奏，候召到審察。綸至，一詣都堂。其人亦清修之士，惟蘇頌略識之，遂以綸爲監察。既而言者交章論列，以謂人主用人固善，但此二人何緣達於上聽，恐岐徑一開，不勝其弊。乞明降薦者章奏，以公選授。而綸亦懇辭，故罷之。終不諭以所薦。……或曰綸前通判蔡州，（蘇）頌有子在其部，犯法將敗，綸力庇全之，故頌密薦。又曰綸居許，與諸韓善，近宗師來，多延譽于士大夫，而致之于傅堯俞，故堯俞密啓。或又云，（韓）維所薦也。」是「短簿髯參軍」喻當時「交章論列」之言官也。

〔八〕正平二句：後漢書禰衡傳，衡字正平，漢末人，少有才辯，性剛傲，矯時慢物。與孔融（字文舉）善，融薦於曹操。操召爲鼓吏，令更着鼓吏之服，欲辱之。衡於操前裸身更衣，又至營門大罵。操怒，謂孔融曰：「禰衡豎子，孤殺之猶鼠雀耳。顧此人素有虚名，遠近將謂孤不能容之。」案世説新語言語：「禰衡被魏武謫爲鼓吏，正月半試鼓，衡揚枹爲漁陽參撾，淵淵有金石聲，四座爲之改容。孔融曰：『禰衡罪同胥靡，不能發明王之夢。』魏武慚而赦之。」此處以正平喻裴仲謨，以文舉喻蘇頌也。頌於韓氏爲姻親，時韓維爲門下侍郎，故仲謨庇頌之子而得韓宗師延譽，又得傅堯俞或韓維之薦被召爲監察御史。然魏武帝曹操不詳喻何人。

〔九〕憂思句：李煜烏夜啼詞：「剪不斷，理還亂，是離愁。」詩意近之。

〔一〇〕兒女仁：喻感情軟弱。曹植贈白馬王彪：「憂思成疾疹，無乃兒女仁。」二句對仲謨之遭遇表示同情。

〔一一〕熙朝句：熙朝，盛朝，多用以稱頌本朝。曾鞏賀明堂禮成肆赦表：「講兹鉅典，屬在熙朝。」大烹飪，喻大治，化用老子六十章「治大國若烹小鮮」意。

〔一二〕賢者句：易大畜：「不家食，吉。」疏：「已有大畜之資，當須養贍賢人，不使賢人在家自食。」朱熹本義：「不家食，謂食禄於朝，不食於家也。」此處鼓勵裴仲謨出仕，享受朝廷俸禄。

〔一三〕朝爲二句：謂裴仲謨由蔡州通判擢爲監察御史。據長編卷四四八注，同時被言官論列的胡兢「别與差遣」，而裴綸則未言更動。

〔一四〕矧聞二句：法從，指注〔七〕所舉諸官，參見本卷送劉貢父舍人二首其一注〔九〕。言責，指監察御史之職。正字通：「諫官曰言官。」

〔一五〕九萬句：見卷二紀夢答劉全美注〔九〕。

題雙松寄陳季常〔一〕

遥聞連理松〔二〕，託根黄麻城〔三〕。枝枝相鈎帶，葉葉同死生〔四〕。雖云金石姿〔五〕，未免兒女情。想應風月夕，滿庭合歡聲〔六〕。

【箋注】

〔一〕本篇似作於元祐三年戊辰（一〇八八）。黄庭堅亦有戲答陳季常寄黄州山中連理松枝二首，任淵山谷詩注繫之於元祐三年，題下引山谷太平興國寺浴室院題名云：「故人陳季常，林下士也，寓棋簟於此。蘇子瞻、范子功數來從之。元祐三年六月丁亥書。」少游詩當作於同時。陳季常，名慥。見卷三寄陳季常注〔一〕。

〔二〕連理松：韋宗卿六洞記：「招提之南，長松夾路，陰濃蔽日，韻響含秋，外有連理松，異本同幹；内有偃蓋松，低枝覆空。」黄庭堅戲答陳季常寄黄州山中連理松枝二首之二：「老松連枝亦偶然，紅紫事退獨參天。」

〔三〕黄麻城：謂黄州之麻城。元豐九域志：「淮南西路黄州，治黄岡縣、麻城，在州北一百七十五里，四鄉有岐亭鎮。」據蘇軾方山子傳：「（季常）晚乃遯於光黄間，曰岐亭，庵居蔬食，不與世相聞。」

〔四〕枝枝二句：古詩爲焦仲卿妻作：「枝枝相覆蓋，葉葉相交通。」句法似之。

〔五〕金石姿：喻松姿質堅貞，亦以喻季常也。韓愈北極贈李觀：「方爲金石姿……無爲兒女態。」

〔六〕合歡聲：喻雙松之聲如聯歡合唱，亦以喻季常家庭之和樂。蘇軾方山子傳：「余宿其家，環堵蕭然，而妻子奴婢皆有自得之意。」

徐仲車食於學官吏或以爲不可欲罷去之太守不聽禮遇如初感之而作〔一〕

許丞老病聾，督郵白欲廢〔二〕。賢者黄次公〔三〕，鑒裁實精詣。殷勤謝督郵：此丞乃廉吏。重聽庸何傷？善助無失意。古人骨已朽，來者復誰繼？仲車天下士〔四〕，固非許丞類。至行通神明〔五〕，問學有根柢。若充老更聘〔六〕，自革風俗弊。太守前已聞，粟帛俄見賜〔七〕。奈何少年子，輒效督郵事！道喪賢哲窮〔八〕，聞之爲流涕。人心如其面，難以一律揆〔九〕。所望在次公，督郵何足議！

【箋注】

〔一〕本篇作於元祐元年丙寅（一〇八六）。段朝端宋徐節孝先生年譜：「哲宗元祐元年丙寅，五十九歲，除揚州司户參軍，特差充楚州州學教授。」節孝先生文集附載知楚州蹇公奏乞改官疏：「元祐元年緣近臣薦舉，即就除爲學官，一方之人，知所矜式。」續資治通鑑長編卷三七五云，元祐元年夏四月，「進士出身徐積爲揚州司户參軍，充楚州州學教授，用右正言王覿、御史林旦之薦也」。可見「近臣」即王覿、林旦。詩云：「重聽庸何傷，善助無失意。」吏所以欲罷去之，蓋以仲車患耳聾故也。參見卷二次韻徐仲車見寄注〔一〕。

〔二〕許丞二句：漢書黄霸傳：「霸力行教化而後誅罰，務在成就全安長吏。許丞老，病聾，督郵白欲逐之。霸曰：『許丞廉吏，雖老，尚能拜起送迎，正頗重聽，何傷？且善助之，毋失賢者意。』」此處以黄霸喻楚州太守，以許丞喻徐積。蘇軾仇池筆記卷下：「徐積，字仲車……耳聵甚，畫地爲字，乃始通；終日面壁坐，不與人接，而四方事無不知。」故以許丞爲喻。督郵，漢置，爲郡守佐吏，掌督察糾舉所領縣違法之事。

〔三〕黄次公：黄霸，字次公，漢淮陽陽夏人，歷潁川太守、揚州刺史，官至丞相。漢世言治民吏，以霸爲第一。漢書入循吏傳。此喻重用徐仲車之太守。

〔四〕天下士：見卷四送李端叔從辟中山注〔二〕。

〔五〕至行：卓異之行誼。南史沈顗傳：「顗幼清静，有至行。」此指徐仲車事母至孝。

〔六〕老更聘：三老五更之聘。禮記文王世子：「遂設三老五更，群老之席位焉。」注：「三老五更各一人也，皆年老更事致仕者也，天子以父兄養之，示天下之孝悌也。」漢書禮樂志云：「養三老五更於辟雍。」即在太學奉養老人。此用其意。

〔七〕太守二句：太守，指楚州太守蹇序辰。序辰字授之，父周輔，成都雙流人。宋史本傳謂「哲宗立，周輔得罪，以序辰成其惡，降簽書廬州判官，起知楚州」。聞，奏聞於朝廷。參見注〔一〕。宋史哲宗本紀元祐元年：「六月庚午，賜楚州孝子徐積絹米。」此云「俄見賜」，可見詩作於六月之後不久。

〔八〕道喪句：亢倉子：「真且不行，謂之道喪；道喪之時，上士乃隱。」

〔九〕人心二句：左傳襄公三十一年：「子産曰：人心之不同，如其面焉。吾豈敢謂子面如吾面乎？」揆，衡量。

次韻夏侯太沖秀才〔一〕

儒官飽閑散，室若僧坊静〔二〕。北窗腹便便〔三〕，支枕看斗柄。或時得名酒，亭午猶中聖〔四〕。醒來復何事？弄筆賦秋興〔五〕。焉知懶是真〔六〕？但覺貧非病〔七〕。茫茫流水意，會有知音聽〔八〕。鐘鼎與山林，人生各天性〔九〕。

【校】

〔題〕蜀本「秀才」作「茂才」，通。

【箋注】

〔一〕本篇元祐二年丁卯（一〇八七）作於蔡州。少游書輞川圖後云：「元祐丁卯，余爲汝南郡學官。夏，得腸癖之疾，卧直舍中，所善高符仲攜摩詰輞川圖視余。……數日，疾良愈，而符仲亦爲夏侯太沖來取圖。」詩當作於此時。

〔二〕儒官二句：儒官即學官。韓愈游青龍寺贈崔大補闕詩：「由來鈍騃寡參尋，況是儒官飽閑散。」少游時爲蔡州教授，百廢待興，其送劉貢父舍人其二云：「汝南雖奥區，校官實始張。解鞅百無有，栖栖寄僧坊。」亦此義。

〔三〕腹便便：後漢書邊韶傳：「韶口辯，曾晝日假卧。弟子私嘲之曰：『邊孝先，腹便便，懶讀書，但欲眠。』」便便，腹部飽滿貌。

〔四〕亭午句：亭午，日中、正午。孫綽遊天台賦：「爾乃羲和亭午，游氣高褰。」中聖，喻醉酒。三國志魏書徐邈傳謂邈嘗私飲醉，校事者問以曹事，邈曰「中聖人」。後遂以中聖指醉酒。李白贈孟浩然詩：「醉月頻中聖，迷花不事君。」

〔五〕賦秋興：文選潘岳秋興賦題注引劉熙釋名曰：「秋，就也，言萬物就成也。興者，感秋而興此賦，故因名之。」序云：「譬猶池魚籠鳥，有江湖山藪之思，於是染翰操紙慨然而賦，于是秋也,故以秋興命篇。」

〔六〕懶是真:陶淵明飲酒詩:「羲農去我久,舉世少復真。」古人常以懶散爲真率,宋人馬永卿即自號嬾真子。

〔七〕貧非病:莊子讓王:「子貢乘大馬,中紺而表素,軒車不容巷,往見原憲。原憲華冠縰履,杖藜而應門。子貢曰:『嘻!先生何病?』原憲應之曰:『憲聞之,無財謂之貧,學而不能行謂之病。今憲貧也,非病也。』子貢逡巡而有愧色。」

〔八〕茫茫二句:列子湯問:「伯牙善鼓琴,鍾子期善聽。伯牙鼓琴,志在高山,鍾子期曰:『善哉!峩峩兮若泰山。』志在流水,鍾子期曰:『善哉!洋洋兮若江河。』」此處許夏侯太沖以知音好友。

〔九〕鐘鼎二句:指仕宦與隱逸各由天性。鐘鼎,鐘鳴鼎食,指貴族。邢邵封隆之碑:「世載儒雅之風,家傳鐘鼎之業。」山林,指隱逸。張華招隱詩:「隱士託山林,遯世以保真。」漢書王吉傳贊:「山林之士,往而不能反;朝廷之士,入而不能出,二者各有所短。」

送張叔和兼簡黄魯直〔一〕

汝南如一器〔二〕,百千聚飛蚊。終然鼓狂鬧,啾啾竟誰聞〔三〕?議郎盛德後,清修繼先芬〔四〕。未試霹靂手〔五〕，低回從此君。學官冷於水，虀鹽度朝曛〔六〕。間蒙相暖熱，破憂發孤欣。君今又復去，冀北遂空群〔七〕。豈無一樽酒，誰與通殷勤？大梁多豪英，故人滿青雲〔八〕。爲謝黄叔度〔九〕，鬚毛今白紛〔一〇〕。

【校】

〔題〕原作「張和叔」，張本、胡本、李本、段本，王本、秦本、四部本同。然各本卷端目録俱作「張叔和」。此據蜀本改。黄庭堅豫章先生文集卷三十跋子瞻祭胡屯田文：「元祐中，余歸妹於河南張塤叔和。」

〔狂鬧〕原誤作「任開」，據張本、胡本改。

〔低回〕原作「佂回」，佂爲低之俗字，此據張本、胡本、李本。

【箋注】

〔一〕本篇作於元祐元年。秦譜謂是歲「先生在蔡州」。宋任淵山谷詩集注元祐元年有贈送張叔和一詩，注云：「塤，字叔和，洛中人，張燾龍圖之後，娶山谷季妹。」詩云：「張侯温如鄒子律，能令陰谷黍生春。」黄庭堅，字魯直，晚號山谷道人，又號涪翁。洪州分寧（今江西修水縣）人。蘇軾盛贊其詩文，與秦觀、張耒、晁補之同游蘇軾門下，稱「四學士」。詩與東坡齊名，世稱「蘇黄」，開創江西詩派；詞與少游齊名，世稱「秦黄」。宋史有傳。

〔二〕汝南：見本卷送劉貢父舍人二首其二注〔五〕。

〔三〕百千以下三句：聚飛蚊，意猶聚蚊成雷，形容朋黨之氣勢。漢書中山靖王勝傳：「夫衆煦漂山，聚蟁成靁，朋黨執虎，十夫橈椎。」注：「蟁，古蚊字；靁，古雷字。」案：錢鍾書管錐編法言淵騫篇：「或問貨殖，曰蚊。」楞嚴經卷五月光童子言：「如是乃至三千大千世界内所有衆生，如一器中儲蚊蚋，啾啾亂鳴，於分寸中，鼓發狂鬧。」宋人詩文多喜徵使（秦觀淮海集卷二送張和叔……），乃指無聊擾攘，非言貪得競逐，着眼處異於法言。

〔四〕議郎二句：議郎，文散官名，宋代有承議郎、奉議郎，此指張叔和。先芬，指其有美德之先人。案宋史張燾傳謂叔和之父燾爲樞密直學士奎之子；燾才智敏給，常從范仲淹使河東，後加龍圖閣直學士，知成都府。英宗嘗欲以爲觀察使守邊，曰：「卿家世事也。」先芬，祖宗的美德，晉陸機文賦：「咏世德之駿烈，誦先人之清芬。」

〔五〕霹靂手：唐裴琰之爲同州司户參軍，刺史李崇義輕其年少，諷使别就，更使吏予積案數百以難之。琰之立爲審决，一日而畢，理當詞平，文筆勁妙。崇義亟謝過，由是名動一州，號霹靂手。見唐書裴漼傳。

〔六〕學官二句：時少游爲蔡州教授，生活清苦，故云。參見本卷送劉貢父舍人其二。韓愈送窮文：「太學四年，朝虀暮鹽。」朝曛，猶言早晚。虀，腌製的鹹菜。曛，黄昏時刻。

〔七〕冀北句：韓愈送温處士赴河陽軍序：「伯樂一過冀北之野，而馬群遂空。」

〔八〕青雲：舊時喻高位或仕路。史記范雎列傳：「須賈頓首言死罪，曰：『賈不意君能自致於青雲之上。』」

〔九〕黄叔度：後漢黄憲，字叔度，慎陽人。郭泰少詣叔度，稱其「汪汪若千頃陂，澄之不清，淆之不濁，不可量也」。見後漢書本傳及世説新語德行。此喻黄庭堅。

〔一〇〕鬢毛句：少游次韻奉酬丹元先生亦云：「憐我鬢蒼浪，黄埃眩蟲絲。」先生時年四十。

【彙評】

阮閱詩話總龜前集卷八引王直方詩話：秦少游始作蔡州教授，意謂朝夕便當入館，步青雲之上，故作東風解凍詩云：「更無舟楫礙，從此百川通。」已而久不召用，作送張和叔云「大梁豪英海，故人滿青雲；爲謝黄叔度，鬢毛今白紛」，謂山谷也。説者以爲意氣之盛衰，一何容易！

題驃褱圖〔一〕

雙瞳夾鏡權協月〔二〕，尾鬣蕭森澤於髮〔三〕。鞍銜不施韁復脱，旁無馭者氣騰越〔四〕。地如砥平丘隴滅，天寒日暮抱飢渴。驤首號鳴思一發〔五〕，超軼絶塵入恍忽〔六〕。東門京鑄久銷歇〔七〕，曹霸丹青亦云没〔八〕。賴有龍眠戲揮筆〔九〕，眼前時見千里骨〔一〇〕。玉臺閶闔相因依，嗟爾龍媒空自奇〔一一〕。鸞旗日行三十里〔一二〕，焉用逐風追電爲〔一三〕？

【校】

〔東門京〕京，張本、四庫本誤作「金」。

【箋注】

〔一〕騕褭：古良馬名，詳卷四送少章弟赴仁和主簿注〔一四〕。本篇云「賴有龍眠戲揮筆」，知此圖爲李伯時所畫。周密雲烟過眼録李伯時天馬跋云：「右一匹，元祐二年十二月二十三日於左天駟監，揀中秦馬好頭赤，九歲，四尺五寸。」蘇軾有戲書李伯時畫御馬好頭赤詩，黄庭堅、晁補之、蘇轍均次韻而和。任淵山谷詩集注云：「元祐三年戊辰，是歲山谷在史局。其春，東坡知貢舉，山谷與李公麟等皆爲其屬。」並謂山谷觀伯時畫馬、題伯時畫頓塵馬諸詩「皆試院中作」。本篇當作於同時。

〔二〕雙瞳句：顔延之赭白馬賦：「雙瞳夾鏡，兩權協月。」權：通顴，面頰骨。文選曹植洛神賦：「明眸善睞，靨輔承權。」注：「權，兩頰。」案莊子馬蹄曰：「加之以衡扼，齊之以月題。」釋文：「崔云：馬額上當顱如月形者也。」

〔三〕蕭森：錯落竦立貌。文選潘岳射雉賦：「蕭森繁茂。」注：「翳上加木枝，上則蕭森，下則繁茂。」

〔四〕鞍銜二句：鞍銜，馬鞍、馬勒口。此謂畫中之馬既無羈勒，又無馭者，故顯得氣勢飛揚，神態超邁。

〔五〕驤首：馬在疾行中昂首。文選袁宏三國名臣序贊：「整轡高衢，驤首天路。」注：「鄒陽上書曰：『蛟龍驤首奮翼。』」

〔六〕超軼絶塵：形容馬之迅奔。莊子徐無鬼：「天下馬有成材，若卹若失，若喪其一，若是者超軼絶塵，不知其所。」

〔七〕東門京：漢武帝時人，傳爲伯樂弟子。漢書公孫弘傳「待詔金馬門」，注：「如淳曰：武帝時相馬者東門京作銅馬法獻之，立馬於魯班門外，更名魯班門爲金馬門。」又三輔黄圖云：「金馬門者，舊魯班（門）也，東門京以銅鑄大宛名馬像獻於武帝，乃立之於魯班門外，遂更名金馬門。」

〔八〕曹霸丹青：曹霸，唐譙縣人，魏曹髦之後，善畫馬。天寶末，嘗奉詔畫御馬及功臣像，官至右武衛大將軍。其弟子韓幹亦以善畫馬著名。見宣和畫譜十三。杜甫丹青引即爲曹霸而作，本篇頗受杜詩影響。

〔九〕龍眠：山名，在今安徽桐城北。宋李公麟，字伯時，第進士，曾爲中書門下省删定官、御史檢法。雅善丹青，傳寫人物尤精。既歸老，肆意於龍眠山巖壑間，號龍眠居士。見宋史文苑傳。

〔一〇〕千里骨：即千里馬。戰國策燕策謂郭隗説昭王曰：君聞古之君人，有以千金求千里馬者，三年不能得。後以千金市骨，千里馬不期年而至。此喻駿馬。

〔一〕玉臺二句：漢書禮樂志郊祀歌天馬：「天馬徠，龍之媒；游閶闔，觀玉臺。」玉臺，天帝所居之處。漢王逸九思傷時：「登太一兮玉臺，使素女兮鼓簧。」注：「太一，天帝所居，以玉爲臺也。」閶闔，天門。屈原離騷：「吾令帝閽開關兮，倚閶闔而望予。」龍媒，良馬名。漢武帝天馬歌：「天馬徠兮龍之媒。」

〔二〕鸞旗：天子之旗。漢書賈捐之傳：孝文皇帝時，有獻千里馬者，詔曰：「鸞旗在前，屬車在後。吉行日五十里，師行三十里，朕乘千里之馬，獨先安之？」宋史輿服志：「鸞旗車，漢爲前驅，赤質，曲壁，一轅，上載赤旗，繡鸞鳥，駕四馬，駕士十八人。」

〔三〕逐風追電：劉子知人：「故九方諲之相馬也，雖未追風逐電，絶塵滅影；而迅足之勢，固已見矣。」

【彙評】

清秦元慶本淮海集眉批：酷於擬杜。

和東坡紅鞓帶〔一〕

君不見相如容貌窮不枯，卓氏耻之分百奴。一朝奉旨使笻筰，駟馬赤車從萬夫〔二〕。仲元君平更高妙〔三〕，寄食耕卜霜眉鬚。兩川人物古不乏，數子風流今可無？參軍少年飽經術〔四〕，期作侍中司御壺〔五〕。若披青衫更矍鑠〔六〕，上馬不用兒孫扶。一朝忽解印綬去，耻將詩禮攘裙襦〔七〕。懸知百年事已定，却笑列仙形甚臞。東阡北陌西風入，瑞草橋邊人叫呼〔八〕。想見紅圍照白髮，頹然醉卧文君壚〔九〕。

【校】

〔奉旨〕「旨」原誤作「指」，此從張本、胡本、李本、段本、王本、秦本、四部本。

【箋注】

〔一〕本篇作於元祐三年戊辰（一〇八八）。施宿東坡先生年譜謂是歲蘇軾有王慶源求紅帶詩。軾與王慶源書云：「向要紅帶，今寄一條去，卻是小兒子輩聞要此，頗盡功勾當釘造，不知稱尊意否？拙詩一首，并黄、秦二君，皆當今以詩文名世者，各賦一首。」其詩序曰：「慶源宣義王丈，以累舉得官，爲洪雅主簿、雅州户掾。遇吏民如家人，人安樂之。既謝事，居眉之青神瑞草橋，放懷自得。有書來求紅帶，既以遺之，且作詩爲戲。請黄魯直、秦少游各爲賦一首，爲老人光華。」任淵注黄庭堅次韻詩云：「王淮奇，字慶源，眉之青神人，東坡叔丈人也，晚以累舉恩得官。」紅鞓帶，即紅皮帶。

〔二〕相如四句：史記司馬相如列傳載：相如作客卓氏，卓王孫有女文君，新寡，好音。相如以琴心挑之,文君夜奔相如。既與馳歸成都,家居徒四壁,乃盡賣其車騎,買一酒舍酤酒,而令文君當鑪。相如自著犢鼻褌,與保庸雜作滌器於市中。卓王孫聞而耻之,乃分予文君僮百人、錢百萬,及其嫁時衣被財物。後相如拜中郎將,使筰、筰,還,蜀太守以下郊迎,人以爲寵。於是卓王孫、臨邛諸公皆因門下獻牛酒以交歡。筰、筰,古西南民族。李白白頭吟:「相如去蜀謁武帝,赤車駟馬生輝光。」王慶源爲東坡叔丈人,故以相如、卓氏爲喻。

〔三〕仲元句:仲元,名李弘,蜀人。漢揚雄法言淵騫:「有李仲元者,人也。其爲人也奈何?曰:不屈其志,不累其身。曰:是夷惠之徒與?曰:不夷不惠,可否之間也。」又曰:「仲元,世之師也,見其貌者肅如也,聞其言者愀如也,觀其行者穆如也。」君平,漢蜀郡人,姓嚴名遵,卜筮於成都,日得百錢,足以自養,即閉肆下簾讀老子。揚雄少時曾從其遊學,稱爲逸民。見漢書王吉傳附。

〔四〕參軍:官名,漢末置,職司參謀軍務。晉以後始置爲政府官員,有冠以諮議、記室、録事等職名者。此指王慶源。

〔五〕期作句:侍中,官名,秦始置,爲丞相屬官。兩漢沿用。唐時爲門下省長官,至南宋廢。御壺,天子所用。孔臧與子琳書:「侍中子國,名達淵博,故雖與群臣並居近侍,頗見崇禮,不供褻事,獨得掌御壺。朝廷之士,莫不榮之。」

〔六〕矍鑠:老而勇健。後漢書馬援傳:「時年六十二……據鞍顧眄,以示可用。帝笑曰:『矍鑠哉是翁也！』」

〔七〕耻將句：謂不以詩文干謁名儒，語出莊子外物篇，見本卷南京妙峯亭注〔一一〕。

〔八〕瑞草橋：在眉州青神（今四川青神）王慶源所居之地。見箋注〔一〕。

〔九〕想見二句：世説新語任誕：「阮公（籍）鄰家婦有美色，當壚沽酒。阮與王安豐常從婦飲酒，阮醉，便眠其婦側。夫始殊疑之，伺察，終無他意。」此處化用其意。

【附】

蘇軾首唱：青山半作霜葉枯，遇民如兒吏如奴。吏民莫作官長看，我是識字耕田夫。妻啼兒號刺史怒，時有野人來挽鬚。拂衣自注下下考，芋魁飯豆吾豈無？歸來瑞草橋邊路，獨遊還佩平生壺。慈姥巖前自喚渡，青衣江畔人爭扶。今年蠶市數州集，中有遺民懷袴襦。邑中之黔相指似，白髯紅帶老不癯。我欲西歸卜鄰舍，隔牆拊掌容歌呼。不學山王乘駟馬，回頭空指黄公壚。

和王忠玉提刑〔一〕

嵩峯何其高〔二〕！峯高氣尤清。念昔秋欲老，從公峯下行。古木上參天，哀禽報新晴〔三〕。修塗雲外轉〔四〕，槁葉風中零。曛黑度伊水〔五〕，眇然古今情。黎明出龍門〔六〕，山川莽難名。信美非吾土〔七〕，顧瞻懷楚萍〔八〕。美人天一方，傷哉誰目成〔九〕？黄綬我聊爾〔一〇〕，白鷗公勿驚〔一一〕。糟醨可餔啜，古人忌偏醒〔一二〕。

【校】

〔題〕蜀本無「提刑」二字。

【箋注】

〔一〕本篇作於元祐四年（一〇八九）之後。卷二九有代賀提刑落權發遣字啓係寫同一人。宋詩紀事補編卷六王瑜：「瑜，字忠玉，真定人。元祐四年（一〇八九），提點兩浙路刑獄。元祐五年八月，爲刑部員外郎。元符二年（一〇九九）正月，以京西轉運副使知亳州。又嘗爲京西提刑。瑜之叔誨，熙寧間爲蘇州守，與（蘇）軾有唱酬。誨乃舉正之子。舉正，宋史卷二六六有傳。」案：蘇轍欒城集卷二九西掖告詞有王瑜京西提刑。西掖爲中書省之别稱，轍以元祐元年十一月召試中書舍人，明年五月有李清臣資政殿學士告詞；同卷又有鄧忠臣秘書省正字告詞。據續資治通鑑長編卷四〇〇載，元祐二年五月丙辰，宣議郎鄧忠臣爲正字，則瑜之提點京西刑獄，當在此二人之後不久。又續資治通鑑卷八十載，元祐二年六月甲申，「以京西提點刑獄彭汝礪爲起居舍人」。王瑜當係彭之繼任，任命時間應相同。詩云「嵩峯何其高，峯高氣尤清。念昔秋欲老，從公峯下行」。乃回憶前事，故知此詩作於元祐三四年間。時少游在蔡州。

〔二〕嵩峯，即嵩山，在今河南登封北。詩云：「念昔秋欲老，從公峯下行。」案卷三春日雜興十首其二云：「發軔背伊闕，解驂憩邗溝。」淮海居士長短句卷一又有望海潮洛陽懷古，蓋游洛陽、伊闕時途中與王忠玉同遊嵩山。

〔三〕哀禽：謝靈運七里瀨：「荒林紛沃若，哀禽相叫嘯。」

〔四〕修塗：長途。後漢書班固傳：「輦路經營，脩涂飛閣。」注：「涂亦塗也，古字通用。」

〔五〕曛黑句：曛黑，黄昏。謝靈運擬魏太子鄴中集詩陳琳：「夜聽極星闌，朝遊窮曛黑。」伊水，即伊河、伊川，源出河南盧氏縣東南熊耳山，東北流經嵩縣、洛陽，至偃師，入洛河。書禹貢：「伊洛瀍澗，既入於河。」

〔六〕龍門：山名，即伊闕，在今洛陽南。見卷三春日雜興十首其二注〔八〕。

〔七〕信美句：見卷三春日雜興十首其六注〔一一〕。

〔八〕楚萍：孔子家語：楚昭王渡江，有物大如斗，圓而赤，直觸王舟，取之問於孔子。孔子曰：「此萍實也，惟霸者爲能獲焉。」少游家鄉舊屬楚地，故云。

〔九〕目成：屈原九歌少司命：「滿堂兮美人，忽獨與余兮目成。」「美人」指理想中人物。

〔一〇〕黄綬：黄色印綬。漢書百官公卿表：「凡吏秩比二百石以上，皆銅印黄綬。」因以指佐貳之官。

〔一一〕白鷗句：列子黄帝：「海上之人有好漚鳥者，每旦之海上，從漚鳥游。漚鳥之至者百住而不止。其父曰：『吾聞漚鳥皆從汝游，汝取來吾玩之。』明日之海上，漚鳥舞而不下也。」漚，通「鷗」。

〔三〕糟醨二句：史記屈原列傳：「屈原曰：『舉世混濁而我獨清，衆人皆醉而我獨醒，是以見放。』漁父曰：『夫聖人者，不凝滯於物，而能與世推移。舉世混濁，何不隨其流而揚其波？衆人皆醉，何不餔其糟而啜其醨？』」偏醒，即獨醒，杜詩：「侏儒應共飽，漁父忌偏醒。」

題楊康功醉道士石〔一〕

黄冠初飲何人酒〔二〕？徑醉頹然不知久。風吹化石楚山阿〔三〕，藤蔓纏身蘚封口。常隨白鶴亦飛去〔四〕，但有衣冠同不朽〔五〕。異物終爲賢俊得，野老田夫豈宜有！華陰楊公香案吏〔六〕，一見遂作忘年友〔七〕。日暮西垣視草歸〔八〕，往往對之傾數斗。大夢之間無定論，啓母望夫天所誘〔九〕。穀城或與子房期〔一〇〕，西域更爲陳郍吼〔一一〕。我疑黄冠反見玩，若此堅頑定醒否〔一二〕？何當一笑凌蒼霞，顧謝主人聊舉手〔一三〕。

【校】

〔陳郍〕原作「陳那」，通。此從四部本。

【箋注】

〔一〕本篇作於元豐八年乙丑（一〇八五）。據施宿東坡先生年譜，七年冬，蘇軾由黄州量移汝州，「及淮上，遂盤桓久之」。曾爲少游作真贊於竹西，並作書薦之與王安石。後東坡有與楊康功簡云：「兩日大風，孤舟掀舞雪浪中，楊次公惠醖一壺，醉中與公作醉道士石詩，託楚守寄去。」蘇詩題作「楊康功有石，狀如醉道士，爲賦此詩」，施譜繫於八年。秦詩當作於同時，參寥子詩集卷二亦有詩詠之。楊康功，名景略，坊州中部（今陝西黄陵）人，楊偕次公之孫。宋蘇頌楊康功墓誌銘謂其用祖偕廕，守將作監主簿。治平二年，擢進士第。元豐七年，避親嫌，知揚州，移蘇州，復徙維揚。元祐元年八月卒。徐案：北宋經撫年表謂元豐八年五月知揚州。

〔二〕黄冠：道士之冠，轉指道士。新唐書李淳風傳謂其父李播棄官爲道士，自號黄冠子。

〔三〕楚山阿：泛指楚地之山。屈原九歌山鬼：「若有人兮山之阿，被薜荔兮帶女蘿。」阿，山之彎曲處。

〔四〕常隨句：據逸周書載，道士浮丘生約王子喬七月七日候我於緱氏山巔，至期，果乘白鶴駐山頭，舉手謝時人而去。又見劉向列仙傳王子喬篇。

〔五〕但有句：岳陽風土記：「寶慈觀乃張真人煉丹飛昇之所，弟子葬其衣冠，俗謂之衣冠冢，丹竈遺跡尚存。」

〔六〕華陰句：楊公，指楊康功，華陰爲其郡望。香案吏，指隨侍帝王的官員。新唐書儀衛志：「宰相、兩省官對班於香案前，百官班於殿庭。」又謂仙官。唐元稹以州宅夸於樂天詩：「我是玉皇香案吏，謫居猶得住蓬萊。」

〔七〕忘年友：謂不拘年歲輩分，而成爲莫逆之交。南史何遜傳：「弱冠，州舉秀才。南鄉范雲見其對策，大相稱賞，因結忘年交。」

〔八〕西垣：指中書省。據續資治通鑑長編載，元豐七年十月，試給事中朝奉郎、守起居郎楊景略爲試中書舍人。視草，奉旨草擬詔諭一類公文。

〔九〕啓母、望夫：皆石名。古代神話謂禹娶塗山氏女，生啓而母化爲石。漢書武帝紀：「朕用事華山，至於中嶽……見夏后啓母石。」南朝宋劉義慶幽明録：「武昌北山有望夫石，狀若人立。古傳云：昔有貞婦，其夫從役，遠赴國難，攜弱子餞送北山，立望夫而化爲立石。」他處亦多有。

〔一〇〕穀城句：穀城，山名，一名黄石山，在今山東東阿東北。子房，張良字，佐漢高祖取天下，封留侯。史記留侯世家云：圯上老人謂張良曰：「十三年，孺子見我濟北，穀城山下，黄石即我矣。」

〔一一〕陳郮：菩薩名，印度新因明學之鼻祖，相傳與迦毘羅仙之化石者問答，石爲之裂。輔行録十之一：「迦毘羅仙恐身死，往自在天問。天令往頻陀山取餘甘子食，可延壽。食已，於林中化爲石，如牀大。有不逮者書偈問石，後爲陳郁菩薩斥之，書偈石裂。」

〔二〕堅頑：頑古不化。白居易寄微之詩：「誰知太守心相似，抵滯堅頑兩有餘。」

〔三〕何當二句：用王子喬駕鶴昇仙事，見箋注〔四〕。

【彙評】

秦元慶本淮海集結三句眉批：妙語幾欲呵活矣。

送蔡子驤用蔡子駿韻〔一〕

越絶山川遠相屬〔二〕，萬壑千巖抱青緑〔三〕。卧龍一峯稱最奇〔四〕，遶趾清漪如帶束〔五〕。鏡水春生鴟尾銜〔六〕，稽山日暮猿聲續〔七〕。三休上與蓬萊接〔八〕，登眺使人遺寵辱〔九〕。我昔東遊觀禹穴〔一〇〕，痛飲狂歌得所欲〔一一〕。上天何曾有官府？鸞鳳日日遭鞭扑〔一二〕。僧坊畫壁閲幾徧，神妙難忘獨金粟〔一三〕。華胥夢斷已十年〔一四〕，又見春風煮餳粥〔一五〕。苧羅若耶固依舊〔一六〕，可憐雲月誰追逐。故人淡泊出天性，鷦鷯巢林一枝足〔一七〕。不肯絃歌甘莞庫〔一八〕，還同市門隱梅福〔一九〕。惟應月下小叢歌，尚有哀音傳舊俗〔二〇〕。

【校】

〔稱最奇〕「最」原作「是」，據蜀本改。

【箋注】

〔一〕本篇係爲送蔡子驥赴越州爲筦庫吏而作。詩云：「華胥夢斷已十年，又見春風煮餳粥。」少游於元豐二年（一〇七九）如越省親，十年以後，當在元祐四年（一〇八九）。蔡子驥，徐積（仲車）之親戚，蓋爲山陽（今江蘇淮安）人。積有哀吟贈蔡子驥女詩云：「吾於其母，是爲内兄。」又謝蔡子驥云：「好客重來直上廳，龐家妻女合炊秔。……有道長官方就禄，無能司户欲歸耕。」子駿，蓋其兄弟。

〔二〕越絶山川：指越州山水。漢袁康有越絶書，蓋由此得名。

〔三〕萬壑句：世説新語言語：「顧長康從會稽還，人問山川之美。顧云：『千巖競秀，萬壑争流，草木蒙籠其上，若雲興霞蔚。』」

〔四〕卧龍：山名。嘉泰會稽志卷九：「卧龍山，府治據其東麓，隸山陰。舊經云種山，一名重山，越大夫種所葬處。」又引唐元稹以州宅詩於樂天詩序：「州之子城，因種山之勢，盤繞回抱，若卧龍形，故取以爲名。」

〔五〕遶趾清漪：指環繞於卧龍山脚下皆爲清水。刁約會稽望海亭記：「府據卧龍山爲形勝，山之南亘東西，鑑湖也；山之北，連屬江與海也。用連數里，盤屈於江湖上，狀卧龍也。」

〔六〕鏡水句：鏡水，指鑑湖。宋吴曾能改齋漫録卷九地理：「會稽鑑湖，今避廟諱，本謂鏡湖耳。輿地志曰：『山陰南湖，縈帶郊郭。白水翠巖，互相映發，若鏡若圖。故王逸少云：「山陰路上行，如在鏡中遊。」名始羲之耳。』李太白登半月臺詩亦云：『水色渌且静，令人思鏡湖。終當過江去，愛此暫踟躕。』則知湖以如鏡得名，無可疑者。」鶂尾銜，形容舟船相續。鶂，即鷁，水鳥。穀梁傳僖公十六年：「六鶂退飛過宋都。」左傳作「鷁」。此鳥善翔而不畏風，古代常畫於船頭。

〔七〕稽山：即會稽山，在今浙江紹興南。嘉泰會稽志卷九引史記曰：「禹會江南，計功而崩，因葬焉，命曰會稽。會稽者，會計也。」

〔八〕三休句：形容山路難以攀登，中途須休息三次乃得至其上。漢賈誼新書退讓：「翟王使使至楚，楚王欲夸之，故饗客於章華之臺上，上者三休而乃至其上。」蓬萊，閣名。在山陰卧龍山上。宋范仲淹清白堂記：「府署據卧龍山南足，北上有蓬萊閣。」沈立越州圖序：「刺史之居：蓬萊閣、望海亭、東齋、西園，皆燕樂之最者。」宋張淏會稽續志卷一：「蓬萊閣在設廳後卧龍之下。章楶作蓬萊閣詩序云『不知誰氏創始』，案閣乃吴越錢鏐所建。……其名以蓬萊者，蓋舊志云『蓬萊山正偶會稽』，元微之詩云『謫居猶得小蓬萊』，錢公輔詩云『後人慷慨慕前修，高閣雄名由此起』，故云。」

〔九〕登眺句：范仲淹岳陽樓記：「登斯樓也，則有心曠神怡，寵辱皆忘，把酒臨風，其喜洋洋者矣。」

〔一〇〕禹穴：見卷二夜坐懷莘老司諫詩注〔七〕。

〔一一〕痛飲狂歌：杜甫贈李白詩：「痛飲狂歌空度日，飛揚跋扈爲誰雄？」

〔一二〕上天二句：韓愈奉酬盧給事雲夫四兄曲江荷花詩：「上界真人足官府，豈如散仙鞭笞鸞鳳終日相追陪？」

〔一三〕僧坊二句：金粟，佛名，即金粟如來，相傳維摩詰大士爲其化身。維摩經會疏云：「今淨名（即維摩）或云金粟如來，已得上寂滅忍。」李善注頭陀寺碑引發迹經云：「淨名大士是往古金粟如來。」案此指龜山寶林禪寺，先生著有録寶林事實（見卷三十六）、觀寶林塔張燈詩（見後集卷三）。

〔一四〕華胥句：列子黃帝：「（黃帝）晝寢而夢，遊於華胥氏之國。……其國無帥長，自然而已；其民無嗜欲，自然而已；不知樂生，不知惡死，故無夭殤；不知親己，不知疏物，故無愛憎；不知背逆，不知向順，故無利害。」此句謂離越州已十年。

〔一五〕餳粥：加飴糖之粥。南朝梁宗懍荊楚歲時記：「去冬節一百五日……謂之寒食，禁火三日，造餳大麥粥。」

〔一六〕苧羅句：苧羅，山名，相傳爲西施出生地。吳越春秋句踐陰謀外傳：「乃使相者國中得苧蘿山鬻薪者之女曰西施、鄭旦。」注：「會稽志：苧蘿山在諸暨縣南五里。」若耶，溪名。嘉泰會稽志卷十：「若耶溪，在縣南二十五里，溪北流，與鏡湖合。」又名五雲溪。相傳西施曾在此浣紗，故又名浣紗溪。

〔一七〕鷦鷯句：莊子逍遥遊：「鷦鷯巢於深林，不過一枝。」喻所求不奢。

〔一八〕不肯句：絃歌，論語陽貨：「子之武城，聞絃歌之聲。」朱熹集注：「絃，琴瑟也。時子游爲武城宰，以禮樂爲教，故邑人皆絃歌也。」筦庫，同「管庫」。禮檀弓下：「所舉於晉國，管庫之士七十有餘家，生不交利，死不屬其子焉。」注：「管庫之士，府史以下，官長所置也，舉之於君，以爲大夫也。」此謂蔡子驤不肯爲縣令而甘於管糧料院。

〔一九〕梅福：漢九江壽春人，字子真。曾爲郡文學，補南昌尉，後棄官歸里，上書言封孔子，並譏刺王鳳。及王莽專政，乃棄妻子去九江。後有人遇福於會稽，已變姓名爲吴市門卒。見漢書本傳。

〔二〇〕惟應二句：小叢，即盛小叢，唐時越妓。宋阮閲詩話總龜二引古今詩話：「李訥尚書夜登越城樓，聞歌曰：『雁門山上雁初飛。』其聲激切。公召至，乃去籍之妓盛小叢也，梁園供奉南不嫌女甥，所唱者乃不嫌昔所授也。崔元範自幕府拜侍御史，餞於鑑湖光候亭，命小叢歌餞，坐客各賦詩送之。李尚書曰：『繡衣奔命去情多，南國佳人斂翠蛾。曾向教坊聽國樂，爲公重唱盛叢歌。』」

飲酒詩四首〔一〕

其一

我觀人間世，無如醉中真〔二〕。虛空爲消隕〔三〕，況乃百憂身〔四〕。惜哉知此晚，坐令華髮新。聖人難驟得，得且致賢人〔五〕。

【校】

〔四首〕王本、四部本無此二字，篇末案曰：「四詩亦載施注蘇詩補遺。」徐案：并見四部本東坡續集卷一，文字小異，清馮應榴東坡詩集合注卷四十九注引查慎行案曰：「此四首亦秦少游謫雷州時詩，載淮海集第四卷中，今據此駁正。」

〔其一〕此爲箋注者所加，下同。

〔得且〕東坡詩集作「日且」，義較勝。

【箋注】

〔一〕宋史哲宗本紀元符元年：「九月庚戌，秦觀除名，移雷州編管。」宋楊仲良續資治通鑑紀事本末卷一〇二逐元祐黨人條載：九月庚戌，「追官勒停橫州編管秦觀，特除名永不收叙，移送雷州編管，以附會司馬光等同惡相濟也」。查慎行云本題四首「亦秦少游謫雷州時詩」（說見校記），所云極是，其四「雷觴淡如水」，「爲造英靈春」二句可證。本題四首蓋作於移雷之明年。

〔二〕醉中真：陶淵明飲酒詩：「羲農去我久，舉世少復真。……若欲不快飲，空負頭上巾。」此用其意。

〔三〕虚空句：佛家語。楞嚴經：「阿難，汝觀世間可作之法，誰爲不壞？然終不聞爛壞虚空。」古尊宿語録卷二十八舒州龍門佛眼和尚語録：「或若虚空頓消殞，寶鏡不臨臺，光境俱亡。」景德傳燈録卷五信州智常禪師：「大通乃曰：『汝見虚空否？』對曰：『見。』彼曰：『汝見虚空有相貌否？』對曰：『虚空無形，有何相貌？』彼曰：『汝之本性，猶如虚空。返觀自性，了無一物可見，是名正見，無一物可知，是名真知。無有青黄長短，但見本源清浄，覺體圓明，即名見性成佛。』」

〔四〕百憂身：謂多煩惱之身。詩王風兔爰：「我生之後，逢此百憂。」

〔五〕聖人二句：三國志魏徐邈傳：「平日酒客謂酒清者爲聖人，濁者爲賢人。」此處言清酒難得，且飲濁酒。

其　二

左手持蟹螯〔一〕，舉觴矚雲漢〔二〕。天生此神物〔三〕，爲我洗憂患。山川同恍惚，魚鳥共蕭散。客至壺自傾〔四〕，欲去不容間。

【校】

〔矚雲漢〕各本俱作「屬雲漢」，此從蘇詩。

〔不容間〕蘇詩作「不得間」。

【箋注】

〔一〕左手句：晉書畢卓傳：「（卓）嘗謂人曰：『得酒滿數百斛船，四時甘味置兩頭，右手持酒杯，左手持蟹螯，便足了一生矣。』」世說新語任誕作：「一手持蟹螯，一手持酒杯，拍浮酒池中，便足了一生。」

〔二〕雲漢：天河、銀河。詩大雅棫樸：「倬彼雲漢，爲章于天。」

〔三〕神物：易繫辭：「天生神物，聖人則之。」此指酒。

〔四〕壺自傾：晉陶淵明飲酒詩之七：「一觴雖獨進，杯盡壺自傾。」

其　三

客從南方來，酌我一甌茗。我酌初不啜，彊啜且復醒。既鑿渾沌氏〔一〕，遂出華胥境〔二〕。操戈逐儒生〔三〕，舉觴還酩酊。

【校】

〔客從南方來〕蘇詩作「有客遠方來」。

〔一甌茗〕蘇詩「甌」作「杯」。

〔初不啜〕蘇詩「初」作「方」。

〔且復醒〕蘇詩「且」作「復」。

〔渾沌氏〕原注曰：「氏，一作竅。」

〔遂出〕蘇詩「出」作「遠」。

【箋注】

〔一〕渾沌氏：見卷二夜坐懷孫莘老司諫注〔八〕。

〔二〕華胥境：見本卷送蔡子驤用蔡子駿韻注〔一四〕。

〔三〕操戈句：列子周穆王云，宋陽里華子中年病忘，朝取而夕忘，夕與而朝忘。魯有儒生，自媒能治之。華子之妻子以居産之半請其方。儒生曰：「吾試化其心、變其慮，庶幾其瘳乎！」於是，獨與居室七日，而積年之疾，一朝都除。「華子既悟，迺大怒，黜妻罰子，操戈逐儒生。宋人執而問其以，華子曰：『曩吾忘也，蕩蕩然不覺天地之有無，今頓識既往，數十年來存亡得失、哀樂好惡，擾擾萬緒起矣。……須臾之忘，可復得乎？』」此處謂欲在醉酒中忘懷一切。

其四

雷觴淡如水〔一〕，經年不濡脣。爰有擾龍系，爲造英靈春〔二〕。英靈韻甚高，蒲萄難爲鄰。他年血食汝〔三〕，應配杜康神〔四〕！

【校】

〔淡如水〕蘇詩「如」作「於」。

〔擾龍系〕蘇詩「系」作「裔」。

〔蒲萄〕原作「葡萄」，此從張本、胡本、李本、段本、王本、秦本、四部本。

〔難爲鄰〕蘇詩「爲」作「與」。

【箋注】

〔一〕雷觴：雷州之酒杯，此處代指雷州之酒。

〔二〕爰有二句：擾龍系，謂劉氏。漢書高帝紀：「有劉累，學擾龍，事孔甲。」案洛陽伽藍記卷四法雲寺：「河東人劉白墮善能釀酒，季夏六月，時暑赫晞，以甖貯酒，暴於日中。經一旬，其酒不動，飲之香美，醉而經月不醒。京師朝貴多出郡登藩，遠相餉饋，踰於千里。以其遠至，號曰鶴觴，亦曰騎驢酒。」又清查慎行注蘇詩曰：「名勝志，雷州海康縣城北五里，有英靈岡。

雷種陳氏，世居於此。按英靈春，酒名，當以此。必有姓劉者善釀，故云『爰有擾龍裔，爲造英靈春』。少游謫居此地年餘，故有『經年不濡唇』之句。」徐案：據海康縣志卷八云，宋吴千仞祥符二年作英山雷廟記，謂州之二里有英靈村，酒蓋此地所釀。

〔三〕血食：猶言祭祀。古祭祀必以牲畜，故云。史記淮陰侯列傳贊：「假令韓信學道謙讓，可以比周召太公之徒，後世血食矣。」

〔四〕杜康：傳説爲最早造酒者。見卷一和淵明歸去來辭注〔一五〕。

艇齋 并序〔一〕

予以典校史領倅錢塘，邂逅得友丁君彦良於陳留官舍。丁君彦良年少氣雋〔二〕，誦詩文亹亹不休〔三〕，動有過人語。深恨得之晚也。臨分以艇齋詩速予賦〔四〕，爲寄題一篇。

平生樂漁釣，放浪江湖間。兀兀寄幽艇〔五〕，不憂浪如山。聞君城郭居，左右群書環。有齋亦名艇，何時許追攀？釣古不釣今，所得孔與顔〔六〕。不然如爾祖，跨鶴出雲寰〔七〕。

【箋注】

〔一〕秦譜：「紹聖元年甲戌，先生年四十六。春三月，李清臣發策試進士，始有紹復熙（寧）（元）豐之意，畢漸迎合，擢首選。于是執政呂大防、范純仁、蘇轍、范祖禹皆罷。先生坐黨籍，改館閣校勘，出爲杭州通判，至陳留客舍，作艇齋詩。」

〔二〕丁君彦良：淮海後集卷五有答丁彦良書，謂「君生長㑹富貴而喜作寒士語」。又云「罷官里閭，慕義嗜學」，「不害他日爲大器」。後集卷六又有書丁彦良明堂議後一文，云：「丁侯以世家子早假蔭以官，少年彊學。」陳留，縣名，宋時屬開封府，在今河南開封南。

〔三〕亹亹：見卷三春日雜興十首其七注〔八〕。

〔四〕速：催促。唐韓愈貞曜先生墓志銘：「樊子使來速銘，曰：『不則無以掩諸幽。』乃序而銘之。」

〔五〕兀兀：勤奮勞苦。唐韓愈進學解：「焚膏油以繼晷，恒兀兀以窮年。」

〔六〕鈞古二句：鈞，求也，謂在書中追求古人。孔與顔，孔子及其弟子顔回。孔子，聖人；顔回，賢人。此處稱譽丁彦良追求高尚境界。

〔七〕不然二句：爾祖，指丁令威。搜神後記卷一：「丁令威，本遼東人，學道於靈虚山，後化鶴歸遼，集城門華表柱。時有少年，舉弓欲射之。鶴乃飛，徘徊空中而言曰：『有鳥有鳥丁令威，去家千年今始歸。城郭如故人民非，何不學仙冢纍纍。』遂高上沖天。」

和裴仲謨放兔行〔一〕

兔饑食山林，兔渴飲川澤。與人不瑕玼〔二〕，焉用苦求索？天寒草枯死，見窘何太迫！上有蒼鷹禍，下有黄犬厄。一死無足悲，所耻敗頭額。敢期揮金遇，倒橐無難色。雖乖獵者意，頗塞仁人責。兔兮兔兮聽我言，月中仙子最汝憐〔三〕。不如亟返月中宿，休顧商巖并嶽麓〔四〕。

【箋注】

〔一〕卷三十四裴秀才跋尾云：「元祐三年冬，君之弟朝散君通判蔡州。」朝散君，指裴仲謨，名綸，元祐五年自蔡州還監察御史，參見本卷送裴仲謨注〔一〕。本篇當作於此一期間。

〔二〕不瑕玼：謂與人和睦相處。瑕玼，喻缺陷或過失。顔氏家訓省事：「或有劫持宰相瑕疵，而獲酬謝。」

〔三〕兔兮二句：晉傅玄擬天問：「月中何有？玉兔擣藥。」月中仙子，指嫦（姮）娥。淮南子覽冥訓：「羿請不死之藥於西王母，姮娥竊以奔月，悵然有喪，無以續之。」

〔四〕休顧句：商巖，見卷二寄題傅欽之草堂注〔七〕。嶽麓，山名。在今湖南長沙西郊，即南嶽衡山之北麓，又名麓山、靈麓峯。見嘉慶一統志山川。

和裴仲謨摘白鬚行〔一〕

仲將題凌雲，比訖鬚盡白〔二〕。陸展媚側室，星星染爲黑〔三〕。人生如寄耳〔四〕，況復形與色。澤壑藏山舟，夜半輸有力〔五〕。厖眉三不遇〔六〕，已矣何所惜！二毛賦秋興，自愛頗姑息〔七〕。聞諸古竺乾，毛髮因地得〔八〕。數窮反其本，螻螘得而食〔九〕。妙年光可鑒，炯若鴉羽戢〔一〇〕。映梳漸蕭蕭，變化了無隙。所以梵志云：昔人已非昔〔一一〕。皤然君勿笑，子羽以貌失〔一二〕。信美如客兒，終翦施摩詰〔一三〕。我作白鬚行，而得養生術〔一四〕。

【校】

〔厖眉〕張本、胡本、李本、段本、王本、秦本、四部本作「龐眉」，通。

【箋注】

〔一〕本篇元祐三年至五年作於蔡州，説見本卷送裴仲謨注〔一〕及和裴仲謨放兔行注〔一〕。

〔二〕仲將二句：張彥遠法書要録云：「韋誕，字仲將，京兆人，善楷書，漢魏宫館寶器皆是誕手寫。魏明帝起凌雲臺，誤先釘牓而未題，籠盛誕轆轤長絙引之，使就牓書之，牓去地二十五丈。誕甚危懼，乃擲其筆以下焚之，仍誡子孫絶此楷法，著之家令。官至鴻臚少卿。」又云：

「韋誕諸書並善，尤精題署。嘗題凌雲殿榜書，架而上，比訖，鬚髮盡白。」

〔三〕陸展二句：南史謝靈運傳：「東海何長瑜，以韻語序臨川王州府僚佐云：『陸展染白髮，欲以媚側室。青青不解久，星星行復出。』」星星，指花白頭髮。側室，指妾。

〔四〕人生如寄：喻生命短促。曹丕善哉行：「人生如寄，多憂何爲！」

〔五〕澤壑二句：莊子大宗師：「夫藏舟於壑，藏山於澤，謂之固矣。然而夜半有力者負之而走，昧者不知也。」

〔六〕厖眉：同尨眉，眉毛花白。文選張衡思玄賦：「尉尨眉而郎潛兮，逮三葉而遘武。」李善注引漢武故事：「顏駟不知何許人，漢文帝時爲郎，至武帝，嘗輦過郎署，見駟尨眉皓髮。上問曰：『叟何時爲郎？何其老也？』答曰：『臣文帝時爲郎。文帝好文而臣好武，至景帝好美而臣貌醜，陛下即位好少而臣已老：是以三世不遇，故老於郎署。』上感其言，擢拜會稽都尉。」

〔七〕二毛二句：文選潘岳秋興賦序：「余春秋三十有二，始見二毛。」賦云：「斑鬢髟以承弁兮，素髮颯以垂領。」二毛，謂髮有黑白二色。

〔八〕聞諸二句：竺乾，印度之別稱。祖庭事苑卷二：「竺乾即天竺國，或云西天、西乾。」甄正論中：「合云乾竺，乾者，天也。後人鈔寫，誤昇竺字於（乾）字上，故云竺乾。」佛教以地、水、火、風爲「四大」，以爲人身也由「四大」而成。故此謂毛髮因地而生。

〔九〕數窮二句：謂人死重歸於地下。螻螘，同螻蟻。莊子列禦寇：莊子將死，謂弟子曰：人死其尸「在上爲烏鳶食，在下爲螻蟻食」。

〔一〇〕妙年二句：光可鑒，陳書皇后列傳附張貴妃傳：「張貴妃髮長七尺，鬒黑如漆，其光可鑒。」鴉羽，狀髮之黑。鄭畋王子晉廟詩：「霧垂鴉翅髮。」戢，收攏。詩小雅鴛鴦：「鴛鴦在梁，戢其左翼。」

〔一一〕所以二句：全晉文卷一六四釋僧肇物不遷論：「是以梵志出家，白首而歸，鄰人見之曰：『昔人尚存乎？』梵志曰：『吾猶昔人，非昔人也。』鄰人皆愕然。」案：太平廣記卷八二云：「王梵志，衛州黎陽（今河南濬縣）人也。黎陽城東十五里有王德祖，當隋文帝時，家有林檎樹，生癭大如斗，經三年朽爛，德祖見之，乃剖其皮，遂見一孩兒抱胎而〔出〕。德祖收養之。至七歲，能語，曰：『誰人育我？復何姓名？』德祖具以實語之。因名曰林木梵天，後改曰梵志，可姓王也。梵志乃作詩示人，甚有義旨。」近人胡適白話詩人王梵志云：「以歷代法寶記證之，舊說所記梵志的年代似不爲過早。他生于隋朝，死于唐高宗時（約六六〇——六七〇）。」然全晉文既載僧肇物不遷論引其語，則梵志似生活於晉以前，蓋爲傳說中人物，難於稽考也。今有中華書局王梵志詩輯校、上海古籍出版社王梵志詩校注，可備參考。

〔一二〕子羽：據史記仲尼弟子列傳，澹臺滅明，字子羽。初，孔子以其狀貌甚惡，不願收爲弟子；及子羽南遊至江，從弟子三百人。孔子因曰：「以貌取人，失之子羽。」

〔一三〕信美二句：客兒，南朝宋謝靈運小字。雲仙雜誌引國史纂異云：「謝靈運美鬚，臨刑施南海之祗洹寺，告爲維摩詰鬚，寺中寶惜。中宗時，安樂公主五日鬬百草，遣人取之，仍剪棄其餘。」

〔一四〕而：通「爾」。

淮海集箋注卷第六

古詩

覼覼二弟作小室請書魯直名曰寄寂作此寄之用孫子實韻〔一〕

力田不逢年，識者未宜閔〔二〕。他時歲在金，百兩無虛稛〔三〕。士生當自量，天道平如準〔四〕。汝兄魯叔山，正坐不前謹〔五〕。有琴亦無絃，何心尚求軫〔六〕？客來欲頹玉〔七〕，大白輒滿引〔八〕。官長既屢罵，諸生亦時覼〔九〕。一口吸西江，玄哉居士蘊〔一〇〕！歲寒知蒼松〔一一〕，日暮識丹槿〔一二〕。夢想八九椽，森然羅玉筍〔一三〕。

【箋注】

〔一〕本篇作於元祐四年己巳（一〇八九）。秦譜原繫於元祐二年，云：「先生弟少章先生覼客京師，游張文潛、黃魯直之門，家構小室，魯直以『寄寂』名其齋，贈之以詩。先生亦以詩寄覯、覿兩先生。」然於元祐四年下又案曰：「舊譜：山谷以『寄齋』名少章齋，贈之以詩，在元祐二年，而山谷集則編次所贈詩於元祐四年，又有次韻寄少游云云。」考山谷詩集注卷十一任淵確繫所和詩於元祐四年，黃罃山谷年譜同此，且後列次韻孫子實寄少游、戲書秦少游壁、贈秦少儀、送少章從翰林蘇公餘杭四詩；其前於元祐三年末，又列次韻秦少章詩凡三首，可見少章此時正從山谷遊，而山谷名其室並贈以詩，故應從之。宋史秦觀傳謂少游「弟覿，字少章；覯，字少儀，皆能文」。案，此處二人名、字互淆。黃庭堅豫章黃先生集卷二十六書秦覯詩卷後云：「少章別來逾年，文字疊疊日新。」山谷詩注卷十一贈秦少儀詩任淵注曰：「少儀名覿，少游之弟。」後山詩注卷二送秦覯三首題下任淵注曰：「覯，字少章，少游之弟也。」宋詩紀事卷三十三引王直方詩話：「少章登第後方娶，陳後山嘲秦覯云：長鋏歸來夜帳空……後山作此詩時猶未娶，故多戲句。」苕溪漁隱叢話前集卷五十引王直方詩話：「秦覯，字少儀，好爲詩，亦不甚工。」可見宋史誤，應予駁正。孫子實，高郵人。冒廣生後山詩注補箋次韻答少章子實二首：「按子實名端，孫莘老子。孫莘老年譜載：『元祐五年二月，先生卒，子子實端，時爲郢州長壽縣主簿。』高郵縣志選舉表：『孫子實，中制科，授北海尉。』」

〔二一〕力田二句：史記佞幸傳：「諺曰：『力田不如逢年，善仕不如遇合。』固無虛言。非獨女以色媚，而仕宦亦有之。」閔，耽憂。左傳昭公三十二年：「閔閔焉如農夫之望歲。」

〔三〕他時二句：歲在金，指秋收季節。禮記月令孟秋之月：「先立秋三日，太史謁之天子，曰：『某日立秋，盛德在金。』……是月也，農乃登穀，天子嘗新。」百兩，即百輛。詩召南鵲巢：「之子于歸，百兩御之。」傳：「兩，一車也。一車兩輪，故謂之兩。」無虛稇，謂車無空載。稇，用繩捆禾。國語齊：「諸侯之使，垂槖而入，稇載而歸。」

〔四〕天道句：書大禹謨：「滿招損，謙受益，時乃天道。」老子七十九章：「故有德司契，無德司徹，天道無親，常與善人。」謂天道公正，不偏私親也。此用其意。

〔五〕汝兄二句：魯叔山，莊子德充符：「魯有兀者叔山無趾，踵見仲尼。仲尼曰：『子不謹前，既犯患若是矣，雖今來何及矣？』無趾曰：『吾唯不知務而輕用吾身，吾以是無足。今吾來也，猶有尊足者存，吾是以務全之也。』……無趾出。孔子曰：『弟子勉之！夫無趾，兀者也，猶務學以復補前行之惡，而況全德之人乎。』」此處告誡二弟凡事須謹慎務全，以防後患。兀者，刖去一足之人。正坐，正身而坐，以示矜莊。漢書游俠樓護傳：「坐者百數，皆離席伏，護獨東鄉正坐。」

〔六〕有琴二句：梁蕭統陶淵明傳：「淵明不解音律，而蓄無弦琴一張，每酒適，輒撫弄以寄其意。」軫，琴下轉動琴弦之木柱。魏書樂志：「中弦須施軫如琴，以軫調聲。」

〔七〕頹玉：喻醉倒。世説新語容止：「山公曰：『嵇叔夜之爲人也，巖巖若孤松之獨立；其醉也，傀俄若玉山之將崩。』」後遂以「玉山崩」或「玉山頹」喻醉倒之狀。

〔八〕大白：大酒杯。漢劉向説苑善説：「魏文侯與大夫飲酒，使公乘不仁爲觴政，曰：『飲不釂者，浮以大白。』」

〔九〕官長二句：杜甫戲簡鄭廣文兼呈蘇司業：「醉則騎馬歸，頗遭官長駡。」亦時囅，謂時而微笑。囅，笑貌。莊子達生：「桓公囅然而笑。」

〔一〇〕一口二句：喻一氣呵成，融通萬法。景德傳燈録：「龐居士參馬祖云：『不與萬法爲侶，是什麽人？』祖曰：『待汝一口吸盡西江水，即向汝道。』」龐居士，名蘊，字道元，唐代衡陽人，元和中北遊襄陽，因家焉。臨終，刺史于頔問疾，蘊曰：「但願空諸所有，慎勿實諸所無。」言訖而化。事見景德傳燈録卷八。

〔一一〕歲寒句：見卷四別子瞻學士注〔八〕。

〔一二〕日暮句：丹槿，即木槿。羅浮山記：「木槿，一名赤槿，華甚丹。」説文：「舜，木槿也，朝華暮落。」此喻榮華易衰。

〔一三〕夢想二句：八九椽，唐杜甫秋日夔府咏懷奉寄鄭監李賓客一百韻：「甘子陰涼葉，茅齋八九椽。」晉伏滔長笛賦序：「初，（蔡）邕避難江南，宿於柯亭。柯亭之觀，以竹爲椽，邕仰而眄之曰：良竹也。」玉筍，因話録：「李宗閔知貢舉，門生多清秀俊茂，唐伸〔沖〕、薛庠、袁都輩，時謂之玉筍班。」此處當雙關，既指作椽之竹，亦喻子弟之秀拔。

【附】

孫子實詩：薛宣欲吏雲，季氏或招閔。此分胸中秋，萬物既收稇。賣藥偶知名，草玄非近準。

才難不易得，志大略細謹。士生要洪毅，天地如蓋軫。驥令鹽車驂，井下知綆引。難甘吁爾食，聊寄粲然辴。誰能借前箸？還婦用束藴。吾聞調羹鼎，異味及枌槿。豈其供王羞，而棄會稽筍。（徐案：此詩亦見山谷詩集注第十一卷，題作次韻孫子實寄少游，字句小異。才難二句，任淵注曰：「少游嘗教授蔡州，顧官妓婁婉及陶心兒者，詞中往往寄意。王立之詩話：『秦少儀云：少游極怨山谷此句，謂言蔡州事，少人知者。魯直詩語重，人既見此語，遂使吹毛耳。』」）

黄庭堅次韻子實題少章寄寂齋：虛名誤壯夫，今古可笑閔。屍裹萬里歸，書載五車梱。安知衡門下，身與天地準？秦晁兩美士，内行頗修謹。余欲造之深，抽琴去其軫。寄寂喧鬨間，此道有汲引。獄户聞笞榜，市聲雜嘲辴。二生對曲肱，圭玉發石藴。小大窮鵬鷃，短長見椿槿。欲聞寂時聲，黄鍾在龍筍。

南都新亭行寄王子發〔一〕

洛水沄沄天上動〔二〕，道入隋渠下梁宋〔三〕。宋都堤上十二亭〔四〕，一一飛鶩若鸞鳳。光華遠繼周王雅〔五〕，宴喜還歸魯侯頌〔六〕。玉觴嚴令肅衣冠，金縷哀音繞梁棟〔七〕。娟娟殘月照波翻，習習暖風吃鳥哢〔八〕。何處高帆落文鷁〔九〕？誰家駿馬嘶征鞚〔一〇〕？柳枝芳草恨連天〔一一〕，暮雨朝雲同昨夢〔一二〕。借問亭名製者誰？留守王公才望重。胸中雲夢吞八九〔一三〕，日解千牛節皆中〔一四〕。祥符相公實曾祖，庭列三槐多伯仲〔一五〕。承明厭直出荆州〔一六〕，轉守此都行大用。此都去天纔尺五〔一七〕，交廣荆揚歸引控〔一八〕。兔園事迹化黄埃〔一九〕，清泠文雅堪長慟〔二〇〕。舳艫銜尾車掛轊〔二一〕，昨日出迎今日送。送故迎新無已時，古往今來相戲弄。亭下嶔崎淮海客，末路逢公詩酒共〔二二〕。一樽明日難重持，豈恤官期後芒種〔二三〕！今年氣候頗云早，夭矯梅花春欲縱。行見亭中祖帳開〔二四〕，千乘送公歸法從〔二五〕。

【箋注】

〔一〕本篇蓋作於紹聖元年甲戌（一〇九四）春。秦譜云：元豐五年，「先生應禮部試，罷歸，有詩寄王子發」，非是。案詩中所詠新亭凡十二，自「光華」句至「暮雨」句，均將亭名寓於詩句中，詳見注〔四〕。據歸德府志，亭係王勝之（益柔）所建，而勝之守南都在元豐七年秋，説見南京妙峯亭詩注〔一〕，則此篇之作應在其後。考少游經南都入京，除元豐元年、五年外，尚有元豐八年入京應舉，過南都在前一年秋冬之際；而中第授官後回里迎親赴任又在八年秋，時令與詩中所云「今年氣候頗云早，夭矯梅花春欲縱」皆不合。王子發，名震，王素從孫，王鞏從子，生平附宋史王素傳，云：「元祐初，遷給事中，御史王巖叟劾之，以龍圖閣待制知蔡州，歷五郡。」續資治通鑑長編卷三六八載，元祐元年閏二月壬辰，「給事中王震爲龍圖閣待制知蔡州」，時少游始爲蔡州教授，初識之。詩云：「末路逢公詩酒共」，「豈恤官期後芒種」，當指少游於紹聖元年坐黨籍，出爲杭州通判也。少游三月被貶出京，預計五月芒種時可抵杭，故云。詩又云「轉守此都行大用」，蓋是歲震正在南京任上。

〔二〕洛水句：洛水，源出陝西洛南縣西北，東入河南，經盧氏、洛陽，至偃師納伊河稱伊洛，至鞏縣洛口入黄河。沄沄，水流浩蕩貌。楚辭王逸九思哀歲：「窺見兮溪澗，流水兮沄沄。」

〔三〕道入句：隋渠，隋煬帝開通濟渠，故名。隋書煬帝紀：「大業元年開通濟渠，自西苑引穀洛之水達於河，自板渚引河達於淮。」梁宋：指開封、商丘（北宋時爲南都）。

〔四〕十二亭：歸德府志：「王勝之建新亭，曰：流觴緑波、檜蔭四合、照碧峯亭、朝雲暮雨、暖風殘月、玉燭金縷、光華燕喜、嘶馬落帆、芳草柳枝，合前觀光、生雲、妙峯亭，凡十有二。秦觀詩云『宋都堤上十二亭，一一飛鶩若鸞鳳』，即此。」案：諸亭之名，皆化爲此詩詩句，如光華、燕喜等。

〔五〕周王雅：蓋指詩大雅靈臺：「經始靈臺，經之營之。庶民攻之，不日成之。」以靈臺喻新亭之輝煌。

〔六〕魯侯頌：蓋指詩魯頌閟宫：「魯侯燕喜，令妻壽母。」以魯侯飲酒喻宴飲之樂。宴，通燕。以上二句切光華宴喜亭。

〔七〕金縷：即金縷衣，歌曲名。杜牧杜秋娘詩：「秋持玉斝醉，與唱金縷衣。」自注：「勸君莫惜金縷衣,勸君須惜少年時。花開堪折直須折,莫待無花空折枝。李錡長唱此辭。」繞梁棟,列子湯問:「昔韓娥東之齊,匱糧,過雍門鬻歌假食,既去,而餘音繞梁欐,三日不絶。」此處贊美歌曲留下極深刻之印象。以上二句切玉燭金縷亭。

〔八〕鳥哢:鳥鳴聲。陶淵明癸卯歲始春懷古田舍二首詩:「鳥哢歡新節,泠風送餘善。」以上二句切暖風殘月亭。

〔九〕文鷁:船頭繪有文飾之彩舟。漢司馬相如子虚賦:「浮文鷁,揚桂枻。」

〔一〇〕鞚:馬勒。以上二句切嘶馬落帆亭。

〔一一〕柳枝句:少游八六子詞:「恨如芳草,萋萋剗盡還生。」此句切芳草柳枝亭。

〔一二〕暮雨朝雲:宋玉高唐賦:「朝爲行雲,暮爲行雨;朝朝暮暮,陽臺之下。」此句切朝雲暮雨亭。

〔一三〕胸中句:漢司馬相如子虚賦:「秋田乎青丘,彷徨乎海外。吞若雲夢者八九,於其胸中,曾不蔕芥。」

〔一四〕日解句:莊子養生主:「今臣之刀十九年矣,所解數千牛矣,而刀刃若新發於硎。彼節者有間,而刀刃者無厚,以無厚入有間,恢恢乎其於遊刃必有餘地矣。」此喻王子發幹練多才。

〔一五〕祥符二句:祥符相公,指王旦。旦,字子明,大名莘人。父祐,官尚書兵部侍郎,事太祖、太宗爲名臣,嘗植三槐於庭,曰:「吾之後世,必有爲三公者,此其所以志也。」旦於大中祥符中爲右僕射，宋史有傳。

〔一六〕承明句：承明，即承明盧，見卷五南京妙峯亭詩注〔二〕。荆州，今湖北江陵一帶。震以何時出守荆州，無可考。

〔一七〕此都句：極言與朝廷相近。辛氏三秦記：「城南韋杜，去天尺五。」南都距汴京極近，故云。

〔一八〕交廣荆揚：皆州名，此處泛指南方。

〔一九〕兔園：即梁園，漢梁孝王劉武之園囿。西京雜記卷二：「梁孝王好營宫室苑囿之樂，作曜華之宫，築兔園。園中有百靈山；山有膚寸石，落猿巖，棲龍岫；又有雁池，池間有鶴洲鳧渚。其諸宫觀相連，延亘數十里。奇果異樹，瑰禽怪獸畢備。王日與宫人賓客，弋釣其中。」當時枚乘、鄒衍、司馬相如諸文士俱曾參與燕集。此處借指作者曾與王子發宴集。

〔二〇〕清泠文雅：指清泠池、文雅臺。太平寰宇記：「梁孝王故宫内有釣臺，謂之清泠臺，下有池，號清泠池。」商丘縣志卷三：「文雅臺，在城東南里許，世傳孔子過宋，與弟子習禮大樹下，即此。」又：「清泠臺在城西北十八里，梁孝王築，相傳宋太祖避暑於此，又名清涼臺。」

〔二一〕舳艫句：舳艫，見卷二次韻邢敦夫秋懷十首其八注〔二〕。掛轊，車輛前後相接貌。轊，車軸之端。

〔二二〕亭下二句：嵚崎，磊落貌。世説新語容止：「桓茂倫嵚崎歷落。」末路，猶窮途。文選謝靈運酬從弟惠連詩：「末路值令弟，開顔披心胸。」此指遭貶謫。

〔二三〕芒種：節氣名，公曆六月六日前後。此指芒種時到官。

〔二四〕祖帳：謂設帳餞行。李白憶舊遊書懷：「開筵引祖帳，慰此遠徂征。」

〔二五〕法從：見卷五送劉貢父舍人二首其一注〔九〕。

反初〔一〕

昔年淮海來，邂逅安期生〔二〕。謂我有靈骨，法當遊太清〔三〕。區中緣未斷〔四〕，方外道難成〔五〕。一落世間網〔六〕，五十換嘉平〔七〕。夜參半不寢，披衣涕縱橫。誓當反初服〔八〕，仍先謝諸彭〔九〕。晞髮陽之阿〔一〇〕，餔餟太和精〔一一〕。心將虛無合〔一二〕，身與元氣并〔一三〕。陟降三境中〔一四〕，高真相送迎〔一五〕。琅函紀前績〔一六〕，金蒲錫嘉名〔一七〕。耿光動寥廓〔一八〕，不借日月明。故棲黃埃裏，絕想空復情〔一九〕。

【校】

〔謂我〕「謂」原誤作「記」，此從張本、胡本、李本。

【箋注】

〔一〕本篇元符元年戊寅（一〇九八）十二月作於雷州。皇宋續資治通鑑長編紀事本末卷一〇二逐元祐黨人謂是歲九月庚戌，「追官勒停横州編管秦觀特除名永不收叙，移送雷州編管，以附會司馬光等同惡相濟也」。詩云：「一落世間網，五十换嘉平。」少游時年五十，故云。

〔二〕安期生：史記封禪書：李少君曰：「臣嘗遊海上，見安期生。安期生食巨棗，大如瓜。安期生，仙者，通蓬萊，合則見人，不合則隱。」劉向列仙傳：「安期先生者，瑯琊阜鄉人也，賣藥於東海邊，時人皆言千歲翁。秦始皇東遊，請見，與語三日三夜，賜金璧，度數千萬。」

〔三〕謂我二句：靈骨，指先天的悟道素質。宋張商英護法論：「在僧俗中亦必宿有靈骨，負逸群超世之量者方能透徹。」太清，道家所謂三清之一。晉葛洪抱朴子雜應：「上昇四十里，名曰太清，太清之中，其氣甚剛，能勝人也。」淮南子道應「太清問於無窮」，注：「太清，元氣之清者也；無窮，無形也。」

〔四〕區中緣：人世間緣分。謝靈運登江中嶼：「想象崐山姿，緬邈區中緣。」

〔五〕方外：此指神仙居住之處。屈原遠遊：「覽方外之荒忽兮，沛罔象而自浮。」

〔六〕世間網：喻世俗之繫累。晉陸機赴洛中道中作：「借問子何之？世網嬰我身。」

〔七〕五十句：少游生于仁宗皇祐元年（一〇四九），至今年正五十歲。换嘉平，謂歲月更迭。嘉平，臘月之别稱。史記秦始皇本紀：「三十一年十二月，更名臘曰嘉平。」索隱：「殷曰嘉平，周曰大蜡，亦曰臘。」秦改從殷之舊稱。又集解引茅盈内紀曰：「始皇三十一年九月，盈曾祖父濛於華山之中，乘雲駕龍，白日昇天。先是，其邑謡歌曰：『神仙得者茅初成，駕龍上昇入泰清；時下玄洲戲赤城，繼世而往在我盈，帝若學之臘嘉平。』始皇聞而求長生之術，因改臘曰嘉平。」

〔八〕初服：入仕前之衣服。屈原離騷：「進不入以離尤兮，退將復脩吾初服。」後因稱官吏退職爲復返初服。

〔九〕諸彭：道家用語，即三彭，亦稱三尸。張讀宣室志卷一：「僧契虛遇擇子，導遊稚川仙府。真君問曰：『爾絶三彭之仇乎？』契虛不能對，歸問擇子，對曰：『彭者，三尸之姓。』」案：上尸名彭據，中尸名彭質，下尸名彭矯。傳説三尸常居人身中，伺察功罪。學仙者當先絶三尸，故此詩曰「先謝諸彭」。蘇軾遊羅浮山詩：「道華亦欲啖一棗，契虛正欲仇三彭。」

〔一〇〕晞髮句：楚辭屈原九歌少司命：「與女沐兮咸池，晞女髮兮陽之阿。」王逸注：「晞，乾；阿，曲阿，日所行也。」

〔一一〕餔餟句：餔餟，謂食與飲。孟子離婁：「子之從於子敖來，徒餔啜也。」啜，通「餟」。太和精，指陰陽會合沖和之元氣。太平御覽卷六六一道部引集仙録，謂長生之道乃「呼吸太和，保守自然」。又引真人傳云：「太真乃授以長生之方，曰我所受服太和自然龍胎之體。」

〔一二〕虛無：道家指「道」之本體，謂其無所不在，但又無形可見。莊子刻意：「夫恬淡寂漠，虛無無爲，此天地之平，而道家之質也。」史記太史公自序：「道家無爲，又曰無不爲。……其術以虛無爲本，以因循爲用。」

〔一三〕元氣：天地未分前混一之氣。漢書律曆志上：「太極元氣，函三爲一。」

〔一四〕三境：即道家之三清：玉清、上清、太清。雲笈七籤：「三清圖云：將以汝元始三氣，以爲三境三天。」靈寶本元經：「四人天外，曰三清境：玉清、太清、上清。亦名三天。」

〔一五〕高真：指道行甚高之仙人。皮日休寒夜文讌潤卿有期不至詩：「草堂虛灑待高真，不意清齋避世塵。」

〔一六〕琅函：指裝有道家書籍之函匣。唐韋莊李氏小池亭十二韻：「家藏何所寶？清韻滿琅函。」

〔一七〕金蒲句：金蒲，猶金簡。道家簡册。漢書路温舒傳：「温舒取澤中蒲，截以爲牒，編用寫書。」太平御覽卷六七三道部引金根經云：「凡學者勤尚苦志，則玉皇三元東華太上當遣真人授其真經，後聖衆真，莫不先奏金簡於東華，投玉札於上清，然後得授大洞真經；而或青宫無金簡之籙，玉格無玄編之名，則神經亦不可得而授也。」李益入華山訪隱者詩：「嘗聞玉清洞，金簡受玄籙。」

〔一八〕耿光：巨大的光輝。尚書立政：「以覲文王之耿光，以揚武王之大烈。」

〔一九〕故棲二句：謂高郵故居，此時爲烟塵所阻，想望也屬徒然。言外難以放還也。孟郊鴟路溪行呈陸中丞：「疲馬戀舊林，羈禽思故棲。」

寄蓴薑法魚糟蟹 寄子瞻〔一〕

鮮鯽經年漬醽醁〔二〕，團臍紫蟹脂填腹。後春蓴茁滑於酥〔三〕，先社薑芽肥勝肉〔四〕。𪎭卵纍纍何足道〔五〕，飣餖盤飧亦時欲〔六〕。淮南風俗事瓶罌，方法相傳爲旨蓄〔七〕。魚鱐蜃醢薦籩豆〔八〕，山蔌溪毛例蒙録〔九〕。輒送行庖當擊鮮，澤居備禮無麋鹿〔一〇〕。

【校】

〔題〕李本、段本、秦本、王本、四部本「寄」作「以」。李本題下附注作大字連題。

【箋注】

〔一〕本篇試繫於元豐元年戊午（一〇七八），時少游在高郵，與詩中「淮南」「澤居」相符。秦譜謂「是時蘇公以治河功成作黄樓。先生作黄樓賦以寄，公以詩爲謝」。案少游寄賦時有與蘇公先生簡云：「輒冒不韙，撰成繕寫呈上。」又一簡云：「昨所遣人還，奉所賜詩書，伏蒙獎與過當，固非不肖之跡所能當也。」可見黄樓賦係遣專人送去，則此人赴徐州時順遣攜土物以去正合情理也。考他時蘇軾謫居黄州，謂「魚蟹不論錢」（見答秦太虚書）；入京時，少游又未居鄉，故不可能以土物寄之。案：本篇亦載馮應榴輯注東坡詩集卷四十九，題作「揚州以土物寄少游」，字句小異。注引查慎行案云：「此詩亦見淮海集第六卷，題云『以蓴薑法魚糟蟹寄子瞻』。中間字句異同處，淮海集較勝。秦，高郵人，篇中以土人致土貢，語意特親切，其爲秦作無疑。新刻載續補上卷，今駁正。」又王敬之小言集枕善居雜説本詩篇末案：「蘇無此上四句，别作『且同千里送鵝毛，何用孜孜飲麋鹿』，似因詩有『淮南』字於題中加『揚州』字，又似因『澤居』意不合東坡而改作『千里』二句。『孜孜飲麋鹿』，意殊費解，淺人所點竄，有污東坡多矣。知東坡之詩者，當吟索而得之。」查、王二人所云是。法魚，風乾之魚。本草鮑魚：「李時珍曰：以物穿風乾者曰法魚。」

〔二〕醽醁：酒名。抱朴子外篇知止：「密宴繼集，醽醁不撤。」

〔三〕蓴茁：初生之蓴菜，蓴菜之莖與葉皆含黏液，故云滑於酥。南方草木狀：「蓴生水中，葉似鳧葵浮水上，花黄白，子紫色。三月至八月，莖細如釵股，名爲蓴絲，堪啖，味甘美。」

〔四〕先社：秋社之前。本草注：「蕫，秋社前後，新芽頓長如列指狀，採食，無筋，謂之子蕫。」

〔五〕鳧卵：鴨蛋，爲高郵特産。嘉慶揚州府志卷六十一：「家鴨江湖間養者百千爲群，高郵泰州極多，生子多者不暇伏以牛矢漚而出焉。未孚者曰毈，主人鹽藏之，以售四方，都下尤重之。」

〔六〕飣餖：食品堆疊貌。唐韓愈南山詩：「或如臨食案，肴核紛飣餖。」

〔七〕旨蓄：見卷二田居四首其四注〔六〕。

〔八〕魚鱐句：魚鱐，魚乾。蜃醢，蛤醬。籩豆，祭祀所用禮器。漢書劉歆傳：「棄籩豆之禮。」注：「籩豆，禮食之器也。以竹曰籩，以木曰豆。」

〔九〕山蔌溪毛：山蔬水菜。蔌，爾雅釋器：「菜謂之蔌。」注：「蔌者，菜茹之總名。」黄庭堅濂溪詩：「溪毛秀兮水清，可飯羹兮濯纓。」任淵注云：「左氏傳：『澗溪沼沚之毛。』」

〔一〇〕輒送二句：語本禮記禮器：「故天不生，地不養，君子不以爲禮，鬼神弗饗也。居山以魚鼈爲禮，居澤以鹿豕爲禮，君子謂之不知禮。」擊鮮，原指殺牲。新宰之牲，其肉鮮，後因以泛指美食。漢書陸賈傳：「數擊鮮，毋久溷女爲也。」澤居，指水鄉。高郵多湖泊，故云「無麋鹿」。藝文類聚卷九五獸部下引列仙傳：「蘇耽與衆兒俱戲獵，常騎鹿。鹿形如常鹿，遇險絶之處，皆能超越。」

【彙評】

蔡正孫詩林廣記後集卷之八秦少游：「少游又有寄東坡詩云：『鮮鯽經年漬醽醁，團臍紫蟹脂填腹。後春蓴茁滑於酥，先社薑芽肥勝肉。』亦形容高郵風物也。」

精　思〔一〕

精思洞元化〔二〕，白日昇高旻〔三〕。俯仰淩倒景〔四〕，龍行速如神〔五〕。半道過紫府〔六〕，弭節聊逡巡〔七〕。金牀設寶几，璀璨明月珍〔八〕。仙者二三子，眷然骨肉親。飲我霞一杯〔九〕，放懷暖如春。遂朝玉虚上〔一〇〕，冠劍班列真〔一一〕。無端拜失儀，放斥令自新。雲霄難遽返，下土多埃塵。淮南守天庖，嗟我實何人〔一二〕！

【箋注】

〔一〕本篇似作於元符三年庚辰(一一〇〇)。時少游有和淵明歸去來辭,中云:「雷霆發乎威顔,淮南謫於天庖。」與此詩結二句同。歸去來辭作於放還之時,此詩稍前。本篇亦見東坡續集,題作古風。清查慎行案曰:「此詩全用此事(指抱朴子袪惑篇項曼都學仙),乃諷刺學仙之流,語多荒誕,與先生和陶山海經『古强本庸妄』一首略同。若出東坡手,則語意重複矣。淮海前集第四卷亦載此詩,中間數處,微有同異,已附注本句下,并爲辨正。」查説是,東坡續集當爲誤收。

〔二〕元化:造化,大自然之發展變化。唐陳子昂感遇詩之六:「古之得仙道,信與元化并。」

〔三〕高旻:高天。旻,指天。書大禹謨:「日號泣于旻天。」

〔四〕倒景:即倒影。古人想像極高之處影在物之上。文選揚子雲甘泉賦:「歷倒景而絶飛梁兮。」李善注引如淳曰:「在日月之上,日月返從下照,故其景倒。」

〔五〕龍行:如龍疾行。李咸用送人詩:「燕中有馬如龍行,石換黄金無駿名。」

〔六〕紫府:故事成語考釋道鬼神:「紫府即是仙宫。」抱朴子袪惑:「河東蒲坂有項曼都者,與一子入山學仙,十年而歸家。家人問其故,曼都曰:『在山中,三年精思。有仙人來迎我,共乘龍而昇天。……及到天上,先過紫府,金牀玉几,晃晃昱昱,真貴處也!仙人但以流霞一杯與我,飲之輒不飢渴。忽然思家,到天帝前謁拜失儀,見斥來還,令常更自修積,乃可得更復矣。』」詩意俱本此。

〔七〕弭節：駐車。弭，止；節，行車進退之節，或訓爲馬鞭。屈原離騷：「吾令羲和弭節兮，望崦嵫而勿迫。」

〔八〕明月珍：即明月珠。因叶韻改。

〔九〕飲我句：流霞，仙酒名。抱朴子祛惑：「仙人但以流霞一盃與我，飲之輒不飢渴。」此指道教之吐納長生術。雲笈七籤：「凡道士吐納和炁，存神服霞，修求長生之事，慎不可爲五葷之菜及爲酒色之病敗也。」又云：「陵陽所以善啜霞於朝陽。」又云：「經曰：欲求長生，宜先取諸身月華月精、日霞日精。」

〔一〇〕玉虛：神仙所居之處。北周庾信道士步虛詞之二：「寂絶乘丹氣，玄明上玉虛。」

〔一一〕班列真：謂加入仙班。真，道家謂得道者爲真人。

〔一二〕淮南二句：天庖，即天廚。見卷一和陶淵明歸去來辭注〔五〕。

送楊康功守蘇〔一〕

公於萬事輕，獨嗜山水重。寓直西掖垣〔二〕，滄洲長入夢〔三〕。廣陵一都會，厨酒萬斯甕。每歎闕登臨，持此將焉用？比持蘇臺節〔四〕，論鬱縉紳共〔五〕。翻云美泉石，汔可小戲弄〔六〕。忽忽治行李，草草别賓從。乃知仁智心，所樂異庸衆〔七〕。梅花發春端，百卉日益動〔八〕。公等行復反，臺閣俟鸞鳳〔九〕。

【箋注】

〔一〕本篇作於元祐元年丙寅（一〇八六）。據二十五史補編北宋經撫年表載，元豐八年「五月己亥，吕公著遷試中書舍人，楊景略知揚州」；元祐元年，「景略遷蘇，蘇州滕元發知揚州，閏二月庚寅，除（吕）惠卿，不拜」。觀詩中「梅花」二句，知本篇作於春初。楊景略，字康功，詳卷五題楊康功醉道士石注〔一〕。

〔二〕西掖垣：見卷五題楊康功醉道士石注〔八〕。此謂在中書省值班。

〔三〕滄洲：水濱之地，隱者所居。南齊謝朓之宣城出新林浦向板橋詩：「既懽懷禄情，復協滄洲趣。」

〔四〕蘇臺：姑蘇臺，傳爲吴王闔閭所築。此指蘇州。

〔五〕論鬱：鬱，廣雅疏證：「鬱，高出之貌也。」少游代賀運使啓「外幹邦材，頗鬱縉紳之論」，與此同義。

〔六〕汔可：猶幾可。詩大雅民勞：「民亦勞止，汔可小康。」箋：「汔，幾也。」

〔七〕乃知二句：論語雍也：「知者樂水，仁者樂山，知者動，仁者静，知者樂，仁者壽。」此用其意。

〔八〕梅花二句：陳江總梅花落詩：「臈月正月早驚春，衆花未發梅花新。」

〔九〕臺閣句：臺閣，後漢書仲長統傳：「光武皇帝政不任下，雖置三公，事歸臺閣。」王先謙集解引王鳴盛曰：「所云臺閣者，猶言宫掖中祕云爾。」鸞鳳，喻忠良英俊之臣。後漢書劉陶傳：「公卿所舉，率黨其私，所謂放鴟梟而囚鸞鳳。」

偶戲〔一〕

偶戲失班龍，坐謫崑崙陰〔二〕。崑崙一何高！去天無數尋。嘉禾穗盈車，珠玉炯成林〔三〕。天飈時一拂，清哀動人心〔四〕。一面四百門，宫譙雲氣侵〔五〕。闕然竹使符〔六〕，難矣蹔登臨！群仙來按行，憐我久滯淫。力請始云免，反室歲已深〔七〕。親朋喜我來，感歎或霑襟〔八〕。塵寰君勿悲〔九〕，殊勝巢嶔崟〔一〇〕。

【校】

〔天飈〕張本、胡本、李本、段本、王本、秦本、四部本「飈」作「飇」。

【箋注】

〔一〕本篇據抱朴子祛惑篇記成都太守吴文所説蔡誕事改寫。葛洪譏誕「微茫欺誑」，「以僞亂真」；而少游殊無此意，但言人間勝於崑崙山下鋤芸而已。全詩似於「謫」字上有所寓意，末二句正作如是觀。

〔二〕偶戲二句：抱朴子祛惑云：「五原有蔡誕者，好道而不得佳師……因走之異界深山中。……久不堪而還家，黑瘦而骨立不似人。其家問之：『從何處來，竟不得仙邪？』因欺家云：『吾未能昇天，但爲地仙也。又初成位卑，應給諸仙先達者，當以漸遷耳。向者爲老君牧數頭龍，一班龍五色最好，是老君常所乘者。令吾守視之，不勤，但與後進諸仙共博戲，忽失此龍，龍遂不知所在。爲此罪見責，送吾付崑崙山下。』」班，通斑。

〔三〕崑崙四句：抱朴子祛惑：「諸親故競共問之：『崑崙何似？』答云：『天不問其高幾里，要於仰視之，去天不過十數丈也。上有木禾，高四丈九尺，其穗盈車。有珠玉樹、沙棠、琅玕、碧瑰之樹、玉李、玉瓜、玉桃，其實形如世間桃李，但爲光明洞徹而堅，須以玉井水洗之，便軟而可食。』」尋，古長度單位。八尺爲一尋。

〔四〕天飃二句：抱朴子祛惑：「每風起，珠玉之樹，枝條花葉，互相扣擊，自成五音，清哀動心。」天飃，天風。集韻：「飃，飄風貌。」

〔五〕一面二句：抱朴子祛惑：「又見崑崙山上，一面輒有四百四十門，門廣四里，内有五城十二樓。」宮譙，宮城上之譙樓，用以瞭望敵情。

〔六〕闕然句：抱朴子祛惑：「其神則有無頭子、倒景君、翕鹿公、中黄先生與六門大夫；張陽，字子淵，俠備玉闕，自不帶老君竹使符左右契者不得入也。」案：竹使符，古代官吏所攜之信符。漢書文帝紀：「初，與郡國守相銅虎符、竹使符。」注引應劭曰：「竹使符，皆以竹箭五枚，長五寸，鐫刻篆書，第一至第五。」此指神仙所佩信符。

〔七〕群仙四句：抱朴子祛惑謂蔡誕以失班龍罪見責，付崑崙山下鋤草，「當十年乃得原，會偓佺子、王喬諸仙來按行，吾守請之，並爲吾作力，且自放歸」。按行，巡行。世説新語賞譽下：「丞相（王導）治揚州廨舍，按行而言曰：『我正爲次道（何充）治此耳。』何少爲王公所重，故屢發此歎。」滯淫，長久廢置。國語晉語四：「底箸滯淫，誰能興之，盍速行乎？」注：「滯，廢也；淫，久也。」

〔八〕親朋二句：抱朴子祛惑：「初誕還，云從崑崙來，諸親故競共問之。」

〔九〕塵寰：人世間。唐李群玉送隱者歸羅浮詩：「自此塵寰音信斷，山川風月永相思。」

〔一〇〕嵚崟：見卷二泊吴興西觀音院注〔一三〕。此指崑崙山。

次韻黄冕仲寄題順興步雲閣〔一〕

故山無期大刀頭〔二〕，黄塵溽暑未罷休。步雲之篇忽我投〔三〕，便見冰玉懸清秋〔四〕。順興山川甲閩甌〔五〕，無風萬壑松颼颼〔六〕。步雲之人人品優，御風禦寇真其儔〔七〕。仙人乘槎凌斗牛〔八〕，回環十見天星周〔九〕。猿鶴忽驚空蕙帳〔一〇〕，周家正要磻溪望〔一一〕。

【箋注】

〔一〕本篇作於元祐八年癸酉（一〇九三）。黄裳演山集卷十五步雲閣記云：「昔予讀書順興北山之麓，南望一峯，有若遊龍之狀。……今置閣，由閣而下視，水天空闊，橋虹横絶，登臨之上，身勢高遠，如在雲漢間，此命閣之意也。」末署「元祐癸酉仲夏記」。又順興學記云：「順興，南劍之支邑。」案福建通志卷四十四順昌云：「步雲閣在水南鄉，元祐間知縣事俞偉建。」可知順興後改名順昌，今屬南平市。黄冕仲，延平（今福建南平）人。南平縣志卷十九列傳：「黄裳，字冕仲，一字道夫。爲諸生時常有冠天下志，博學多通，尤邃禮經。元豐五年進士第一，政和間知福州，累遷端明殿學士、禮部侍郎。……建炎中，年八十七卒。著有演山集六十卷。」宋詩紀事卷二八亦有小傳。考長編卷四二五，元祐四年四月甲子，「知大宗丞事黄裳爲校書郎」；又卷四五八載，元祐六年五月己巳：「詔校書郎黄裳供職及二年，爲集賢校理。」在此期間與少游同館。

〔二〕大刀頭：見卷二和王通叟琵琶夢注〔一〇〕。

〔三〕步雲之篇：指黄冕仲步雲閣詩原唱。

〔四〕冰玉：喻黄詩之意境清潤如冰玉。杜甫寄裴施州：「金鐘大鏞在東序，冰壺玉衡懸清秋。」

〔五〕閩甌：指福建，因境内有閩侯及甌寧二地，故云。

〔六〕無風句：杜甫王閬州筵奉酬十一舅惜别之作：「萬壑樹聲滿，千崖秋氣高。」

〔七〕御風禦寇：禦寇，即列禦寇，戰國時鄭人。漢劉向以爲與鄭穆公同時，道家尊之爲前輩。莊子逍遥遊：「夫列子御風而行，泠然善也。」

〔八〕乘槎：李商隱海客詩：「海客乘槎上紫氛，星羅罷織一相聞。」晉張華博物志卷三：「天河與海通，近世有人居海渚者，年年八月有浮槎去來不失期。人有奇志，立飛閣於槎上，多齎糧，乘槎而去。至一處，有城郭狀，居舍甚嚴。遥望宫中多織婦，見一丈夫牽牛渚次飲之。此人問：『此是何處？』答曰：『君還至蜀郡，訪嚴君平則知之。』後至蜀，問君平，曰：『某年月日，有客星犯牽牛宿。』計年月，正是此人到天河時也。」

〔九〕天星周：歲星十二周年在天空中循環一周，故稱十二年爲周星。南朝梁庾肩吾詠同泰寺浮圖詩：「周星疑更落，漢夢似今通。」回環十見天星周，謂一百二十年後仙人始乘槎歸來。

〔一〇〕猿鶴句：南齊孔稚珪北山移文：「至於還飇入幕，寫霧出楹；蕙帳空兮夜鶴怨，山人去兮曉猿驚。」

〔一一〕周家句：磻溪，在今陜西寶雞東南，相傳周初吕尚在此垂釣，文王出獵相遇，與語大悦，同載而歸，曰：「吾太公望子久矣！」因號爲太公望，立爲師。後佐武王伐殷，尊爲尚父，封於齊。

見史記齊太公世家及水經注渭水。此句謂朝廷正欲重用黄冕仲。

正仲左丞生日〔一〕

元氣鍾英偉〔二〕，東皇賦炳靈〔三〕。蓂敷十一莢〔四〕，椿茂八千齡〔五〕。汗血來西極〔六〕，搏風出北溟〔七〕。之無分襁褓〔八〕，詩禮學趨庭〔九〕。妙質珠遺海〔一〇〕，高材刃發硎〔一一〕。亟更芸閣祕〔一二〕，屢直瑣闈青〔一三〕。史筆開凡例，綸言正緯經〔一四〕。文昌頻曳履〔一五〕，京兆屢空囹〔一六〕。遂總臺綱紀，常參國典刑〔一七〕。兩宫隆眷遇〔一八〕，諸夏聳瞻聽〔一九〕。武略驅雷電，文鋒粲斗星。乞閑辭亢滿，分逸下青冥〔二〇〕。騎引雙朱服〔二一〕，腰横萬寶釘〔二二〕。明峯春矗矗，汝水暮泠泠〔二三〕。散策花間徑〔二四〕，揮犀水上亭〔二五〕。壺觴延墨客，燈燭按歌伶。周衮歸公旦〔二六〕，商巖夢武丁〔二七〕。久聞虚揆席〔二八〕，佇見返黄扃〔二九〕。別數汾陽考〔三〇〕，重鐫宋父銘〔三一〕。巍然廟堂上，永作世儀型〔三二〕。

【校】

〔十一莢〕「莢」原誤作「葉」，此從張本、胡本、李本、段本、王本、秦本、四部本。

〔儀型〕原作「儀形」，通，此從王本、四部本。

【箋注】

〔一〕本篇元祐五年庚午（一〇九〇）二月作。詩人玉屑卷十八引桐江詩話云：「少游汝南作教官日，郡將向宗回團練有登城詩，少游次韻兩篇。……又一歲，太守王左丞二月十一日生日，程文通諸人，前期袖壽詩草謁少游，問曰：『左丞生日，必有佳作。』少游以詩草示之，乃壓小青字韻俱盡。首云：（略）……諸人愕然相視，讀畢，俱不敢出袖中之草，唯唯而退。」案：正仲，王存字。存，潤州丹陽人，慶曆六年進士，歷祕書省著作郎，累遷龍圖閣直學士知開封府。元祐二年，拜尚書右丞；三年，遷左丞。續資治通鑑長編卷四二九云：「元祐四年六月甲辰，中大夫尚書左丞王存，爲端明殿學士，知蔡州。」宋史有傳。其生日爲二月十一日，當指元祐五年；至是歲六月，少游已離蔡入京。

〔二〕元氣：指精神。舊唐書柳公綽傳：「公度善攝生。……曰：『吾初無術，但未嘗以元氣佐喜怒。』」

〔三〕東皇句：東皇，司春之神。尚書緯：「春爲東皇，又爲青帝。」炳靈，顯赫之英靈。班固幽通賦：「系高頊之玄胄兮，氏中葉之炳靈。」此句切二月生日。

〔四〕蓂敷句：白虎通義封禪：「蓂莢者，樹名也，月一日一莢，生十五日畢，至十六日一莢去，故夾階而生，以明日月也。」竹書紀年帝堯陶唐氏：「有草夾階而生，月朔，始生一莢；月半，而生十五莢。十六日以後，日落一莢，及晦而盡。月小，則一莢焦而不落。名曰蓂莢。」此指正仲生日在(二月)十一日。

〔五〕椿茂句：莊子逍遥遊：「上古有大椿者，以八千歲爲春，八千歲爲秋。」

〔六〕汗血句：漢書武帝紀：「貳師將軍廣利斬大宛王首，獲汗血馬來，作西極天馬之歌。」注引應劭曰：「大宛舊有天馬種，蹋石汗血。汗從前肩髆出，如血，號一日千里。」

〔七〕搏風句：莊子逍遥遊：「北冥有魚，其名爲鯤。鯤之大，不知其幾千里也。化而爲鳥，其名爲鵬。……鵬之徙於南冥也，水擊三千里，摶扶摇而上者九萬里。」北溟，即北海。溟通「冥」。

〔八〕之無句：喻早慧。唐元稹白氏長慶集序：「樂天始言，試指之無二字，能不誤。」宋史本傳謂正仲「幼善讀書」，即指此。

〔九〕詩禮句：喻子承父教。論語季氏：「(孔子)嘗獨立，鯉趨而過庭。曰：『學詩乎？』對曰：『未也。』『不學詩，無以言。』鯉退而學詩。他日又獨立，鯉趨而過庭。曰：『學禮乎？』對曰：『未也。』『不學禮，無以立。』鯉退而學禮。」

〔一〇〕珠遺海：新唐書狄仁傑傳：「(仁傑)舉明經，調汴州參軍，爲吏誣訴。黜陟使閻立本召訊，異其才，謝曰：『仲尼稱觀過知仁，君可謂滄海遺珠矣。』」

〔一一〕刃發硎：莊子養生主：「今臣之刀十九年矣，所解數千牛矣，而刀刃若新發於硎。」

〔一二〕芸閣：古藏書之所，以所用芸香可辟蠹魚，故名。常指秘書省。劉知幾史通忤時：「蓬山之下，良直差肩；芸閣之中，英奇接武。」案宋史王存傳云：「治平中，入爲國子監直講，遷祕書省著作佐郎。」本句即指此。

〔一三〕瑣闈青：即青瑣闈，以押韻而倒裝。漢書元后傳：「曲陽侯根驕奢僭上，赤墀青瑣。」注：「青瑣者，刻爲連環文，而青塗之也。」後常指宫門。宋史本傳謂王存「歷館閣校勘、集賢校理、史館檢討、知太常禮院」，「在三館歷年」。本句指此。

〔一四〕史筆二句：綸言，即詔書。禮記緇衣：「王言如絲，其出如綸。」宋史本傳謂元豐二年，王存「以右正言、知制誥、同修國史兼判太常寺」，所奏多合神宗意。

〔一五〕文昌：官署名。唐武后光宅元年改尚書省爲文昌臺，又改爲文昌都省。因以文昌爲尚書省之別稱。白居易聞楊十二新拜省郎遥以詩賀：「文昌新入有光輝，紫界宫牆白粉闈。」宋史本傳謂存元祐二年拜尚書右丞，三年，遷尚書左丞，故云。

〔一六〕京兆句：京兆，漢京畿行政區，爲三輔之一，即今西安市以東至東陰縣地域。後世因稱京都爲京兆，此指汴京。空囹，監獄中無犯人。囹，囹圄。此指元豐五年正仲知開封府，政簡刑輕，「都人驩呼相慶」。

〔一七〕常參句：典刑，舊法、常規。詩大雅蕩：「雖無老成人，尚有典刑。」宋史本傳謂討論「四方奏讞大辟」時，正仲曰：「此祖宗制也，有司欲生之，而朝廷破例殺之，可乎？」又言：「比廢進士一科，參以詩賦，失先帝黜詞律、崇經術之意。」可見正仲參與討論國家法規之一斑。

〔一八〕兩宫：指哲宗與高太后。時高太后垂簾聽政。

〔一九〕諸夏：泛指中國。論語八佾：「夷狄之有君，不如諸夏之亡也。」

〔二〇〕乞閑二句：辭亢滿，辭去高位。亢滿，意爲極高。後漢書梁統傳論：「梁商稱爲賢輔，豈以其地居亢滿，而能以愿謹自終者乎？」案：長編卷四二八謂王存曾助范純仁營救蔡確，因而被劾。又卷四二九云：「元祐四年六月庚子朔，范純仁、王存並出居於外，上章乞罷。」是月甲辰，王存遂出知蔡州。以上二句指此。

〔二一〕騎引句：江少虞宋朝事實類苑卷二九：「故事，學士在内中，院吏朱衣雙引。」而宋代中央高級官員出任地方長官，亦有以朱衣人騎馬引路者。洪邁容齋三筆卷四：「唐瑑以司農少卿、王佐以中書檢正，皆暫兼權户侍，及出知湖、饒二州，悉用朱衣雙引，此數君皆失於討問典章，非故爲尊大也。陳居仁以大中集撰知鄂州，只用一朱衣。蓋在法：學士乃雙引，人以爲得體。」王存以諫蔡確而貶知蔡州，因本爲尚書左丞，品級甚高，故可用「雙朱服」引路。

〔二二〕萬寶釘：腰帶名。北史楊素傳：「大破達頭，優詔賜緞二萬匹，及萬寶釘帶。」

〔二三〕汝水：源出今河南魯山大盂山，注入淮河，見讀史方輿紀要卷四十六。宋時汝水流經蔡州城下。

〔二四〕散策：杖策散步。見卷四同子瞻參寥游惠山三首其三注〔九〕。

〔二五〕揮犀：古人清談時常揮麈尾或犀尾，以爲談助。宋鄧潤甫詩：「相期郡齋冷，清話看揮犀。」彭乘編録遺聞軼事及詩話文評之書，亦命曰墨客揮犀。

〔二六〕周衮句：公旦，即周公，姓姬名旦，周文王子。武王死，成王幼，周公攝政，制禮作樂。見史記魯周公世家。周衮，周代衮衣，上公所服。禮王制注：「三公八命衣，復加一命矣，則服龍衮。」

〔二七〕商巖句：見卷二寄題傅欽之草堂注〔七〕。

〔二八〕揆席：管理百事之職位，此指宰相。左傳文公十八年：「以揆百事，莫不時序。」

〔二九〕黄扃：即黄門，多指門下省。

〔三〇〕汾陽考：即中書二十四考，見卷一郭子儀單騎見虜賦注〔二五〕。

〔三一〕宋父銘：左傳昭公七年：「（孔丘）其祖弗父何，以有宋而授厲公，及正考父佐戴、武、宣，三命兹益共，故其鼎銘云：『一命而僂，再命而傴，三命而俯，循牆而走，亦莫余敢侮。饘於是，鬻於是，以餬余口。』」

〔三二〕儀型：即儀刑，猶言法式、模範。詩大雅文王：「儀刑文王，萬邦作孚。」

病犬〔一〕

犬以守禦用，老憊將何爲？踉蹌劣於行，纍然抱渴饑〔二〕。主人恩義易，勿爲升斗資〔三〕。黽勉不肯去〔四〕，猶若戀藩籬。屠膾意得逞，烹庖在須斯。糟糠固非意〔五〕，豚矢同一時〔六〕。念昔初得寵，青韁纏毬絲。飼養候饑飽，動止常相隨。胡云不終始？委逐在衰遲。犬死不足道，固爲主人悲。

【校】

〔勿爲〕張本作「乃爲」。

〔黽勉〕張本、胡本、李本、段本、王本、秦本作「追隨」。

〔豚矢〕張本、胡本、李本、段本、王本、秦本作「豚豕」。

〔纏毬絲〕張本「毬」作「𣰽」，較勝。

〔胡云〕原作「朝云」，據張本、王本改。

〔固爲〕王本、四部本「固」作「因」。

【箋注】

〔一〕本篇當與反初同作於元符元年戊寅（一〇九八），蓋以病犬爲喻，寫身世之感。

〔二〕纍然：疲憊失意貌。史記孔子世家：「孔子適鄭，與弟子相失，鄭人形容其『纍纍若喪家之狗』。」集解：「王肅曰：喪家之狗，主人哀荒，不見飲食，故纍然而不得意。孔子生於亂世，道不得行，故纍然不得志之貌也。」

〔三〕升斗資：謂微薄之供養。漢書梅福傳：「言可采取者，秩以升斗之禄。」

〔四〕黽勉：努力。詩邶風谷風：「黽勉同心，不宜有怒。」
〔五〕糟糠：粗糲食物。韓非子五蠹：「故糟糠不飽者，不務粱肉；短褐不完者，不待文繡。」
〔六〕豚矢：豬糞。

贈女冠暢師〔一〕

瞳人剪水腰如束〔二〕，一幅烏紗裹寒玉〔三〕。飄然自有姑射姿〔四〕，回看粉黛皆塵俗〔五〕。霧閣雲窗人莫窺〔六〕，門前車馬任東西〔七〕。禮罷曉壇春日靜〔八〕，落紅滿地乳鴉啼〔九〕。

【箋注】

〔一〕女冠：即女道士。舊唐書則天皇后紀：「僧尼處道士女冠之前。」宋史徽宗紀：「宣和元年，詔改女冠爲女道。」蔡正孫詩林廣記後集卷八引桐江詩話云：「暢姓惟汝南有之，其族尤奉道。男女爲黄冠者，十之八九。時有女冠暢道姑，姿色妍麗，神仙中人也。少游挑之不得，乃作詩云。」據秦譜，少游時爲蔡州教授，當即元祐中作於蔡州。
〔二〕瞳人句：瞳人，瞳孔。唐李賀唐兒歌：「骨重神寒天廟器，一雙瞳人剪秋水。」腰如束，宋玉登徒子好色賦：「腰如束素，齒如含貝。」謂腰細如束素帛。

〔三〕寒玉：玉質清涼，故云。僧貫休題淮南惠照寺律師院詩：「儀冠凝寒玉，端居似沃州。」此喻美人形象之清俊，猶冰肌玉骨。

〔四〕姑射姿：莊子逍遥遊：「藐姑射之山，有神人居焉，肌膚若冰雪，綽約若處子。」

〔五〕回看句：白居易長恨歌：「回眸一笑百媚生，六宫粉黛無顔色。」此用其意。

〔六〕霧閣雲窗：喻居處之深幽。韓愈華山女詩：「雲窗霧閣事慌惚，重重翠幔深金屏。」

〔七〕門前句：白居易琵琶行：「門前冷落車馬稀，老大嫁作商人婦。」

〔八〕禮罷曉壇：指道教之齋戒儀式。據洞玄靈寶五感文云，齋戒前須築壇三層。隋書經籍志則謂先要齋戒沐浴，斷葷腥，然後入壇，「陳説愆咎，告白神祇」。杜光庭太上黄籙齋儀卷一分爲早、中、晚三次：早曰「清旦得道儀」，午曰「中分行道儀」，晚曰「落景行道儀」。此指第一次。

〔九〕落紅句：陳後主玉樹後庭花詩：「花開花落不長久，落紅滿地歸寂中。」此處以景結情，饒有餘味。

【彙評】

陳衍宋詩精華録卷二：末韻不著一字，而濃豔獨至，桐江詩話以此道姑爲神仙中人，殆不虚也。

和子瞻雙石〔一〕

天鑱海濱石，鬱若龜毛緑〔二〕。信爲小仇池〔三〕，氣象宛然足。連巖下空洞，鼎張彭亨腹〔四〕。雙峯照清漣，春眉鏡中蹙〔五〕。疑經女媧鍊〔六〕，或入金華牧〔七〕。鑪熏充雲氣〔八〕，研滴當川瀆〔九〕。尤物足移人〔一〇〕，不必珠與玉。道傍初無異，漢將疑虎伏〔一一〕。支機亦何據？但出君平卜〔一二〕。奇礓入華林，傾都自追逐〔一三〕。我願作陳那，令吼震山谷〔一四〕。一拳既在夢〔一五〕，二駒空所欲〔一六〕。大士捨寶陀〔一七〕，仙人遺句曲〔一八〕。惟詩落人間，如傳置郵速〔一九〕。

【箋注】

〔一〕本篇元祐七年壬申（一〇九二）作於汴京。東坡雙石詩序云：「至揚州，獲二石，其一緑色，岡巒迤邐，有穴達於背；其一正白可鑑。漬以盆水，置几案間，忽憶在潁州日夢人請住一官府，榜曰『仇池』，覺而誦杜子美詩曰：『萬古仇池穴，潛通小有天。』乃戲作小詩，爲僚友一笑。」案施宿東坡先生年譜繫此詩於元祐七年，又蘇詩總案卷三十五引東坡揚州謝上表，謂三月十六日到任。少游和詩，當在其後不久。

〔二〕鬱若句：謂石色如緑毛龜。本草緑毛龜：「釋名：緑衣使者。集解：時珍曰：『緑毛龜出南陽之內鄉及唐縣，今惟蘄州以充方物。……南齊書載，永明中有獻青毛神龜者，即此也。』」宋王質林泉結契卷五：「緑毛龜，殼褐，皆生緑毛如青苔，甚小，菖蒲盆豢之，可觀。」

〔三〕仇池：山名，在今甘肅成縣西，一名瞿堆。舊唐書地理志云，成州南八十里有仇池山，其上有百頃地，可處百家。下有地穴，通小有洞天。蘇軾雙石詩：「一點空明是何處？老人真欲住仇池。」

〔四〕鼎張句：韓愈石鼎聯句詩有軒轅彌明「豕腹漲彭亨」句，張通脹，一通漲。東魏高湛養生論：「尋常飲食，每令得所，多餐令人彭亨短氣。」此喻雙石中空如大腹。

〔五〕雙峯二句：寫雙石「漬以盆水」之狀。春眉，西京雜記卷二：「文君姣好，眉色如望遠山。」此反喻水中石影如眉。

〔六〕女媧鍊：謂女媧煉石補天。淮南子覽冥訓：「女媧煉五色石以補蒼天。」

〔七〕金華牧：金華牧羊兒，驅白石爲羊，事見卷五次韻奉酬丹元先生注〔二〕。

〔八〕鑪熏充雲氣：群書札記博山鑪引李白詩「博山鑪中沉香火，雙烟一氣凌紫霞」，並案曰：「博山鑪，上廣下狹，削成而四方。……考古圖：博山鑪，象海中博山，下盤貯湯，潤氣蒸香，象海之四環。」此喻雙石。

〔九〕研滴：即硯滴，滴水於硯之具。雲林石譜：「鼎州祈闍山出石，其質磊魄，大小圓匾，外多霑綴碎石，滌盡黄土即空虛，間有小如拳者，可貯水爲硯滴。」

〔一〇〕尤物：珍貴之物。左傳昭公二十八年：「夫有尤物，足以移人。」

〔一一〕漢將句：漢書李廣傳：「廣居右北平，出獵，見草中石，以爲虎而射之，中石没羽，視之，石也。他日射之，終不能入矣。」

〔一二〕支機二句：集林：「有人尋河源，見婦人浣紗，問之，曰：『此天河也。』乃與一石而歸。問嚴君平。君平曰：『此織女支機石也。』」

〔一三〕奇礓二句：南史到溉傳：「溉第居近淮水，齋前山池有奇礓石，長一丈六尺。帝戲與賭之，並禮記一部。溉並輸焉。……石即移置華林園宴殿前。移石之日，都下傾城縱觀，所謂『到公石』也。」

〔一四〕我願二句：見卷五題楊康功醉道士石注〔一一〕。

〔一五〕一拳：一塊小石頭。白居易太湖石記：「百仞一拳，千里一瞬。」

〔一六〕二駒：喻石如馬駒。

〔一七〕大士句：大士，即觀音菩薩。寶陀，巖名，一名落伽山，相傳爲觀音住處，在今浙江普陀山東南。

〔一八〕句曲：山名，又名己山、地肺山，在江蘇句容。相傳漢茅盈、茅固、茅衷在此處修道，故又稱茅山。道家稱爲「金壇華陽之洞天」。

〔一九〕置郵：謂驛站。孟子公孫丑上：「孔子曰：『德之流行，速於置郵而傳命。』」此句稱蘇詩流傳迅速。

【附】

蘇軾僕所藏仇池石希代之寶也王晉卿以小詩借觀意在於奪僕不敢不借然以此詩先之：海石來珠浦，秀色如蛾綠。坡陀尺寸間，宛轉陵巒足。連娟二華頂，空洞三茅腹。初疑仇池化，又恐瀛洲蹙。殷勤嶠南使，饋餉揚州牧。得之喜無寐，於汝交不瀆。盛以高麗盆，藉以文登玉。幽光先五夜，冷氣壓三伏。老人生如寄，茅舍久未卜。一夫幸可致，千里常相逐。風流貴公子，竄謫武當谷。見山應已厭，何事奪所欲。欲留嗟趙弱，寧許負秦曲。傳觀慎勿許，間道歸應速。

徐得之閑軒〔一〕

建安自古多俊髦〔二〕，徐子磊落尤其豪。論兵説劍走湖海〔三〕，身勤事左無所遭。緑林五校已屠膾〔四〕，黑衣三衛羞徒勞〔五〕。歸來故山便卜築〔六〕，脱棄萬事輕鴻毛。横前澗水漱哀玉〔七〕，傍舍老櫪藏飛猱〔八〕。山蔬何用媿粱肉〔九〕？鶴氅未必輸青袍〔一〇〕。追寒弄月有真意〔一一〕，慎勿輕語傳兒曹。

【校】

〔緑林〕「林」原作「水」，據王本、四部本改。

〔梁肉〕「粱」原誤作「梁」,據王本改。

【箋注】

〔一〕本篇王本、四部本攷證云:「詩亦載參寥子集。」案:四庫本參寥子詩集卷五題作寄題徐德之先生閑軒,内容相同,唯「緑水」作「緑林」,「媿」作「羨」,「寒」作「雲」。然淮海集卷三十八有閑軒記,可證詩非參寥子作,應爲少游作。據少游閑軒記云:「君將歸而老焉,而求記於高郵秦觀。」宋元學案補遺卷九九徐北山先生大正:「徐大正,字得之,甌寧人,嘗赴省試。……元祐中,東坡見之,遂與定交。嘗築室北山下,名閑軒,秦少游爲之記,坡爲賦詩,人以北山學士呼之。」王文誥蘇詩總案卷二十六云:元豐八年(一〇八五)八月二十七日,蘇軾赴登州,「徐大正追送於淮上,遂同行」。又云,九月四日,有和徐大正韻送別詩及與徐大正書,詩題下自注:「將赴登州,同舟至山陽,以詩見送,留別。」書云:「來日離此,水甚慳澀,不知趁得十五日上否?」據此,徐得之將歸老閑軒,求記於少游,當在元豐八年九月下旬前後。

〔二〕建安句:建安,舊縣名,治所在今福建建甌縣。俊髦,才能出衆之人。

〔三〕論兵句:本集卷三十八閑軒記:「君雖少舉進士,而便馬善射,慷慨有氣略,天下奇男子也。」本句即指此。

〔四〕緑林句:漢書王莽傳:「南郡張霸、江夏羊牧、王匡等起雲杜緑林,號下江兵。」後漢書光武紀建武二年：「秋，帝自將征五校。丙辰，幸内黄，大破五校於羛陽，降之。」已屠膾，當指此。

〔五〕黑衣三衛：黑衣，衛士之戎服。戰國策趙策：「願令補黑衣之數，以衛王宮。」三衛，宋代亦稱掌宮廷禁衛之三衙爲三衛。歐陽修歸田録卷一：「舊制：侍衛親軍與殿前分爲兩司。自侍衛司……置馬軍指揮使、步軍指揮使以來，侍衛一司，自分爲二，故與殿前司列爲三衙也。」

〔六〕歸來句：蘇軾與徐得之云：「定省之暇，稍葺閑軒，簞瓢雞黍，有以自娱，想無所慕於外也。閩中多異人，得之不爲簪組所縻。」少游閑軒記：「建安之北，有山巋然與州治相直，曰北山。山之南有澗，澗之南有横阜。背山而面阜，據澗之北濱，有屋數十楹，則東海徐君大正燕居之地也。其名曰閑軒。」故山，指北山。

〔七〕哀玉：杜甫又於韋處乞大邑瓷盌詩：「大邑燒瓷輕且堅，扣如哀玉錦城傳。」此喻澗水聲之淒清。參見箋注〔六〕。

〔八〕飛猱：猱，猿類。曹植白馬篇：「仰手接飛猱，俯身散馬蹄。」

〔九〕山蔬句：潛夫論實貢：「粱飯食肉，有好於面目，而不若糲粢、藜烝之可食於口也。」陶淵明有會而作：「菽麥實所羨，孰敢慕甘肥！」詩意近之。

〔一〇〕鶴氅句：鶴氅，折羽爲裘，襹褷似鶴，隱者所服。世説新語企羡：「孟昶未達時，家在京口，嘗見王恭乘高輿，被鶴氅裘，於時微雪，昶於籬間窺之，歎曰：『此真神仙中人！』」青袍，唐制官八、九品服青,故以青袍指官職卑微。杜甫徒步歸行:「青袍朝士最困者,白頭拾遺徒步歸。」

〔二〕弄月:謝靈運石門巖上宿詩:「暝還巖際宿,弄此石上月。」

雷陽書事三首〔一〕

其一

駱越風俗殊〔二〕,有疾皆勿藥〔三〕。束帶趨祀房〔四〕,用史巫紛若〔五〕。絃歌薦繭栗〔六〕,奴主洽觴酌。呻吟殊未央〔七〕,更把雞骨灼〔八〕。

【校】

〔三首〕原無此二字,此從李本。

〔其一〕此爲箋注者所加。下同。

〔用史〕張本、胡本、李本、段本、王本、秦本、四部本俱作「瞽史」。

【箋注】

〔一〕三首皆元符二年己卯(一〇九九)作於雷州。秦譜云:是歲「先生自横州徙雷州。先是子由自筠州徙雷州，是時已改循州，故不相及。而子瞻尚在瓊州。瓊雷隔海而實近，子瞻寄子由詩云：『莫嫌瓊雷隔雲海，聖恩尚許遥相望。』故先生至是，復得與蘇公通問，不至寂寂如横州時矣。先生作雷陽書事三首，又作海康書事十首。」案：本詩第一首、第三首别見東坡續集卷一雷州八首内。清查慎行案曰：「右五言古詩八首，皆秦少游作也。按淮海集中有雷陽書事三首，今『越嶺風俗殊』、『舊時日南郡』乃其二。又有海康書事十首，今『白髮坐鈎黨』、『荔子無幾何』、『下居近流水』、『培塿無松柏』、『粤女市無常』、『海康臘己酉』，乃其六。先生遠謫海外，不應云『南遷海瀕州』。其與子由相遇，同行至雷，僅留月餘。一忽忽過客，豈有灌園鋤口之事？且計先生過雷渡海在五六月間，今詩中一則曰『籬落秋暑内』，再則曰『黄甘遽如許』，三則曰『海康臘己酉』，四則曰『東風已如雲』：細玩詩意，皆謫居此地，自夏徂秋，背冬涉春，感時記事之辭，斷斷非東坡作。考之宋文鑑第二十卷中所選海康書事五首，亦以爲秦作。無疑也。八章，施氏原本不載，新刻載續集上卷。今爲駁正。」查説是。雷陽，即雷州，宋時屬廣南西路，治所在海康。時張逢爲雷州守，蘇轍謫居雷州，蘇軾經雷渡海貶儋州，皆得張逢之助。紹聖四年七月，軾有簡與張朝請云：「兄弟流落，同造治下，蒙不鄙遺，眷待有加，感服高誼」。少游當亦受其惠，惜未見著録。其地突入海中，介南海與東京灣之間，今稱雷州半島。南與海南島隔海相望。兩島之間爲瓊州海峽。

〔二〕駱越：古部族名，爲百越之一。漢書賈捐之傳：「駱越之人，父子同川而浴，相習以鼻飲。」

四庫全書百越先賢志提要：「牂柯西下，邕雍綏建，故駱越也。」

〔三〕有疾句：出易无妄：「无妄之疾，勿藥有喜。」注：「无妄之至也，如是而有疾，勿藥而自愈矣。」此句則謂當地風俗有疾皆勿藥而信巫。太平寰宇記卷一六九瓊州：「病無藥餌，但烹羊犬祀神而已。」

〔四〕祀房：指祭祀鬼神之寺廟。

〔五〕用史句：語出易巽：「巽在牀下，用史巫紛若，吉，无咎。」孔穎達正義：「史謂祝史，巫謂巫覡，並是接事鬼神之人也。紛若者，盛多之貌。」

〔六〕弦歌句：謂祭祀時奏樂，并薦以小牛角。敬齋古今黈：「古詩三百五篇，皆可聲之琴瑟，口詠其辭，而以琴瑟和之，所謂弦歌也。」此恐與雷守有關。薦繭栗：謂以小牛祭享。禮王制：「祭天地之牛角繭栗。」注：「繭栗，言角之小，如繭及栗之形也。」

〔七〕未央：未盡。

〔八〕雞骨灼：即雞骨卜，古代南方少數民族一種迷信。漢書郊祀志：「粤人勇之乃言：『粤人俗鬼，而其祠皆見鬼，數有效。……』乃命粤巫立粤祝祠，安臺無壇；亦祠天神、帝、百鬼，而以雞卜。上信之，粤祠雞卜自此始用。」宋范成大桂海虞衡志：「雞卜，南人占法，以雄雞雛執其兩足，焚香禱所占，撲雞殺之，以拔兩股骨浄洗，線束之。以竹筳插束處，使兩骨相背於筳端，執竹再祝。」

其二

一笛一腰鼓，嗚聲甚悲涼。借問此何爲？居人朝送殤〔一〕。出郭披莽蒼〔二〕，磨刀向猪羊〔三〕。何須作佳事，鬼去百無殃。

【箋注】

〔一〕送殤：爲未成年而死者送葬。

〔二〕莽蒼：郊野之色。莊子逍遥遊「適莽蒼者」，成玄英疏：「莽蒼，郊野之色，遥望之不甚分明也。」

〔三〕磨刀句：古樂府木蘭辭：「磨刀霍霍向豬羊。」

其三

舊傳日南郡〔一〕，野女出成群。此去尚應遠，東門已如雲〔二〕。蚩氓託絲布，相就通慇懃〔三〕。可憐秋胡子〔四〕，不遇卓文君〔五〕。

【箋注】

〔一〕日南郡：後漢書郡國志「日南郡」，注：「秦象郡，武帝更名，屬交州刺史所部。」治所在西捲（今越南境内），此指今廣東一帶。

〔二〕東門句：詩鄭風出其東門：「出其東門，有女如雲。」

〔三〕蚩氓二句：詩衛風氓：「氓之蚩蚩，抱布貿絲。匪來貿絲，來即我謀。」傳：「氓，民也。蚩蚩者，敦厚之貌。布，幣也。」箋云：「幣者所以貿買物也。季春始蠶，孟夏賣絲。」慇懃，通殷勤，誠摯的情意。漢繁欽定情詩：「何以致殷勤，約指一雙銀。」二句謂粵俗在貿易中互通戀情。

〔四〕秋胡子：列女傳卷五：「潔婦者，魯秋胡子妻也。既納之五日，去而宦於陳。五年乃歸，未至家，見路旁婦人採桑。秋胡子悦之。……謂曰：『力田不如逢少年，力桑不如見國卿。吾有金，願以與夫人。』婦人曰：『嘻！夫採桑力作，紡績織紝，以供衣食，奉二親，養夫子。吾不願金！所願卿無有外意，妾亦無淫泆之志。收子之齎與笥金。』秋胡子遂去，至家，奉金遺母。使人唤婦至，乃嚮採桑者也。秋胡子慚。……（妻）投河而死。」

〔五〕卓文君：見卷五和東坡紅鞓帶注〔二〕。二句謂多情男子未遇多情女子。

海康書事十首〔一〕

其一

白髮坐鈎黨〔二〕，南遷海瀕州〔三〕。灌園以餬口〔四〕，身自雜蒼頭〔五〕。籬落秋暑中，碧花蔓牽牛〔六〕。誰知把鋤人，舊日東陵侯〔七〕？

【箋注】

〔一〕據秦譜，此十首元符二年己卯（一〇九九）作於海康。其一至其六別見蘇詩補遺雷州八首內，并見馮應榴輯注東坡詩集卷四九。馮本引查慎行曰：「宋史秦觀傳：紹聖初，坐黨籍，出通判杭州。以增損實録，貶監處州酒税，繼削秩徙郴州，編管横州，又徙雷州。徽宗立，放還。」據此，查氏已認爲以上六首非東坡所作。另查氏在蘇詩雷州八首案語中也指出此六首爲秦少游作無疑，詳見雷陽書事三首其一箋注〔一〕。又清王敬之小言集枕善居雜説海康書事十首案：「宋史本傳：少游編管横州，徙雷州。曲洧舊聞：『東坡先生嘗語子過曰：有自雷州來者，遞至少游所惠詩書滿幅。近居蠻夷，得此如在齊聞韶也。』邵子湘重訂王宗稷東坡年譜：紹聖四年，東坡由惠州安置責授瓊州别駕，昌化軍安置，引東坡和陶移居詩叙，下云：有雷州詩八首。案：和陶詩叙云：『余謫海南，子由亦謫雷州，五月十一日相遇於藤，同行至雷。六月十一日，相别渡海。』蓋居雷在仲夏、季夏間，而雷州詩中乃云『秋暑』，云『移寒暑』，云『臘己酉』，與叙語不合。其非東坡詩顯然。」海康，縣名，宋時爲雷州治所。嘉慶海康縣志卷二：「府城始南漢乾亨間……宋淳化五年知軍事楊維新增子城，周回一百四十步。」又云：「府治舊在特侶塘。唐天寶中遷度歷村，尋歸舊地，後梁遷平樂白院村，南漢仍遷特侶塘舊址，後又遷古海康。」

〔二〕鉤黨：謂相牽連爲同黨。後漢書靈帝紀：「中常侍侯覽諷有司，奏前司空虞放、太僕杜密……皆爲鉤黨，下獄，死者百餘人。」昭明文選范曄宦者傳論李周翰注：「鉤黨，謂鉤取諫者同類，使轉相誣謗而殺之也。」此指坐元祐黨籍。

〔三〕南遷句：海瀕州，嘉慶雷州府志卷十八鄧宗齡新築東河記：「雷濱海而郡，山勢蜿蟺自西北直趨而南，大海環繞其前。」此句謂自横州編管雷州。嘉慶雷州府志卷十一流寓傳云：「秦觀字少游，有詩名，與蘇軾友善，爲太學博士，以軾薦，至編修國史。章惇誣其增損實録，貶雷州。同時流徙者一百二十人，且立碑端禮門，謂之『邪黨』。」案誣少游增損神宗實録者爲劉拯，非章惇也。

〔四〕灌園句：漢書鄒陽傳：「於陵子仲辭三公，爲人灌園。」左傳隱公十一年：「使餬其口於四方。」

〔五〕蒼頭：漢書鮑宣傳：「蒼頭廬兒，皆用致富。」顔師古注引孟康曰：「漢名奴爲蒼頭，非純黑，以别於良人也。」後作僕隸之通稱。

〔六〕牽牛：花名，子能入藥。名醫别録：「牽牛子，此藥始出田野人牽牛謝藥，故以名之。」少游有詩咏之。

〔七〕東陵侯：漢書蕭何傳：「召平者，故東陵侯，秦破，爲布衣，貧，種瓜於長安城東。」

其二

茘子無幾何，黄柑遽如許。遷臣不惜日，恣意移寒暑。層巢俯雲木〔一〕，信美非吾土〔二〕。草芳自有時，鶗鴂何關汝〔三〕！

【箋注】

〔一〕層巢句：張華博物志卷一：「南越巢居。」路史黄帝紀：「冬則營窟，夏則居層巢以避難。」周去非嶺外代答風土門：「巢居：深廣之民，結栅以居，上設茅屋，下豢牛豕。……無乃上古巢居之意歟？」先生蓋嘗巢居於山，故云。

〔二〕信美句：見卷三春日雜興十首其六注〔一一〕。

〔三〕草芳二句：鶗鴂：俗稱催明鳥，春分始見，先雞而鳴，一名夏雞。韓偓春恨詩：「殘夢依依酒力餘，城頭鶻鵃伴啼烏。」案：此二句暗用屈原離騷：「恐鵜鴂之先鳴兮，使夫百草爲之不芳。」蓋有所寄託。

其三

卜居近流水，小巢依嶔岑〔一〕。終日數椽間，但聞鳥遺音〔二〕。鑪香入幽夢，海月明孤斟〔三〕。鷦鷯一枝足〔四〕，所恨非故林。

【箋注】

〔一〕小巢句：隋書地理志下：「自嶺已南二十餘郡……巢居崖處，盡力農事。」嶔岑，高險之山峯。漢淮南小山招隱士賦：「嶔岑崎嶬兮，磩磳硊硊。」

〔二〕鳥遺音：宋張方平和叔平少師見示知足吟談宗旨也詩：「忽忽歲窮駒度隙，塵塵事過鳥遺音。」

〔三〕海月句：化用唐李白月下獨酌詩：「舉杯邀明月，對影成三人。」蘇軾次韵劉貢父所和韓康公持國二首之二：「已托西風傳絶唱，且邀明月伴孤斟。」

〔四〕鷦鷯句：見卷五送蔡子驤用蔡子駿韻注〔一七〕。

其　四

培塿無松柏〔一〕，駕言出焉遊〔二〕？讀書與意會，却掃可忘憂〔三〕。尺蠖以時詘，其信亦非求〔四〕。得歸良不惡，未歸且淹留。

【箋注】

〔一〕培塿：小土丘。本作「部婁」，左傳襄公二十四年：「部婁無松柏。」世説新語方正：「王丞相初在江左，欲結援吴人，請婚陸太尉。對曰：『培塿無松柏，薰蕕不同器。……』」注：「杜預左傳注曰：『培塿，小阜；松柏，大木也。』」

〔二〕駕言句：詩邶風泉水：「駕言出遊，以寫我憂。」

〔三〕却掃：喻謝絶交游。後漢書趙壹傳：「閉關却掃，非德不交。」

〔四〕尺蠖二句：易繫辭下：「尺蠖之屈，以求信也。」此處少游之意與易略異，謂屈時未必求伸，反映他對能否「得歸」信心尚不足。尺蠖，蛾之幼蟲。郝懿行爾雅義疏釋蟲：「其行先屈後伸，如人布手知尺之狀，故名尺蠖。」詘，屈也。信，伸也。

其五

粵女市無常，所至輒成區〔一〕。一日三四遷，處處售蝦魚〔二〕。青裙脚不襪〔三〕，臭味猿與狙〔四〕。孰云風土惡？白州生緑珠〔五〕。

【校】

〔白州〕蘇詩作「白洲」。

【箋注】

〔一〕粵女二句：周去非嶺外代答蠻俗門：「余觀深廣之女何其多且盛也。……城廓墟市，負販逐利，率婦人也。」

〔二〕一日二句：承上句而言，謂買賣無固定場所，流動遷徙。漢劉楨贈徐幹詩：「起坐失次第，一日三四遷。」蝦魚，即鰕魚，蘇詩合註引廣志：「鰕魚，類土鮒而腮紅，若虎，善食鰕。俗謂之新婦魚，一名鰕虎。」范成大桂海虞衡志蟲魚：「蝦魚出離水，肉白而豐，味似蝦而鬆美。」

〔三〕青裙句：寫粵女裝束。太平御覽卷七八〇引臨海水土志：「夷州（即今台灣省）……男女悉無履。」雷州習俗亦如之。

〔四〕狙：獸名，猿猴之類。莊子徐無鬼：「吴王浮於江，登乎狙之山，衆狙見之，恂然棄而走，逃於深蓁。」

〔五〕白州句：白州，宋時屬廣南西路，今廣西博白縣。緑珠，晉石崇歌妓。趙王倫嬖臣孫秀遣甲士逮崇，緑珠墜樓而死。周去非嶺外代答卷十緑珠井：「鬱林州博白縣，古白州也，晉石崇妾緑珠實生焉，有井名緑珠，云其鄉飲是，多生美女。」

其 六

海康臘己酉〔一〕，不論冬孟仲。殺牛撾祭鼓〔二〕，城郭爲沸動。雖非堯曆頒，自我先人用〔三〕。大笑荆楚人〔四〕，嘉平獵雲夢〔五〕。

【箋注】

〔一〕臘己酉：查注蘇詩云：「羅璧識遺引玉燭寶典云：『臘祭先祖，蜡祭百神。』唐貞觀初，丑蜡百神，辰臘宗廟。至開元定禮，始蜡、臘同日。宋依和峴之議，二祭同戌日。』今曰『臘己酉』，蓋不遵宋制也。」

〔二〕撾祭鼓：撾，擊。荆楚歲時記：「諺云：『臘鼓鳴，春草生。』村人並鼓細腰鼓，戴胡頭以逐疫。」此言殺牛擊鼓祭竈。

〔三〕雖非二句：堯曆，指帝堯時曆法。林益五里同色賦：「同色已傳於堯曆，聚井更弭於漢兵。」

馮應榴注蘇詩引後漢書陳寵傳：「曾祖父咸，成哀間爲尚書，王莽篡位，謝病不仕，猶用漢家祖臘，曰：『我先人豈知王氏臘乎？』」此言粤人用其先人傳統節日，而不遵當時曆法。

〔四〕荆楚：詩商頌殷武：「撻彼殷武，奮伐荆楚。」傳：「荆楚，荆州之楚國也。」此指今湖南、湖北一帶。

〔五〕嘉平句：嘉平，指臘月。見本卷反初注〔七〕。雲夢，古澤名。書禹貢：「雲土夢作乂。」疏：「司馬相如子虚賦云：雲夢者，方八九百里，此澤跨江南北。每處名存焉，亦得單稱雲、單稱夢。」沈括夢溪筆談辯證二：「左傳曰：『鄭伯如楚，王以田江南之夢。』杜預注云：『楚之雲夢，跨江南北。』曰江南之夢，則雲在江北明矣。元豐中，予自隨州道安陸入於漢古，有景陵主簿郭思者，能言漢沔間地理，亦以爲江南爲夢，江北爲雲，予以左氏驗之，思之説信然。」

其七

粲粲菴摩勒〔一〕，作湯美無有。上客賦驪駒，玉奩開素手〔二〕。那知蒼梧野〔三〕，棄置同蜀狗〔四〕。荆山玉抵鵲〔五〕，此事繇來久。

【箋注】

〔一〕菴摩勒：果名，形似胡桃，大者直徑寸許，食之先苦後甘。亦名菴摩羅、無垢果。維摩經弟子品肇注：「菴摩勒果，形似檳榔，食之除風冷。」今名油柑。

〔二〕上客二句：謂此果於中原地區極珍貴，藏於玉奩，上客臨别始饗之。驪駒，逸詩篇名，客欲去時歌之，詞曰：「驪駒在門，僕夫具存。驪駒在路，僕夫整駕。」見漢書王式傳注。

〔三〕蒼梧：郡名，漢置，宋爲梧州蒼梧郡，屬廣南西路。今爲廣西蒼梧縣。此泛指嶺南地區。

〔四〕芻狗：古代迷信，結草爲狗，用於祭祀，祀畢即棄去。老子：「天地不仁，以萬物爲芻狗；聖人不仁，以百姓爲芻狗。」此喻物之賤。

〔五〕荆山句：太平寰宇記：「卞和得玉於楚荆山。」漢桓寬鹽鐵論：「崑山之下，以玉璞抵鵲。」此句合二事言之，謂玉多不爲寶，用以擲鵲。

其八

裔土桑柘希〔一〕，蠶月不紡績〔二〕。吴綃與魯縞〔三〕，取具舸船客〔四〕。一朝南風發〔五〕，家室相怵迫。半賈鬻我藏，倍稱還君息〔六〕。

【校】

〔舸船客〕「舸」原作「艄」，字書無此字，從王本、四部本。

【箋注】

〔一〕裔土：荒遠之邊地。國語周語：「余一人其流辟旅於裔土，何辭之有與？」

〔二〕蠶月：夏曆四月。詩豳風七月：「蠶月條桑，取彼斧斨。」江淹擬陶徵君潛歸田園居詩之六：「但願桑麻成，蠶月得紡績。」

〔三〕吴綃句：吴綃，吴地所産之生絲繒。唐陸龜蒙聖姑廟詩：「蜀綵駁霞碎，吴綃盤霧匀。」魯縞，魯國所産細絹。漢書韓安國傳：「强弩之末，力不能入魯縞。」注：「縞，素也，曲阜之地，俗善作之，尤爲輕細，故以取喻也。」

〔四〕舠船：廣雅釋水：「舠，舟也。」王念孫疏證：「初學記引周遷輿服雜事云：欲輕行則乘海舠。舠，合木船也。」又稱舠艚船，李白江行寄遠「刳木出吴楚」，王琦注引蕭士贇曰：「張騫乘槎，乃刳全木爲之，今沅湘中有此，名爲舠艚船。」

〔五〕南風發：即「其九」之「颶風發」，當指熱帶風暴與颱風。

〔六〕半賈二句：半賈，即半價。倍稱，借一還二。晁錯論貴粟疏：「當具有者半賈而賣；亡者取倍稱之息。」

其九

一雨復一暘，蒼茫颶風發〔一〕。怒號兼晝夜，山海爲顛蹶。云何大塊噫〔二〕，乃爾不可遏？黎明衆竅虚〔三〕，白日麗空闊。

【箋注】

〔一〕颶風：南越志：「熙安間多颶風。颶者，具四方之風也。一曰懼風，言怖懼也，常以六七月發。」海康縣志卷一：「雷郡濱海，近郭東南平疇數萬頃……颶風時作鹹潮，漲溢田禾。」

〔二〕大塊噫：莊子齊物論：「夫大塊噫氣，其名爲風。是唯無作，作則萬竅怒呺。」

〔三〕衆竅虚：莊子齊物論：「厲風濟，則衆竅爲虚。」濟，止也。竅，自然界之孔隙。

其十

合浦古珠池，一熟胎如山〔一〕。試問池邊蜑〔二〕，云今累年閑。豈無明月珍？轉徙溟渤間。何關二千石，時至自當還〔三〕。

【箋注】

〔一〕合浦二句：合浦，地名，宋時屬雷州徐聞縣，今在廣東海康。明王士性廣志繹卷四：「珠池在合浦東南百里海中，有平江、青嬰等三數池，皆大蚌所生也。海水雖茫茫無際，而魚鰕蛤蚌，其産各有所宜；抑水土使然，故珍珠舍合浦不生他處。其生猶兔之育，惟視中秋之月，月明則下種多，昏暗則少。海中每遇萬里無雲，老蚌曬珠之夕，海天半壁閃如艴霞，咸珠光所照也。」

〔二〕蜑：蜑人，古閩粵一帶少數民族，舟居穴處，以捕魚採珠爲業。唐宋以來編立户籍，採珠者稱烏蜑户，亦稱龍户。陳師道後山叢談：「二廣居山谷間不隸州縣謂之猺人，舟居謂之蜑人，島上謂黎人。」

〔三〕豈無四句：明月珍，指圓浄晶瑩之珍珠。後漢書孟嘗傳：「遷合浦太守，郡不産穀食，而海出珠寶，與交阯比境，常通商販，貿糴糧食。先時宰守，並多貪穢，詭人採求，不知紀極。珠遂漸徙於交阯郡界。於是行旅不至，人物無資，貧者死餓於道。嘗到官，革易前敝，求民病利。曾未踰歲，去珠復還。」溟渤，溟海與渤海。常泛指大海。南朝宋鮑照代陸平原君子有所思詩：「築山擬蓬壺，穿地類溟渤。」二千石，漢制：太守俸禄二千石；後遂稱郡守、知府爲二千石。此喻合浦太守孟嘗一類人物，疑指雷州守張朝請（名逢）。

次韻曾存之嘯竹軒〔一〕

翩翩曾公子，子猷定前身〔二〕。嗜好準疇昔，了然不緇磷〔三〕。寄食平準官〔四〕，植竹當比鄰。朝與竹相對，暮與竹相親。安可一日無？此君真可人〔五〕！

【箋注】

〔一〕本篇元祐三年戊辰（一〇八八）作於汴京。是歲九月，少游入京應賢良方正能直言極諫科試，卷三十四高無悔跋尾云「元祐三年，余爲汝南學官，被召至京師」，即指此。不中，復回汝南，有詩答曾存之曰：「環堵蕭然汝水隈，孤懷炯炯向誰開？……故人休説封侯事，歸釣江天有舊臺。」其次韻曾存之當作於入京時。張耒亦有次韻曾存之官舍種竹詩，起云：「曾郎風塵表，不似宰官身。」曾存之，名誠，孝寬之子。元符間爲祕書監。曾敏行獨醒雜志卷七云：「泉南之曾，自丞相魯公，一傳而有樞密孝寬，再傳而爲祕監誠，三傳而爲今丞相懷，又曾氏之最者也。」是時「寄食平準官」，蓋爲太府寺丞、主簿之屬。

〔二〕子猷：晉王徽之字，會稽人，羲之子。官至黄門侍郎，性卓犖不羈。嘗居山陰，雪夜泛舟剡溪訪戴逵，造門不入而返。見晉書本傳及世説新語任誕。

〔三〕不緇磷：即不緇不磷，喻操守不變。論語陽貨：「不曰堅乎？磨而不磷。不曰白乎？涅而不緇。」注：「孔曰：磷，薄也；涅，可以染皂。言至堅者磨之而不薄，至白者染之於涅而不黑。喻君子雖在濁亂，濁亂不能污。」李白古風之五十：「趙璧無緇磷，燕石非貞真。」

〔四〕平準官：掌管轉輸物資、平抑物價之官。漢承秦制，大司農屬官有平準令丞。宋時屬於太府寺，置卿、少卿各一人，丞、主簿各二人。見宋史職官志五。

〔五〕安可二句：化用王子猷語。世説新語任誕：「王子猷嘗暫寄人空宅住，便令種竹。或問：

『暫住，何煩爾？』王嘯詠良久，直指竹曰：『何可一日無此君？』」後因以「此君」爲竹之代稱。唐岑參范公叢竹歌：「此君託根幸得所，種來幾時聞已大。」

游仙二首〔一〕

其一

服形百神朝〔二〕，刳心萬緣盡〔三〕。我無退轉境〔四〕，何以有精進〔五〕？戲爲汗漫游〔六〕，八極一何近〔七〕！渺渺東海水，纍纍北邙墳〔八〕。向來歌舞處，忽復成荒村。愚人如鹿耳，其死了無魂〔九〕。孰知九霄間，玄圃枕崑崙〔一〇〕。緇塵化人衣〔一一〕，蒼蘚誰與捫〔一二〕？

【校】

〔其一〕此爲箋注者所加，下同。

【箋注】

〔一〕詩云：「我無退轉境，何以有精進？」乃政治上處逆境而此心未死之語，似作於紹聖元年甲戌（一〇九四）至紹聖三年丙子（一〇九六），時少游常與釋道游處，故有游仙思想。

〔二〕服形：道家修養之術。列子黃帝：「於是放萬機，舍官寢，去直侍，徹鐘懸，減厨膳，退而閒居大庭之館，齋心服形，三月不親政事。」注：「心無欲，則形自服矣。」

〔三〕刳心：道家語，義爲澄清內心雜念。莊子天地：「夫道，覆載萬物者也，洋洋乎大哉，君子不可以不刳心焉。」成玄英疏：「刳，去也，洗也，洗去有心之累。」

〔四〕退轉：佛家語。謂既退失所修證而轉變其地位。法事讚云：「五濁修行多退轉，不如念佛往西方。」徐陵諫仁山深法師罷道書：「法師今若退轉，未必有一稱心，交失現前十種大利。」

〔五〕精進：佛家語，義爲能持善樂道，不自放逸。無量壽經上：「勇猛精進，志願無惓。」世説新語術解：「郄愔信道，甚精勤，常患服內惡，諸醫不可療。聞于法開有名，往迎之。既來，便脈云：『君侯所患，正是精進太過所致耳。』」

〔六〕汗漫游：見卷四别子瞻學士注〔一五〕。

〔七〕八極：八方極遠之地。荀子解蔽：「明參日月，大滿八極，夫是之謂大人。」淮南子地形：「八紘之外，乃有八極。」

〔八〕北邙：山名，在今河南洛陽東北。一作芒山。水經注十六穀水：「北對芒阜，連嶺修亘，苞總衆山，始自洛口，西踰平陰，悉芒隴也。」漢魏以來王公貴族多葬於此，後因泛稱墓地。晉陶淵明擬古詩之四：「一旦百歲後，相與還北邙。」

〔九〕愚人二句：鹿耳，孟郊寄洛州李大夫：「鳥樂憂迸射，鹿耳駭驚聞。」本草：「麞性怯，飲水見影輒奔，道書謂麋鹿無魂也。」麞，鹿之屬。

〔一〇〕玄圃：水經注河水：「崑崙之山三級：下曰樊桐，一名板桐；二曰玄圃，一名閬風；上曰層城，一名天庭；是爲太常仙居。」

〔一一〕緇塵：見卷二送僧歸保寧注〔五〕。

〔一二〕蒼蘿句：范雲送沈記室夜別詩：「捫蘿應憶我，折桂方思君。」捫蒼蘿，謂優游山林。

其　二〔一〕

雲車自天來〔二〕，駕言游混茫〔三〕。手持太一節〔四〕，身佩使者章。龍虎傍夭矯，馬龜伏以翔〔五〕。朝元紫微上〔六〕，所睹浩難量。寶綱結萬珠，參伍相焜煌〔七〕。花品不知數，妙英拆玄房〔八〕。宮殿隨人身，處處輒清涼。危髻擢貞玉，高謝人間粧〔九〕。二三古鬟眉，冠雲帶含光。遺我飛霞佩〔一〇〕，副以明月璫〔一一〕。再拜敬服之，百毛發靈香〔一二〕。

【校】

〔紫微〕張本作「紫薇」。

【箋注】

〔一〕此篇所寫仙境，頗似抱朴子袪惑篇，參見本卷精思、偶戲注〔一〕。

〔二〕雲車：傳説神仙以雲爲車。文選曹植洛神賦：「六龍儼其齊首，載雲車之容裔。」注引博物志曰：「漢武帝好道，西王母七月七日漏七刻，王母乘紫雲車來。」

〔三〕混茫：猶混沌。抱朴子詰鮑：「夫混茫以無名爲貴，群生以得意爲歡。」亦作混芒。莊子繕性：「古之人在混芒之中，與一世而得淡漠焉。」

〔四〕太一：神名，史記天官書：「中宮天極星，其一明者，太一常居也。」正義：「泰一，天帝之別名也。劉伯莊云：太一，天神之最尊貴者也。」

〔五〕馬龜：漢書食貨志上：「天用莫如龍，地用莫如馬，人用莫如龜。」龍虎馬龜，古人皆視爲靈物，此處用以寫仙界。

〔六〕朝元句：朝元，道教徒禮拜神仙。白居易尋郭道士不遇：「郡中乞假來相訪，洞裏朝元去不逢。」紫微，晉書天文志：「大帝之座，天子之常居也。」

〔七〕參伍：錯雜。易繫辭：「參伍以變，錯綜其數。」疏：「參，三也；伍，五也。或三或五，以相參合，以相改變。」

〔八〕妙英句：妙英，奇花。明徐渭梅賦：「孤稾矜競，妙英雋發。」玄房，謂虛静。淮南子主術訓：「天氣爲魂，地氣爲魄；反之玄房，處各其宅；守而勿失，上通太一。」此句謂奇花在虛靜中開放。

〔九〕危髻二句：危髻：高聳之髮尾。貞玉，猶貞石，碑石之美稱。言神仙高髻，其形狀僅見於古碑刻之上，非人間所有。

〔一〇〕飛霞佩：道者之裝。韓愈調張籍：「乞君飛霞佩，與我高頡頏。」通俗編裝飾引唐書司馬承禎傳云：「睿宗起問道術，錫霞文帔以還，公卿賦詩送之。」劉禹錫有「霞帔仙官到赤城」之句。

〔一一〕明月璫：古詩爲焦仲卿妻作：「腰若流紈素，耳著明月璫。」此指明月珠所作之耳璫。

〔一二〕百毛句：謂通體發散奇香。海内十洲記：「月支國王遣使獻香四兩，使者曰：靈香雖少，更生之神丸也。」案：此用佛家語，靈香即妙香。維摩詰經香積佛品：「又諸毛孔皆出妙香，亦如衆香國土諸樹之香。」又菩薩行品：「從衆香國取佛餘飯，于舍食者，一切毛孔皆香若此。」

次韻答張文潛病中見寄〔一〕

與君涉世網〔二〕，所得如鈎温〔三〕。念昔相乖離，俯仰變寒暄。把袂安可期？寄書囑加飱。三年汝水濱，孤懷誰與言！末路非所望，聯鑣金馬門〔四〕。校文多豫暇，玄談到羲軒〔五〕。孰云笭箵小〔六〕？史書垂後昆。匪惟以舊聞，牴牾良可刊〔七〕。比枉病中作〔八〕，筆端淮海奔。亟駕問所苦，兀坐一室閑。晤對不知夕，歸途斗星翻。平時帶十圍，頗復減臂環〔九〕。君其專精神，微恙不足論〔一〇〕。愷悌神所勞〔一一〕，此理直如絃〔一二〕。

【箋注】

〔一〕本篇當作於元祐五年庚午（一〇九〇）秋。晁補之有次韻文潛病中作一首，注云：「時方求外補。」案：晁補之有足疾乞外任狀云：「右臣被蒙器使，兩更郎曹……而臣舊苦脚氣……懇特賜除一外任。」又赴揚州上太守王資政正仲啓云：「比者得請宸庭，備員州佐。」此指出倅揚州，正仲即王存。據續資治通鑑長編卷四四九，王存於元祐五年十月二十一日由青州改知揚州，則補之之求「外補」，當在其前，蓋元祐五年秋也。張耒送李端叔赴定州序亦云：「庚午，某卧病城南。」同時有詩呈子由曰「卧病月餘」。據宋史張耒傳，耒，字文潛，淮陰人，游學於陳州，學官蘇轍愛之。軾亦稱其文汪洋沖澹，有一倡三嘆之聲。弱冠第進士。入爲太學録。東都志略卷一百十六謂元祐初遷祕書省正字、著作佐郎、祕書丞、史館檢討，居三館八年，擢起居舍人。紹聖初知潤州，坐黨籍謫監黄州酒稅。徽宗立，起爲黄州通判，知兖州，召爲太常少卿，未幾，出知潁、汝。在潁爲蘇軾舉哀，復貶居黄州。爲「蘇門四學士」之一。有宛丘集、柯山集、張右史文集，實爲一書之異名也。

〔二〕世綱：指法律、禮教、風俗等對人之束縛。嵇康答向子期難養生論：「奉法循理，不絓世網。」

〔三〕鈎温：猶釣温，在温水中垂釣，喻所得甚微或卒無所得。韓愈贈侯喜詩：「吾黨侯喜字叔迟（即「起」），呼我持竿釣温水。……舉竿引綫忽有得，一寸纔分鱗與鬐。」

〔四〕聯鑣句：聯鑣，馬銜相聯，指並轡而行。蘇軾和錢穆父送别并求頓遞酒詩：「聯鑣接武兩長身，鵷鷺行中語笑親。」金馬門，漢宫門。三輔黄圖：「金馬門，宦者署，在未央宫。武帝得大宛馬，以銅鑄像，因以爲名。」漢書蕭望之傳謂有學士待詔金馬門。後世常借指宫門。

〔五〕校文二句：時少游任秘書省校對黄本書籍，二句寫其時生活。豫暇，安適優閒。玄談，辨析名理之談論。抱朴子嘉遯：「積篇章爲敖庾，寶玄談爲金玉。」羲軒，伏羲氏、軒轅氏，傳説中遠古之皇帝。

〔六〕笭箵：捕魚之竹籠。唐陸龜蒙漁具詩序：「所載之舟曰舴艋，所貯之器曰笭箵。」唐皮日休奉和魯望漁具十五咏笭箵：「朝空笭箵去，暮實笭箵歸。」蓋網羅所得之魚皆置之笭箵，故此處以喻人材集中之秘書省。

〔七〕匪惟二句：亦寫校對黄本書籍。牴牾，抵觸、矛盾。劉知幾史通自叙：「儒者之書，博而寡要，得其糟粕，失其菁華，而流俗鄙夫，貴遠賤近，傳兹牴牾，自相欺惑。」刊，删改訂正。

〔八〕比枉句：對張耒送來原唱之敬語。張原作已佚，晁補之雞肋集有次韻文潛病中作，詩曰「貧爐初著灰，濁酒寒不温。鄰張病未來，獨負南窗暄」云云，與少游此作同韻。比，近來。枉，有屈尊之意。

〔九〕平時二句：帶十圍，形容腰腹粗壯而有風度。晉書庾敳傳：「敳字子嵩，長不滿七尺，而腰帶十圍，雅有遠韻。」又黄朝英靖康緗素雜記引蘇鶚演義云：「前史稱腰帶十圍者甚衆。近者北史又云：『庾信身長八尺，腰帶十圍。』圍者環繞之義，古制以圍三徑一，即一圍者三尺也。豈長八尺之人而繫三十尺之腰帶乎！甚非其理。此圍蓋取兩手大指、頭指相合爲一圍，即今俗謂之搦是也。大凡中形之人，腰不過六尺七尺，今一小圍是一尺，則身八尺腰帶一丈，得其宜矣。」張耒身材魁梧，黄庭堅曾有戲和文潛謝穆父松扇詩譏之曰「六月火雲蒸肉山」。任淵注：「文潛頗肥，故山谷詩有『雖肥如瓠壺』，陳後山詩有『詩人要瘦君則肥』之句。」又減臂環，謂消瘦。南史沈約傳：「（約）與徐勉素善，遂以書陳情與勉，言已老病，百日數旬，革帶常應移孔，以手握臂，率計月小半分。」

〔一〇〕君其二句：語本漢書魏相丙吉傳：「方今天下少事，君其專精神，省思慮，近醫藥以自持。」素問湯液醪醴論：「岐伯曰：『鍼石，道也。精神不進，志意不治，故病不可愈。』」

〔一一〕愷悌：和樂簡易。左傳僖公十二年：「愷悌君子，神所勞矣。」

〔一二〕直如絃：後漢書五行志一：「京都童謡曰：『直如弦，死道邊。曲如鉤，反封侯。』」岑參送張秘書充劉相公通汴河判官便赴江外覲省：「儒生直如弦，權貴不須干。」此喻其理甚明。

【彙評】

阮閱增修詩話總龜前集卷三十九引王直方詩話：張文潛在一時中，人物最爲魁偉。……而文潛卧病，秦少游又和其詩云：「平時帶十圍，頗復減臂環。」皆戲語也。

送喬希聖〔一〕

鶡翔蓬蒿非所悲，鵬擊風雲非所喜〔二〕。貴賤窮通盡偶然，回頭總是東流水。我思田文昔相齊，朱袍照日如雲霓。三千冠佩醉明月，清歌一曲傾玻璃〔三〕。如今陳迹知何在？但見荒冢煙蕪迷。又思原憲昔居魯，門户東西閉環堵。杖藜對客騁高談，自覺胸襟輩堯禹〔四〕。如今寂寞已成塵，空有聲名掛千古。送君去，何時回？世間如此令人哀。我徒駐足不可久〔五〕，笑指白雲歸去來〔六〕。

【箋注】

〔一〕喬希聖，名執中，高郵人。初，入太學，補五經講書，治平乙巳彭汝礪榜進士，調須城主簿。王安石爲政，引執中編修熙寧條例，選提舉湖南常平。元祐初爲吏部郎中，進中書舍人，遷給事中、刑部侍郎。紹聖初以寶文閣待制知鄆州。宋史有傳。據少游元豐八年上王岐公論薦士書云：「比者，先人之友喬君執事，奉使吴越，道過淮南，具言常辱相公齒及名氏，屬喬君喻意，使進謁於門下。」比者，近來也，似指元豐八年初。參見補遺卷二秦淮海帖。此詩當爲送喬希聖使吴越時作。

〔二〕鷃翔二句：莊子逍遥遊：「有鳥焉，其名爲鵬，背若泰山，翼若垂天之雲，摶扶摇羊角而上者九萬里，絶雲氣，負青天，然後圖南，且適南冥也。斥鴳笑之曰：『彼且奚適也？我騰躍而上不過數仞，而下翺翔蓬蒿之間，此亦飛之至也。而彼且奚適也？』」郭象注：「各以得性爲至，自盡爲極也。」此用其意。

〔三〕我思四句：田文，戰國齊人，其父嬰，使主家善待賓客，賓客爭譽其美，請以文爲嗣，遂相齊。門下食客常數千人，無貴賤一與文等，名聞諸侯，號孟嘗君。後因齊湣公疑忌，出奔爲魏相，聯秦燕趙攻齊。湣公死，始返國。史記本傳云：「孟嘗君時相齊，封萬户於薛，其食客三千人。」

〔四〕又思四句：莊子讓王：「原憲居魯，環堵之室，茨以生草，蓬户不完，桑以爲樞，而甕牖二室褐以爲塞。上漏下濕，匡坐而弦。子貢乘大馬，中紺而表素，軒車不容巷，往見原憲。原憲華冠縰履，杖藜而應門。子貢曰：『嘻，先生何病？』原憲應之曰：『憲聞之，無財謂之貧，學而不能行謂之病。今憲貧也，非病也。』子貢逡巡而有愧色。原憲笑曰：『夫希世而行，比周而友，學以爲人，教以爲己，仁義之慝，輿馬之飾，憲不忍爲也。』」原憲、子貢，皆孔子弟子。

堯禹，古代兩聖君。

〔五〕駐足，謂等待。蘇軾扶風天和寺：「聊爲一駐足，且慰百回顔。」

〔六〕白雲：喻思親友之意。劉肅大唐新語舉賢：「(狄)仁傑赴任於并州，登太行，南望白雲孤飛，謂左右曰：『吾親所居，近此雲下。』悲泣，佇立久之，候雲移乃行。」唐吕岩六言詩：「逢人莫話他事，笑指白雲去來。」喬希聖親舍在高郵，故少游有此語。

與子瞻參寥會松江得浪字〔一〕

松江浩無旁，垂虹跨其上〔二〕。漫然銜洞庭，領略非一狀。怳如陣平野，萬馬攢穹帳〔三〕。離離雲抹山，窅窅天粘浪〔四〕。煙中漁唱起，鳥外征帆颺。愈知宇宙寬，斗覺東南壯〔五〕。太史主文盟〔六〕，諸豪盡詩將。超摇外形檢〔七〕，語笑供頡頏〔八〕。嫓娟棄追逐〔九〕，撥剌亦從放〔一〇〕。獨留三百缸，聊用沃軒曠。

【校】

〔題〕原脱「參寥」二字，依李本、王本、四部本補。

〔追逐〕原作「不追」，據張本、胡本、李本改。

【箋注】

〔一〕本篇作於元豐二年己未（一〇七九）。時少游如越省親，與參寥子同乘蘇軾官船南下。松江，即吴淞江，古稱笠澤，一名松陵江，爲太湖支流三江之一，由吴江縣東流與今黄浦江合而入於海。案王文誥蘇詩總案卷十六謂東坡「二十日到湖州，進謝上表」。則其到達松江，應在此時。參見卷一泊吴興西觀音院注〔一〕。東坡同日有與秦太虚參寥會於松江而關彦長徐安中適至分韻得風字二首，可見與會者尚有關彦長、徐安中二人。關彦長名景仁，錢塘人，嘉祐四年進士，時爲吴興縣令，蓋前來相迓。

〔二〕垂虹：橋名。在今江蘇吴江縣東，本名利往橋，宋慶曆間，橋上構亭曰垂虹，橋亦隨之改名。凡七十二洞，俗稱長橋。見吴都志。

〔三〕萬馬句：喻天穹下浪濤奔湧之狀。穹帳，即穹廬，氈帳。此指天穹、天空。

〔四〕離離二句：離離，茂盛濃密貌。文選左思蜀都賦：「布綠葉之萋萋，結朱實之離離。」五臣注向曰：「萋萋、離離，茂盛貌。」此二句與少游滿庭芳詞「山抹微雲，天連〔粘〕衰草」極相似。

〔五〕斗：通陡，突然、頓時，韓愈答張十一功曹：「吟君詩罷看雙鬢，斗覺霜毛一半加。」

〔六〕太史：指蘇軾。軾於元豐元年以尚書祠部員外郎、直史館知徐州，故稱。

〔七〕超摇：見卷一歎二鶴賦注〔九〕。

〔八〕頡頏：此謂傲視貌。文選夏侯湛東方朔畫贊：「故頡頏以傲世。」五臣注向曰：「頡頏，自縱貌,傲慢也。」

〔九〕婹娟:苗條貌。沈約湘夫人:「揚蛾一含睇,婹娟好且脩。」此指窈窕美女。

〔一〇〕撥剌:象魚躍於水之聲。杜甫漫成:「船尾跳魚撥剌鳴。」此代指魚。

【彙評】

宋釋惠洪天厨禁臠:夫言頓挫者,乃是覆却便文采粲然;非如常格詩,但排比句語而成,熟讀之殊無氣味。如秦少游詩云「松江浩無旁……斗覺天南壯」云云。此但排比好句耳,非能使之頓挫也。

【附】

蘇軾與秦太虚參寥會於松江而關彦長徐安中適至分韻得風字二首其一:吴越溪山興未窮,又扶衰病過垂虹。浮天自古東南水,送客今朝西北風。絶境自忘千里遠,勝遊難復五人同。舟師不會流連意,擬看斜陽萬頃紅。其二:二子緣詩老更窮,人間無處吐長虹。平生睡足連江雨,盡日舟横擘岸風。人笑年來三黜慣,天教我輩一樽同。知君欲寫長相憶,更送銀盤尾鬣紅。

參寥子得岸字詩:蜿蜒跨長虹,吴會稱傑觀。淪連幾萬頃,放目失銀岸。倒影射遥山,青螺點空半。從來誇震澤,勝事無昏旦。破浪湧長鬐,排空度飛翰。肺肝入清境,劃若春冰泮。安得淩九垓?從公遊汗漫。(徐案:參寥子詩集卷四題作「吴江垂虹亭同賦得岸字」。)

淮海集箋注卷第七

律詩

德清道中還寄子瞻〔一〕

投曉理竿栧〔二〕，溪行耳目醒。蟲魚各蕭散，雲日共晶熒。水荇重深翠，烟山疊亂青〔三〕。路回逢短榜〔四〕，崖斷點孤翎。叢薄開羅帳，淪漪寫鏡屏〔五〕。疎籬窺窅窕，支港泛笭箵〔六〕。遠溆依微見〔七〕，哀猱斷續聽。夢長天杳杳，人遠樹冥冥。旅思揺風旆〔八〕，歸期數月蓂〔九〕。何時燃蜜炬〔一〇〕，復聽閣前鈴？

【校】

〔律詩〕段本、秦本原注：「以下排律。」

【箋注】

〔一〕本篇作於元豐二年己未（一〇七九）五月。時蘇軾留湖州太守任上，參寥子繼續與少游同行。蘇軾龍井題名記跋尾云：「始予與辯才別五年，乃自徐州遷於湖，至高郵見秦太虛、參寥，遂載與俱。辯才聞余至，欲扁舟相過，以結夏未果。太虛、參寥又相與適越，云秋盡當還。而余倉卒去郡，遂不復見。」德清，浙江省縣名，位於湖、杭之間，舟楫可通。

〔二〕竿枻：竹篙與船槳。

〔三〕水荇二句：化用謝靈運晚出西射堂詩：「連障疊巘崿，青翠杳深沉。」

〔四〕短榜：船槳，引申爲船。李賀馬詩之十：「催榜渡烏江，神騅泣向風。」參見卷二田居四首其四注〔四〕。

〔五〕淪漪：見卷二田居四首其二注〔三〕。

〔六〕笭箵：見卷六次韻答張文潛病中見寄注〔六〕。

〔七〕遠溆：遠岸。溆，水邊。王融淥水曲：「日霽沙溆明，風泉動花燭。」

〔八〕旅思句：謂旅途心神不定。史記蘇秦傳：「心摇摇然如懸旌。」

〔九〕月蓂：見卷六正仲左丞生日注〔四〕。

〔一〇〕蜜炬：蠟燭。西京雜記：「南越王獻高帝石蜜五斛，蜜燭二百枚。」李賀河陽歌：「觥船飫口紅，蜜炬千枝爛。」案：蘇軾時有端午遍游諸寺得禪字詩云：「道人亦未寢，孤燈此夜禪。」詣案：「謂參寥也，時與秦少游同在湖州。」此二句係憶及在湖時生活。

【彙評】

胡仔苕溪漁隱叢話後集卷二十四：元次山集自釋云：「帶笭箵而盡船。」注云：「上郎丁切，下桑荒切，竹器也。」故唐書音訓云：「讀作郎桑，見結本集。」音訓又音：「上力丁切，下息拯切，取魚籠也。」蓋有平仄兩音。自釋又云：「能帶笭箵，全獨保生。能學聱（五交切）齖，保宗全家。聱也如此，漫乎非邪？」其語雖協韻，然廣韻、集韻於「庚」、「清」、「青」三韻中不收此「箵」字，并於上聲「迥」字韻中收之。……秦少游德清道中還寄子瞻詩：「叢薄開羅帳，淪漪寫鏡屏。疏籬窺窅窕，支港泛笭箵。」皆於「青」字韻中押，真誤也！

【附】

參寥子吳興道中寄子瞻與少游同賦：弱性嗜幽散，出門隨所便。蓮房紛可襲，林幄正高褰。群木含晨景，孤撐破宿煙。透迤屯秀崿，宛轉滀清漣。岸匝藤花暗，崖垂桂影圓。引雛鳴鵲鴝，解籜露嬋娟。恍若經愚谷，渾疑度輞川。葑田青泛泛，石葛蔓綿綿。緬想醉山簡，相從狂謫仙。援毫更妙韻，愧乏碧雲妍。

次韻子由題斗野亭〔一〕

滿市花風起〔二〕，平堤漕水流〔三〕。不堪春解手〔四〕，更爲晚停舟。古埭天連雁〔五〕，荒祠木蔽牛〔六〕。杖藜聊復爾〔七〕，轉盼夕煙浮。

【箋注】

〔一〕本篇作於元豐三年庚申（一〇八〇）寒食節前。孫汝聽蘇潁濱年表謂是歲子由自南京適筠，有高郵別秦觀詩。又本集卷三十與參寥大師簡云：「子由春間過此，相從兩日。僕送至南埭而還。後亦未嘗得書。渠在揚州淹留甚久，時僕值寒食上冢，故不得往從之耳。」子由，蘇轍字，蘇軾弟。宋史有傳。斗野亭，見卷三和孫莘老題召伯斗野亭詩注〔一〕。

〔二〕花風：春風，花信風。温庭筠太液池歌：「花風漾漾吹細光。」

〔三〕漕水：謂漕河之水。邗溝亦稱漕河、官河、運河。參見卷三春日雜興十首其二注〔九〕。

〔四〕解手：猶分手。韓愈祭河南張員外文：「解手背面，遂十一年。」

〔五〕古埭：指召伯埭，今江蘇江都邵伯鎮。在高郵與揚州之間運河邊。參見卷三和孫莘老題召伯斗野亭詩注〔一〕。

〔六〕荒祠句：荒祠，指甘棠廟。嘉慶揚州府志卷二十五：「甘棠廟，在邵伯鎮，祀晉太傅謝安。」明沈珠遷太傅謝公像記謂淝水之戰告捷，謝安因受權姦扇構，出鎮廣陵，築壘曰新城。見召伯鎮地勢西高，湖水泄，嘗苦旱；東漸則漲沒農田，因築埭以界之。民享其利，立廟祀之，稱曰甘棠，蓋比之召公。木蔽牛，莊子養生主：「匠石之齊，至乎曲轅，見櫟社樹，其大蔽牛，絜之百圍。」

〔七〕杖藜：謂拄藜莖手杖而散步。劉長卿贈西鄰盧少府：「時因杖藜次，相訪竹林東。」

【彙評】

胡仔苕溪漁隱叢話後集卷三十三秦太虛：復齋漫録云：「少游别蘇子由於斗野亭，作詩云：『古埭天連雁，荒祠木蔽牛，不堪春解手，更爲晚停舟。』子由和云：『飲食逢魚蟹，封疆入斗牛。』予觀其意，上句取杜詩『青青竹筍迎船出，白白江魚入饌來』，其下句乃取庾蘭成『路已分於湘漢，星猶看於斗牛也』。」

【附】

蘇轍召伯埭上斗野亭詩：細雨添春色，微風静鬧流。勞生兩蓬鬢（案欒城集作「徂年半今世」），生計一扁舟。飲食隨魚蟹，封疆入斗牛。風波方在眼，轉覺此生浮。

鮮于子駿使君生日〔一〕

惟昔高堂夢，熊羆兆吉占〔二〕。氣鍾西蜀秀，時應仲秋嚴〔三〕。江漢揮犀尾〔四〕，風雲下筆尖。微辭追屈宋〔五〕，精義到黄炎〔六〕。操履森寒柏〔七〕，名聲耿夜蟾〔八〕。擊彊雕鶚健〔九〕，治劇鶻鵃銛〔一〇〕。使者旌旄易，將軍印綬添。鴛鴻隨步武〔一一〕，虎豹入韜鈐〔一二〕。錦覆郎官被〔一三〕，彤垂太守襜〔一四〕。兩行分蜜炬，十里上珠簾〔一五〕。禮士常懸榻〔一六〕，誅姦或奮髯。雨堂昏絳帳〔一七〕，風帙亂牙籤〔一八〕。銀漢星初换，金莖露已霑〔一九〕。歡聲連北固〔二〇〕，壽邑亘東漸。麗句充文几，奇香牣玉奩〔二一〕。簪紳五福具〔二二〕，罇俎四難兼〔二三〕。賤子真殊幸，清標獲屢覘〔二四〕。誤蒙雕朽木〔二五〕，猥辱畫無鹽〔二六〕。嘉運方熙洽，英才豈滯淹！佇公歸法從〔二七〕，行道慰民瞻。

【校】

〔郎官被〕張本、胡本、李本、段本「被」作「綬」。

【箋注】

〔一〕本篇作於元豐三年庚申（一〇八〇）八月。鮮于子駿，名侁，閬中人。自少莊重不苟，力學有文。景祐中登進士第，調櫟陽縣主簿，累遷至屯田郎中。熙寧中知利州，移京東路轉運使。元豐三年出知揚州，旋復京東轉運使。最後以集賢殿修撰知陳州，元祐五年卒於任所。宋史有傳。據萬斯同北宋經撫年表：元豐三年六月鮮于侁出知揚州，至元豐四年乙亥罷。又本集卷三十六鮮于子駿行狀謂「年二十登景祐五年進士」，則子駿之生當在天禧三年，至元豐三年，實歲六十，故少游獻詩慶壽。

〔二〕惟昔二句：高堂，指侁父母。鮮于子駿行狀：「父至，自號隱居先生，爲蜀名儒，以公贈金紫光禄大夫。母趙氏，追封安德郡太夫人。」熊羆，詩小雅斯干：「吉夢維何？維熊維羆。」又：

「大人占之，維熊維羆，男子之祥。」此謂其父母當年有生子之預兆。

〔三〕仲秋：謂生日在八月。

〔四〕揮犀尾：見卷六正仲左丞生日注〔二五〕。此喻政簡刑輕，時作清談。

〔五〕微辭句：微辭，深婉之文辭。宋玉登徒子好色賦：「蓋徒以微辭相感動，精神相依憑。」鮮于子駿行狀云：「晚年爲詩與楚辭尤精。」又云：「蘇翰林讀公八詠，自謂欲作而不可及；讀公九誦，以謂有屈宋之風。」案：蘇軾書鮮于子駿楚辭後：「鮮于子駿作楚詞九誦以示軾……獨行吟坐思，寤寐於千載之上，追古屈原、宋玉，友其人於冥寞，續微學之將墜，可謂至矣。」本句指此。

〔六〕黄炎：黄帝和炎帝，傳説中古帝。參見國語晉四、史記五帝本紀及司馬貞補三皇本紀。此句謂子駿精通古史。行狀云：「治經術有師法，論注多出於新意。」又云：「今天子賜之詔書，亦曰學足以邇古。」即指此。

〔七〕操履句：操履，操行。北史庾質傳：「操履貞懿，立言忠鯁。」論語子罕：「歲寒，然後知松柏之後凋也。」

〔八〕夜蟾：夜月。蟾，蟾蜍，指月亮。朱昂廣閒情賦：「指夜蟾兮爲伍，仰疎籟兮邀歡。」

〔九〕雕鶚句：謂鋤擊姦宄如雕鶚之健。雕鶚，鷙鳥。行狀謂子駿曾「罷萊蕪利國監鐵冶，乞變鹽法，依河北路通商，逐勾當公事之刻薄者二人，發濰州守姦贓，東人大悦」。

〔一〇〕治劇句：治劇，處理繁難之事。漢書尹賞傳：「左馮翊薛宣奏賞能治劇，徙爲頻陽令。」鸊鵜銛，謂似鋒利之寶劍。鸊鵜，鳥名。宋吴曾能改齋漫録卷六：「爾雅注：『鸊鵜，似鳧而小，膏可瑩刀。』續英華詩有：『馬銜苜蓿葉，劍瑩鸊鵜膏。』故杜子美贈太常張卿均詩云：『健筆凌鸚鵡，銛鋒瑩鸊鵜。』又大食刀歌云：『鐫錯碧罌鸊鵜膏，鋩鍔已瑩虚秋濤。』」銛，鋒利。案：鸊鵜膏塗刀，可以防鏽，故云。

〔一一〕鴛鴻：鴛鴦與鴻雁。章孝標錢塘贈武翊黄詩：「鴛鴻待侣飛清禁，山水緣情住外州。」此猶鴛鷺，喻朝班。

〔一二〕韜鈐：古兵書有六韜及玉鈐篇，因而稱用兵之法曰「韜鈐」。高適信安王幕府詩：「並秉韜鈐術，兼該翰墨筵。」六韜中有「虎韜」、「豹韜」，故云「虎豹入韜鈐」。

〔一三〕錦覆句：漢官典職謂尚書郎入直，供青縑被、白綾被或錦被。後漢書馮衍傳：「（衍子豹）拜尚書郎，忠勤不懈，每奏事不報，常俯伏省閣，或從昏至明，肅宗聞而嘉之，使黄門持被覆豹，敕令勿驚。」

〔一四〕彤垂句：謂所乘車帷爲紅色。宋史輿服志二載「親王群臣車輅之制」分爲四等，其中「三曰木輅，四品乘之」，又云：「諸輅皆朱質、朱蓋、朱旂旃……四品六旒，其鞶纓如之。」州府官爲四品，故曰彤襜。

〔一五〕十里句：杜牧贈别詩：「春風十里揚州路，捲上珠簾總不如。」

〔一六〕懸榻：後漢書徐穉傳：「（陳）蕃在郡不接賓客，惟穉來，特設一榻，去則懸之。」

〔一七〕絳帳：後漢書馬融傳謂馬融常坐高堂，設絳紗帳，前授生徒，後列女樂。元稹奉和滎陽公離筵作詩：「南郡生徒辭絳帳，東山妓樂擁油旌。」

〔一八〕牙籤：藏書之標簽。韓愈送諸葛覺往隨州讀書詩：「鄴侯家多書，插架三萬軸。一一懸牙籤，新若手未觸。」

〔一九〕金莖：銅柱，指金銅仙人承露盤。三輔黄圖卷五臺榭：「神明臺，武帝造，上有承露盤，有銅仙人舒掌捧銅盤玉杯，以承雲表之露。」班固西都賦：「抗仙掌以承露，擢雙立之金莖。」李商隱漢宫詞：「侍臣最有相如渴，不賜金莖露一杯。」

〔二〇〕北固：山名，在今江蘇鎮江市長江邊，位於揚州之南。

〔二一〕牣：充滿。司馬相如子虛賦：「充牣其中。」

〔二二〕五福：書洪範：「五福：一曰壽，二曰富，三曰康寧，四曰攸好德，五曰考終命。」

〔二三〕罇俎句：罇俎，指筵席、宴會。劉向新序雜事：「夫不出於罇俎之間，而知千里之外。」四難，謝靈運擬魏太子鄴中集詩序：「建安末，余時在鄴宫，朝夕遊宴，究歡愉之極，天下良辰、美景、賞心、樂事，四者難并。」

〔二四〕清標：謂風采清峻。南齊書杜栖傳：「賢子學業清標，後來之秀，嗟愛之懷，豈知云已。」

〔二五〕雕朽木：論語公冶長：「宰予晝寢，子曰：朽木不可雕也，糞土之牆不可杇也。」

〔二六〕猥辱句：晉書周顗傳：「庾亮嘗謂顗曰：『諸人咸以君方樂廣。』顗曰：『何乃刻畫無鹽，唐突西施也。』」據列女傳：戰國時無鹽邑有女鍾離春，貌極醜，四十未嫁，自謁齊宣王，被納爲后。此以醜女自喻。

〔二七〕法從：見卷五送劉貢父舍人二首其一注〔九〕。

【彙評】

永樂大典卷八二一一引袁文甕牖閑評：秦少游贈鮮于子駿詩云：「擊彊雕鶚健，治劇鶻鵃銛。」藝苑雌黄病其句中不見餘刃之意，遽云：「鶻鵃銛，不可。」彼蓋不知少游用杜子美之詩耳。子美詩云：「銛鋒瑩鶻鵃。」所謂「鶻鵃銛」者，蓋此爾。非少游之誤也。

輦下春晴〔一〕

樓闕過朝雨，參差動霽光。衣冠紛禁路〔二〕，雲氣繞宮牆。亂絮迷春闊，蔫花困日長〔三〕。經旬辜酒伴，猶未獻長楊〔四〕。

【校】

〔紛禁路〕詩林廣記、李本、王本、四部本「紛」作「分」。

〔蔫花〕詩林廣記作「嫣花」。

〔經甸二句〕詩林廣記作「平康在何處？十里帶垂楊」。

【箋注】

〔一〕本篇作於元豐五年壬戌（一〇八二），係次韻參寥子都下曉霽。是歲少游在京應舉，落第後有謝曾子開書，云：「比者不意閣下於從遊之間，得其鄙文而數稱之。」子開（即曾肇）答書曰：「參寥至京……一日出足下所爲詩并雜文讀之，其辭環瑋閎麗，言近指遠，有騷人之風。」可證參寥子是歲亦在京，故少游得以次其韻。

〔二〕禁路：宫禁中道路。武元衡春望：「緑楊中禁路，朱戟五侯門。」

〔三〕蔫花：殘花。韓偓殘花：「餘霞殘雪幾多在，蔫香冶態猶無窮。」又春盡日詩：「樹頭初日照西檐，樹底蔫花夜雨沾。」

〔四〕經甸二句：化用杜甫江畔獨步尋花七絶句之一：「走覓南鄰愛酒伴，經甸出飲獨空牀。」長楊：賦名。揚雄年四十不遇，成帝召見承明殿，奏獻長楊賦，除爲郎中。見漢書本傳。唐李頎寄司勛盧員外詩：「早晚薦雄文似者，故人今已賦長楊。」少游謂此時尚未應試。

【彙評】

蔡正孫詩林廣記後集卷八引王直方詩話：「參寮舊有一詩寄少游，少游和之。後孫莘老嘗讀此詩，至末句，云：『這小子又賤發也！』少游後編淮海集，遂改云：『經甸牽酒伴，猶未獻長楊。』」苕溪漁隱叢話前集卷五十同此。

袁枚隨園詩話卷五：李北海見崔顥投詩曰「十五嫁王昌」，罵曰：「小兒無禮！」秦少游見孫莘老，投詩曰：「平康在何處，十里帶垂楊。」孫曰：「小子又賤發！」二前輩方嚴相似，而考其生平，均非能作詩者。

【附】

參寥子都下曉霽：千門昨夜雨，萬木曉生光。御水浮紅蘂，官（四庫本作宫）雲麗粉牆。轉樓遲日静，縈草亂絲長。想像西池路，濃陰覆緑楊。

睡起

睡起東軒下〔一〕，悠悠春緒長。爬搔失幽囀〔二〕，欽欠墮危芳〔三〕。蛛網留晴絮，蜂房受晚香。欲尋初斷夢，雲霧已冥茫。

【箋注】

〔一〕東軒：蓋指睡足軒，參見本卷睡足軒詩。

〔二〕幽囀：幽静處之鳥鳴聲，借指鳥。

〔三〕欽欠：嘆息欠伸。危芳，將落之花。

【彙評】

永樂大典卷八二一引袁文甕牖閑評：余酷愛杜工部詩中用「受」字，如「修竹不受暑」、「雙燕受風斜」、「野航恰受兩三人」是也。而秦少游詩中學用「受」字亦可愛，如「蜂房受晚香」、「亂帆天際受風忙」是也。然此「受」字乃出於左氏傳，云：「而受室以歸。」「受」字蓋出於此。（「亂帆」句見卷八次韻子瞻贈金山寶覺大師。）

次韻莘老初至湯泉二首

其一〔一〕

夾路山重複，參天樹老蒼。一區成小市，數埒引温湯〔二〕。洗沐同幽客，餔餐就梵坊〔三〕。未輸朝市子，斗酒得西涼〔四〕。

【校】

〔其一〕此爲箋注者所加，下同。

【箋注】

〔一〕本篇熙寧九年丙辰（一〇七六）作於歷陽（今安徽和縣）。秦譜謂是時少游「同孫莘老、參寥子訪漳南老人於歷陽之惠濟院，浴湯泉，游龍洞山，謁項羽祠，極山水之勝，得詩三十首，湯泉賦一篇。」其事具載卷三十八遊湯泉記。此詩爲初到湯泉時所作。案：清陳廷桂歷陽典録卷六云：「惠濟湯泉，在江浦西四十里，舊屬和州。」並載此詩，題作和莘老初至湯泉呈慶禪師，又載孫莘老首唱詩，題作初至湯泉呈慶禪師。慶禪師，即顯之長老，又稱漳南老人。卷三十三有慶禪師塔銘，可參看。莘老，孫覺字，詳卷二夜坐懷莘老司諫注〔一〕。據續資治通鑑長編卷二六九云：熙寧八年十月辛亥，「前右司諫直集賢院孫覺知潤州。初覺知廬州，喪祖母，以嫡孫解官持服。而覺有叔父在，有司以新令『嫡子死，無衆子，然後嫡孫承重』，覺不當爲祖母解官，故有是命。而覺已去廬州，亦不赴潤州也。」因知是時孫莘老居家丁憂，故能同遊湯泉。

〔二〕數埒：釋名釋山：「山上水流曰埒。」列子湯問：「一源分爲四埒，注於山下。」遊湯泉記云：「景申，遂浴於湯泉之墟，西惠濟二百步，周袤不踰一成，有泉五：一曰太子湯，舊傳梁昭明所遊，今廢於野；一在居民朱氏家；其三則隸於惠濟。」數埒當指此而言。

〔三〕餔餐句：餔餐，傍晚時分進餐。莊子盜跖釋文引字林曰：「餔，日申時食也。」遊湯泉記記當時情景云：「次真相院，明日漳南來逆，相勞苦如平生歡。遂與俱行，馳二十五里，至湯泉，館惠濟院，院則漳南之所寓也。景申，遂浴於湯泉之墟。」蓋少游一行申時（下午三至五時）抵湯泉，故云「餔餐」。梵坊，指惠濟院。

〔四〕斗酒句：三輔決録云：「孟佗，字伯郎，以葡萄酒一斗遺張讓，即拜涼州刺史。」西涼，即涼州。蘇軾余去金山五年而復至次舊詩韻贈寶覺長老詩：「誰能斗酒得西涼？但愛齋厨法豉香。」此處利用同音雙關喻涼爽、舒暢。

【附】

孫莘老初至湯泉呈慶禪師詩：山谷閟深阻，天時正莽蒼。聊同不速客，來浴自然湯。茂宰謁休政，道人棲淨坊。怳如登十地，熱惱頓清涼。

其二〔一〕

年華行已老，林莽尚葱蒼。地勝連龍洞〔二〕，泉温注鬼湯〔三〕。人風遠城市，鐘梵近僧坊。九夏來投錫〔四〕，棲心應更涼〔五〕。

【箋注】

〔一〕集本此篇原爲本題第二首。蜀本題下有注云：「或云後一篇參寥和。」王本攷證云：「『年華行已老』一首亦載參寥子集。」徐案：此篇載宋刊參寥子詩集卷二，題作和莘老初至温泉呈慶禪師，當爲參寥子作，唯四庫本參寥子詩集「葱蒼」作「蒼蒼」，「龍洞」作「龍窟」。

〔二〕龍洞：山名，在今安徽含山。讀史方輿紀要江南和州含山縣：「龍洞山，在縣西南五十里，洞深邃，泉流不竭。」

〔三〕鬼湯：謂湯泉之神奇。

〔四〕九夏句：九夏，謂夏季九十天。梁蕭統十二月啓林鐘六月：「三伏漸終，九夏將謝。」投錫：錫爲僧人所持之行杖，故僧人投宿寺院，謂之投錫，亦稱掛錫。裴休贈黄蘖山僧希運詩：「掛錫十年棲蜀水，浮杯何日度江濱。」此句足證本篇爲僧人參寥子作。

〔五〕棲心：猶寄心。晉書陸雲傳：「初慕聖門，棲心重切。」

過六合水亭懷裴博士次韻三首 次莘老韻

其一〔一〕

昔同裴博士，酌酒俯庭柯〔二〕。晚岫潭潭碧〔三〕，風池瑟瑟波〔四〕。蒼崖遺老没，白首故人過。轉眄成陳迹〔五〕，勞生可奈何！

【校】

〔次莘老韻〕張本、段本、胡本、秦本無「韻」字，李本、王本、四部本無此四字。蜀本題注云：「莘老。」

〔其一〕此爲箋注者所加。下同。

【箋注】

〔一〕本篇爲孫莘老於熙寧九年丙辰（一〇七六）所作。清茆泮林孫莘老年譜載：「八月，訪漳南道人昭慶於湯泉，經六合西門水亭，懷裴博士詩云：『昔同裴博士……』」案：淮海集此題次韻三詩，俱以爲少游作，參寥子集此題詩目稱和莘老；然則淮海次韻蓋次莘老韻，其第三詩，即參寥詩羼入也。據淮海、參寥兩集，則前一首是莘老作，玩起句『昔同裴博士』，定是原唱；又『白首故人過』，時少游年不滿三十，亦不應有此語。第二首是少游作。邑中重刊淮海集仍之，今訂正於此。」所論與蜀本題注合，是。裴博士，生平不詳。

〔二〕酌酒句：陶潛歸去來辭：「引壺觴以自酌，眄庭柯以怡顏。」

〔三〕潭潭碧：深綠色。潭潭，深貌。江淹思北歸賦：「天潭潭而下露。」

〔四〕瑟瑟：碧綠貌。白居易暮江吟：「一道殘陽鋪水中，半江瑟瑟半江紅。」

〔五〕陳迹：王羲之蘭亭集序：「俛仰之間，已爲陳迹。」

其二〔一〕

晚憩孤亭上，羸驂繫斷柯〔二〕。荒門寒帶路，空檻闊增波。往事青山在〔三〕，餘生白鳥過〔四〕。誦言成絶唱〔五〕，亹亹迫陰何〔六〕。

【校】

篇末蜀本注云：「少游。」

【箋注】

〔一〕本篇據蜀本注，應爲少游作。

〔二〕羸驂：疲憊之馬。李白離彭婆值雨投臨汝詩：「投館野花邊，羸驂跨不前。」

〔三〕青山：借指墓地。僧月性題壁詩：「埋骨豈惟墳墓地，人間到處有青山。」此指裴博士墓。

〔四〕白鳥過：晉張協雜詩：「人生瀛海内，忽如鳥過目。」杜甫貽華陽柳少府詩「餘生如過鳥，故里今空村」。僧無可題崔駙馬林亭：「洞中避暑青苔滿，池上吟詩白鳥過。」

〔五〕誦言句：詩大雅桑柔：「聽言則對，誦言如醉。」鄭玄箋：「見誦詩書之言，則冥卧如醉。」絶唱，宋書謝靈運傳論：「若夫平子豔發，文以情變，絶唱高蹤，久無嗣響。」此處兼有斷絶義，少游此時似嘗讀裴博士遺作。

〔六〕亹亹句：東晉時，謝安未冠，與王濛清言良久。濛後稱曰：「向客亹亹，爲來逼人。」見世説新語賞譽。鍾嶸詩品晉黄門郎张協：「詞采葱蒨，音韻鏗鏘，使人味之亹亹不倦。」陰何：陰鏗何遜。鏗，字子堅，南朝陳武威姑臧人，工五言詩，陳書有傳。何遜，南朝梁東海郯人，字仲言，詩與陰鏗齊名，世號陰何；文與劉孝綽齊名，世號何劉。其詩善於寫景抒情，且工於鍊字，風格似謝朓。明人輯有何水部集一卷。梁書、南史均有傳。

其　三〔一〕

折柳相從地〔二〕，重來失舊柯。林光延晚照，岸影動微波。隔浦檀欒密〔三〕，當簷翡翠過〔四〕。主人成異物〔五〕，搔首奈情何！

【箋注】

〔一〕篇末蜀本注云：「參寥。」王本攷證云：「『折柳相從地』一首亦載參寥子集，題作和莘老經六合西門水亭懷裴博士，『隔浦』作『碧浦』，『當』作『朱』。」案：此篇載宋刊參寥子詩集卷二，當爲參寥子作，唯四庫本「微波」作「霜波」，「隔浦」作「碧圃」，「當簷」作「朱簷」。

〔二〕折柳：謂送別。三輔黄圖卷六：「霸橋在長安東，跨水作橋，漢人送客至此橋，折柳贈別。」後世因以折柳爲送別之詞。

〔三〕檀欒：漢枚乘梁王菟園賦：「修竹檀欒，夾池水，旋菟園，並馳道。」後多以「檀欒」作修竹之代稱。白居易題盧祕書夏日新栽竹二十韻：「幾聲清淅瀝，一簇緑檀欒。」

〔四〕翡翠：鳥名。埤雅：「翠鳥或謂之翡翠。」

〔五〕成異物：謂人已死亡。史記賈誼傳鵬鳥賦：「化爲異物兮，又何足患！」索隱：「謂死而形化爲鬼，是爲異物也。」

懷孫子實〔一〕

舉眼趨浮末〔二〕，斯人獨好修〔三〕。青春三不惑〔四〕，黄卷百無憂〔五〕。玉出方流潤〔六〕，鸞停翠竹幽〔七〕。相思自成韻，不必寄西郵〔八〕。

【箋注】

〔一〕孫子實：莘老之子。見卷六覿覯二弟作小室請書魯直名曰寄寂作此寄之用孫子實韻注〔一〕。

〔二〕浮末：舊時指工商業。王符潛夫論浮侈：「治本者少，浮食者衆。商邑翼翼，四方是極。今察洛陽，浮末者什於農夫，虚僞遊手者什於浮末。」

〔三〕斯人句：贊孫子實清操孤尚。屈原離騷：「余雖好修姱以鞿羈兮，謇朝誶而夕替。」洪興祖補注：「修姱，謂修潔而姱美也。」又：「民生各有所樂兮，余獨好修以爲常。」王逸注：「言萬民稟天命而生，各有所樂，或樂諂佞，或樂貪淫，我將好修正直以爲常也。」

〔四〕三不惑：後漢書楊秉傳：「秉性不飲酒，又早喪夫人，遂不復娶，所在以清稱。嘗從容言曰：『我有三不惑：酒、色、財也。』」

〔五〕黄卷：指書籍。古人用辛味、苦味之物（如黄蘗）染紙以防蠹，紙色黄，故名。新唐書狄仁傑傳：「黄卷中方與聖賢對，何暇偶俗吏語耶！」唐陳子昂薛大夫山亭宴序：「閉門無事，對黄卷以終年。」

〔六〕玉出句：文選顔延之贈王太常詩：「玉水記方流，璇源載圓折。」注：「尸子曰：凡水，其方者有玉，其圓折者有珠也。」

〔七〕鸞停句：王嘉拾遺記蓬萊山云：「蓬萊山有浮筠之簳，葉青莖紫，子大如珠，有青鸞集其上。」鳳亦鸞之屬，非梧桐不栖，非竹實不食，故借以喻之。參見卷二次韻邢敦夫秋懷十首之九注〔五〕。此處稱譽孫子實。

〔八〕西郵：指高郵。讀史方輿紀要江南揚州府高郵州：「今州治，秦高郵亭也。漢置縣，屬廣陵國，後皆爲高郵縣，宋始爲高郵軍治。」

對淮南詔獄二首〔一〕

其一

一室如懸磬〔二〕，人音盡不聞。老兵隨卧起〔三〕，漂母給朝曛〔四〕。樊雉思秋野，韝鷹望暮雲〔五〕。念歸忘食事，日減臂環分〔六〕。

【校】

〔二首〕王本、四部本無此二字。

〔其一〕此爲箋注者所加。下同。

【箋注】

〔一〕本篇蓋作於元豐四年辛酉（一〇八一）秋。周必大記其淳熙七年正月十四日與崔大雅在吏部直舍親見秦觀所作銀杏帖，云：「觀自去歲入京，遭此追捕，親老骨肉亦不敢留鄉里，治生之具，緣此蕩盡。今雖得生還，而仰事俯育之計，蕭然不給。想公聞之，不能無惻然也。……家叔已赴濱州渤海知縣，祖父在彼幸安，但地遠難得書耳。」周必大題跋云：「少游作此帖，猶未仕也。今淮海集有對詔獄一詩，所謂『一室如懸磬，人音盡不聞。老兵隨卧起，漂母給朝曛』，殆去歲追捕時耶？」案：少游元豐四年與蘇公先生簡四云：「而自春已來尤復擾擾，家叔自會稽得替，便道取疾，入京改官。」叔父秦定由會稽尉改知渤海縣，在元豐四年，次年祖父卒。詩云「秋野」當在元豐四年秋。因何入獄，其謝及第啟有所涉及，云：「方賢書之上獻，俄吏議之旁連。竊鈇致疑，事非在我。……尚賴平反，卒蒙昭雪。」蓋與所上「賢書」有關也。

〔二〕懸磬：形容空無所有。國語魯語：「室如懸磬。」磬，一作「罄」。左傳僖公二十六年：「室如懸罄，野無青草。」此即銀杏帖所謂「治生之具，緣此蕩盡」也。

〔三〕老兵：猶老僕。李清照投翰林學士綦崈禮啓：「嘗藥雖存弱弟，應門惟有老兵。」

〔四〕漂母：史記淮陰侯列傳謂韓信少時釣於淮陰城下，有漂母見信飢，與飯。後信爲楚王，賜以千金爲報。嚥，指傍晚。給朝嚥，謂供給早晚飲食。

〔五〕鞲鷹：謂被人馴養受羈之鷹。鞲，臂套。鮑照東武吟：「昔如鞲上鷹，今似檻中猿。」

〔六〕日減句：見二五二頁次韻答張文潛病中見寄注〔九〕。

其二

淮海行搖落〔一〕，文書亦罷休〔二〕。風霜欺獨宿，燈火伴冥搜〔三〕。笳動朱樓曉〔四〕，參横粉堞秋〔五〕。更拚飛鏡破，應得大刀頭〔六〕。

【箋注】

〔一〕搖落：見卷五南京妙峯亭注〔九〕。

〔二〕文書：此指詩書古籍。漢賈誼過秦論：「禁文書而酷刑法，先詐力而後仁義。」

〔三〕冥搜：搜訪及於幽遠之處。晉孫綽遊天台山賦：「非夫遠寄冥搜，篤信通神者，何肯遥想而存之！」此指獨坐冥想。

〔四〕笳：胡笳，古管樂器，用於鼓吹部。宋史樂志鼓吹上：「鼓吹者，軍樂也。」

〔五〕參横：參星横斜天際，謂天將明。宋史樂志下：「斗轉參横將旦。」

〔六〕更捹二句：見卷二和王通叟琵琶夢注〔一〇〕。此謂離散之家庭，料應有團聚之日。

次韻答米元章〔一〕

嗜好清無滓〔二〕，周旋粲有文〔三〕。揮毫春在手〔四〕，岸幘海生雲〔五〕。花鳥空撩我，尊鱸正屬君〔六〕。惟應讀雌蜺，差不愧王筠〔七〕。

【箋注】

〔一〕本篇元祐八年癸酉（一〇九三）作於汴京。米元章，名芾，號鹿門居士，襄陽人。以母侍宣仁后藩邸舊恩，補浛光尉。歷知雍丘縣、漣水軍，曾爲太常博士，知無爲軍。召爲書畫學博士，上其子友仁所作楚山清曉圖，擢禮部員外郎，出知淮陽軍。宋史有傳。據寶晉英光集卷六章聖天臨殿銘，元祐七年壬申米元章知雍丘；又據賀鑄慶湖遺老詩集卷五謝米雍邱元章見過注：「（癸酉）八月京師賦。」可知八年在京。

〔二〕嗜好句：宋史本傳謂米元章「冠服效唐人，風神蕭散，音吐清揚，所至人聚觀之；而好潔成癖，至不與人同巾器」。

〔三〕周旋句：孟子盡心下：「動容周旋中禮者，盛德之至也。」禮射義：「進退周還必中禮。」還，通旋。此指行爲舉動温文有禮。

〔四〕揮毫句：言書畫極佳，筆下生春。宋史本傳稱米芾「特妙於翰墨，沈著飛翥，得王獻之筆意。畫山水人物，自名一家」。曾敏行獨醒雜志卷六：「米元章以書名，而詞章亦豪放不群。」

〔五〕岸幘：傲岸貌。獨醒雜志卷六：「（元章）嘗衣冠出謁，帽簷高，不可以乘肩輿，乃徹其蓋。」參見卷二三老堂注〔九〕。

〔六〕蓴鱸：見卷四別子瞻學士詩注〔六〕。

〔七〕惟應二句：南史王筠傳云，沈約製郊居賦，中有「駕雌霓之連蜷，泛大江之悠永」二句，以示王筠。筠讀至「雌霓（五的反）連蜷」，約撫掌欣忭曰：「僕常恐人呼爲霓（五兮反）！」按古音雌蜺（霓）之「蜺」，屑韻，入聲；雲霓之「霓」齊韻，平聲。沈約喜王筠讀音不誤，許爲知音，故云。此爲少游自謙之詞。

宿參寥房〔一〕

鄉國秋行暮，房櫳日已暝。驚風多犯竹，破月不藏星。鈎箔簷花動〔二〕，抄書燭爐零。非關相見喜，自是眼長青〔三〕。

【箋注】

〔一〕本篇作於元豐二年己未（一〇七九）深秋。時少游如越省親，聞蘇軾烏臺詩案發，復渡錢塘至吴興探詢。卷三十與蘇黄州簡云：「自聞被旨入都，遠近驚傳，莫知所謂，遂扁舟渡江，比至吴興，見陳書記、錢主簿，具知本末之詳。」又卷三十八龍井題名記云：「元豐二年中秋後一日，余自吴興過杭，東還會稽。龍井辯才法師以書邀予入山，比出郭，已日夕，航湖至普寧，遇道人參寥。」參寥子有照閣奉陪辯才法師夜半懷少游學士詩，中云：「校讎御府圖書客，疇昔還同此夜禪。」可見是歲秋少游在杭逗留時曾與參寥子游處。詩云「秋行暮」，已至九月矣。

〔二〕簷花：見卷三春日雜興十首其七注〔一〇〕。

〔三〕眼長青：喻受禮遇。三國阮籍能爲青白眼，以白眼對俗士。居母喪，嵇康齎酒挾琴造訪，籍大悦，乃見青眼（見晉書本傳）。案名義考云：「阮籍能爲青白眼，故後人有青盼、垂青之語。人平視睛圓，則青；上視睛藏，則白。」杜甫秦州見敕目薛三璩授司議郎……兼述索居詩：「别來頭併白，相見眼終青。」

次韻蔣穎叔南郊祭告上清儲祥宮 二十六韻〔一〕

特起朝陽内，祠宫極邃清。高窗闚玉女〔二〕，巨闌守昌明〔三〕。盛掩秦諸畤〔四〕，雄逾漢兩京〔五〕。垣横天上紫〔六〕，洲露海中瀛〔七〕。黄帝初龍躍〔八〕，中原罷虎争〔九〕。樵夫亦談道，行旅不持兵。此地修禳禬〔一〇〕，于時保利亨〔一一〕。柏梁災未幾〔一二〕，陳寶詔重營〔一三〕。御帑金繒出，慈闈服玩并〔一四〕。標題動宸翰〔一五〕，撰次屬鴻生〔一六〕。玉刻黄冠印〔一七〕，金書祕殿名。妙經藏洞觀，真籙佩威盟〔一八〕。仙溜花間静，瓊枝檻外榮〔一九〕。肇禋承帝祉〔二〇〕，肆眚順民情〔二一〕。天施寧論報？風行不計程。近傳聞磬管，時或見旄旌。海嶽朝雙闕〔二二〕，星辰集上楹。禮如尊太一〔二三〕，事異寵文成〔二四〕。大似圜丘報〔二五〕，長於至日迎〔二六〕。侍臣來祭告，法駕欲時行〔二七〕。鼇事通元氣〔二八〕，高真達孝誠。慶增黄帝系，壽續太陰精〔二九〕。西北夷門峻〔三〇〕，東南輦路傾。雲行博山氣〔三一〕，風卷步虚聲〔三二〕。符貺方期應〔三三〕，英髦各彙征〔三四〕。謳歌興法從〔三五〕，可見泰階平〔三六〕。

【校】

〔檻外〕原作「物外」，此從蜀本。

【箋注】

〔一〕本篇作於元祐六年辛卯（一〇九一）十月以後。長編卷四六〇云，是歲六月丙午，「詔蘇軾撰上清儲祥宮碑（御集：十八日）」。續資治通鑑卷八十二謂九月甲辰，哲宗「幸上清儲祥宮；壬子，宮成」。王文誥蘇詩總案卷三十四云：「十月，賀儲祥宮成降德音表。」並引本集表云：「軾言：伏睹九月二十七日德音，以上清儲祥宮成，減決四京及諸道見禁罪人……」詩云「撰次屬鴻生」，當指蘇軾撰碑文事。蔣穎叔，名之奇，常州宜興人，以蔭得官，嘉祐二年擢進士第，又舉賢良方正，元祐初，進天章閣待制，知潭州，改集賢殿修撰，知廣州，復知瀛州，因反對屈膝祭遼主，入爲户部侍郎。未幾出知熙州，夏人不敢犯塞。終觀文殿學士，知杭州。宋史有傳。上清儲祥宮，即上清宮，東京夢華録卷三：「上清宮在新宋門裏街北。」新宋門爲汴梁外城東南正門，又稱朝陽門。

〔二〕玉女：神女。漢賈誼惜誓：「建日月以爲蓋兮，載玉女於後車。」少游雨中花詞：「玉女明星迎笑，何苦自淹塵域？」

〔三〕巨闑：猶巨室。闑，爾雅釋宮：「橛，謂之闑。」注：「門閫。」橛，短木，古代置於門中，猶門閂。説文通訓定聲泰部：「古者門有二闑，二闑之中曰中門，二闑之旁皆曰棖。必設此者，所以爲尊卑出入之節也。」

〔四〕秦諸時：秦時祭天地五帝之處，有四：密時、上時、下時、畦時。見史記封禪書。

〔五〕漢兩京：謂西京長安，東京洛陽。

〔六〕垣横句：謂如天上紫微垣。

〔七〕瀛：瀛洲，傳爲海中三仙山之一。

〔八〕黄帝：傳説中上古帝號，據説曾與炎帝戰於阪泉，與蚩尤戰於涿鹿，諸侯尊之，遂即帝位。參見史記五帝本紀。龍躍，猶龍飛。易乾：「見龍在田……或躍在淵。」朱注：「龍之在是，若下於田，或躍而起，則向乎天矣。」此指宋太祖、太宗崛起於中原。

〔九〕中原句：謂結束五代軍閥混戰局面。虎争，喻戰争激烈。史記南越尉佗傳：「興軍聚衆，虎争天下。」

〔一〇〕禳禬：驅除邪惡之祭祀。周禮天官女祝：「掌以時招梗禬禳之事，以除疾殃。」

〔一一〕利亨：謂吉利亨通。易乾：「元亨利貞。」朱注：「亨，通也；利，宜也。」

〔一二〕柏梁句：柏梁臺，漢武帝所建，以香柏爲梁，故名。漢書武帝紀謂元鼎二年起柏梁臺；太初元年，柏梁臺遭火災。此處借喻上清儲祥宫曾於慶曆三年毁於火。

〔一三〕陳寶句：史記封禪書：「秦文公得陳寶於陳倉北坂，其聲若雄鷄。」水經注渭水：「陳倉縣有陳倉山，山上有陳寶鷄鳴祠。昔秦文公遊獵於陳倉，遇之於此坂，得若石焉，其石如肝，歸而寶祠之，故曰陳寶。其來也，自東南，暉暉聲若雷，野雞皆鳴，故曰雞鳴神也。」此句謂重建上清儲祥宫。

〔一四〕慈闈：此指太皇太后高氏。

〔一五〕宸翰句：謂帝王揮筆題額。宸，帝王宮殿，借指爲帝王代稱。翰，毛筆。蘇軾上清儲祥宮碑文引哲宗語：「朕書其首，曰上清儲祥宮碑。」

〔一六〕撰次句：指蘇軾撰上清儲祥宮碑文。鴻生，博學大儒。隋書牛弘傳：「（牛弘）上表請開獻書之路，鴻生鉅儒，繼踵而來。」

〔一七〕黃冠：見卷五題楊康功醉道士石注〔一二〕。

〔一八〕真籙：指道教經典，猶真經。隋書經籍志：「嵩山道士寇謙之自云遇神人李譜，授其圖籙真經。」李白有訪安陵遇蓋寰爲余造真籙臨別留贈詩云：「爲我草真籙，天人慚妙工。」

〔一九〕瓊枝：莊子逸篇：「積石千里，河水出下，鳳女居上，天爲生食，其樹名瓊枝，高百仞，以璆琳琅玕爲實。」李煜破陣子詞：「玉樹瓊枝作煙蘿，幾曾識干戈？」

〔二〇〕肇禋句：肇禋，謂始祭於天。詩周頌維清：「維清緝熙，文王之典，肇禋。」禋，煙祭。帝祉，詩大雅皇矣：「既受帝祉，施于孫子。」此句謂繼承先帝祭祀傳統。

〔二一〕肆眚：春秋莊公二十二年：「春，王正月，肆天眚。」注：「赦有罪也。」肆，寬貸；眚，過失。宋史哲宗紀謂「宮成，減天下囚罪一等，徒以下釋之」。本句指此。

〔二二〕海嶽：四海與五嶽。王僧孺懺悔禮佛文：「含辰象之正氣，畜海嶽之淳靈。」

〔二三〕太一：見卷六游仙二首之二注〔四〕。

〔二四〕文成：史記封禪書：「齊人少翁以鬼神方見上（漢武帝），乃拜少翁爲文成將軍。」

〔二五〕圓丘：古時祭天之圓形高壇。廣雅釋天：「圓丘大壇，祭天。」北史隋高帝紀：「升圓丘而祭蒼天。」

〔二六〕至日：此指冬至。宋史禮志二謂冬至日祀南郊圜丘。孟元老東京夢華録卷十：「十一月冬至，京師最重此節。」是日「三更，駕詣郊壇行禮」。

〔二七〕法駕：皇帝車駕。史記吕后本紀：「迺奉天子法駕，迎代王於邸。」

〔二八〕釐事：即福事。漢書文帝紀：「祠官祝釐。」注：「如淳曰：釐，福也。」

〔二九〕壽續句：太陰，月亮。太陰精，指嫦娥。據淮南子覽冥訓，嫦娥竊羿所請於西王母之不死之藥，奔入月中爲月精。故句以「壽續」言之。此頌太皇太后高氏。

〔三〇〕夷門：見卷二次韻邢敦夫秋懷十首其一注〔五〕。

〔三一〕雲行句：博山，指博山爐。李白楊叛兒：「博山爐中沉香火，雙煙一氣凌紫霞。」王琦注引晉東宮舊事：「一云爐象海中博山，下有盤貯湯，使潤氣蒸香，以象海之回環。」

〔三二〕步虛聲：謂道士誦經聲。李白題隨州紫陽先生壁詩：「步虛吟真聲。」王琦注引異苑：「陳思王遊山，忽聞空裏誦經聲，清遠遒亮，解音者則而寫之，爲神仙聲。道士效之，作步虛聲。」宣和遺事前集謂宋徽宗夢東華帝君召遊神霄宮，見題壁詩云：「詔許群臣親受籙，步虛聲裏認龍顔。」

〔三三〕符貺：符，道士用以祝告天地之文書；貺，賜也。

〔三四〕英髦：英俊傑出之人材。文選劉峻辨命論：「英髦秀達。」

〔三五〕法從：見卷五送劉貢父舍人二首其一注〔九〕。

〔三六〕泰階平：謂國泰民安。漢書東方朔傳「願陳泰階六符」，注：「孟康曰：泰階，三台也。」又引應劭曰：「黄帝泰階六符經曰：泰階者，天子之三階也，上階爲天子，中階爲諸侯、公卿、大夫，下階爲士庶人。……三階平則陰陽和，風雨時，社稷神祇，咸獲其宜，天下大安，是謂太平。」

次韻米元章齋居即事〔一〕

庭木雙株茂，盆池一掬慳〔二〕。支頤魚出樂〔三〕，入背鳥知還〔四〕。老境行將及，仙書讀未閑。因君歌鳳過〔五〕，通夕夢歸山〔六〕。

【校】

〔通夕〕「夕」原作「昔」，通。據王本、四部本改。

【箋注】

〔一〕本篇作於元祐八年癸酉（一〇九三）。米元章書齋號寶晉，見四庫提要。參見本卷次韻答米元章注〔一〕。時少游四十五歲，故云「老境行將及」。

〔二〕一掬慳：少于一掬。小爾雅廣量：「一手之盛謂之溢，兩手謂之掬。」

〔三〕支頤句：支頤，以手託頰，狀閑適之態。白居易除夜詩：「薄晚支頤坐，中宵枕臂眠。」魚出樂：莊子秋水：「莊子與惠子遊於濠梁之上，莊子曰：『儵魚出游從容，是魚樂也。』惠子曰：『子非魚，安知魚之樂？』莊子曰：『子非我，安知我不知魚之樂？』」

〔四〕入眥句：眥，眼眶。杜甫望嶽詩：「盪胸生曾雲，決眥入歸鳥。」晉陶淵明歸去來辭：「雲無心以出岫，鳥倦飛而知還。」

〔五〕歌鳳過：論語微子：「楚狂接輿歌而過孔子，曰：『鳳兮鳳兮，何德之衰！往者不可諫，來者猶可追。已而已而，今之從政者殆而。』」

〔六〕歸山：指辭官歸隱。白居易金鑾子晬日：「使我歸山計，應遲十五年。」

次韻酬陳傳道〔一〕

白髮三冬學〔二〕，青衫八尺身〔三〕。誰知人上傑，聊作吏中循〔四〕。揮翰通元氣，開編友古人〔五〕。寄聲張氏子，曲逆豈長貧〔六〕？

【箋注】

〔一〕本篇作於元祐七年壬申（一〇九二）春。蘇軾有和陳傳道雪中觀燈詩，王文誥蘇詩總案卷三十四謂作於本年正月；施宿東坡先生年譜亦繫於本年。施元之注此詩云：「陳傳道，名師仲，履常（師道）之兄，家居彭城。履常在潁，傳道來訪。蘇軾出守潁州前，在京有與陳傳道簡云：『某凡百無取，入爲侍從，出爲方面……來使立告回，區區百不盡一。』未幾，東坡移守維揚，而傳道亦歸，遂和趙德麟韻送之。傳道是時爲筦庫。」據王宗稷蘇文忠公年譜引查慎行年表，蘇軾元祐六年「知潁州，九月到任，時趙景貺（德麟）爲潁倅，陳履常爲學官」。傳道如潁，當過汴京，觀下一首次韻傳道自適所云「周南頗滯留」可知。故少游得以次韻。

〔二〕三冬學：漢書東方朔傳：「年十三學書，三冬文史足用。」注引如淳曰：「貧子冬日乃得學書。」清俞樾古書疑義舉例三：「三冬，亦即三歲也。」

〔三〕青衫句：舊唐書輿服志貞觀四年制：「八品、九品服以青。」時傳道爲筦庫吏，故因唐制以稱之。

〔四〕吏中循：即循吏、奉職守法之官吏。史記太史公自序：「奉法循理之吏，不伐功矜能，百姓無稱，亦無過行。」此指傳道時爲筦庫吏。

〔五〕友古人：與古人爲友。化用孟子萬章下：「尚論古之人，頌其詩，讀其書，不知其人，可乎？是以論其世也，是尚友也。」

〔六〕寄聲二句：史記陳丞相世家：「及（陳）平長，可娶妻，富人莫肯與者，貧者平亦耻之。久之，户牖富人有張負，張負女孫五嫁而夫輒死，人莫敢娶。平欲得之……張負歸謂其子仲曰：『吾欲以女孫予陳平。』張仲曰：『平貧不事事，一縣中盡笑其所爲，獨奈何予女乎？』負曰：『人固有好美如陳平而長貧賤者乎？』卒與女。」後陳平隨劉邦取天下，封爲曲逆侯，此以切陳傳道。

次韻傳道自適兼呈都司芸叟學士〔一〕

楚國陳夫子〔二〕，周南頗滯留〔三〕。弊袍披槁葉，瘦馬兀扁舟〔四〕。藥餌過三伏，文書散百憂。何人共禪悦〔五〕？居士有浮休〔六〕。

【箋注】

〔一〕本篇作於元祐七年壬申（一〇九二）。觀「周南」句，知傳道赴潁州前後曾在汴京逗留。參見前一首注〔一〕。芸叟，張舜民字，邠州人，傳道妹夫，舉進士，曾爲襄陽令，不滿新法。元豐中，宋師征西夏無功，舜民在靈武作詩云「白骨似沙沙似雪」，坐謫監邕州鹽米倉。赦還，司馬光薦其才氣秀異、剛直敢言，以館閣校勘爲監察御史。上疏論西夏事，牽及文彦博，左遷監登聞鼓院，通判虢州。召還，爲金部員外郎，進祕書少監，使遼；加直祕閣，知陝、潭、青三州，後坐元祐黨籍。宋史有傳。長編卷四六一謂元祐六年七月乙丑，「祕閣校理工部員外郎張舜民爲左司員外郎」，因稱都司。

〔二〕楚國：陳傳道彭城人，舊屬楚，故云。

〔三〕周南：史記太史公自序：「太史公留滯周南。」集解：「古之周南，今之洛陽。」索隱：「張晏曰：自陝以東，皆周南之地也。」此指王畿。

〔四〕弊袍二句：言其貧窮。論語子罕：「衣弊緼袍，與衣狐貉者立。」漢陸賈新語：「二三子衣弊緼袍，不足以避寒。」兀扁舟，即摇扁舟。兀，動摇。此狀瘦馬步態。

〔五〕禪悦：謂耽好禪理，心神恬悦。華嚴經淨行品：「若飯食時，當願衆生，禪悦爲食，法喜充滿。」

〔六〕浮休：宋史張舜民傳：「舜民慷慨喜論事，善爲文，自號浮休居士。」

擬郡學試東風解凍〔一〕

寶曆新開歲，春回斗柄東〔二〕。漪生天際水，凍解日邊風〔三〕。浩蕩依蘋起〔四〕，侵尋帶雪融〔五〕。江河霜練静〔六〕，池沼玉奩空。魚藻雍容裏〔七〕，雲霄俯仰中〔八〕。更無舟楫礙，從此百川通〔九〕。

【箋注】

〔一〕本篇元祐元年丙寅(一〇八六)作於蔡州。王直方詩話云:「秦少游始作蔡州教授,意謂朝夕便當入館,步青雲之上,故作東風解凍詩云:『更無舟楫礙,從此百川通。』已而久不召用,作送和叔云:『大梁豪英海,故人滿青雲;爲謝黄叔度,鬢毛今白紛。』謂山谷也。説者以爲意氣之盛衰,一何容易!」(見阮閱詩話總龜前集卷八)詩云「寶曆開新歲」,指哲宗繼位改元。

〔二〕斗柄:即斗杓,北斗七星之五至七星。鶡冠子環流:「斗柄東指,天下皆春。」

〔三〕日邊風:指東風。禮記月令:「孟春之月,東風解凍。」

〔四〕依蘋起:文選宋玉風賦:「夫風生於地,起於青蘋之末。」注:「爾雅曰:萍,其大者曰蘋。郭璞曰:水萍也。」

〔五〕侵尋:漸進、浸潤。史記武帝紀:「是歲,天子始巡郡縣,侵尋於泰山矣。」索隱:「侵尋即浸淫也。……小顔云:浸淫,漸染之義。」

〔六〕霜練:喻江河之水。李之翰書呈仲孚詩:「長溪霜練静,修嶺蒼龍卧。」

〔七〕魚藻句:魚藻,詩小雅篇名,毛詩序以爲刺幽王時「萬物失其性」,「故君子思古之武王焉」。此處暗諷神宗時推行王安石新法,使萬物失性;哲宗即位,可從容不迫恢復舊法。

〔八〕雲霄句:言得志在俯仰之間。雲霄,喻高位。唐朱慶餘酬李處士見贈:「雲霄未得路,江海作閒人。」又劉長卿送薛據宰涉縣詩：「此道如不移，雲霄坐應致。」

〔九〕更無二句：易繫辭下：「舟楫之利，以濟不通，致遠以利天下。」書説命上：「若濟巨川，用汝作舟楫。」此喻前途順利。

【彙評】

明胡應麟詩藪外編卷五：宋人五言古，「雨砌風軒」外，可入六朝者無幾，而近體顧時時有之。摘列於左，掩姓名讀之，未必皆别其爲宋也。……秦少游「江河霜練静，池沼玉奩空」（東風解凍），黄魯直「呵鏡雲遮月，啼妝露著花」，張文潛「幽花冠曉露，高柳旆和風」……皆陳末唐初遺響也。

駕幸太學〔一〕

原廟初更十二章〔二〕，還輿詔蹕幸諸庠〔三〕。法天辟水遥迎仗〔四〕，應月深衣不亂行〔五〕。風動四夷將遣子〔六〕，禮行三舍遂賓王〔七〕。前知此舉追虞氏，果有球音發舜堂〔八〕。

【校】

〔題〕王本、四部本案：「當依石林詩話作『和吕丞相微仲駕幸太學詩』。」

〔法天辟水〕王本、四部本作「涵天璧水」，疑誤。石林詩話「璧」作「碧」，誤。

〔應月深衣〕張本、李本、段本、秦本「月」作「夜」，王本、四部本「應」作「映」、「衣」作「花」。石林詩話卷中「應」作「映」。

【箋注】

〔一〕本篇作於元祐六年辛未（一〇九一）十月。清王士禛分甘餘話：「近從楓窗小牘，又得元祐六年七月，哲宗幸太學，宰執侍從呂大防、蘇頌、韓忠彥、蘇轍、馮京、王巖叟、范百禄、梁燾、劉奉世、范純禮、孔武仲、顧臨等三十六人紀事唱和詩序一碑，雅潔是元祐作者風氣。」案曾肇南豐曾文昭公遺録謂是「元祐六年十月庚午」，蘇軾東坡後集卷十五有賀駕幸太學表二首，皆云「十月十五日，駕幸太學」，可證王説「七月」誤。秦譜繫於元祐五年，尤誤。又周城宋東京考謂太學在南宮城之蔡河灣，建隆中立，後爲國子監。元豐三年，增至八十齋。趙升朝野類要卷一云：「車駕幸太學，别有恩例，蓋古之養老尊賢之故事。」

〔二〕原廟：正廟之外别立之廟。史記高祖本紀：「及孝惠五年，思高祖之悲樂沛，以沛宮爲高祖原廟。」案：楓窗小牘卷下引李格非序云：「以歲十月庚午，駕自景靈宮移伏〔仗〕，謁孔子祠。」此處原廟，指景靈宮。

〔三〕還輿句：還輿，指哲宗自景靈宮移仗。見注〔二〕。蹕，禮曾子問：「主出廟入廟必蹕。」案：古代皇帝出廟入廟，須止行人以清道，此之謂蹕。庠，指太學。孟子梁惠王：「謹庠序之教。」注:「庠序者,教化之宫也,殷曰序,周曰庠。」

〔四〕法天辟水:指太學,亦稱泮池、璧池、璧沼。白虎通義辟雍:「辟者璧也,象璧圓又以法天。」三輔黄圖卷五:「周文王辟廱,在長安西北四十里,亦曰璧廱,如璧之圓,雍之以水,象教化流行也。」宋吴自牧夢粱録卷十五:「古者天子之學,謂之成均,又謂之上庠,亦謂之璧水,所以養育作成天下之士類,非州縣學比也。」宋太學位置,據周密癸辛雜識云:「居汴水南,面城背河,柳堤蓮池,尚有璧水遺意。」

〔五〕深衣:古士大夫居家所穿之便服,庶人之常禮服。禮深衣:「古者深衣,蓋有制度,以應規矩,繩權衡。」注:「名曰深衣者,謂連衣裳而純之以采也。」疏:「凡深衣皆用諸侯、大夫、士夕時所著之服,故玉藻云:朝玄端,夕深衣;庶人吉服,亦深衣。」

〔六〕風動句:書大禹謨:「四方風動。」孔傳:「民動順上命,若草應風。」此句謂四夷皆歸順,將遣子來學。

〔七〕禮行句:宋代太學分三舍:初學者入外舍,由外舍升内舍,由内舍升上舍。見宋史選舉志三學校試。賓王,易觀:「觀國之光,利用賓於王。」注:「其占爲利於朝覲仕進也。」

〔八〕前知二句:球音,説文:「球,玉磬也。」書益稷:「戛擊鳴球。」疏:「球,玉也。樂器惟磬用玉,故球爲玉磬。」此處指廟堂音樂。虞書舜典:「帝曰:『夔,命汝典樂……八音克諧,無相奪倫,神人以和。』夔曰:『於!予擊石拊石,百獸率舞。』」疏曰:「如周禮大司樂掌成均之法，以教國子弟。」此用其義。

【彙評】

葉夢得石林詩話卷中：元祐初駕幸太學，呂丞相微仲有詩，中間押「行」字韻，館閣諸人皆和。秦學士觀一聯云：「涵天碧水遥迎仗，映月深衣不亂行。」諸生聞之，亦閧然。觀爲人喜傲謔，然此句實迫於趁韻，未必有意也。

【附】

呂微仲（大防）駕幸太學詩：清曉金輿出建章，祠宫轉仗指虞庠。三千逢掖裙如雪，十萬勾陳錦作行。再拜新儀瞻魯聖，一篇古訓贊周王。崇儒盛世無云補，扈蹕空慚集論堂。

題閣求仁虚樂亭三首〔一〕

其一

禪房幽構徑彎環，噪鵲鳴鳩盡日閑。隱几冥濛超物表〔二〕，畫圖髣髴見林間。褰簾雲吐池中月，岸幘天横竹外山〔三〕。秋興已闌成麗句，板輿時此慰慈顔〔四〕。

【校】

〔其一〕此爲箋注者所加，下同。

〔竹外〕蜀本作「雲外」。案此聯上句有「雲」字，律詩一般字不複出，「竹」字是。

【箋注】

〔一〕本篇題下原注云：「前二首莘老。」王本、四部本題下附注云：「胡本注：『前二首莘老作。』案二當作一，詳攷證。」攷證云：「『誰構新亭近翠微』一首，亦載參寥子集。案：前一首已云『僧與開亭』，此首又云『誰構新亭』，定非一人所作。」據此，本篇三首依次爲孫莘老、秦觀、參寥子作。熙寧九年丙辰（一〇七六），少游與孫莘老、參寥子同遊歷陽之湯泉，卷三十八遊湯泉記云：「越三日，烏江令閻求仁來。求仁，余鄉友也，遂與俱行。……湯泉之事既窮，余又獨從參寥，西馳七十里，入烏江，邀求仁謁項羽祠，飲繫馬松下。憑大江以望三山，憩於虚樂亭。」案閻求仁，名木，高郵人，治平四年許安世榜進士。蘇轍欒城集卷二十八有閻木太學博士告詞云：「木才質端厚，學有原本。」歷陽典録卷六云：「虚樂亭在烏江廣聖寺。」

〔二〕隱几：孟子公孫丑下：「有欲爲王留行者坐而言，不應，隱几而卧。」注：「隱，倚也。」

〔三〕岸幘：見卷二三老堂注〔九〕。

〔四〕板輿：原指老人代步工具。晉潘岳閑居賦：「微雨新晴，六合清朗，大夫人乃御版輿，升輕軒，遠覽王畿，近周家園。」後指官吏在任奉養父母。岑參酬成少尹駱谷行見呈詩：「榮禄上及親，之官隨板輿。」少游時尚未仕，不可能有此語，故知爲莘老作無疑。

其　二〔一〕

長官平昔嗜林丘，僧與開亭待勝遊〔二〕。修竹回環扶碧瓦，小池方折轉清流。春深鶗鴂催詩句〔三〕，夜静蟾蜍入酒舟〔四〕。只恐政成留不得，縣人空此憶韋遊〔五〕。

【箋注】

〔一〕其二係少游次孫莘老原韻，説見其一注〔一〕。

〔二〕長官：指烏江令閻求仁，僧：指廣聖寺僧人，參見其一注〔一〕。

〔三〕鶗鴂：見卷二和王通叟琵琶夢注〔二〕。

〔四〕夜静句：蟾蜍，指月亮。後漢書天文志注：「羿請不死之藥於西王母，姮娥竊之以奔月……是爲蟾蜍。」酒舟，即酒杯。舟，樽下承槃。周禮春官司尊彝賈疏引鄭司農云：「舟，尊下臺，若今時承槃者。」此處爲引申義。蘇軾次韻趙景貺督兩歐陽詩破陳酒戒詩：「明當罰二子，已洗兩玉舟。」亦指酒杯。

〔五〕韋遊：唐韋應物揚州偶會前洛陽盧耿主簿題下自注云：「應物頃貳洛陽，常有連騎之遊。」此指與閻求仁、參寥子同遊虚樂亭事。

其　三〔一〕

誰構新亭近翠微〔二〕？似教陶令狎天機〔三〕。池光引月來簷廡，竹影疏風到客衣〔四〕。愛酒有時攜玉斝〔五〕，無弦聊自拂金徽〔六〕。人間此樂應無幾，肯向良辰與物違？

【校】

〔誰構〕原「構」字避諱不書，注曰：「御名。」據張本補。

〔此樂應無幾〕四庫本參寥子詩集作「樂事還能幾」。

【箋注】

〔一〕其三又見宋刻參寥子詩集卷三，當係參寥子作。參見其一注〔一〕。

〔二〕翠微：爾雅釋山：「未及上翠微。」疏：「謂未及頂上，在旁陂陀之處；一説山氣青縹色，故曰翠微也。」庾信和宇文内史春日遊山詩：「遊客值春輝，金鞍上翠微。」

〔三〕陶令：即陶淵明，見卷一和陶淵明歸去來辭注〔一〕。此喻烏江令閻求仁。案：陶淵明五柳先生傳云：「酣觴賦詩，以樂其志。無懷氏之民歟？葛天氏之民歟？」又蕭統陶淵明傳云：「淵明少有高趣……嘗著五柳先生傳以自況。」此所謂狎天機者也。

〔四〕疏風：同梳風。韻會：「疏，通作梳。」揚雄長楊賦：「頭蓬不暇疏。」

〔五〕玉斝：酒器。詩大雅行葦：「或獻或酢，洗爵奠斝。」注：「斝，爵也。夏曰醆，殷曰斝，周曰爵。」

〔六〕無弦句：用陶淵明事，見卷六覯覿二弟作小室請書魯直名曰寄寂作此寄之用孫子實韻注〔六〕。金徽，指琴徽。漢書揚雄傳解難：「今夫弦者，高張急徽。」注：「徽，琴徽也，所以表發撫抑之處。」後稱七絃琴琴面十三個指示音節之標誌爲「徽」。

懷李公擇學士〔一〕

一辭行旆楚亭皋〔二〕，幾爲登臨掛鬱陶〔三〕。蓬斷草枯時節晚，山長水遠夢魂勞。流傳玉刻皆黄絹〔四〕，早晚金閨報大刀〔五〕。宣室方疑鬼神事〔六〕，順風行看使鴻毛〔七〕。

【箋注】

〔一〕本篇蓋作於熙寧九年丙午（一〇七六）歲暮。李公擇，名常，南康建昌（今屬江西省）人，少讀書於廬山白石僧舍，登皇祐進士。熙寧中知諫院，因反對王安石新法，出知鄂州、湖州、齊州。元豐初，徙淮南西路提刑。遷尚書度支員外郎，元祐後，試禮部侍郎，除御史中丞，兼侍讀，出知鄧州，徙成都，卒於傳舍。宋史有傳。案參寥子哭少游學士云：「瓶盂客京口，彷彿熙寧末；君方駕扁舟，歸來自苕霅。」本卷次韻二首之二係參寥子作，亦云「畫船京口見停橈，瀟洒渾疑謝與陶」，當同詠一事，皆指公擇熙寧九年自湖州移守齊州，時少游同載。又孫汝聽蘇潁濱年表謂熙寧九年有和李常赴歷下道中雜詠十二首，欒城集卷六載此詩，中有「蒼茫半秋草」之句。本篇云「一辭行斾楚亭皋」，正指熙寧九年公擇移守齊州、經高郵與少游分別事。而「蓬斷草枯時節晚」，乃指九年冬作詩時景象也。

〔二〕亭皋：水邊平地。司馬相如上林賦：「亭皋千里，靡不被築。」此指送別之地，當在高郵一帶。

〔三〕鬱陶：精神鬱積，心情哀愁。書五子之歌：「鬱陶乎予心。」孔傳：「鬱陶，言哀思也。」此處形容思念之情。楚辭九辯：「豈不鬱陶而思君兮，君之門以九重。」王逸注：「憤念蓄積盈胸臆也。」

〔四〕流傳句：玉刻，稱美他人著作或刻本。黃絹，即「黃絹幼婦」，絶妙二字之隱語。世説新語捷悟：「魏武嘗過曹娥碑下，楊修從。碑背上見題作『黃絹幼婦、外孫韲臼』八字……修解曰：『黃絹，色絲也，於字爲絶；幼婦，少女也，於字爲妙；外孫，女子也，於字爲好；韲臼，受辛也，於字爲辤：所謂絶妙好辭也。』」此句贊譽李公擇文辭絶妙。

〔五〕早晚句：金閨，漢宮之金馬門，簡稱金門，亦曰金閨，後世借以稱朝廷。謝朓始出尚書省詩：「既通金閨籍，復酌瓊筵醴。」報大刀，謂還朝。見卷二和王通叟琵琶夢注〔一〇〕。李公擇以熙寧三年反對新法出京，此時少游盼其還朝。

〔六〕宣室句：漢書賈誼傳：「孝文帝方受釐，坐宣室。……上因感鬼神事，而問鬼神之本。」李商隱賈生詩：「宣室求賢訪逐臣，賈生才調更無倫。可憐夜半虛前席，不問蒼生問鬼神。」此喻皇帝將欲起用李公擇。

〔七〕順風句：文選王子淵聖主得賢臣頌：「故聖主必待賢臣而弘功業，俊士亦俟明主以顯其德。……翼乎如鴻毛遇順風。」

次韻二首〔一〕

其一

青髮從遊各白袍〔二〕，老來邂逅更陶陶〔三〕。尺書繼月傳雙鯉〔四〕，相見何時詠百勞〔五〕？諫草十年聊閣筆〔六〕，坐棠三郡不更刀〔七〕。靈崖濼水堪行樂〔八〕，時事紛紛劇蝟毛〔九〕。

【校】

〔其一〕此爲箋注者所加，下同。

【箋注】

〔一〕此二首係次少游懷李公擇學士韻，原次於懷李公擇學士之後作大字單行，形式同於正文。此首蜀本篇末注云：「莘老。」王本注云：「此或皆他人次韻作。詳攷證。」徐案：攷證見其二注〔一〕。其一爲孫莘老作。

〔二〕青髮句：案公擇生於仁宗天聖五年（一〇二七），少游生於皇祐元年（一〇四九），相差二十二歲，年齒不相當；且少游生不久，公擇即登皇祐進士，故非少游口吻。宋史李常傳謂「常（字公擇）長孫覺（字莘老）一歲，始與覺齊名，俱受知於吕公著。其議論趣舍，大略多同」，則此語出自孫莘老甚相宜。白袍，庶人服裝。馬縞中華古今注卷中袍衫：「秦始皇（時），三品以上緑袍深衣，庶人白袍，皆以絹爲之。」王林燕翼詒謀録卷一：「（宋）國初仍唐舊制，有官者服皂袍，無官者白袍，庶人布袍。」

〔三〕老來句：邂逅，不期而遇。陶陶，和樂貌。詩王風君子陽陽：「君子陶陶，左執翿，右招我由敖，其樂只且。」

〔四〕雙鯉：指書信。見卷二答朱廣微注〔一一〕。

〔五〕百勞：鳥名，一作伯勞。玉臺新詠九東飛伯勞歌：「東飛伯勞西飛燕，黄姑織女時相見。」後稱朋友别離爲「勞燕分飛」。

〔六〕諫草句：諫官之奏稿。據宋史孫覺傳：「熙寧二年，詔知諫院」，青苗法行，覺上疏論其不便，語侵安石，遂出知廣德軍，至本年（熙寧九年）爲七年，「十年」乃其概數。

〔七〕坐棠句：隋書王夏傳：「坐棠聽訟，事絶詠歌。」坐棠，即指坐衙聽訟。棠，指甘棠，相傳周武王時召伯巡行南國，曾舍甘棠之下，民思其德，因賦甘棠詩。後世遂用以喻德政。三郡，指公擇連守鄂州、湖州、齊州。更刀，莊子養生主：「良庖歲更刀，割也；族庖月更刀，折也。今臣之刀十九年矣，所解數千牛矣，而刀刃若新發於硎。」

〔八〕靈崖句：靈崖，即靈巖，在今山東長清，亦名方山；上有六泉，下有靈巖寺，相傳爲佛圖澄卓錫之處。濼水，水經注八濟水：「濼水出歷城故城西南，泉源上湧若輪。俗謂之娥英水，以泉源有舜妃娥英廟故也。北流注於濟，謂之濼口。」二地皆在齊州境内。李公擇此時守齊州，故云。

〔九〕蝟毛：謂世事蝟集，不如人意。漢書賈誼傳：「高皇帝瓜分天下以王功臣，反者如蝟毛而起。」

其　二〔一〕

畫船京口見停橈，瀟洒渾疑謝與陶〔二〕。但把好山供勝踐，不將餘論掛塵勞〔三〕。

諫垣天上經焚草〔四〕，藩國年來屢夢刀〔五〕。北路近傳新政美，未嘗因物强吹毛〔六〕。

【校】

〔吹毛〕原作「推毛」，疑誤。此據王本。

【箋注】

〔一〕此首蜀本題下注云：「參寥。」王本攷證云：「『畫船京口見停橈』一首亦載參寥子集，題作『次韻少游寄李齊州』。」是。此載宋刊參寥子詩集卷三。

〔二〕畫船二句：參寥子哭少游學士：「瓶盂客京口，彷佛熙寧末。君方駕扁舟，歸來自苕霅。」皆寫熙寧九年與少游、公擇相遇於京口江上，此以謝靈運、陶淵明喻之。京口，今江蘇鎮江。參見本卷懷李公擇學士注〔一〕。

〔三〕塵勞：佛家謂世俗事務之煩惱曰塵勞。無量壽經：「散諸塵勞，壞諸欲塹。」維摩經慧遠疏：「煩惱坌污，名之爲塵；彼能勞亂，説以爲勞。」

〔四〕諫垣句：諫垣，諫官之署。焚草，焚燒奏稿，以示慎密。宋書謝弘微傳：「每有獻替及論時事，必手書焚草，人莫之知。」此謂熙寧三年公擇因上疏極言新法而罷諫官。

〔五〕夢刀：據晉書王濬傳，濬夢見寢室梁上掛有三把刀，頃刻又加一把。醒後，人謂曰三刀爲「州」，又加一把則爲「益」，預示將委以益州。後果然。因以「夢刀」爲地方官升遷之典實。

此謂經常調任地方官。參見本題其一注〔六〕。

〔六〕北路二句：吹毛，謂故意挑剔。韓非子大體：「不吹毛而求小疵，不洗垢而察難知。」此喻李公擇守濟南多德政，所爲無可挑剔。

題湯泉二首〔一〕

其一

滿斛泠泠注不窮〔二〕，幻塵乾慧洗皆空〔三〕。法流水接諸天上〔四〕，神瀵香聞一國中〔五〕。金粟示爲除病惱〔六〕，跋陀仍已獲圓通〔七〕。馬蹄又入風埃去，回首吴吟謝迮翁。

【校】

〔其一〕此爲箋者所加，下同。

〔幻〕原誤作「幼」，據張本改。

〔跋陀〕「跋」原誤作「趹」，據張本、胡本、李本改。

〔迮翁〕張本、胡本、李本、段本、王本、四部本篇末注云：「湯泉有逅迮翁。」原注云：「湯泉有逧迮翁。」蜀本注云：「湯泉有名逧迮翁者。」徐案：逅、逧、逧三字形近，未知孰是。

【箋注】

〔一〕二首作於熙寧九年丙辰（一〇七六）。參見本卷次韻莘老初至湯泉二首其一注〔一〕。

〔二〕滿斛句：遊湯泉記云：「而惠濟三泉，旁皆甃石爲八方斛，竅其兩崖：一以受虚，一以泄滿，泉輪其中，晨夜不絶。」

〔三〕幻塵句：幻塵，佛家語，意爲人間乃是虚幻之塵世。圓覺經卷上：「幻身滅，故幻心亦滅；幻心滅，故幻塵亦滅。」乾慧，佛家語。大乘義章：「雖有智慧，未得定水，故云乾慧；又此事觀，未得理水，亦名乾慧。」

〔四〕法流：即法水，佛家語，佛法能除煩惱塵垢，如水之洗滌污穢，故曰法水。聖無動經：「以智慧火燒諸障礙，亦以法水澍諸塵垢。」

〔五〕神瀵：傳説中泉水名。列子湯問：「當（終北）國之中有山，山名壺領，狀若甔甀，頂有口，狀若員環，名曰滋穴，有水湧出，名曰神瀵，臭過蘭椒，味過醪醴。」

〔六〕金粟：見卷五送蔡子驥用蔡子駿韻注〔一三〕。除病惱，謂湯泉能解除疾病之苦。賀鑄慶湖遺老集卷三題香社寺平痾湯泉題注：「在歷陽西北四十里泉石山東麓，周環三十許步，清澈而香，或以竹木投其中，漬之一昔，渥然如丹，蓋靈砂伏其下，故飲之並浴者，疾多愈，因名平痌湯。」靈砂，謂硫磺也。

〔七〕跋陀：魏書釋老志：「又有西域沙門名跋陀，有道業，深爲高祖所敬信，詔於少室山陰，立少林寺而居之，公給衣供。」曾與沙門法顯、法業譯撰僧祇律。宣行於時。又譯作佛陀，續高僧傳云：嵩山少林寺係後魏文帝太和中爲佛（跋）陀禪師所建。圓通，佛家語，義謂覺慧周圓，通入法性。楞嚴經：「阿難及諸大衆。蒙佛開示，慧覺圓通，得無疑惑。」

其　二〔一〕

温井霜寒碧甃澄，飛塵不動玉奩清。老翁仙去嬴駿共〔二〕，太子東歸廢沼平〔三〕。據石聊爲寶陀觀〔四〕，決渠還落堰溪聲。浣腸灌頂雖殊事〔五〕，一洗勞生病惱輕〔六〕。

【箋注】

〔一〕此首蜀本篇末注云「莘老」。徐案：應爲孫莘老作。

〔二〕老翁：指逄迮翁，見本題其一校記。嬴駿：見本卷過六合水亭懷裴博士次韻三首其二注〔一〕。

〔三〕太子：指南朝梁昭明太子蕭統。統字德施，小字維摩，武帝蕭衍長子，好文學，博覽群書，曾召劉孝威庾肩吾等編撰文選，明人輯有昭明太子集。梁書有傳。相傳曾游湯泉，故少游遊湯泉記云：「一曰太子湯，舊傳梁昭明所遊，今廢於野。」

〔四〕寶陀：謂印度南海岸觀音之住所，即寶陀巖。

〔五〕浣腸句：浣腸，滌腸。史記扁鵲傳：「醫有俞跗，治病……湔浣腸胃，漱滌五藏。」此喻洗滌俗念。灌頂，佛教密宗之儀式。相傳天竺國王登位時，以四大海之水灌於頂上，以表祝意。佛教密宗倣此法，凡弟子入門，須經本師以水或醍醐灌灑頭頂，以明諸佛之護念，表佛行之崇高。大日經疏：「爲令佛種不斷，故以甘露法水而灌佛子之頂。」唐李華東都聖善寺無畏三藏碑：「灌頂在昔，聲聞在今。」

〔六〕一洗句：見本題其一注〔六〕。

寄題王欽之自圓庵〔一〕

誅茅北户結圓廬，從事風流入畫圖〔二〕。珠箔粉垣藏混沌〔三〕，葛巾藜杖造虚無〔四〕。
春閑居士天花室〔五〕，晝静仙人白玉壺〔六〕。遥想吏行鳧鶩散〔七〕，沈煙一穗對團蒲〔八〕。

【箋注】

〔一〕王欽之：生平無考。

〔二〕從事：官名。漢制，州刺史之佐吏如别駕、主簿、功曹等，均稱爲從事使。漢魏之際增設文學從事員。王欽之，當爲州之佐吏，故云。

〔三〕混沌：易乾鑿度上：「太易者，本見氣也；太初者，氣之始也；太始者，形之似也；太素者，質之始也；氣似質具而未相離，謂之混沌。」

〔四〕虛無：道之本體曰虛無。莊子刻意：「夫恬淡寂漠，虛無無爲，此天地之平，而道德之質也。」

〔五〕天花室：維摩詰經觀衆生品：「時維摩詰有一天女，見諸大人聞所説法，便現其身，即以天花散諸菩薩大弟子上。」此喻自圓庵。

〔六〕晝静句：漢書方術費長房傳謂市中有老翁賣藥，懸一壺於肆頭，及市罷，輒跳入壺中；後費長房亦相與跳入壺中，唯見玉堂嚴麗，旨酒甘肴盈衍其中，共飲畢而出。此謂自圓庵如壺中一般安静。

〔七〕鳬鷖：即鳬鴨。據魏書官氏志云，北魏制定官號，多不依周漢舊制，而擬以遠古雲鳥之義。「諸曹走使，謂之鳬鴨，取飛之迅速也。」

〔八〕團蒲：即蒲團，坐具，用以坐禪及跪拜。

流觴亭并次韻二首〔一〕

其一

縹緲雲巒欲盡頭〔二〕，灑然華構引飛流〔三〕。朱盤瀲灩開冰鑑〔四〕，碧甃縈紆走玉虬〔五〕。毛骨漸驚超濁界，風煙驟覺變清秋。更憐白足如霜句〔六〕，可羨溪邊六逸遊〔七〕。

【校】

〔二首〕王本、四部本無此二字，題下附注云：「二詩兩用竹谿六逸事，似非一手作。」案：本篇疑爲程公闢首唱。

〔其一〕此爲箋注者所加，下同。

〔縹緲〕原作「縹縹」，據王本、四部本改。

〔華構〕原「構」字避諱不書，注曰：「御名。」據張本補。

【箋注】

〔一〕秦譜謂元豐二年己未（一〇七九），先生「如越，省大父承議公及叔父定於會稽」，「乃東遊鑑湖，謁禹廟，憩蓬萊閣。是時給事廣平程公闢領越州，先生相得歡甚，多登臨唱酬之什，作會稽唱和詩序」。案少游於是歲五月別東坡於湖州，與參寥子同行至杭州，遂來會稽。苕溪漁隱叢話後集卷三十三引藝苑雌黄云：「程公闢守會稽，少游客焉，館之蓬萊閣。」並待之以禮，卷二十八謝程公闢啓云：「不謂修撰給事誤賜采葑，曲加推轂，引置金臺之館，俾參珠履之遊。……往來乎十洲三島之上，俯仰乎千巖萬壑之間。……從游八月，大爲北客之美談；酬唱百篇，永作東吳之盛事。」此詩當爲百篇之一，觀「風煙驟覺變清秋」一句，知作於是歲秋季。流觴亭，在越州郡治西園（今紹興市卧龍山麓）内。據嘉泰會稽志卷一云：「府西園之新，蓋自樂安蔣公堂。初，景祐三年冬，公實始來數月，政成，郡以無事，乃闢金山神祠作正俗亭，既又爲曲水閣、有流觴亭、茂林亭。（原注：並取永和蘭亭故事）。」

〔二〕雲巒：指卧龍山。句謂亭在卧龍山一端。

〔三〕灑然句：謂引鑑湖水入西園，建流觴亭於其上。

〔四〕冰鑑：周禮天官凌人：「祭祀共冰鑑。」鄭注：「鑑如甀，大口，以盛冰。置食物於中，以禦温氣。」

〔五〕玉虬：白色虬龍。屈原離騷：「駟玉虬以乘鷖兮，溘埃風余上征。」此喻流水蜿蜒之狀。

〔六〕更憐句：李白浣紗石上女詩：「一雙金齒屐，兩足白如霜。」又越女詞其一：「屐上足如霜，不著鴉頭襪。」

〔七〕溪邊六逸：唐開元末年，李白與孔巢父、韓準、裴政、張叔明、陶沔居泰山府徂徠山下之竹溪，每日縱酒酣歌，時號竹溪六逸。見新唐書李白傳。

其二

卧龍西畔北池頭〔一〕，水擘華堂瑟瑟流〔二〕。幾曲漪漣盤翠帶〔三〕，一峰孤秀浴蒼虬〔四〕。香囊近午清無汗〔五〕，素扇生涼爽入秋。待喚畫師來貌取，圖成便是竹溪遊〔六〕。

【箋注】

〔一〕卧龍：山名，見卷五送蔡子驥用蔡子駿韻注〔四〕。

〔二〕水壁句：嘉泰會稽志卷一謂會稽府治西園内，有曲水閣，「鑿渠引湖水入，屈折縈紆，激爲湍流，閣距其上」。本句當指此。瑟瑟，碧緑色。白居易暮江吟：「一道殘陽鋪水中，半江瑟瑟半江紅。」

〔三〕幾曲句：漪漣，猶漣漪，微波。晉書衛恒傳：「是故遠而望之，若翔風厲水，清波漪漣。」盤翠帶，形容渠水之縈紆曲折。

〔四〕蒼虬：青色虬龍，謂卧龍山。

〔五〕香囊：即香荷包。古代男子亦用香囊。世説新語假譎：「謝遏年少時，好著紫羅香囊，垂覆手。」

〔六〕竹溪遊：見本題其一注〔七〕。

遊龍門山次程公韻〔一〕

路轉横塘入亂峰，遍尋瀟洒興無窮〔二〕。樓臺特起喧卑外〔三〕，村落隨生指點中。

溪傍五雲清逗玉〔四〕，松分八面翠成宫。歸途父老欣相語：今日程公昔謝公〔五〕。

【箋注】

〔一〕本篇元豐二年己未（一〇七九）作於會稽。程公，指程師孟，字公闢，吴人，所居在南園之側，號晝錦坊。景祐元年進士，累官知廣州，召爲給事中，充集賢殿修撰，判都水監，熙寧十年十月知越州，元豐二年十二月得替，後知青州，授光禄大夫致仕。見中吴紀聞卷三、宋詩紀事卷十三、嘉泰會稽志卷二。宋史有傳。龍門山，在今浙江紹興市境内。

〔二〕瀟洒：指清疏明快之境界。李白遊水西簡鄭明府詩：「凉風日瀟洒，幽客時憩泊。」

〔三〕喧卑：杜甫有客：「喧卑方避俗，疏快頗宜人。」仇兆鰲注：「古詩：喧卑厭俗居。」又引趙汸曰：「而厭世避喧，少求易足之意，自在言外。」

〔四〕五雲：會稽城門名。嘉泰會稽志卷一：「城門九：東曰都賜門、曰五雲門。」案若耶溪又名五雲溪，城門以此得名，溪與門相近，故云。

〔五〕謝公：指謝靈運。靈運，小名客兒，南朝宋陳郡陽夏人。博覽群書，工書畫，善詩文，與顔延之齊名。襲封康樂公。好遊歷，少帝時爲永嘉太守，常登山臨水，所至輒爲題詠。晚年移居會稽，以遊放歌詩自娱。宋書有傳。

遊龍瑞宮次程公韻〔一〕

靈祠真館閟山隈，形勢相高對越臺〔二〕。莓徑翠依屏上轉，藕花紅繞鑑中開。鶴銜寶箭排煙去〔三〕，龍護金書帶雨來〔四〕。夾道萬星攢騎火，滿城争看使君回〔五〕。

【箋注】

〔一〕本篇元豐二年己未（一〇七九）作於會稽。龍瑞宫，嘉泰會稽志卷六：「龍瑞宫，在縣南二十五里，有禹穴及陽明洞天，道家以爲黄帝時嘗建候神館於此。唐神龍元年，置懷仙館。開元二年，因龍見，改今額。」程公，即程公闢，見前遊龍門山次程公韻注〔一〕。

〔二〕靈祠二句：嘉泰會稽志卷六：「（龍瑞）宫正居會稽山南，峰嶂遒崒。其東南一峰崛起，上平如砥，號苗龍上昇臺。」此二句謂苗龍上昇臺與越王臺高度相彷彿。越王臺，舊址在卧龍山東北。嘉泰會稽志卷十八：「越王臺，舊經云：種山東北。李公垂詩云：『伍相廟前多白浪，越王臺上少晴煙。』」又引水經注云：「越起靈臺於山上，作三層樓，以望雲物，川土明秀，號勝地。」

〔三〕鶴銜句：孔靈符會稽記：「會稽山有石室，云是仙人射堂，東高巖有射的石如射侯，南有白鶴山，此鶴爲仙人取箭。」

〔四〕龍護句：嘉泰會稽志卷六：「龍瑞尤宜煙雨中望之，重峰疊巘，圖畫莫及，故邦人舊語曰：

『晴禹祠，雨龍瑞。』」

〔五〕使君：指郡守程公闢。以上二句，寫其夜歸時光景，言頗受民衆愛戴也。

次韻朱李二君見寄二首〔一〕

其一

東阡北陌坐淹時，偶爲高風振羽儀〔二〕。十丈蓮花開處遠〔三〕，三年楮葉刻成遲〔四〕。鬢毛但速安仁老〔五〕，錢粟難輸曼倩饑〔六〕。尚賴故人遥省憶，發揮春色有新詩。

【校】

〔二首〕王本、四部本無此二字。

〔其一〕此爲箋注者所加，下同。

【箋注】

〔一〕二首蓋作於元祐年間在京任職時。朱李二君，李爲李安上，高郵縣令，見嘉靖揚州志秩官，元祐六年曾寄茶與少游，少游有詩，見本書卷九次韻李安上惠茶，朱當爲李之同事。詩云：

「鬢毛但速安仁老」，時年四十多歲，故云。

〔二〕羽儀：見卷二送周裕之赴新息令注〔一〇〕。

〔三〕十丈蓮花：藝文類聚卷八二引真人關令尹喜傳：「真人遊時，各各坐蓮花之上，一花輒徑十丈。」此句謂距求仙訪道甚遠。

〔四〕三年楮葉：韓非子喻老：「宋人有爲其君以象（一作玉）爲楮葉者，三年而成。豐殺莖柯，毫芒繁澤，亂之楮葉之中而不可別也。」此處自謙學業未成。

〔五〕鬢毛句：見卷五和裴仲謨摘白鬚行注〔七〕。安仁：晉潘岳，其秋興賦謂：「余春秋三十有二，始見二毛。」

〔六〕曼倩，漢東方朔字，爲武帝弄臣。據漢書東方朔傳云，某次對武帝曰：「臣朔生亦言，死亦言：朱儒長三尺餘，奉一囊粟，錢二百四十。臣朔長九尺餘，亦奉一囊粟，錢二百四十。朱儒飽欲死，臣朔饑欲死。」此喻禄薄。先生元祐末有春日偶題呈錢尚書云「家貧食粥已多時」，亦嘆其貧困也。

【彙評】

方勺泊宅篇卷九：陳去非謂予曰：「秦少游詩如刻就楮葉，陳無己詩如養成内丹。」

其二

萬古流空一鳥沈〔一〕，衣冠常苦事違心〔二〕。七行俱下知君舊〔三〕，四者難并笑我今〔四〕。梅已偷春成國色，雲猶憑臘造天陰。美人緑綺煩遥贈，莫致南金增永吟〔五〕。

【校】

〔增永吟〕原作「贈永吟」。案：一般律詩字不複出，此從宋紹熙本改。

【箋注】

〔一〕一鳥沈：喻時光快速流逝而不留痕跡。羅隱鍾陵見梁秀才：「三度南遊一事無，祇覺流年如鳥逝。」

〔二〕衣冠：指士大夫、官紳。

〔三〕七行俱下：喻聰敏過人。南史宋孝武帝紀：「少機穎，神明爽發，讀書七行俱下，才藻甚美。」

〔四〕四者難并：見本卷鮮于子駿生日注〔二三〕。

〔五〕美人二句：張載擬四愁詩：「佳人遺我緑綺琴，何以贈之雙南金。願因流波超重深，終然莫致增永吟。」緑綺，傳爲司馬相如所用之琴。南金，南方出産之金。詩魯頌泮水：「元龜象齒，大賂南金。」傳：「南，謂荆揚也。」箋：「荆揚之州，貢金三品。」

睡足軒二首〔一〕

其一

長年憂患百端慵,開斥僧坊頗有功〔二〕。地撤蔽虧僧界淨〔三〕,人除荒穢玉奩空〔四〕。青天併入揮毫裏,白鳥時興隱几中。最是人間佳絶處,夢殘風鐵響丁東〔五〕。

【校】

〔二首〕王本、四部本無此二字。

〔其一〕此爲箋注者所加,下同。

〔荒穢〕石門洪覺範天厨禁臠作「荒污」。

〔時興〕天厨禁臠「興」作「來」。

【箋注】

〔一〕本篇蓋元豐元年戊午(一〇七八)秋作於高郵。其二云:「終日掩關塵境謝,有時開卷古人遊。」少游掩關銘曰:「元豐初,觀舉進士不中,退居高郵,杜門却掃,以詩書自娛,乃作掩關之銘。」秦譜繫此銘於元豐元年,詩意相符,從之。

〔二〕開斥句：開斥，擴展，開拓。漢書地理志下：「武帝攘却胡越，開地斥境。」僧坊：蓋指高郵醴泉寺。少游有醴泉開堂疏，中云：「飛鳥銜花，空存勝境；真珠撤帳，未遇明師。逮軍旅之薦興，獲法筵之初啓。」亦即「開斥僧坊」之意。

〔三〕蔽虧：隱蔽。司馬相如子虛賦：「岑崟參差，日月蔽虧。」蕭統和武帝遊鍾山大愛敬寺詩：「嘉木互紛糺，層峰鬱蔽虧。」

〔四〕人除句：荒穢，荒蕪。孔叢子：「入其疆，土地荒穢，遺老失賢。」玉奩：玉飾之鏡匣，此猶玉鏡，喻湖水之澄澈。

〔五〕風鐵：即鐵馬，懸於簷下，風起則琤瑽有聲。芸窗私志：「元帝時臨池觀竹，既枯，后每思其響，夜不能寢。帝爲作薄玉龍數十枚，以縷線懸簷外，夜中因風相擊，聽之與竹無異。民間效之，不敢用龍，以什駿代。今之鐵馬，是其遺制。」亦見南部煙花記。王安石和崔公度家風琴詩：「風鐵相敲固可鳴，朔兵行夜響行營。」

【彙評】

惠洪石門洪覺範天厨禁臠：秋興：「紅稻啄殘鸚鵡粒，碧梧棲老鳳凰枝。」又：「繰成白雪桑重緑，割盡黄雲稻正青。」又：「林下聽經秋苑鹿，江邊掃葉夕陽僧。」前子美作，次舒王作，次鄭谷作，然是三種錯綜以事，不錯綜則不成文章。若平直叙之，則曰：「鸚鵡啄殘紅稻粒，鳳凰棲老碧梧枝。」而以紅稻於上，以鳳凰於下者，錯綜之也。言繰成則知白雪爲絲，言割盡則知黄雲爲麥也。秦少游得其意,時發奇語,其作睡足軒則曰:「長年憂患百端慵,開斥僧坊頗有功。地撤蔽虧僧界淨,人除荒污玉奩空。青天并入揮毫裏,白鳥時來隱几中。最是人間佳絶處,夢殘風鐵響丁東。」

其二

數椽空屋枕清流,一榻蕭然散百憂。終日掩關塵境謝,有時開卷古人遊〔一〕。鳴鳩去後滄浪晚〔二〕,飛雨來初菡萏秋〔三〕。此處便令君睡足,何須雲夢澤南州〔四〕?

【箋注】

〔一〕終日二句:掩關,指學佛者關門靜坐,以求覺悟。唐白居易秋山詩:「何日解塵網,此地來掩關。」塵境,世俗之環境。唐司空圖寄衛明府常見脱靴褐裘又務持誦是以有末句之贈詩:「翠竹黄花皆佛性,莫教塵境誤相侵。」參見本題其一注〔一〕。

〔二〕鳴鳩句:吕氏春秋季春:「鳴鳩拂其羽。」高誘注:「鳴鳩,班鳩也。」滄浪,晉陸機塘上行:「垂影滄浪泉。」李善注:「孟子曰:『滄浪之水清。』滄浪,水色也。」楚辭漁父:「滄浪之水清兮,可以濯我纓。滄浪之水濁兮,可以濯我足。」

〔三〕菡萏:詩陳風澤陂:「有蒲菡萏。」傳:「菡萏,荷華也。」南唐李璟攤破浣溪沙:「菡萏香消翠業殘，西風愁起緑波間。」詩意仿此。

〔四〕此處二句：杜牧憶齊安郡詩：「平生睡足處，雲夢澤南州。」詩意本此。案：杜牧詩作於黄州，謂黄州地僻而不能施展其才華，少游用以自嘲。詩題亦本此。

淮海集箋注卷第八

七言律詩

寄孫莘老少監〔一〕

一出承明七换麾〔二〕，君恩復許上彤墀〔三〕。白衣蒼狗無常態〔四〕，璞玉渾金有定姿〔五〕。天上圖書森似舊，人間歲月浪如馳。鼇頭只在蓬山畔〔六〕，行赴蟠桃熟後期〔七〕。

【校】

〔蓬山畔〕「畔」原誤作「伴」，據張本、胡本、李本改。

【箋注】

〔一〕本篇作於元豐六年癸亥（一〇八三）閏六月以後。據蘇詩總案卷二二第五頁注：「東都事略：元豐六年，李常（公擇）召爲太常少卿，遷禮部侍郎。又孫覺（莘老）自徐州徙南京，召爲太常少卿，易祕書少監。」同頁詰案：「李常以太常少卿召還，未赴禮部侍郎，再差南郊禮儀使；又以孫覺爲太常少卿，此朝命疊下也。」案：此條原列於閏六月以後。據續資治通鑑長編卷三五四，元豐八年（一〇八五）三月，孫覺由秘書少監兼侍講，可見任期較長。

〔二〕一出句：承明，即承明廬，漢宮殿名，此喻汴京宮殿。七換麾，據茆泮林孫莘老年譜，莘老自熙寧三年（一〇七〇）因反對新法離京，歷守廣德、湖州、廬州、福州、揚州、徐州、南京，故云。

〔三〕彤墀：即丹陛，丹墀，指皇宮中臺階。皮日休送羊振文先輩往桂陽歸覲詩：「桂陽新命下彤墀，彩服行當欲雪時。」

〔四〕白衣蒼狗：杜甫可歎詩：「天上浮雲似白衣，斯須改變如蒼狗。」此喻政局多變。

〔五〕璞玉渾金：未琢之玉及未煉之金，喻質性純美。世説新語賞譽：「王戎目山巨源如璞玉渾金，人皆欽其寶，莫知名其器。」

〔六〕鼇頭句：唐宋翰林學士、承旨等朝見時，立於鐫有鼇頭之殿陛石正中，因稱入翰林院爲「上鼇頭」。蓬山，蓬萊山，傳説中海上仙山，東漢時多借指東觀（修史並藏書之處）。此喻秘書省。姚合和盧給事酬裴員外詩：「鴛鷺簪裾上龍尾，蓬萊宮殿壓鼇頭。」

〔七〕行赴句：蟠桃，十洲記：「東海有山名度索山，上有大桃樹，蟠曲三千里曰蟠木。」漢武帝内傳：「七月七日，西王母降，以仙桃四顆與帝。帝食輒收其核，欲種之。母曰：『此桃三千年一生實，中夏地薄，種之不生。』帝乃止。」案：此蓋以蟠桃會喻皇太后高氏生日，續資治通鑑卷七八謂元豐八年四月乙亥「以太皇太后生日爲坤成節」，此節在七月十五日，故云「行赴蟠桃熟後期」也。

次韻馬忠玉喜王定國還自賓州〔一〕

淮海相逢一解顏〔二〕，紛紛歲月夢魂間。初驚漁艇迷花去〔三〕，忽認星槎拂斗還〔四〕。桂嶺暮登猿斷續〔五〕，槐堂春到鳥綿蠻〔六〕。石渠舊議行當復〔七〕，未信佳時得自閑。

【校】

〔題〕「賓州」或作「濱州」，王本注云：「濱當作賓，詳攷證。」攷證附纂云：「案：蘇東坡集次韻王鞏南遷初歸、次韻王定國南遷回見寄詩查慎行注引集及宋史，并作賓州。」「又案：宋史地理志：賓州屬廣南西路，濱州屬河北路。淮海詩『桂嶺莫登猿斷續』及注論語序『定國於時處放逐之中，蠻夷瘴癘之地』，俱與賓州合，與河北路之濱州不合。卷十七注論語序云：『謫監濱州酒稅。』又云：『定國至濱。』誤並同。」又王本攷證（道光二十四年補刊本）云：「卷四第四葉次韻馬忠玉喜王定國還自濱州，卷十七第二十四葉王定國注論語序『獨謫監濱州鹽稅』、『定國至濱』，案：三濱字俱當作賓。宋史地理志：賓州屬廣南西路。又食貨志鹽：廣東廉州白石、石康二場，歲鬻三萬石，以給本州及容白欽化蒙龔藤象宜柳邕潯貴賓梧横南儀鬱林州。（原註：以上宋史。）詩『桂嶺莫登猿斷續』句，序『定國於時處放逐之中，蠻夷瘴癘之地』二句，與賓州合，與河北路之濱州不合。蘇軾次韻王鞏南遷初歸詩、次韻王定國南遷回見寄詩，查慎行注引集及宋史並作賓州。蘇詩：『問君謫南賓，野葛食幾尺？』又：『却思庾嶺今何在？』查附子由詩『嶺外雲煙隨夢遠』，亦均可證。」

【箋注】

〔一〕本篇作於元豐七年甲子（一〇八四）春。王定國，名鞏，王素之子、王旦之孫。莘縣人。歷宗正丞、揚州通判，知海州，改密州（見宋史王素傳附及長編卷四二四），又知宿州，然位終不顯。長編卷四五九注引劉摯言曰：「鞏奇偉有文詞，然不就規檢，喜立事功，往往犯分，躁於進取。坐事，竄南荒三年，安患難，一不戚於懷。歸來顏色和豫，氣益剛實。」又卷三九二載蘇軾論王鞏奏議云：「竄逐萬里，偶獲生還，而容貌如故，志氣愈厲。」少游王定國注論語序（見卷三九）謂其元豐二年與蘇軾同時「謫監賓州鹽税」，「七年罷還」。由是可知詩作於元豐七年之春。馬忠玉，名瑊。宋詩紀事補遺卷二八云：「馬瑊，字中玉，茌（在）平人，父仲甫，宋史有傳。元祐四年，右宣德郎，提點淮東刑獄。六年，兩浙提刑。紹聖三年，通直郎知湖州，改潁州。元符元年，奉議郎知陜州。以元祐時言元豐事，文致鍛鍊，降爲通直郎。……

建中靖國元年，承議郎知荆州，山谷自蜀出陝，留荆州待辭免乞郡之命，與中玉相從甚歡。」案馬瑊熙寧九年（一〇七六）四月爲太子中舍，元豐元年（一〇七八）三月，權發遣荆湖北路轉運判官（以上據長編），七年未知任何職。賓州，本漢嶺方縣，宋開寶六年（九七三）置，今爲賓陽縣，屬廣西。

〔二〕淮海句：嘉慶揚州府志秩官：「知高郵軍：蹇序辰，王定國。」此時王定國曾與少游相逢，當在謫赴賓州之前。一解顔，開顔一笑。列子黄帝：「五年之後，心庚（更）念是非，口庚（更）言利害，夫子始一解顔而笑。」

〔三〕漁艇迷花：用陶淵明桃花源記事，原謂有武陵人捕魚爲業，緣溪行，忽逢桃花林，林盡有山，乃捨船從口入，見一人間樂土。後復來，遂迷不得路。王定國南遷須經湖南，故有此語。

〔四〕星槎：見卷六次韻黄冕仲寄題順興步雲閣注〔八〕。

〔五〕桂嶺：山名，在今廣西賀縣東北，與湖南江華、廣東連縣接壤。亦名臨賀嶺。讀史方輿紀要江西平樂府賀縣：「縣東北二百里，亦曰桂嶺。」

〔六〕槐堂：即三槐堂，相傳周代宫廷外種有三棵槐樹，朝見天子時，三公面向三槐而立。王定國曾祖父祐在庭院中親手種植槐樹三棵，謂「吾之後世，必有爲三公者」，時稱三槐王氏。見宋史王旦傳。緜蠻，鳥鳴聲。詩小雅緜蠻：「緜蠻黄鳥，止于丘阿。」

〔七〕石渠：閣名。漢宫中藏書之處，在未央宫北。漢初蕭何造，以藏秦之圖籍。至成帝時，又於此藏祕書。見三輔黃圖卷六。此指宋祕書省。舊議，所指不詳。

寄李公擇郎中〔一〕

節旄淮畔脱秋風〔二〕，忽跨鯨魚上碧空〔三〕。華秀兩跗當重露〔四〕，文成五色在高桐〔五〕。江南又説衣冠盛，廷右仍瞻禮樂隆。朝晛既升淮海見，瀌瀌雨雪自消融〔六〕。

【箋注】

〔一〕本篇元豐六年癸亥（一〇八三）秋作於高郵。少游李公擇行狀云：「從淮南西路提點刑獄，遷尚書度支員外郎……行换朝散郎，遷朝請郎，試太常少卿。公去國十五年，至是還朝。」案宋時尚書省左右司郎中、員外郎，統稱郎中。清蔡上翔王荆公年譜考略卷十五，謂熙寧三年（一〇七〇）三月「李常上疏極言新法」，行狀則謂因此「落職，通判滑州」。準此，則「去國十五年」之後，與宋史本傳所謂「元豐六年，召爲太常少卿，遷禮部侍郎」，大致相合。長編卷三三七謂遷禮部侍郎在六年七月丙辰。參見本卷寄孫莘老少監注〔一〕。秦譜繫此詩於元豐七年，與莘老還朝之期不合。公擇生平，詳見卷七懷李公擇學士注〔一〕。

〔二〕節旄句：節旄，使節所持。竹長八尺，以旄牛尾綴其上。漢書蘇武傳：「（武）仗漢節牧羊，卧起操持，節旄盡落。」後指旌節。此句謂公擇離淮西提刑任。

〔三〕忽跨句：莊子逍遥遊中化而爲鵬飛入天池之鯤，據陸德明音義引崔譔説云：「鯤當爲鯨。」跨鯨上碧空之想像當由此而出。

〔四〕華秀句：意謂李公擇郎中當在秋季簪上並蒂花。案宋史輿服志五簪戴：「幞頭簪花，謂之簪戴。……郊祀、明堂禮畢回鑾，臣僚及扈從並簪花……羅花以賜百官；欒枝卿監以上有之；絹花以賜將校以下。太上兩宫上壽畢，及聖節，及錫宴，及賜新進士聞喜宴，並如之。」欒枝即並蒂花，亦即「華秀兩跗」也。太常少卿位在「卿監以上」，可簪欒枝。跗通柎，花萼。「當重露」，謂時值深秋。

〔五〕文成句：蓋指賢士爲朝廷所用。案山海經謂鳳皇「五彩而文」，説文謂鳳「五色」，是「文成五色」乃指鳳皇而言。又詩大雅卷阿：「鳳皇鳴矣，于彼高岡。梧桐生矣，于彼朝陽。」鄭箋：「鳳皇之性，非梧桐不棲。」又云鳳皇「以喻賢者」。毛詩序則謂卷阿乃「召康公戒成王」「言求賢用吉士」之作。故知「在高桐」係指賢士爲朝廷所用。

〔六〕朝晛二句：詩小雅角弓：「雨雪瀌瀌，見晛曰消。」傳：「瀌瀌，盛貌。晛，日氣也。」張子曰：讒言遇明者當自止，而王甘信之，不肯貶下而遺棄之，更益以長慢也。」二句蓋寓政局將有所變化。

寄李端叔編修〔一〕

旗亭解手屢冬春〔二〕，聞道歸來白髮新。馬革裹屍心未艾〔三〕，金龜換酒氣方震〔四〕。夢魂偷繞邊城月，導從公穿禁路塵〔五〕。知有新編號橫槊〔六〕，爲憑東使寄淮濱。

【箋注】

〔一〕本篇作於元祐中。端叔，李之儀字。據東都事略卷一一六，李之儀「元祐中爲樞密院編修官」，題稱編修，當作於是時。參見卷四送李端叔從辟中山注〔一〕。

〔二〕旗亭句：旗亭，指酒樓。文選張衡西京賦：「旗亭五重。」李善注：「旗亭，市樓也。」解手，猶分手、離别。

〔三〕馬革裹屍：後漢書馬援傳：「方今匈奴、烏桓，尚擾北邊，欲自請擊之。男兒要當死於邊野，以馬革裹屍還葬耳。」未艾，禮記曲禮上：「五十曰艾。」此謂心態尚未老。

〔四〕金龜换酒：李白對酒憶賀監詩序：「太子賓客賀公，於長安紫極宫一見余，呼余爲謫仙人，因解金龜换酒爲樂。」案：金龜爲唐武后天授元年所改用之官員佩飾。三品以上龜袋用金飾，四品銀飾，五品銅飾。

〔五〕導從：舊時官僚出行，前驅者稱「導」，後隨者曰「從」。

〔六〕知有句：李之儀橫槊編，姑溪居士文集失載。據段朝端徐集小箋卷上蔡彦規條云：「按本集（指徐積節孝先生文集）卷五再送端叔詩序云：『端叔爲我吟此詩，果有情否？此情得似醴泉故主簿否？』因端叔往延州而念及醴泉之故主簿（指蔡彦規）……」可見李端叔曾至延州前綫，詩編曰横槊，當係寫軍旅生活。

寄題倪敦復北軒〔一〕

倪郎才韻照冰壺〔二〕，北向開軒頗自娱。簷度蕙風鳴鵠鴿〔三〕，壁經梅雨畫蠨蛸〔四〕。觥籌交錯銀河掛〔五〕，文史縱横角簟鋪〔六〕。官舍私居同是漫〔七〕，莫嗟三徑就荒蕪〔八〕！

【箋注】

〔一〕此詩元豐中作於高郵。倪敦復：名本，元祐中曾守當塗。此時爲山陽令。徐積（仲車）節孝先生文集卷二八題山陽倪大夫北軒云：「崔尉魯弼曰：『山陽倪大夫敦復有義於子，子能以文遺大夫，書之北軒乎？』余曰：『北軒者，大夫燕居講學之所也。……山陽名劇縣，大夫坐廳，事至立決，顧左右問有無公事，於是退坐北軒，取書策讀之。傍無私玩，紙墨筆硯，實試於此。客至引入，與之笑語，評文賦詩，月影在簷，風聲在竹，對之北卧，如陶令之寢北窗也。』」詩中所寫情景與此合。張耒、徐積均曾與倪敦復有詩唱和。

〔二〕冰壺：盛冰之玉壺，喻晶瑩潔白。鮑照白頭吟：「直如朱絲繩，清如玉壺冰。」

〔三〕簷度句：蕙風，帶有花草香氣之風。左思魏都賦：「珍樹猗猗，奇卉萋萋。蕙風如薰，甘露如醴。」鵲鷂，鳥名。爾雅釋鳥：「鳲鳩，鵲鷂。」注：「今之布穀也。」

〔四〕螔蝓：蟲名。爾雅釋魚：「蚹蠃，螔蝓。」注：「即蝸牛也。」

〔五〕觥籌交錯：歐陽修醉翁亭記：「觥籌交錯，坐起而喧譁者，衆賓歡也。」案：觥，酒器；籌，行酒所用籌碼。

〔六〕角簟：傳説用犀牛角裝飾之席子。舊唐書五行志：「張易之爲母阿臧爲七寶帳，有魚龍鸞鳳之形，仍爲象牀、犀簟。」後以泛喻簟之華貴。韓翃送王侍御赴江西兼寄李袁州：「垂簾白角簟，下筯鱸魚膾。」

〔七〕漫：漫浪，放任自適，不爲世俗所拘。南史范泰傳：「或問王忱：『范泰何如謝邈？』忱曰：『茂度（邈字）漫。』」

〔八〕三徑就荒蕪：陶潛歸去來辭：「三徑就荒，松菊猶存。攜幼入室，有酒盈罇。」此句意爲勿以歸隱爲念。

寄題盧君斗齋〔一〕

俠氣軒軒翰墨場〔二〕，邅回世路鬢成霜〔三〕。出從車馬行千里〔四〕，歸與琴書寄一方〔五〕。鳥囀入簾春欲破，爐香侵夢日初長。扁舟會有山陽役，聊借狂夫挹酒漿〔六〕。

【箋注】

〔一〕盧君：名字不詳，觀結二句，知爲山陽（今江蘇淮安）人。案山陽徐積節孝先生文集有贈答盧魯山詩數首，其和魯山感春二首之二云：「一笑一啼何日休，一榮一悴何時盡。樽中野酒亦無多，日伴吟翁慷慨歌。」知其人「邅回世路」，歷盡榮枯，與此詩所寫相似，或即盧君也。詩似作於元豐中家居之時。

〔二〕俠氣句：軒軒，儀態軒昂貌。世説新語容止：「海西時，諸公每朝，朝堂猶暗；唯會稽王來，軒軒如朝霞舉。」翰墨場，猶言文壇。杜甫壯遊詩：「往昔十四五，出遊翰墨場。」

〔三〕邅回：見卷二夜坐懷孫莘老司諫注〔四〕。

〔四〕出從句：史記司馬相如列傳謂天子拜相如爲中郎將，出使邛筰，副使王然于等馳乘傳以賂西夷。至蜀，太守郊迎，縣令先驅，蜀人以爲寵。此用其意，以喻盧君榮時光景。

〔五〕琴書：陶淵明歸去來辭：「悦親戚之情話，樂琴書以銷憂。」此言盧君悴時光景。

〔六〕聊借句：狂夫，指豪放之人。杜甫狂夫詩：「欲填溝壑唯疏放，自笑狂夫老更狂。」詩小雅大東：「維北有斗，不可以挹酒漿。」此句謂欲與盧君暢飲。

次韻酬周開祖宣義〔一〕

并州令尹古人風〔二〕，淮海相忘十載中〔三〕。麗句曉披花綽約〔四〕，清談初扣玉丁東。追攀昔共猗玗子〔五〕，嗜好今同桑苧翁〔六〕。所惜華船今解縴，未窺笠澤故書叢〔七〕。

【校】

〔猗玗〕原誤作「猗犴」。據新唐書元結傳改。

【箋注】

〔一〕本篇作於元豐二年己未（一〇七九）。周開祖，名邠，錢塘人，詞人邦彦之叔。嘉祐八年進士。熙寧間，蘇軾倅杭，時爲錢塘令，多與酬唱，稱之爲周長官。元豐中，先後爲溧水令、樂清令，曾以雁蕩圖寄軾。元祐初，知管城縣，後通判壽春，知吉州，官至朝請大夫、輕車都尉。見咸淳臨安志卷六十六、宋詩紀事卷二十三。宣義，據宋史職官志：文散官有通直郎，舊名宣義郎。元豐官制：著作佐郎、大理寺丞，皆宣義郎。王文誥蘇詩總案卷十九謂元豐二年六月十三日，東坡於吳興郡齋有答周開祖所寄原韻。詩云：「舊游到處皆蒼蘚，同甲惟君尚黑頭。憶昔湖山共尋勝，相逢杯酒兩忘憂。」蘇詩施元之註云：「墨蹟藏吳興向氏，前題云次韻奉和樂清開祖長官見寄。」可見周開祖時爲樂清令，距吳興不遠，曾與東坡杯酒相逢，時間約在五月初東坡到任不久，此刻少游亦在，故得以次韻作此篇。結尾二句尤足證明作於周開祖即將離湖返回樂清之際。

〔二〕并州：今山西太原市。并州令尹，指東漢郭伋，喻指周開祖。蘇軾次韻周開祖長官見寄「旋見兒童迎細侯」，王文誥注：「後漢書：郭伋，字細侯，爲并州牧，始至，行部到西河美稷，有兒童數百，各騎竹馬，道次迎拜。」

〔三〕淮海句：蓋十年前周開祖曾與少游相從於淮海。

〔四〕綽約：柔美貌。漢傅毅舞賦：「綽約閑靡，機迅體輕。」

〔五〕猗玗子：指唐詩人元結，見卷二漫郎注〔一〕。

〔六〕桑苧翁：指唐陸羽。新唐書陸羽傳：「更隱苕溪，自稱桑苧翁，闔門著書。」

〔七〕所惜二句：謂周將離吳興他去。繂，纜繩。說文段注：「繂，謂麻繩也。」爾雅釋水：「紼，繂也。」疏：「李巡曰：繂，竹爲索，所以維持舟者。」笠澤故書叢，唐陸龜蒙隱居吳興附近之笠澤，以所撰詩文小品彙編爲笠澤叢書。笠澤，即松江，今名吳淞江。

送王元龍赴泗州糧料院〔一〕

子猷風味最諸王〔二〕，試吏聊懷筦庫章〔三〕。鵠峙碧桐初振羽〔四〕，珠遺滄海漸騰光〔五〕。淮山暮眺千峰擢〔六〕，洛水秋輸萬鷁翔〔七〕。顧我行爲大梁役〔八〕，一卮薄酒話愁腸。

【校】

〔題〕原無「糧料院」三字，據張本、胡本、李本補。

〔一卮句〕鐵琴銅劍樓書目云：「(蜀本)末句下有注云：『一作爲公繫馬一傳觴。』九字脱。」底本不脱。

【箋注】

〔一〕本篇作於元豐七年甲子(一〇八四)秋。王元龍，名斿，王安國平甫之子。蘇軾乞録用鄭俠王斿狀：「臣等嘗識其少子斿，敏而篤學，直而好義，頗有安國之風。」續資治通鑑長編卷三四七云：元豐七年秋七月甲寅，尚書左丞王安禮陳乞姪游(均案：游爲斿之誤)監泗州糧料院，神宗以安禮姪游差遣有條，許用例。清蔡上翔王荆公年譜考略卷二十三記元豐七年云：「王平甫二子：旊，字元鈞；斿，字元龍。是年子瞻揚州度歲，查氏本注云：『秦少游集有送王元龍赴泗州糧料院詩。』殆即此也。」案此詩結二句謂「顧我行爲大梁役」，指將入京赴試，少游於元豐八年登焦蹈榜進士，則詩作於七年秋無疑。王平甫，即王安國，王安石之弟。糧料院，宋史職官志謂元豐後轉隸太府寺，「掌以法式頒廪禄，凡文武百官、諸司諸軍奉料，以券準給。」

〔二〕子猷：晉王徽之字。見卷六次韻曾存之嘯竹軒注〔二〕。此處借喻王元龍。

〔三〕筦庫：指管理糧料院。見卷五送蔡子驤用蔡子駿韻注〔一八〕。

〔四〕鵠峙：通鵠跱，即鵠立。劉道規山雞賦：「形鳳婉而鵠跱，羽衮蔚而緗暉。」

〔五〕珠遺滄海：見卷六正仲左丞生日注〔一〇〕。

〔六〕淮山句：指泗州附近之南山、巉石山、浮山等。擢，聳峙貌。增韻：「擢，聳也。」文選張衡東京賦：「徑百常而莖擢。」注：「綜曰：擢，獨出貌也。」

〔七〕洛水句：洛水，見卷六南都新亭行寄王子發注〔二〕。萬鷁翔，喻航船之多。鷁，水鳥名，古代常畫於船首。參見卷二三老堂注〔一四〕。

〔八〕大梁：汴京，今河南開封市。案：淮海後集卷六淮海閒居集序云：「元豐七年冬，余將西赴京師。」本句即指此。

次韻子由題九曲池 廣陵五題〔一〕

蕭瑟通池閟茂林，岸傍無復屬車音〔二〕。涵春似恨隋家遠，漲曉疑連蜀井深〔三〕。

鬬草事空煙冉冉〔四〕，司花人遠樹陰陰〔五〕。勞生俛仰成陳迹〔六〕，縱有遺聲可用尋？

【校】

〔題〕題下附注，王本、四部本無。

【箋注】

〔一〕本篇五題，皆作於元豐三年庚申（一〇八〇）暮春。孫汝聽蘇潁濱年表元豐三年：「自南京適筠，有過龜山詩、高郵别秦觀詩、揚州五詠。」少游與參寥大師簡云：「子由春間過此。……渠在揚州淹留甚久，時僕值寒食上冢，故不得往從之耳。」可見此爲事後和作。九曲池，故址在江蘇揚州西北。嘉慶揚州府志卷八：「九曲池，在城西北七里大儀鄉。嘉靖志云：『隋煬帝嘗建木蘭亭於池上，作水調九曲，每游幸時按之，故謂之九曲池。』」李斗揚州畫舫録卷十六：「岡（蜀岡）之東西北三面，圍九曲池於其中，池即今之平山堂塢，其南一線河路，通保障湖。」

〔二〕屬車：皇帝侍從之車。秦漢以來，皇帝大駕屬車八十一乘，法駕屬車三十六乘，分左中右三列行進。

〔三〕漲曉句：蜀井，嘉慶揚州府志卷八：「嘉靖志云：在城東北蜀岡禪智寺内。岡上有井，其水味如蜀江，甘冽冠絶諸井。……一云揚州蜀江（案：疑爲「岡」之誤）上有井，與蜀江通，有老僧洗鉢江中，失之，從井浮出。」此謂九曲池通蜀井。揚州畫舫録卷十六：「蜀岡三峰……嶺内空地多梅樹，即十畝梅園，嶺外水塘即九曲池。」此説可證。

〔四〕鬬草句：荆楚歲時記：「五月五日，四民並蹋百草，又有鬬百草之戲。」歲華紀麗：「端午，結廬蓄蘗，鬬百草。」宋人在二三月鬬百草。吴自牧夢粱録卷一：「二月朔謂之中和節……禁中宫女以百草鬬戲。」民間亦然。此句謂寒食已過。

〔五〕司花人：南部煙花録：「隋煬帝時，宫女有袁保兒者，顔色端麗，然頗有憨態。海中長洲進花一枝，香氣異常，着人衣袂，經月不滅。其花年餘不萎謝，顔色如新。帝每御輦，使袁保兒持此花以侍，號曰司花女。」

〔六〕勞生句：莊子大宗師：「夫大塊載我以形，勞我以生，佚我以老，息我以死。」王羲之蘭亭集序：「俛仰之間，皆爲陳迹。」

【彙評】

李錞李希聲詩話：諫議大夫鮮于公子駿守揚州，嘗至隋煬帝九曲池等處徘徊賦詩，俾郡中屬和，用「陰」字韻。郡人秦少游和云：「司花人遠樹陰陰。」蓋用煬帝司花女故事也。有教官頗通經術而詩非所長，和詩有「蒼鼠卧花陰」之句。鮮于公讀之，笑曰：「老杜玉華宫詩云：『蒼鼠卧古瓦。』蓋宫久廢，故蒼鼠竄於瓦間。今乃卧於花陰，此無限殺大四體也。」（見宋朝事實類苑六十五）

【附】

蘇轍揚州五詠九曲池：嵇老清彈怨廣陵，隋家水調寄哀音。可憐九曲遺聲盡，惟有一池春水深。鳳闕蕭條荒草外，龍舟想像緑楊陰。都人似有興亡恨，每到殘春一度尋。

次韻子由題平山堂〔一〕

棟宇高開古寺間，盡收佳處入雕欄。山浮海上青螺遠〔二〕，天轉江南碧玉寬〔三〕。雨檻幽花滋淺淚，風巵清酒漲微瀾。遊人若論登臨美，須作淮東第一觀〔四〕。

【箋注】

〔一〕元豐三年春，子由貶徙筠州，經高郵，少游送至邵伯埭，遂獨自赴揚，盤桓多日，作揚州五咏，後少游逐一和之。平山堂：蘇轍原唱題下注：「歐陽永叔所建。」嘉慶揚州府志三十一：「平山堂，在郡城西北五里蜀岡上、大明寺側。慶曆八年二月，歐公來守揚州時，爲堂於大明寺之坤隅。江南諸山，拱揖欄前，若可攀躋，故名。」

〔二〕山浮句：指金山、焦山。周必大二老堂雜志：「金山在京口江心，號龍游寺，登妙高峰，望焦山、海門皆歷歷。此山大江環繞，每風濤四起，勢欲飛動，故南朝謂之浮玉山。」青螺，喻山峰。唐劉禹錫望洞庭詩：「遥望洞庭山色翠，白銀盤裏一青螺。」

〔三〕碧玉寬：韓愈送桂州嚴大夫同用南字詩：「水作青羅帶，山爲碧玉簪。」李白憶舊游寄譙郡元參軍詩：「時時出向城西曲，晉祠流水如碧玉。」蘇軾蝶戀花京口得鄉書：「北固山前三面水，碧瓊梳擁青螺髻。」

〔四〕淮東：淮南東路，宋行政區名，治所在揚州。李斗揚州畫舫録卷十六記大明寺云：「雍正間……金壇蔣衡書『淮東第一觀』五大字，刻石嵌門外壁上。」徐案：五字在今平山堂大明寺前左首壁上。

【附】

蘇轍揚州五詠平山堂：堂上平看江上山，晴光千里對憑欄。海門僅可一二數，雲夢猶吞八九寬。簷外小棠陰蔽芾，壁間遺墨涕汍瀾。人亡坐覺風流盡，遺構仍須子細觀。

次韻子由題蜀井〔一〕

蜀岡精氣滀多年〔二〕，故有清泉發石田〔三〕。乍飲肺肝俱澡雪〔四〕，久窺杖屨亦輕便〔五〕。炊成香稻流珠滑，煮出新茶潑乳鮮〔六〕。坐使二公鄉思動，放杯西望欲揮鞭〔七〕。

【校】

〔題〕蜀本題下有注云：「大明寺。」

【箋注】

〔一〕蜀井：見前次韻子由題九曲池注〔三〕。本篇末原注云：「府尹司封、高安著作皆是蜀人。」

徐案：府尹司封指鮮于子駿，高安著作指蘇轍（子由）。時子駿以司封郎中知揚州，子由以著作佐郎貶監筠州（高安）鹽酒税。

〔二〕蜀岡：亦名崑岡。鮑照蕪城賦「軸以崑岡」，注：「案方輿紀要云：今揚州府城西北四里爲蜀岡，綿亘四十餘里，西接儀真、六合縣界，上有蜀井，相傳地脈通蜀也。又崑崙岡在府西北八里，一名阜岡，亦名廣陵岡，與蜀岡聯接，蓋即蜀岡之異名矣。」揚州畫舫録卷十六：「今蜀岡在郡城西北大儀鄉豐樂區，三峯突起：中峯有萬松嶺、平山堂、法浄寺諸勝；西峯有五烈墓、司徒廟及胡范二祠諸勝；東峯最高，有觀音閣、功德山諸勝。」法浄寺即大明寺。

〔三〕石田：喻山地不可耕者。左傳哀公十一年：「得志於齊，猶獲石田也，無所用之。」此指蜀井。

〔四〕澡雪：洗滌使之潔浄。莊子知北遊：「汝齊戒疏瀹而心，澡雪而精神。」此寫飲蜀井之感受。

〔五〕杖屨：謂年長者。此指鮮于子駿與蘇轍。李商隱爲山南薛從事謝辟啓：「方思捧持杖屨，厠列生徒；豈意便上仙舟，遽塵蓮府！」

〔六〕煮出句：嘉慶揚州府志三十一：「蜀岡有茶園，茶味甘香如蒙頂。宋時貢茶皆出蜀岡，上有春貢亭。」潑乳，烹茶引起之泡沫。少游滿庭芳茶詞：「纖纖捧，香泉濺乳，金縷鷓鴣斑。」

〔七〕坐使二句：二公，指鮮于子駿與蘇轍，皆蜀人，故云。參見注〔一〕。

【附】

蘇轍揚州五詠蜀井：信脚東遊十一年，甘泉香稻憶歸田。行逢蜀井恍如夢，試煮山茶意自便。短綆不收容盥濯，紅泥仍許置清鮮。早知鄉味勝爲客，遊宦何須更著鞭？

次韻子由題摘星亭 迷樓舊址〔一〕

崑崙左右兩招提〔二〕，中起孤高雉堞西〔三〕。不見燒香成宿霧〔四〕，虛傳裁錦作障泥〔五〕。螢流花苑飛星亂〔六〕，蕪滿春城緑髮齊〔七〕。長憶憑欄風雨後，斷虹明處海天低。

【箋注】

〔一〕摘星亭：即摘星樓。嘉慶揚州府志卷三十一云：「摘星樓，在城西七里觀音閣之東皋（原注：萬曆江都縣志），即迷樓故址。」又云：「煬帝於揚州作迷樓，今摘星樓，即迷樓故址（原注：南部煙花録）。煬帝時，浙人項昇進新宮圖，帝愛之，令揚州依圖營建；既成，幸之，曰：『使真仙游此，亦當自迷。』乃名迷樓（原注：古今詩話）。」揚州畫舫録卷十六：「功德山亦名觀音山，高三十三丈，在大儀鄉，爲蜀岡東岸。上建觀音寺，一名觀音閣，在宋寶祐志爲摘星寺。」篇末原注：「障泥事見李商隱隋宮詩。」

〔二〕崑崙句：崑崙，即蜀岡，亦名崑岡。見前次韻子由題蜀井注〔二〕。左右兩招提，指大明寺與摘星寺，見嘉慶揚州府志卷八、卷二十八。招提，佛寺，見卷二送僧歸保寧注〔二〕。

〔三〕中起句：卷三十與李樂天簡：「遂登摘星寺，寺，迷樓故址也。其地最高，金陵、海門諸山，歷歷皆在履下。」此即「孤高」之意。雉堞，城上女牆。鮑照蕪城賦：「是以板築雉堞之殷，井幹烽櫓之勤。」句謂蜀岡在揚州西北。

〔四〕不見句：意謂摘星寺香火稀少。

〔五〕虛傳句：李商隱隋宮詩：「春風舉國裁宮錦，半作障泥半作帆。」障泥，垂於馬鞍兩旁，用以遮蔽塵土。

〔六〕螢流花苑：嘉慶揚州府志卷三十一：「螢苑，揚州西苑南三里。」杜牧揚州三首之二云：「秋風放螢苑，春草鬬雞臺。」注引舊志：「放螢苑即隋苑，一名上林苑。」按隋書煬帝紀：「(大業十二年)五月……上於景華宮徵求螢火，得數斛，夜出游山，放之，光徧巖谷。秋七月……幸江都宮。」景華宮在東都建國門西南，據此則放螢事在東都而非江都。此蓋本諸傳説耳。

〔七〕緑髮：喻青草之茂盛。揚州自鮑照蕪城賦後又稱蕪城，故曰「蕪滿春城」。

【附】

蘇轍揚州五詠摘星亭：闕角孤高特地迷，迷藏渾忘日東西。江流入海情無限，暮雨連山醉似泥。夢裏興亡應未覺，後來愁思獨難齊。只堪留作遊觀地，看遍峯巒處處低。

次韻子由題光化塔〔一〕

古佛悲憐得度人，應緣來獻比丘身〔二〕。水流月落知何處？花發鶯啼又一春〔三〕。方外笑談清似玉〔四〕，夢中煩惱細如塵〔五〕。老僧自説從居此，却悔平時事遠巡。

【校】

〔光化塔〕蘇轍原唱作「僧伽塔」。

【箋注】

〔一〕光化塔：在鐵佛寺內。乾隆江都縣志卷十七：「鐵佛寺舊在堡城東，本楊行密故宅，初爲光孝院，宋建隆間於寺鑄鐵佛，因以爲名。天聖間，復爲光化寺，有塔，後與寺俱圮。淳熙間重建（於）城北威烈王廟東。」

〔二〕古佛二句：古佛，指鐵佛。「應緣來獻比丘身」，謂因鐵鑄而呈現出佛之形象。比丘，梵語，意爲乞者，佛教指出家修行之男僧。魏書釋老志：「桑門爲息心，比丘爲行乞。」即指此。

〔三〕花發句：少游望海潮廣陵懷古詞：「花發路香，鶯啼人起。」

〔四〕方外句：方外，見卷六反初注〔五〕。清似玉，謂聲如哀玉。杜甫又於韋處乞大邑瓷盌詩：

「大邑燒瓷輕且堅，扣如哀玉錦城傳。」

〔五〕煩惱：佛家語。智度論七：「煩惱者，能令心煩能作惱，故名爲煩惱。」

【附】

蘇轍揚州五詠僧伽塔：山頭孤塔閟真人，云是僧伽第二身。處處金錢追晚供，家家蠶麥保新春。欲求世外無心地，一掃胸中累劫塵。方丈近聞延老宿，清朝留客語逡巡。

次韻子瞻贈金山寶覺大師〔一〕

雲峯一變隔炎涼，猶喜重來飯積香〔二〕。宿鳥水干迎曉鬧〔三〕，亂帆天際受風忙。青鞋踏雨尋幽徑，朱火籠紗語上方〔四〕。珍重故人敦妙契〔五〕，自憐身世兩微茫。

【箋注】

〔一〕本篇元豐二年己未（一〇七九）四月作於鎮江。時少游隨蘇軾、參寥子同舟南下，如越省親，過江宿於金山寺，因大風逗留兩日。蘇軾有余去金山五年而復至次舊詩韻贈寶覺長老詩，王注：「按年譜：先生熙寧七年，自杭移密；至元豐二年己未，自徐移湖，首尾凡五年。」又有大風留金山兩日詩，篇末查慎行注：「按先生自徐移湖，與少游、參寥同行。」少游次韻詩當作於同時。寶覺大師，據金山志云：「乃育王璉禪師法嗣，南嶽下十二世，傳雲門宗。」金山寺，東晉時建，原名澤心寺，至唐時始用今名。宋時一度易名龍游寺及江天寺。見鎮江府志。

〔二〕積香：指香積飯。維摩詰所説經香積佛品：「有國名衆香，佛號香積，今現在。其國香氣比于十方諸佛世界人天之香。……于是香積如來以衆香鉢盛滿香飯與化菩薩……是化菩薩以滿鉢香飯與維摩詰。」後遂稱僧寺食厨曰香積厨，飯曰香積飯。唐王維胡居士卧病遺米因贈詩：「既飽香積飯，不醉聲聞酒。」

〔三〕水干：岸邊、水畔。詩魏風伐檀：「坎坎伐檀兮，寘之河之干兮。」

〔四〕朱火：紅燭。上方，原指仙界。雲笈七籤天地：「上方九天之上，清陽虛空之内。」後以稱佛寺。

〔五〕敦妙契：契，契合。舊題司空圖二十四詩品：「海之波瀾，山之嶙峋；俱似大道，妙契同塵。」禪宗認爲以心映心，達於頓悟，故稱妙契。

【彙評】

胡仔苕溪漁隱叢話後集卷三三秦太虛：苕溪漁隱曰：「和東坡金山詩云：『雲峯一隔變炎涼，猶喜重來飯積香。』維摩經云：『維摩詰往上方，有國號香積，以衆香鉢盛滿香飯，悉飽衆會。』故今僧厨名香積，二字不可顛倒也。太虛乃遷就押韻，殊不成語。」

【附】

蘇軾余去金山五年而復至次舊詩韻贈寶覺長老：誰能斗酒博西涼？但記齋厨法豉香。往事真同一夢覺，高談爲洗五年忙。清風漫與山阿曲，明月常隨屋角方。稽首願師憐久客，直將歸路指茫茫。

遊鑑湖〔一〕

畫舫珠簾出繚牆〔二〕，天風吹到芰荷鄉〔三〕。水光入座杯盤瑩，花氣侵人笑語香。翡翠側身窺淥酒〔四〕，蜻蜓偷眼避紅妝〔五〕。葡萄力緩單衣怯〔六〕，始信湖中五月涼〔七〕。

【校】

〔淥酒〕王本、四部本作「緑酒」，詩人玉屑卷十八引作「緑醑」。

〔葡萄〕原作「莆萄」，此從段本、秦本。

【箋注】

〔一〕本篇元豐二年己未（一〇七九）五月作於會稽。鑑湖，即鏡湖。嘉泰會稽志卷十：「鏡湖，在縣東二里，故南湖也。一名長湖，又名大湖。通典云：東漢永和五年，太守馬臻始築塘立湖，周三百十里，溉田九千餘頃，人獲其利。王逸少有云：『山陰路上行，如在鏡中游。』鏡湖之得名以此。」又引輿地志：「山陰南湖，縈帶郊郭，白水翠巖，互相映發，若鏡若圖。」

〔二〕繚牆：圍牆。文選班固西都賦：「林麓藪澤陂池，連乎蜀漢，繚以周牆，四百餘里。」杜牧華清宫三十韻：「繡嶺明珠殿，層巒下繚牆。」

〔三〕芰荷：嘉泰會稽志卷十七：「芰荷，無藕，卷荷也，與華偶生，出乎水上，亭亭如織。……山陰荷最盛。……出偏門至三山多白蓮，出三江門至梅山多紅蓮，夏夜香風，率一二十里不絶，非塵境也。」

〔四〕渌酒：清酒。

〔五〕蜻蜓偷眼：杜甫風雨看舟前落花戲爲新句：「蜜蜂蝴蝶生情性，偷眼蜻蜓避伯勞。」此處化用杜詩。

〔六〕葡萄：酒名。元好問葡萄酒賦序：「予嘗見還於西域者云：『大食人絞葡萄封而埋之，未幾成酒，久者愈佳。』」可見宋時葡萄酒來自西域。

〔七〕始信句：化用杜甫壯遊：「鏡湖五月涼。」

【彙評】

魏慶之詩人玉屑卷十八引雪浪齋日記：少游詩甚麗，如「翡翠側身窺綠酮，蜻蜓偷眼避紅妝」，又「海棠花發麝香眠」，又「青蟲相對吐秋絲」之句是也。（徐案：「海棠」句見卷十春日五首之一，「青蟲」句見卷十秋日三首之二。）

瞿佑歸田詩話卷中：「閉門覓句陳無己，對客揮毫秦少游」，山谷詩，喻二人才思遲速之異也。後山詩如「壞牆得雨蝸成字，古屋無人燕作家」，寥落之狀可想。淮海詩如「翡翠側身窺緑酒，蜻蜓偷眼避紅妝」，豔冶之情可見。二人他作亦多類此。後山宿齋宫，驟寒，或送綿半臂，却之不服，竟感疾而終。淮海謫藤州，以玉盂汲水，笑視而卒。二人臨終，屯泰不同又如此，信乎各有造物也！

徐伯齡蟫精詞話卷二十遊鑑湖：宋淮海秦少游觀工於詞，古今詞話言之悉矣。而其詩律纖穠艷巧，故時人有「東坡詞似詩，秦淮海詩似詞」之語。其遊鑑湖詩云「畫舫朱簾出繞墻（略）」，翡翠、蜻蜓之句，後詞也，可謂鏤冰剪水者矣。

謁禹廟〔一〕

陰陰古殿注修廊，海伯川靈儼在傍〔二〕。一代衣冠埋石窆〔三〕，千年風雨鎖梅梁〔四〕。碧雲暮合稽山暗〔五〕，紅芰秋開鑑水香。令我免魚繇帝力〔六〕，恨無歌舞奠椒漿〔七〕。

【箋注】

〔一〕據秦譜，本篇作於元豐二年己未（一〇七九）。詩云「紅芰秋開鑑水香」，可見時當秋季。嘉泰會稽志卷六：「禹廟在縣東南一十二里。」又云：「禹巡江南，上苗山，會計諸侯，死而葬焉。……是山之東，隱然若劍脊，西嚮而下，下有窆石。……窆石之左，是爲禹廟，背湖而南嚮。」

〔二〕海伯川靈：指水神。葛洪枕中書：「屈原爲海伯，統領八海。」後漢書桓帝紀：「川靈涌水，蝗蟲滋蔓。」

〔三〕石窆：即窆石，古代用以引棺下隧，形長橢圓，上有穿孔，狀如秤權（砣），傳爲禹葬會稽時所遺。見嘉慶紹興府志卷一。

〔四〕梅梁：傳爲禹廟之梁棟。嘉泰會稽志卷六：「越絶書云：『少康立祠於禹陵所。』梁時修廟，唯欠一梁。俄風雨大至，湖中得一木，取以爲梁，即梅梁也。夜或大雷雨，梁輒失去，比復歸，水草被其上，人以爲神，縻以大鐵繩，然猶時一失之。」

〔五〕碧雲句：江淹休上人怨别詩：「日暮碧雲合，佳人殊未來。」稽山，即會稽山。嘉泰會稽志卷九：「會稽山，在縣東南一十二里。……山海經云：『會稽之山四方，上多金玉，下多砆石，勺水出焉。』史記云：『禹會江南，計功而崩，因葬焉，命曰會稽。會稽者，會計也。』」

〔六〕令我句：左傳昭公元年：「美哉，禹功！明德遠矣，微禹，吾其魚乎！」

〔七〕椒漿：以椒浸製之香酒，古代多用以祭神。屈原九歌東皇太一：「蕙肴蒸兮蘭藉，奠桂酒兮椒漿。」

【彙評】

袁文甕牖閑評卷七：世人用「芰荷」字多不辨。夫芰，菱也；荷，蓮也；二者初非一物。屈到嗜芰，蓋喜食菱耳。而秦少游詩云：「紅芰秋開鑑水香。」菱花潔白，無紅者，豈少游亦誤以芰、荷爲一物而未之察耶？

蓬萊閣〔一〕

雄簷傑檻跨崢嶸〔二〕，席上風雲指顧生。千里勝形歸俎豆〔三〕，七州和氣入簫笙〔四〕。人遊晚岸朱樓遠，鳥度晴空碧嶂橫。今夜請看東越分，藩星應帶少微明〔五〕。

【箋注】

〔一〕本篇元豐二年己未（一〇七九）夏作於會稽。見卷七遊龍門山次程公韻注〔一〕。蓬萊閣，見卷五送蔡子驥用蔡子駿韻詩注〔八〕。

〔二〕雄簷句：蓬萊閣在卧龍山上，故云。

〔三〕千里句：勝形，猶形勝，謂地理形勢優越，有山川勝蹟。晉書赫連勃勃載記：「土苞上壤，地跨勝形，庶人子來，不日而成。」俎豆，指禮。俎，置肉之几；豆，盛乾肉一類食物之器皿。均爲古代宴客、朝聘、祭祀之禮器。論語衛靈公：「俎豆之事，則嘗聞之矣。」注：「禮器。」

〔四〕七州句：七州，指越州、明州、處州、婺州、台州、温州、衢州。簫笙，指樂。禮記樂記：「樂者，天地之和也。」

〔五〕今夜二句：謂東越之天文分野，爲少微星。晉書天文志上：「少微四星，在太微西，士大夫之位也；一名處士，亦天子副主。」案光緒處州志卷一云：「隋開皇九年，處士星見於分野，因置處州。」處州鄰越州，故以少微星爲分野。

【附】程公闢次韻：半天鐘鼓宴峥嶸，早晚陰晴景旋生。湖暖水香春載酒，月寒雲白夜聞笙。金鼇破海頭争並，玉鷺排烟陣自横。我是蓬萊東道主，倚欄先占日初明。

别程公闢給事〔一〕

人物風流推鎮東〔二〕，夕郎持節作元戎〔三〕。鐏前倦客劉師命〔四〕，月下清歌盛小叢〔五〕。裘敝黑貂霜正急〔六〕，書傳黄犬歲將窮〔七〕。買舟江上辭公去，回首蓬萊夢寐中〔八〕。

【箋注】

〔一〕本篇元豐二年己未（一〇七九）歲暮作於會稽。程公闢，見卷七遊龍門山次程公韻注〔一〕。少游與李樂天簡云：「去年如越省親，會主人見留，辭不獲去，又貪此方山水勝絶，故淹留至歲暮耳。」行前有謝程公闢啓，云：「比緣省覲，薄游句踐之都；獲執掃除，叨預老聃之役。辱品題之已過，慚報效之何從！……血指汗顔，徒爲今日；輸肝破膽，期在異時。庶追國士之風，少盡門人之禮。」不久，公闢亦受代，參寥子程公闢給事罷會稽過錢塘因以詩寄之云：「鑑水稽山行樂處，後車長是載鄒枚。」鄒衍、枚乘，借指少游等文士。

〔二〕人物句：宋史程師孟傳稱其「治行最東南」。

〔三〕夕郎：黄門侍郎之别稱。應劭漢官儀：「黄門郎日暮入，對青瑣門拜，名曰夕郎。」時公闢以給事中、集賢殿修撰知越州，故云。

〔四〕劉師命：唐人。韓愈劉生詩：「生名師命其姓劉，自少軒輊非常儔，棄家如遺來遠遊。東走梁宋暨揚州，遂凌大江極東陬。洪濤舂天禹穴幽，越女一笑三年留。」韓集五百家注引韓仲韶（醇）曰：「劉生在越，意有所眷也。」又方扶南曰：「古樂府解題云：劉生不知何代人。齊梁以來所爲劉生詩者，皆稱其任俠豪放，周游於五陵三秦之地，大抵五言四韻，意亦相類。觀公以師命姓劉，其行事頗豪放，故用舊題贈之，而更爲七言，用樂府舊題而變其體也。」準此可知爲韓愈同時人。此處少游自喻。

〔五〕盛小叢：見卷五送蔡子驤用蔡子駿韻注〔二〇〕。

〔六〕裘敝黑貂：戰國時洛陽人蘇秦習縱横家言，四出游説，數歲不遇，結果黑貂之裘已敝，黄金散盡，頹然而歸。見史記蘇秦列傳。

〔七〕書傳黄犬：晉書陸機傳：「初，機有駿犬，名曰黄耳，甚愛之。既而羈留京師，久無家問，笑語犬曰：『我家絶無書信，汝能齎書取消息否？』犬摇尾作聲。機乃爲書，以竹筩盛之而繫其頸。犬尋路南走，遂至其家，得報還洛。」此句謂歲將暮時得家書。

〔八〕蓬萊，即蓬萊閣，見卷五送蔡子驤用蔡子駿韻詩注〔八〕。少游滿庭芳（山抹微雲）詞：「多少蓬萊舊事，空回首，煙靄紛紛。」亦寫此時心情，可參閲。

【附】程公闢次韻詩：君家仲父早相從，晚接清談有阿戎。曲水暢情林竹茂，小山招隱桂枝叢。與時搏擊飛終遠，隨處登臨興莫窮。人下天來應問得，高名已到月華中。

中秋口號〔一〕

雲山簷楯接低空〔二〕，公宴初開氣鬱葱。照海旌幢秋色裏〔三〕，激天鼓吹月明中。香槽旋滴珠千顆〔四〕，歌扇驚圍玉一叢〔五〕。二十四橋人望處〔六〕，台星正在廣寒宫〔七〕。

【校】

〔題〕本題複出，另一首載後集卷三，内容基本相同，唯後集有題下附注：「并引，一云雲山閣白語。」後集小引爲駢文，不具録。

【箋注】

〔一〕據後集詩題注及本篇起句，當作於元豐六年（一〇八三）中秋。雲山閣，嘉慶揚州府志卷三一云：「吕申公公著守維揚建（輿地紀勝）。」李斗揚州畫舫録卷十三云：「雲山閣在夕陽雙寺樓西，相傳爲吕申公守是郡時所建。寶祐志云：『熙寧間，陳升之建雲山閣於城西北隅，後吕公著嘗宴其上。』則知閣非申公創造也。」案雲山閣舊址在今揚州瘦西湖五亭橋西北隅。吕公著於元豐五年至七年守揚州，時少游有詩投謁，參見卷三春日雜興十首其一注〔一〕。口號，詩體之一。趙翼陔餘叢考口號：「杜詩有題曰口號者，如晚行口號之類；然梁簡文帝有和衛尉新渝侯巡城口號詩，唐張説有十五夜衙前口號詩，則不始於杜也。」案：宋代教坊所唱之詩，通常前有儷辭一段（本首失載），謂之致語；繼以詩一首，謂之「口號」。宋史樂志十七云：「樂工致辭，繼以詩一章，謂之『口號』，皆述德美及中外蹈詠之情。」可知此首爲吕公著中秋日宴於雲山閣時供伶工所唱之辭。

〔二〕檐楯：屋檐與欄杆。楯，欄杆上的横木。宋孫覿斗野亭寄子由詩：「檐楯斗杓落，簾幃河漢傾。」

〔三〕旌幢：以羽爲飾，旌旗之屬，多作儀仗。漢書韓延壽傳「建幢棨」，注：「晉灼曰：幢，旌幢也。」盧綸送王尊師詩：「旌幢天路晚，桃杏海山春。」

〔四〕香槽句：李賀將進酒：「（琉璃鍾，琥珀濃，）小槽酒滴真珠紅。」爲此句所本。槽，釀酒器具。

〔五〕歌扇句：北周庾信和趙王看伎詩：「緑珠歌扇薄，飛燕舞衫長。」玉一叢，謂周圍皆爲如玉的美女。

〔六〕二十四橋：見卷二紀夢答劉全美注〔七〕。

〔七〕台星句：台星，三台星，以象征三公之位。後漢書孝安帝紀論：「推咎台衡，以答天眚。」李賢注：「台謂三台，天公象也。」廣寒宫，月宫。舊題郭憲洞冥記：「冬至後，月養魄於廣寒宫。」舊題柳宗元龍城録：「（唐）明皇夢遊廣寒宫，頃見一大宫府，榜曰『廣寒清虚之府』。」

【彙評】

胡仔苕溪漁隱叢話前集卷二六引王直方詩話云：吕申公在揚州日，因中秋，令秦少游預作口號，少游有「照海旌幢秋色裏，激天鼓吹月明中」之句。然是夜却微陰，公云：「使不着也。」少游乃别作一篇，其末云：「自是我公多惠愛，却回秋色作春陰。」真所謂翻手作雲也！

方回瀛奎律髓卷之十二秋日類：生日詩、致語詩，皆不可易爲，以其徇情應俗而多諛也，所以予於生日詩皆不選。少游作此詩,是夜無月,遂改尾句云:「自是我翁多盛德,却回秋色作春陰。」或嘲謂「晴雨翻覆手」,姑存此以備話柄。三、四亦響亮。

胡應麟詩藪外編卷五:秦觀「照海旌幢秋色裏,激天鼓吹月明中」,張耒「幽花避日房房斂,翠樹含風葉葉涼」……皆七言近唐句者,此外不多得也。

永樂大典卷八二二一引維揚志:吕申公守維揚,秦觀以舉子謁見,時適中秋,雲山閣新成,宴客其上。公素聞秦才名,即煩撰樂語云云。公得之大喜,即召同席,禮爲上客。是夕却微陰,秦復别作云:「自是我公多盛德,却回秋色作春陰。」

瀛奎律髓卷之十二秋日類馮舒評語:生日詩之極則也。

同上紀昀評語:此隨俗應酬之詩,不宜入選。○結鄙甚,然此種詩,體裁如是。

客有傳朝議欲以子瞻使高麗大臣有惜其去者白罷之作詩以紀其事　與莘老同賦〔一〕

其一

文章異域有知音〔二〕,鴨緑差池一醉吟〔三〕。潁士聲名動倭國〔四〕,樂天辭筆過雞林〔五〕。節旄零落氈吞雪〔六〕，辯舌縱横印佩金〔七〕。奉使風流家世事〔八〕，幾隨浪拍海東岑。

【校】

〔其二〕爲箋注者所加。

【箋注】

〔一〕本篇末原注：「此一首莘老作。」王本、四部本則作「莘老原唱」。據黄徹䂬溪詩話卷九、趙翼甌北詩話卷十二（見彙評），本篇當爲少游作。案：此詩曾編入拙著秦少游年譜長編，繫於元豐八年夏四月。今人吴熊和蘇軾奉使高麗事略考云，此事「當不出元豐七年至元祐元年（一〇八四—一〇八六）這二、三年之間」。良是。長編三五四載元豐八年四月十八日差王震滿中行使遼，因知蘇軾欲使高麗和他們相同，乃作爲禮信使惠贈神宗遺物，或作爲國信使報新君哲宗繼位與高太后垂簾聽政。朝議，指王珪蔡確二相之議旨，大臣當爲門下侍郎章惇，時與蘇甚厚，故惜其去，而罷之者，高太后也。

〔二〕文章句：蘇轍奉使契丹二十八首神水館寄子瞻兄四絶：「誰將家集過幽都，逢見胡人問大蘇。莫把文章動蠻貊，恐妨談笑卧江湖。」後清褚人穫略易數字採入堅瓠集而敷成故事。又王闢之澠水燕談録云：「張芸叟奉使大遼，宿州館中，有題子瞻老人行於壁者。聞范陽書肆,亦刻子瞻詩數十篇,謂大蘇小集。子瞻才名重當代,外至夷虜,亦愛服如此。」

〔三〕鴨緑:江名,在今中朝邊界。徐競高麗圖經封境:「鴨緑之水,源出靺鞨,其色如鴨頭,故以名之。」

〔四〕穎士:蕭穎士,唐蘭陵(今常州)人,字茂挺,少穎悟,十歲補太學生,通百家譜系、書籀學。開元二十三年舉進士,對策第一。天寶初,補祕書省正字,名播天下,一時名士,皆執弟子禮。召爲集賢校理。因作伐櫻桃樹賦譏李林甫,流播吴越。文章與李華齊名。時倭國(今日本)遣使入朝,自陳國人願得蕭夫子爲師者,中書舍人張漸等諫不可而止。後客死汝南,門人謚曰文元先生。新唐書有傳。後人輯有蕭茂挺文集。

〔五〕樂天:白居易,字樂天。元微之白氏長慶集序謂「樂天秦中吟、賀雨、諷諭等篇」,「雞林賈人求市頗切,自云本國宰相每以百金换一篇;其甚僞者,宰相輒能辨别之」。雞林賈,指古朝鮮商人。

〔六〕節旄句:據漢書蘇武傳,武於天漢元年出使匈奴,被羈留。單于迫降,不從,徙至北海,使牧牛。武嚙雪吞氈,持漢節牧羊十九年,節旄盡落。

〔七〕辯舌句:據史記蘇秦傳,秦初説秦惠王,不用。而後習太公陰符,復出遊説燕、趙、韓、魏、齊、楚,合縱抗秦,身佩六國相印,爲縱約之長。

〔八〕奉使句:以蘇武、蘇秦故事切蘇家歷有奉使事。

【彙評】

黄徹䂬溪詩話卷九：少游贈坡詩云：「節旄零落氈餐雪，辯舌縱横印佩金。」語太不等。子瞻讖集句云：「天邊鴻鵠不易得，便令作對隨家雞。」此詩正類此。

趙翼甌北詩話卷十二：宋人詩，與人贈答，多有切其人之姓，驅使典故，爲本地風光者。如東坡與徐君猷、孟亨之同飲，則以徐孟二家故事裁對成聯；送鄭户曹，則以鄭太、鄭虔故事裁對成聯；又戲張子野娶妾，專用張家事點綴縈拂，最有生趣。自是，秦少游贈坡詩：「節旄零落氈餐雪（蘇武），辯舌縱横印佩金（蘇秦）。」山谷贈坡詩：「人間化鶴三千歲（蘇耽），海上看羊十九年（蘇武）。」皆以切合爲能事；然以蘇武比坡黄州之謫，尚可映帶，蘇秦、蘇耽，何爲者耶？

其二〔一〕

學士風流異域傳〔二〕，幾航雲海使南天〔三〕。不因名動五千里，豈見文高二百年〔四〕？貢外别題求妙札〔五〕，錦中翻樣織新篇〔六〕。淹留却恨鴛行舊，不得飛觴駐蹕前〔七〕。

【箋注】

〔一〕本篇稱東坡爲學士，又云「淹留却恨鴛行舊」，純爲長者口吻，故知爲孫莘老（名覺）所作。案莘老自元豐中還京，歷太常少卿、祕書少監、吏部侍郎、御史中丞（見宋史本傳及長編）。所謂「鴛行舊」，蓋指此一階段與子瞻同列朝班也。孫覺生於天聖六年（一〇二八），長蘇軾八歲。故云。

〔二〕學士句：見前首注〔二〕。

〔三〕使南天：蓋指高麗王子義天遣人由海路抵杭。

〔四〕文高二百年：歐陽修贈王介甫：「翰林風月三千首，吏部文章二百年。」此以韓愈比東坡。

〔五〕貢外：指域外。

〔六〕錦中句：晉書列女傳：「竇滔妻蘇氏，始平人也，名蕙，字若蘭，善屬文。滔，苻堅時爲秦州刺史，被徙流沙。蘇氏思之，織錦爲回文旋圖詩以贈滔。宛轉循環以讀之，詞甚悽惋。」此處借以稱譽子瞻文章之高妙。

〔七〕淹留二句：鴛行，指朝臣之班行，亦稱鵷鷺行，因其排列有序，故名。杜甫秦州雜詩卷二十：「爲報鴛行舊，鷦鷯在一枝。」陸游醉中感懷：「青衫猶是鵷行舊，白髮新從劍外生。」飛觴，猶舉杯。文選左思吴都賦：「里讌巷飲，飛觴舉白。」駐蹕，帝王出行，中途暫駐稱駐蹕。左思吴都賦：「於是弭節頓轡，齊鑣駐蹕。」以上二句謂東坡守外郡，不得同飲於駕前。

淮海集箋注卷第九

律詩

顯之禪老許以草庵見處作詩以約之〔一〕

汨汨塵勞不自堪〔二〕，駝裘鞭馬度晴嵐〔三〕。洞天窅窕清都邃〔四〕，神水歊烝翠釜涵〔五〕。列岫過霜仍晻曖〔六〕，雙松迎臘正驂驔〔七〕。此心久已蒙師指，更許山中爲結庵。

【校】

〔律詩〕原脱此二字，據蜀本補。

【箋注】

〔一〕本篇作於熙寧九年丙辰（一〇七六）之冬，當爲孫莘老首唱詩。卷一寄老庵賦云：「或問孫先生之游湯泉山也，嘗於佛祠之旁，二松之下，誅薙草茅，平夷土塗，規以爲庵，曰寄老焉，子時實從，與見其事。……」又卷三十八遊湯泉記云：「孫公愛其地勝，欲寄以老焉，因請名曰寄老庵。」案顯之禪老，即漳南老人，亦稱昭慶禪師，據遊湯泉記及昭慶禪師塔銘，熙寧九年，正主持湯泉之惠濟院，時孫莘老、參寥子偕少游往訪。此詩結二句云：「此心早已蒙師指，更許山中爲結庵。」純係莘老答謝口吻，故應爲莘老作。參見卷七次韻莘老初至湯泉二首其一注〔一〕。

〔二〕汩汩句：汩汩，動蕩不安貌。杜甫自閬州領妻子却赴蜀山行之一：「汩汩避群盜，悠悠經十年。」塵勞，見卷七次韻二首其二注〔二〕。

〔三〕駝裘句：卷三十八遊湯泉記謂莘老出遊湯泉之八月，「余與道人參寥請從之，具鞍馬，戒徒御，翼日出高郵西郭門……至龍洞山下，棄馬而徒步」。逗留數月，天氣寒冷，卷四馬上口占其一云「利風刮面冰在鬚」，故須着「駝裘」。

〔四〕洞天句：洞天，見卷四同子瞻參寥遊惠山之二注〔七〕。清都，舊傳天帝所居之所。列子周穆王：「王實以爲清都紫微，鈞天廣樂，帝之所居。」

〔五〕歊烝：即水蒸氣。歊，氣上出貌。漢書揚雄傳：「泰山之高，不嶕嶢則不能浡滃雲而散歊烝。」

〔六〕晻曖：暗貌。晉書左貴嬪傳離思賦：「日晻曖而無光兮，氣懰慄以洌清。」

〔七〕雙松句：惠濟院西六十步，有雙松。遊湯泉記謂「明年庵成，發二奇石於雙松之下，形勢益振。」驂驔：驂，駕車時位於兩旁之馬；驔，説文：「驪馬黄脊。」此處喻雙松如兩匹駿馬。

再用韻〔一〕

橡葉岡頭釋馬銜〔二〕，區中奇觀得窮探。崖空飛鼠聲相應〔三〕，江静群峰影倒涵。居士碧雲裁秀句〔四〕，道人哀玉扣清談〔五〕。偶成二老風流事〔六〕，不是三乘宿草庵〔七〕。

【校】

〔再用韻〕各本原無此題，此據書端目録。

【箋注】

〔一〕本篇底本及張本書端目録均題作「再用韻」，注曰「參寥詩附」。此首爲大字單行，參寥詩作雙行小字綴於篇末。可見爲少游步前首莘老原韻而作。

〔二〕橡葉句：即卷三十八遊湯泉記所謂與參寥子「具鞍馬」，西馳「至湯泉，館惠濟院」。

〔三〕飛鼠：山海經北次山經：「天池之山，其上無草木，多文石。有獸焉，其狀如兔而鼠首，以其背飛，其名曰飛鼠。」郭璞注：「用其背上毛飛，飛則仰也。」此處係指蝙蝠。

〔四〕居士句：居士，指孫莘老。碧雲，喻詩句之美。劉禹錫廣宣上人詩卷詩：「碧雲佳句久傳芳，曾向成都住草堂。」案：此皆用江淹擬休上人怨詩「日暮碧雲合，佳人殊未來」之典。

〔五〕道人句：道人，指參寥子，見卷二夜坐懷孫莘老司諫注〔一〕。哀玉，喻文章清潤高妙。杜甫奉酬薛十二丈判官見贈：「清文動哀玉，見道發新硎。」

〔六〕二老：杜甫寄贊上人：「與子成二老，來往亦風流。」此指顯之與莘老。

〔七〕三乘：佛教以車乘喻佛法，依學者領悟能力之不同分爲三乘，即聲聞乘、緣覺乘、菩薩乘。釋皎然能秀二祖贊：「三乘同軌，萬法斯一。」

【附】參寥子詩：盤盤秀嶺拱層簷，方丈門開揖翠嵐。風激松梢聲間發，月留泉底影相涵。天機清曉猊臺震，險句窮宵虎穴探。白傅異時修故事，杖藜應許到雲庵。

和孫莘老遊龍洞〔一〕

葦蕭傳火度冥冥〔二〕，乍入清都醉魄醒〔三〕。草隱月崖垂鳳尾，風生陰穴帶龍腥。壁間泉貯千鍾碧，門外天横數尺青。更欲仗筇留頃刻，却疑朝市已千齡〔四〕。

【校】

〔題〕蜀本脱「孫」字。原書端目録作和游龍洞寄孫傳師，題下有注云：「唱首、參寥詩附。」張本同。

【箋注】

〔一〕本篇熙寧九年丙辰（一〇七六）作於湯泉。少游遊湯泉記云：「越三日，烏江令閻求仁來。求仁，余鄉友也。遂與俱行，東南馳八里至龍洞山下。……又二里而至龍洞，其上巃嵸崟岑，不可窮竟。門則大穴也，漸下十數丈，窅然深黑，日光所不及，揭炬然後可行。腹中空豁，可儲粟數萬斛，屏以青壁，而泉囓其趾。」

〔二〕葦蕭傳火：指蘆葦紮成之火把，即卷三八遊湯泉記所云「揭炬然後可行」。

〔三〕清都：見本卷顯之禪老許以草庵見處作詩以約之注〔四〕。

〔四〕更欲二句：梁任昉述異記載，晉時王質入山伐木，見童子數人弈棋，置斧聽之。不久，童子催歸，起視斧柯已爛，既歸，已數十年。此處以笻（竹杖）代柯，言時光之速。又幽明録所載劉阮天台遇仙女事，亦此意。

【附】

孫莘老唱首詩：側徑縈紆入杳冥，神鑱鬼鑿露巖扃。天懸乳石映華蓋，壁隱莓苔矗翠屏。九道寒江雲外白，一池陽井雪中青。還同康樂登臨海，可共羊何筆不停。

參寥子和詩：曈曨杲日破林坰，笑語相將馬暫停。路與猿猱争險磴，身隨鴻鵠入青冥。巉巖曲穴疑無底，蟠屈蒼虬信有靈。能使謝公詩興動，宛如游刃發新硎。

送蔣穎叔帥熙河二首〔一〕

其一

侍臣不合出都門，爲有威名蕃漢尊。户部左曹回妙手〔二〕，匈奴右臂落清罇〔三〕。揮毫珠璧生談笑〔四〕，轉盼龍鸞在夢魂〔五〕。瀚海一空何足道〔六〕，歸來黄閣坐調元〔七〕。

【校】

〔二首〕王本、四部本無此二字。

〔其一〕此爲箋注者所加，下同。

〔蕃漢〕原作「藩漢」，此從王本、四部本。

〔瀚海〕原誤作「潮海」，據王本改。

【箋注】

〔一〕本篇作於元祐八年癸酉（一〇九三）春。長編卷四七八云，元祐七年冬十月乙亥，「户部侍郎寶文閣待制蔣之奇知熙州」。案蔣之奇，字穎叔，七年冬至日曾扈蹕南郊，赴任當在次年。此詩其二云「祖道春風」，則知作於元祐八年春無疑。蘇詩總案卷三十六謂八年正月「十六日，送蔣之奇帥熙河並跋」，少游詩當作於同時。案蘇軾送蔣穎叔帥熙河詩題下施元之注曰：「穎叔由户部侍郎知熙州。穎叔至郡，夏人請畫疆，而伏兵山谷間。穎叔亦以兵自衛，而令其屬至定西城會議。往來二年，議卒不合。朝廷知其詐而罷之。穎叔亦務修守備，謹斥堠，常若寇至。終穎叔去，不敢犯。」查慎行注引九域志：「秦鳳路熙州，臨洮郡，鎮洮軍節度，唐寶應元年陷於西蕃，熙寧五年收復。治狄道縣，西界至河州一百里。河州，安鄉郡軍事，唐河州，後廢，熙寧六年收復，仍置。南至洮州一百九十五里，東至長安一千五百里。」宋史地理志三秦鳳路：「元祐改熙河蘭會路爲熙河蘭岷路。」參見卷七次韻蔣穎叔南郊祭告上清儲祥宮二十六韻注〔一〕。

〔二〕户部左曹：宋代曹司常分左右，尚書省以吏部、户部、禮部爲左曹，時蔣穎叔爲户部侍郎，故云。

〔三〕匈奴句：匈奴，我國古代北方民族之一。此指西夏。右臂，指要害。戰國策趙策：「今楚與秦爲昆弟之國，而韓魏則爲東蕃之臣；齊獻魚鹽之地，此斷趙之右臂也。」後漢書虞詡傳：

制勝對方。

「斷天下右臂。」注：「右臂，喻要便也。」案：宋史紀事本末卷三十載吴育言：「漢通西域諸國，斷匈奴右臂，諸戎内附。」此用其意。清鐏，此指折衝尊俎，喻不用武力而在宴會談判中

〔四〕揮毫珠璧：喻詩文十分完美，參見卷三和游金山注〔一六〕。

〔五〕龍鸞：顔延之吊屈原文謂屈原賦「比物荃蓀，連類龍鸞」。屈原離騷：「駟玉虬以承鷖兮，溘埃風余上征。」虬，龍屬；鷖，鸞鳳之屬。此用其意，謂將升遷。

〔六〕瀚海：沙漠。此指西夏一帶。

〔七〕黄閣：宋書禮志二：「夫朱門洞啓，當陽之正室也。三公之與天子，禮秩相亞，故黄其閣以示謙，不敢斥天子。蓋是漢來制也。」後以黄閣指宰相府。韓翃奉送王相公縉赴幽州巡邊詩：「黄閣開帷幄，丹墀待冕旒。」

其二

天馬蒲萄隔玉門〔一〕，漢庭誰更勇如尊〔二〕？行臺曉日屯千騎〔三〕，祖道春風屬一鐏〔四〕。莫許留犂輕結好〔五〕，便令甌脱復遊魂〔六〕。要須盡取熙河地〔七〕，打鼓梁州看上元〔八〕。

【校】

〔甌脱〕「甌」原誤作「毆」，據張本、胡本、李本、段本改。

【箋注】

〔一〕天馬句：天馬，駿馬。史記大宛傳：「初……得烏孫馬，好，名曰天馬。及得大宛汗血馬，益壯，更名烏孫馬曰西極，名大宛馬曰天馬云。」王維送劉司直赴安西詩：「苜蓿隨天馬，葡萄出漢臣。」玉門，在今甘肅敦煌縣西北，古爲通西域要道。王之渙涼州詞：「羌笛何須怨楊柳，春風不度玉門關。」

〔二〕漢庭句：漢書王尊傳：「上以尊爲郿令，遷益州刺史。先是琅邪王陽爲益州刺史，行部至邛郲九折坂，歎曰：『奉先人遺體，奈何數乘此險！』後以病去。及尊爲刺史，至其阪，問吏曰：『此非王陽所畏道邪？』吏對曰：『是。』尊叱其馭曰：『驅之！』」後尊遷東郡太守，河水盛溢，「隄壞，吏民皆奔走，唯一主簿泣在尊旁，立不動。……吏民嘉壯尊之勇」。此以王尊比潁叔。

〔三〕行臺：臺省在外曰行臺，即地方代表朝廷行尚書省職權之機構。魏晉始有之，爲征討而設。蔣潁叔爲户部侍郎，在外任征討之職，故以行臺尊之。

〔四〕祖道：古人於出行前祭路神稱祖道，後因亦稱餞行爲祖道。漢書劉屈氂傳：「貳師將軍李廣利將兵出擊匈奴，丞相爲祖道，送至渭橋。」

〔五〕留犂：匈奴語飯匙。漢書匈奴傳下：「（韓）昌、（張）猛與單于及大臣俱登匈奴諸水東山，刑白馬，單于以徑路刀、金留犂撓酒……共飲血盟。」注引應劭曰：「徑路，匈奴寶刀也。」「留犂，飯匕也。」

〔六〕甌脱：匈奴語。史記匈奴列傳：「（東胡）與匈奴間，中有棄地莫居千餘里，各居其邊爲甌脱。」三家注或以爲「界上屯守處」，或以爲「作土室以伺漢人」，或以爲「土穴」、「地名」，或以爲「境上斥候之室」。漢書匈奴傳上注引顏師古曰：「境上候望之處，若今之伏（處）〔舍〕也。」史記匈奴列傳纂文又有「生得甌脱王」之説，漢書匈奴傳上則有「甌脱王」爲漢所擒，匈奴遂不敢「發人民屯甌脱」云云。清人丁謙漢書匈奴傳地理考證謂係「不毛之地，不足以居人」。今人林幹匈奴史第七章駁以上諸説，認爲「甌脱是匈奴語邊界的意思」，是「所謂各居其邊的『間中棄地』……原始部落間的『中立地帶』」。案宋人多作北方胡人邊防土室解，如張孝祥六州歌頭「隔水氈鄉，落日牛羊下，甌脱縱横」，若謂「中間地帶」，焉能「縱横」密佈？蓋此語隨歷史演進，各代皆有新解，附此備考。

〔七〕熙河：見本題其一注〔一〕。

〔八〕打鼓句：梁州，宋史地理三秦鳳路：「渭州，下，平涼軍節度。……縣五：平涼、潘原、安化、崇信、華亭。」梁州即指平涼，梁通涼。案：其地不屬熙河，詩句僅概言之耳。上元，即正月十五元宵節。

和劉僕射感舊言懷寄蘇左丞左丞昔守南京僕射方爲幕客今同爲執政作此詩僕射詩略記其一聯云論文青眼今猶在報國丹心老更同[一]

三禁提衡系攪龍[二]，拜無燒尾有家風[三]。班行舊號青雲士[四]，賓主今爲黄閣公[五]。炯炯坐屏雲母隔[六]，珊珊行珮水蒼同[七]。自驚初到蓬萊上[八]，便見驪珠出海宫[九]。

【箋注】

〔一〕本篇作於元祐六年辛未（一〇九一）。劉僕射，指劉摯。摯，字莘老，永静東光人。嘉祐四年劉輝榜進士，韓琦薦爲館閣校勘。熙寧末，簽書南京判官，爲蘇頌幕客。元豐初，爲開封府推官，復除禮部郎中。元祐中，擢御史中丞，累遷門下侍郎，六年二月至十一月任尚書右僕射。見宋史本傳及宰輔表。蘇左丞，指蘇頌。頌，字子容，泉州南安人，徙居潤州丹陽。第進士，歷宿州觀察推官、知江寧縣，調南京留守推官，留守歐陽修委之以政。皇祐五年，召試館閣校勘，同知太常禮院，後爲集賢校理九年。熙寧末，加集賢院學士知南京。元豐後，知開封府、河陽、滄州。元祐五年三月，擢尚書左丞。七年六月，擢尚書左僕射。見宋史本傳及宰輔表。有蘇魏公集。

〔二〕三禁句：提衡，持物平衡，引申爲相對相等。管子輕重：「以是與天子提衡争執於諸侯。」注：「提，持也。合衆弱以事一强者，謂之提衡。」漢書杜周傳贊：「張湯、杜周，俱有良子繼世立朝，相與提衡。」注：「言二人齊也。」此謂劉、蘇二人在朝同爲執政。系擾龍，即系出擾龍。夏時劉累學擾龍於豢龍氏，以事孔甲。相傳漢高祖劉邦即劉累之後，故舊唐書音樂志一云：「邁吞鷰之生商，軼擾龍之肇漢。」此以切劉摯。

〔三〕燒尾：唐時，凡新授大官，例許向皇帝獻食，稱燒尾。舊唐書蘇瓌傳：「瓌拜僕射無所獻……曰：臣聞宰相者，主調陰陽，代天理物，今粒食踊貴，百姓不足，臣見宿衛兵至有三日不得食者。臣愚不稱職，所以不敢燒尾。」此以切蘇頌。

〔四〕青雲士：指立德立言高尚之人。史記伯夷列傳：「閭巷之人，欲砥行立名者，非附青雲之士，惡能施以後世哉？」

〔五〕黄閣公：對宰執大臣之尊稱。參見本卷送蔣穎叔帥熙河二首其一注〔七〕。

〔六〕雲母：礦石名。古人以爲此石爲雲之根，故名。析爲薄片，可爲鏡屏。李商隱常娥詩：「雲母屏風燭影深，長河漸落曉星沉。」

〔七〕水蒼：珮玉名。禮玉藻：「大夫佩水蒼玉而純組綬。」注：「玉色……似水之蒼而雜有文。」唐代二品下、五品上佩水蒼玉。

〔八〕自驚句：自謂到祕書省任職不久。蓬萊，漢洛陽之東觀，爲皇家藏書處，又名道家蓬萊山。漢書竇融傳：「是時學者稱東觀爲老氏藏室，道家蓬萊山。」後世多借指祕書省。

〔九〕驪珠：莊子列禦寇：「夫千金之珠，必在九重之淵，而驪龍頷下。」此句稱美劉原唱如驪龍之珠。

西城宴集元祐七年三月上巳詔賜館閣官花酒以中澣日游金明池瓊林苑又會於國夫人園會者二十有六人二首〔一〕

其一　次王敏仲少監韻〔二〕

春溜泱泱初滿池，晨光欲轉萬年枝〔三〕。樓臺四望煙雲合，簾幕千家錦繡垂。風過忽聞花外笑，日長時奏水中嬉〔四〕。太平誰謂全無象，寓在群仙把酒時。

【校】

〔題〕王本、四部本注云：「『元祐』以下疑是題下注。」

〔其二〕此爲箋注者所加,下同。其下注文各本原置篇末。

【箋注】

〔一〕本篇作於元祐七年壬申(一〇九二)三月。金明池瓊林苑,孟元老東京夢華録卷七:「三月一日,州西順天門外,開金明池、瓊林苑,每日教習車駕上池儀範,雖禁從士庶許縱賞。」此云「上巳」,自魏以後常以三月三日爲上巳節,不必指上旬的巳日。

〔二〕王敏仲:名古,王素之孫,王鞏從子。第進士,熙寧中,爲司農主簿,連提舉四路常平,遷太常博士。出爲湖南轉運判官,提點淮東刑獄,歷工部、吏部、右司員外郎,太府少卿。曾奉使契丹。紹聖初,遷户部侍郎,終尚書。見宋史王素傳附。續資治通鑑長編卷四七〇云:「元祐七年二月辛酉,太府少卿祕閣校理王古爲祕書少監。」

〔三〕萬年枝:即冬青樹。謝朓直中書省詩:「風動萬年枝,日華承露掌。」

〔四〕水中嬉:指金明池中水戲。孟元老東京夢華録卷七:「近殿水中横列四綵舟,上有諸軍百戲,如大旗獅豹、棹刀蠻牌、神鬼雜劇之類。……水戲呈畢,百戲樂船並各鳴鑼鼓。」

【彙評】

魏慶之詩人玉屑卷十引孔氏談苑:元祐中,祕閣上巳日集西池,王仲至有詩,張文潛和最工,云:「翠浪有聲黄繖動,春風無力綵旗垂。」秦少游云:「簾幕千家錦繡垂。」仲至笑曰:「又待入小石調也。」

湯衡張紫微雅詞序：昔東坡見少游上巳游金明池詩有「簾幕千家錦繡垂」之句，曰：「學士又入小石調矣！」

胡仔苕溪漁隱叢話前集卷五十一引王直方詩話云：元祐中，諸公以上巳日會西池，王仲至有二詩，文潛和之最工，云：「翠浪有聲黄帽動，春風無力彩旗垂。」至秦少游即云：「簾幕千家錦繡垂。」仲至讀之，笑曰：「此語又待入小石調也。」然少游有「已煩逸少書陳迹，更屬相如賦上林」之句，諸人亦以爲難及。（徐案：「已煩」二句見本題其二。）

段斐君本淮海集徐渭眉批：唐人應制詩無此清楚。

其二 次王仲至侍郎韻〔一〕

宜秋門外喜參尋〔二〕，豪竹哀絲發妙音〔三〕。金爵日邊棲壯麗〔四〕，彩虹天際卧清深。已煩逸少書陳迹〔五〕，更屬相如賦上林〔六〕。猶恨真人足官府〔七〕，不如魚鳥自飛沈〔八〕。

【箋注】

〔一〕王仲至：名欽臣，洙子，應天宋城人。曾以文贄歐陽修，因受器重。以蔭入官，賜進士及第。元祐初爲工部員外郎，遷秘書少監。後代錢勰領開封。改集賢殿修撰，知和州。平生爲文至多，所交盡名士，嗜古，校讎家藏善本數萬卷。其事蹟附宋史王洙傳。續資治通鑑長編卷四六六云：「元祐六年九月癸卯，祕書監直祕閣王欽臣爲工部侍郎。」又卷四六八云：「十一月壬寅，工部侍郎王欽臣爲給事中。戊申，以孔武仲言，詔寢前命。」則七年三月，仍爲工部侍郎。

〔二〕宜秋門：李濂汴京遺蹟志卷一：「（汴京）舊城二十里一百五十五步……西二門：南曰宜秋，北曰閶闔。」一名舊鄭門，由舊城（即裏城）宜秋門再出外城順天門（即新鄭門），向西北便是金明池、瓊林苑。參尋，尋訪。韓愈游青龍寺贈崔大補闕詩：「由來鈍騃寡參尋，況是儒官飽閒散。」

〔三〕豪竹哀絲：杜甫醉爲馬墜諸公相看詩：「酒肉如山又一時，初筵哀絲動豪竹。」

〔四〕金爵句：金爵，飾於屋角之銅鳳。漢班固西都賦：「設璧門之鳳闕，上觚稜而棲金爵。」程大昌演繁露卷七：「金爵者，金爲鳳凰也。建章閣之外闕，其上立有稜之觚，觚上立金鑄之鳳，夫是以謂之鳳闕也。」日邊，喻帝京。高蟾下第後獻高侍郎詩：「天上碧桃和露種，日邊紅杏倚雲栽。」

〔五〕逸少：晉王羲之字，其蘭亭集序云：「向之所欣，俛仰之間，已爲陳迹。」此云金明池之游已有人記述。

〔六〕更屬句：上林賦，司馬相如作，載於史記本傳。參見卷五和東坡紅鞓帶注〔二〕。

〔七〕猶恨句：真人，舊指修真得道之人。文子：「得天地之道，故謂之真人。」韓愈奉酬盧給事雲夫四兄曲江荷花行見寄詩：「上界真人足官府，豈如散仙鞭笞鸞鳳終日相追陪？」

〔八〕不如句：謂不如鳥飛魚沉之自在。陶淵明始作鎮軍參軍經曲阿作：「望雲慚高鳥，臨水愧游魚。」此處化用其意。

清明前一日李觀察席上得風字〔一〕

病軀寒食百無悰〔二〕，偶到平陽舊第中〔三〕。池籞信爲三輔冠〔四〕，杯盤真有五陵風〔五〕。美人賦韻分春色〔六〕，上客揮毫奪化工〔七〕。白髮漸於花柳薄，但憐流水碧相通〔八〕。

【箋注】

〔一〕本篇題稱「清明前一日」云云，案本卷次韻王仲至侍郎會李觀察席上詩亦有「酒行寒食清明際」之句，似作於同時，即元祐七年壬申（一〇九二）也，説見本卷次韻王仲至詩注〔一〕。李觀察，即李端慤，字守道。其母爲太宗女獻穆公主，詔特給奉，累遷東上閤門使，幹辦三班院。嘗侍宴群玉殿，仁宗獨賜珠花、飛白字，歷知邢、冀、衛三州，官至蔡州觀察使。卒，謚恭敏。宋史入外戚傳。其第宅襲父封，據東都事略卷二五載，其父遵勗尚獻穆公主，賜第永寧里，「居第園池，聚名華、奇果、美石於其中。有自千里而至者，其費不貲。有會賢、閒燕二堂，北隅有莊曰静淵，引流水周舍下」。又稱李駙馬園，在城北，見東京夢華録卷六。此詩即寫其中景色。

〔二〕百無悰：百事不樂。漢書廣陵厲王胥傳：「何用爲樂心所喜，出入無悰爲樂亟。」謝朓游東田詩：「戚戚苦無悰，攜手共行樂。」

〔三〕平陽舊第：平陽公主舊宅。據漢書衛青傳，武帝姊封陽信長公主，爲平陽侯曹壽妻，時稱平陽公主。外戚傳謂武帝曾幸平陽第宅，因公主言納衛子夫。公主後嫁衛青。此處借喻獻穆公主所賜之宅。

〔四〕池籞句：池籞，帝王園林。折竹以繩聯結，阻人出入，謂之籞。漢書宣帝紀：「池籞未御幸者，假與貧民。」注引應劭曰：「池者，陂池也；籞者，禁苑也。」三輔，原指漢長安近畿。桓寬鹽鐵論園池：「三輔迫近於山河，地狹人衆，四方並臻。」此指汴京近畿。

〔五〕五陵：指漢代五帝在長安之陵，陵旁聚居富豪與外戚，生活豪奢，故稱五陵風。五陵，即長陵、安陵、陽陵、茂陵、平陵。參見卷三春日雜興十首其七注〔二〕。

〔六〕美人：指席上分韻賦詩之賢人。詩邶風簡兮：「云誰之思，西方美人。」朱注：「西方美人，託言以指西周之盛王，如離騷亦以美人目其君也。」

〔七〕化工：自然之創造力。語本賈誼鵩鳥賦：「且夫天地爲鑪，造化爲工。」

〔八〕流水碧相通：李觀察居第有静淵莊，流水環其四周，故云。參見注〔一〕。

次韻羅正之惠綿扇〔一〕

吴扇新翻製素綿〔二〕，名郎持贈意俱圓。有人充户修明月〔三〕，無女乘鸞向紫煙〔四〕。供奉宜升清暑殿〔五〕，動摇合作御風仙〔六〕。誰知揮却青蠅輩〔七〕，功在春蠶一覺眠〔八〕。

【箋注】

〔一〕羅適（一〇一九—一一〇一），字正之，别號赤城，台州寧海人。治平二年進士，爲舒州桐城縣尉，移兗州泗水令，改著作佐郎、知曹州濟陰縣，徙知開封府陳留縣、揚州江都縣、開封府開封縣，遷府推官，提點府界刑獄。繼爲兩浙提點刑獄、京西北路提點刑獄。建中靖國元年卒，年七十。著有易解、赤城集。赤城集明初尚存十卷，易説久佚。寧海叢書收民國二十三年章梫輯校本羅赤城遺集一卷。本篇當作於元豐四年辛酉（一〇八一）以後。續資治通鑒長編卷二六四云，熙寧八年五月戊寅，劉攽言知汝陰縣羅適治縣最有政績。又卷二八七云，元豐元年閏正月戊寅，劉攽又言知汝陰縣羅適開導古湜河，決洩積水有功，於是以適知陳留縣。乾隆江都縣志卷十四云：「羅適……元豐中爲江都令。」宋制三年爲一秩，羅適知陳留縣當於元豐三年歲暮代去，其知江都縣則在元豐四年以後。宋元學案補遺卷一謂羅適爲胡瑗私淑弟子，則其學統與秦觀祖父元化公秦詠同源。文集卷三十八有羅君生祠堂記，敘其在江都治績甚詳，可見秦觀當時與之過從甚密，故有此酬唱。台州金石志卷四有舒亶羅正之墓志銘，可參看。

〔二〕吴扇句：陸雲與兄平原書：「一日案行，並視曹公器物，扇如吴扇。」按樂府吴聲歌曲有團扇郎，詞云「白團扇」，可見吴扇爲團扇。句謂「製素綿」，則亦爲白團扇。

〔三〕修明月：段成式酉陽雜俎卷一云，大和中，鄭仁本之表弟與王秀才遊嵩山，見一人枕一襆物眠熟，呼之，問其所自。其人笑曰：「君知月乃七寶合成乎？月勢如丸。其影，日爍其凸處也。常有八萬二千户修之，予即一數。」因開襆，見有修月之斤鑿數件。已而不見。此指製作白團扇。班倢伃怨歌行：「裁爲合歡扇，團團似明月。」王安石題扇詩：「玉斧修成寶月圓，月邊仍有女乘鸞。」

〔四〕無女句：乘鸞，即乘鳳。舊題劉向列仙傳云：「蕭史者，秦繆公時人也，善吹簫。繆公有女號弄玉，好之，公遂以妻之。遂教弄玉作鳳鳴。居數十年，吹似鳳聲，鳳皇來止其屋。爲作鳳臺，夫婦止其上。不下數年，一旦皆隨鳳皇飛去。」江淹擬班倢伃詠扇：「畫作秦王女，乘鸞向煙霧。」此句謂白團扇上並無班扇之畫。

〔五〕清暑殿：太平御覽卷一七五居處部三引王文考魯靈光殿賦序：「魯靈光殿者，蓋漢景帝程姬之子恭王餘之所立也。……然其規矩間，徽行殿、顯陽殿、暉章殿、含章殿、建始殿、仁壽殿、百福殿、清暑殿……」此處借其名喻扇能清暑。

〔六〕御風仙：指列子。莊子逍遥遊：「夫列子御風而行，泠然善也。」

〔七〕青蠅輩：有雙關意。青蠅舊也指讒佞之人。詩小雅青蠅：「營營青蠅，止於樊。豈弟君子，無信讒言。」此處謂揮扇可驅蠅。

〔八〕功在句：農政全書蠶桑屢言蠶「忌蚊蠅蟲」，須「避飛蠅」；並謂蠶經三眠便吐絲作繭。此指製扇之吴綿乃蠶絲所成。

寄題新息王令藏春塢〔一〕

令尹才高寺爲空〔二〕，歲時行樂與民同。旋開小塢藏春色〔三〕，更製新聲寫土風〔四〕。客向罇前忘爾汝〔五〕，路穿花去失西東。無言嫣女今焉在？桃李相傳恨未窮〔六〕。

【校】

〔題〕各本原無「題」字，據書端目録補。

〔寺爲空〕王本、四部本「爲」下注：「案：爲，疑誤。」

〔土風〕原作「士風」，此從張本。

【箋注】

〔一〕本篇蓋元祐三年戊辰(一〇八八)作於蔡州。案周裕之於元豐八年赴新息令，少游有詩送之，當至前一年得替，王令，蓋其後任。新息，縣名，詳卷二送周裕之赴新息令注〔一〕。王令，名字不詳。藏春塢，當時有數處。蘇軾東坡集有寄題刁景純藏春塢詩，施元之注云：「景純藏春塢前有岡，皆種松；東坡有詩云：與君栽插萬松岡。」東坡續集又有藏春塢詩一首，查慎行蘇詩補注按：「此詩亦見陸龜蒙集，題云『野井』。又見淮海集。」王文誥蘇詩集成注云：「宋版淮海集不載此詩，別有寄新息王令藏春塢一首。」他版淮海集同宋版。

〔二〕令尹：縣令之別稱。書言故事縣宰類：「謂宰曰令尹。」

〔三〕小塢：四面高中間低之谷地。此指四面擋風之建築。

〔四〕土風：鄉土歌謠。左傳成公九年：「樂操土風，不忘舊也。」

〔五〕忘爾汝：杜甫醉時歌贈廣文館學士鄭虔詩：「忘形到爾汝，痛飲真吾師。」

〔六〕無言二句：左傳莊公十四年：「蔡哀侯爲莘故，繩息嬀以語楚子。楚子如息，以食入享，遂滅息，以息嬀歸，生堵敖及成王焉，未言。楚子問之，對曰：『吾一婦人，而事二夫，縱弗能死，其又奚言！』」漢書李廣傳贊：「桃李不言，下自成蹊。」此舉二事，以「不言」互對。案：息嬀，息侯之夫人，嬀姓。王維有息夫人詩，云：「莫以今時寵，能忘舊日恩。看花滿眼淚，不共楚王言。」

送劉承議解職歸養〔一〕

征馬蕭蕭柳外鳴〔二〕，議郎歸養洛陽城。登山尚記飛雲處〔三〕，罷吏端如棄唾輕〔四〕。爲米折腰知我拙〔五〕，下車入里見君榮〔六〕。堂前嵩少宜秋色〔七〕，獻壽還應旋製聲。

【箋注】

〔一〕本篇云「爲米折腰」，説明作者時正出仕，故此篇當作於元祐間。劉承議，名字不詳，觀「堂前」句，知爲今河南嵩山北麓人。承議郎，宋初爲正六品下階文散官，太平興國初改爲承直郎。元豐三年改制後，以承議郎爲新寄禄官，相當於舊寄禄官左右正言、太常及國子博士。

〔二〕蕭蕭：狀馬鳴聲。詩小雅車攻：「蕭蕭馬鳴，悠悠旆旌。」

〔三〕飛雲處：謂親舍所在之處。見卷六送喬希聖注〔六〕。

〔四〕棄唾輕：喻鄙棄。李商隱行次西郊作一百韻：「公卿辱嘲叱，唾棄如糞丸。」

〔五〕爲米折腰：據晉書陶潛傳，潛爲彭澤令，郡遣督郵至，吏告當束帶迎謁，潛嘆曰：「吾不能爲五斗米，折腰向鄉里小兒。」此喻屈身事人。

〔六〕下車入里：後漢書桓榮傳：「（榮歸養後）帝幸其家問起居，入街下車，擁經而前，撫榮垂涕，賜以牀茵、帷帳、刀劍、衣被，良久乃去。」此喻歸養之榮。

〔七〕嵩少：嵩山、少室山，在河南登封縣北。柳宗元弘農公以碩德偉才屈於誣枉……獻詩五十韻以畢微志：「澗瀍秋瀲灩，嵩少暮微茫。」

次韻王仲至侍郎會李觀察席上〔一〕

螭口清漪下玉欄〔二〕，隔花時聽鳥關關〔三〕。酒行寒食清明際，人在蓬壺閬苑間〔四〕。天近省闈卿月麗〔五〕，春偏戚里將星閑〔六〕。忽思歸去焚香坐，静取楞嚴看八還〔七〕。

【箋注】

〔一〕本篇當作於元祐七年壬申（一〇九二）清明之際。王仲至，名欽臣，見本卷西城宴集……會者二十有六人詩其二注〔一〕。李觀察，見本卷清明前一日李觀察席上注〔一〕。

〔二〕螭口：螭，龍屬。古代常製其形以爲建築物之裝飾。其在池邊者，泉水則自口中流出，稱螭口。東都事略卷二十五謂李端愨「有莊曰静淵，引流水周舍下」，詩中所寫乃李駙馬園景致。

〔三〕關關：鳥鳴聲。詩周南關雎：「關關雎鳩，在河之洲。」傳：「關關，雌雄相應之和聲也。」

〔四〕人在句：蓬壺，舊題王嘉拾遺記卷一：「三壺，則海中三山也。一曰方壺，則方丈也；二曰蓬壺，則蓬萊也；三曰瀛壺，則瀛洲也。形如壺器。」閬苑，即閬風之苑，傳爲神仙所居之處。續仙傳殷七七傳：「此花在人間已逾百年，非久即歸閬苑去。」李商隱鄭州獻從叔舍人褎：「蓬島煙霞閬苑鐘，三官箋奏附金龍。」

〔五〕天近句：省闈，宫禁之中。後漢書第五倫傳：「伏見虎賁中郎將竇憲，椒房之親，典司禁兵，出入省闈。」卿月，書洪範：「王省惟歲，卿士惟月，師尹惟日。」傳：「卿士各有所掌，如月之有别。」岑參西河太守杜公挽歌：「惟餘卿月在，留向杜陵懸。」

〔六〕春偏句：戚里，外戚聚居之處。史記萬石君傳：「高祖召其姊爲美人，以（石）奮爲中涓，受書謁，徙其家長安城中戚里。」索隱：「於上有姻戚者居之，故名其里爲戚里。」時李觀察在家休養，故曰「將星閑」。

〔七〕静取句：楞嚴，佛經名，全稱大佛頂如來密因修證了義諸菩薩萬行首楞嚴經，十卷。經中闡述心性本體，多長生神仙之説。八還，楞嚴經：「佛告阿難，汝咸看此諸變化相，吾今還所因處：明還日輪，暗還黑月，通還户牖，壅還牆宇，緣還分别，頑虚還空，鬱𡑞還塵，清明還霽，則諸世間一切所有不出斯類。汝見八種見精明性，當復誰還？」

慶張君俞都尉留後得子〔一〕

天上吹簫玉作樓〔二〕，蟠桃熟後更無憂〔三〕。内家報喜車凌曉〔四〕，太史占祥斗掛秋。龍得一珠應獻佛〔五〕，虎生三日便吞牛〔六〕。魯元福禄何人似〔七〕？坐見張敖數子侯〔八〕。

【箋注】

〔一〕本篇當作於元祐元年以後。張君俞，名敦禮，據宋史外戚傳云：「張敦禮，熙寧元年選尚英宗女祁國長公主，授左衛將軍、駙馬都尉，遷密州觀察使。元祐初……進武勝軍留後。」長編卷三八五謂元祐元年八月辛丑，「密州觀察使、檢校司空、駙馬都尉張敦禮磨勘爲武勝軍留後。」詩當作於此後一段時間。

〔二〕天上句：「寫出張君俞駙馬身份。據列仙傳上，春秋時有蕭史，善吹簫作鳳鳴，秦穆公以女弄玉妻之，爲作鳳臺以居。一夕吹簫引鳳，與弄玉共昇天仙去。鳳臺亦稱秦樓或玉樓。玉樓也指仙人住處。東方朔十洲記崑崙：「其一角有積金爲天墉城，面方千里，城上安金臺五所，玉樓十二所。」

〔三〕蟠桃：傳説中之仙桃。見卷八寄孫莘老少監注〔七〕。

〔四〕内家：指宫女。薛能吴姬詩：「身是三千第一名，内家叢裏獨分明。」

〔五〕龍得一珠：喻張君俞得子如龍子。法華經提婆品：「爾時龍女有一寶珠，價值三千大千世界，持以上佛，佛即受之。龍女謂智積菩薩尊者舍利弗言：『我獻寶珠，世尊納受，此事疾不？』答言『甚疾』。女言：『以汝神力，觀我成佛，復速於此。』當時衆僧皆見龍女忽然變爲男子，具菩薩行，即往南方無垢世界。」

〔六〕虎生句：「尸子下：「虎豹之駒，未成文而有食牛之氣；鴻鵠之鷇，羽翼未合而有四海之心。」杜甫徐卿二子歌：「小兒五歲氣食牛，滿堂賓客皆回頭。」此喻幼兒已有豪邁氣概。

〔七〕魯元福禄：頌祁國公主語。魯元公主，漢高祖劉邦長女，吕后所出。漢書張耳傳：「初，孝惠時，齊悼惠王獻城陽郡，尊魯元公主爲太后。」注：「師古曰：爲齊太后，以母禮事之。」

〔八〕坐見句：漢書張耳傳：「高后元年，魯元太后薨，後六年，宣平侯敖復薨，吕太后立敖子偃爲魯王（史記作魯元王），以母爲太后故也。又憐其年少孤弱，乃封敖前婦子二人：壽爲樂昌侯，侈爲信都侯。」此以張敖切張君俞，以示祝頌。

寄題趙侯澄碧軒〔一〕

風流公子四難并〔二〕，更引清漪作小亭。潤及玉階春漲雨，光浮藻井夜涵星〔三〕。捲簾几硯成圖畫，倚檻鬚鬟入鏡屏〔四〕。何日解衣容借榻〔五〕，卧聽螭口瀉泠泠〔六〕。

【箋注】

〔一〕本篇當作于元祐六年暮春。趙侯，似指趙令時，原字景貺，改字德麟。

〔二〕風流句：風流公子，對趙令時的雅稱。王文誥蘇詩總案卷三十四：「本集趙德麟字説云：「元祐六年，予自禁林出守汝南，始與越王之孫、華原公之子簽書君令時遊，得其爲人博學而文，篤行而剛，信于爲道而敏于爲政。予以爲有杞梓之用，瑚璉之貴，將必顯聞于天下，非特佳公子而已。」均案：趙令時（一〇五一——一一三四），燕王德昭玄孫。元豐三年，坐與蘇軾交通，罰金。元祐六年，軾知潁州，闢爲簽書公事。紹聖元年，坐元祐黨籍。紹興二年（一〇三二），爲監門衛大將軍，後封安定郡王。能詞，與李廌齊名，趙萬里輯有聊復詞。蓋以此與少游善。題云澄碧軒，似爲趙在潁州（即汝州，今安徽阜陽）時府第。詩末表達欲去潁州游趙宅之意。

〔三〕藻井：亦稱綺井，今俗稱天花板。文選張衡西京賦：「蔕倒茄於藻井。」注：「藻井當棟中，交方木爲之，如井幹也。」又云：「藻，水草之有文者也。」

〔四〕鬒鬟：鬒眉及雲鬟，借指男女。

〔五〕借榻：據後漢書徐穉傳，穉家貧，朝廷多次徵聘，不仕。陳蕃爲太守，不接賓客，惟穉來，特爲之設一榻，去則懸之。此喻禮遇。

〔六〕螭口：見本卷次韻王仲至侍郎會李觀察席上注〔一一〕。

寄張文潛右史　一云次韻參寥寄蘇子瞻時聞蘇除起居舍人〔一〕

解手亭皋纔幾月〔二〕，春風已復動林塘。稍遷右史公何泰〔三〕？初閲除書國爲狂〔四〕。日出想驚儒發冢〔五〕，風行應罷女爭桑〔六〕。東坡手種千株柳，聞説邦人比召棠〔七〕。

【校】

〔題下注〕蜀本同，他本俱脱。

〔公何泰〕張本、胡本、李本、段本、王本、秦本、四部本俱作「公何忝」，義較勝。

【箋注】

〔一〕據題注，本篇應元祐元年爲蘇軾而作。施宿東坡先生年譜云，元豐八年「五月一日，過揚州，游竹西寺，尋有旨復朝奉郎知登州。……冬十一月至登州，任未旬日，召赴闕。十二月，除起居舍人。」起居舍人，亦稱右史。王文誥蘇詩總案卷二十六謂是歲「八月二十七日，蘇軾過揚州訪楊景略，至石塔寺，與無擇别竹西亭下。……過邵伯埭和孫覺斗野亭。」爾後東坡必途經高郵，此詩首句云「解手亭皋纔幾月」，似指此時與蘇軾分别，蓋少游應試中第後曾回鄉等待授官。「春風」句則指次年（元祐元年）春初也。案：張文潛，名耒，冒廣生後山詩注寄張文潛舍人補箋：「按實録，文潛元祐八年冬，自著作佐郎除起居舍人，即右史也。」詩題作寄張文潛右史，由此而誤也。

〔二〕亭皋：水邊平地。史記司馬相如傳上林賦：「亭皋千里，靡不被築」。集解引郭璞曰：「爲亭堠於皋隰，皆築地令平。」此處似指高郵亭，其地濱運河，故云。

〔三〕泰：謂通暢、安寧。易泰：「天地交，泰。」又説卦：「履而泰，然後安。」

〔四〕除書：授予官職之敕書。閱除書而「國爲狂」，非蘇軾不足以當之。

〔五〕儒發冢：語出莊子外物篇。原指發掘古代文化寶藏。此指王安石新法。莊子曰：「儒以詩禮發冢。大儒臚傳曰：『東方作矣，事之何若？』」郭象注：「詩禮者，先王之陳迹也，苟非其人，道不虛行，故夫儒者乃用之爲奸，則迹不足恃也。」「東方作矣」，司馬彪注：「日出。」此指元祐更化。案：少游王定國注論語序云：「自熙寧初王氏父子以經術得幸……皆以新書從事，不合者黜罷之。面諸儒之論廢矣。」此即「儒發冢」也。參見卷五南京妙峯亭注〔一一〕。

〔六〕女争桑：據史記吴太伯世家，楚邊邑之女與吴邊邑女争桑，互不下。兩國邊長聞之，怒而相攻，遂至兩國交戰。後因以此指不知禮讓、因小失大。

〔七〕東坡二句：施宿東坡先生年譜謂元豐四年，「先生在黄州，始營東坡，自號東坡居士」。案蘇詩總案卷二一謂本年二月「蘇公得廢圃於東坡之脅，築而垣之，葺堂五間，堂成於大雪中，因繪雪於四壁，榜曰東坡雪堂」，「九月九日，徐大受攜酒雪堂，（蘇）作醉蓬萊詞」，詞云：「摇落霜風，有手栽雙柳。」又徐君猷挽詞云：「雪後獨來栽柳處，竹間行復採茶時。」召棠，周召伯巡行南國鄉邑，舍於甘棠樹下，傳播文王之政。國人思其德而愛其樹，作甘棠之詩，見詩召南朱熹集傳。後因以召棠喻德政。二句謂黄州人民思蘇軾之德，而張耒則無東坡種柳之事。

次韻裴秀才上太守向公二首〔一〕

其一

東風已動北風歸〔二〕，寒氣侵尋自霽威〔三〕。何處管絃傳臘酒，誰家刀尺製春衣？使君英妙開蓮幕〔四〕，别駕風流出粉闈〔五〕。唯有廣文官獨冷〔六〕，終年如坐水邊磯〔七〕。

【校】

〔二首〕王本、四部本無此二字。

〔其一〕此爲箋注者所加，下同。

【箋注】

〔一〕本篇元祐三年戊辰（一〇八八）作於蔡州。錢大昕淮海先生年譜跋：「至四年，向宗回任郡守，先生代爲作謝表及記，其文皆載集中，此可爲元祐四年在蔡州不在京師之證。」案：錢斷年不確。據卷三八敕書奬諭記載，向宗回以元祐二年夏五月知蔡州。據卷三四裴秀才跋尾載，裴秀才於元祐三年冬自陽翟過蔡州，踰月而去。此詩亦有「傳臘酒」之説，當作於元祐三年暮冬無疑。案：太守向公，名宗回，字子發，在蔡州任上有治績，歲饑發廩興役，賑濟饑民，而官舍帑廩一新。徽宗朝，拜檢校司空，封郡王。崇寧初，削秩流郴州。後起爲朝請大夫，卒謚榮縱。見宋史外戚傳。

〔二〕東風句：謂冬將盡、春將至。禮月令：「東風解凍，蟄蟲始振。」

〔三〕寒氣句：侵尋，漸進、浸潤。史記武帝紀：「是歲，天子始巡郡縣，侵尋於泰山矣。」此處義爲逐漸。霽威，猶息怒。漢書魏相傳：「爲霽威嚴。」

〔四〕使君句：稱譽郡守向宗回之禮賢下士。蓮幕，見卷七次韻朱李二君見寄二首之一注〔三〕。

〔五〕別駕句：別駕，即通判，此指裴仲謨，參見卷五送裴仲謨注〔一〕。粉闈，亦稱粉署，尚書省之別稱。漢代尚書省皆以胡粉塗壁，畫古賢人列女，故名。韋應物寄職方劉郎中詩：「歸來坐粉闈，揮筆乃縱横。」

〔六〕廣文：唐書鄭虔傳：「明皇愛鄭虔，置左右，以不事事，更爲置廣文館，以虔爲博士。」杜甫醉時歌贈廣文館學士鄭虔：「諸公衮衮登省臺，廣文先生官獨冷。甲第紛紛厭粱肉，廣文先生飯不足。」後多指儒學教官，此處少游自指。

〔七〕終年句：慨歎如姜太公之不遇。孔融離合作郡姓名字詩：「呂公磯釣，闔口渭旁。」太公名呂尚，曾釣於磻溪，越絶書外傳計倪：「太公，磻溪之餓人也。」少游初任蔡州教授，環堵蕭然，寄居僧坊，故有此語。參見卷五送劉貢父舍人二首其二及卷九答曾存之注〔二〕。

其二

上客新從潁尾歸〔一〕，使君高會列南威〔二〕。風將沈燎縈歌扇〔三〕，雪帶梅香上舞衣。翻樣雲團分御胯〔四〕，如椽蜜炬出宫闈〔五〕。食前方丈羅珍怪〔六〕，却訝犀燃牛渚磯〔七〕。

【箋注】

〔一〕上客句：上客，指裴秀才。潁尾，指許州之陽翟，其地近潁水上游，故云。參見本題其一注〔一〕。

〔二〕南威：春秋時晉國美女，戰國策魏策：「晉文公得南之威，三日不聽朝；遂推南之威而遠之，曰：『後世必有以色亡其國者。』」此處蓋指營妓，少游在蔡州曾有詞贈營妓婁琬（見水龍吟）及陶心兒（見南歌子），參見拙著淮海居士長短句校注。

〔三〕沈燎：文選江淹雜體詩：「膏爐絶沈燎，綺席生浮埃。」五臣注：「良曰：言皆沈滅而薰燎。」

〔四〕翻樣句：雲團，茶餅名。團茶有密雲龍，當指此。梅堯臣嘗茶和公儀詩：「都藍攜具向都堂，碾破雲團北焙香。」御帑，皇家之庫藏。

〔五〕蜜炬：蠟燭。蜂採花蕊，醞釀成蜜，其房如脾，謂蜜脾。蜜脾之底爲蠟，可以製燭。以上二句謂向宗回係外戚，所用多爲内廷所賜。

〔六〕食前方丈：孟子盡心上：「食前方丈，侍妾數百人。」集注：「食前方丈，饌食列於前者，方一丈也。」喻菜餚豐盛。

〔七〕犀燃牛渚磯：見卷一浮山堰賦注〔二〇〕。

次韻太守向公登樓眺望二首〔一〕

其一

茫茫汝水抱城根〔二〕，野色偷春入燒痕〔三〕。千點湘妃枝上淚〔四〕，一聲杜宇水邊魂〔五〕。遥憐鴻隙陂穿路〔六〕，尚想元和賊負恩〔七〕。粉堞女牆都已盡，恍如陶侃夢天門〔八〕。

【校】

〔題〕王本案云：「詩人玉屑引桐江詩話謂汝南教官日作，向公名宗回。」王本、四部本無「二首」二字。

〔其一〕此爲箋注者所加，下同。

〔茫茫〕王本、四部本注云：「詩人玉屑作『沄沄』。」

〔粉堞女牆句〕詩人玉屑卷十八作「粉蝶朱垣都過了」。

【箋注】

〔一〕本篇元祐三年戊辰（一〇八八）春作於蔡州。長編卷四〇八謂是歲二月甲申，尚書右僕射呂公著等言：「去冬積雪，甚於常歲。今春以來，沉陰不解，經時閲月，民被其災。」少游代蔡州祈晴文亦云：「粤自去冬，陰氣爲沴，雪積袤丈。逮兹獻歲，寒不時歸，雪又復作，道途梗塞。」又代蔡州敕書獎諭記云：「三年春，盜發陳、蔡、潁之間。」代謝敕書獎諭表云：「一昨凶年乏食，狂盜干誅……」均係説明因元祐三年春水災嚴重，因而飢民造反。此詩首二句正寫此等情景，故知作於是時。向公，向宗回，見本卷次韻裴秀才上太守向公二首其一注〔一〕。

〔二〕茫茫句：汝水屈曲繞蔡州城北如弧形，因稱懸瓠城，見卷六正仲左丞生日注〔二三〕。

〔三〕偷春：謂偷春色而先發青。燒痕，指荒草被燒後留下的痕迹。周弼思歸詩：「夜月添鄉夢，春風入燒痕。」

〔四〕湘妃枝上淚：張華博物志謂：舜崩蒼梧，二妃奔至，哭帝極哀，淚下，染竹成斑。妃死爲湘水神，故曰湘妃竹。

〔五〕杜宇：古蜀帝名，化爲杜鵑。揚雄蜀王本紀：「杜宇……乃自立爲蜀王，號曰望帝。」十三州志：「望帝使鼈冷鑿巫山治水有功。望帝自以德薄，乃委國禪鼈冷，號曰開明，遂自亡去，化爲子規。」子規，即杜鵑。

〔六〕鴻隙陂：又作鴻池陂、鴻卻陂，故址在河南省汝南縣治東南，跨汝河。受淮北諸水，郡以爲饒。漢成帝時，陂溢爲害，翟方進奏罷之。見漢書翟方進傳及少游汝水漲溢説。

〔七〕元和賊：指唐憲宗元和年間淮西節度使吴元濟據蔡州叛。詔李愬討之，雪夜入城，執元濟斬於長安。見新唐書李愬傳。

〔八〕夢天門：晉書陶侃傳：侃嘗「夢生八翼，飛而上天，見天門九重，已登其八，唯一門不得入。閽者以杖擊之，因墜地，折其左翼」。

其　二

庖煙起處認孤村，天色清寒不見痕。車輞湖邊梅濺淚〔一〕，壺公祠畔月銷魂〔二〕。

封疆盡是春秋國〔三〕，廟食多懷將相恩〔四〕。試問李斯長歎後，誰牽黄犬出東門〔五〕？

【箋注】

〔一〕車輞湖：湖名，大清一統志汝寧府卷一：「車輞湖，在州北四十里。」汝寧府，即蔡州。

〔二〕壺公祠：即壺公觀，在蔡州。蘇轍有蔡州壺公觀劉道士詩，序云：「元祐八年七月，彭城曹焕子文至自安陸，爲予言：『過淮西，入壺公觀，觀懸壺之木。木老死久矣，環生孫蘖無數。』」陳師道後山集卷二十亦云：「蔡州壺公觀有大木……世傳漢費長房遇仙者處，木即懸壺者。」案：壺公，傳説中仙人。東漢費長房嘗於樓上見市中有一老翁賣藥，懸一壺於樹。市罷，跳入壺内。長房因向學道。見後漢書費長房傳。

〔三〕封疆句：汝水漲溢説云：「諸邑皆春秋時沈江道柏之國。」史記周本紀正義引括地志：「豫州北七十里上蔡縣，古蔡國，武王封弟于蔡是也。」少游亦指此。

〔四〕廟食：蔡州有狄梁公廟，祀狄仁傑；李太尉廟，祀李愬。少游均代州守爲文祭告。見卷三一。

〔五〕試問二句：史記李斯傳謂趙高誣李斯欲叛，腰斬於咸陽市中，臨刑，顧謂其中子曰：「吾欲與若復牽黄犬，出上蔡東門，逐狡兔，豈可得乎？」據嘉慶一統志汝寧府卷二：上蔡縣西南有李斯墓及其故宅。

【彙評】

魏慶之詩人玉屑卷十八秦太虚諸詩：少游汝南作教官日，郡將向宗回團練有登城詩。少游次韻兩篇云：「沄沄汝水抱城根，野色偷春入燒痕。（下略）」

寄錢節　時節出爲揚州從事，新鰥，兼簡參寥〔一〕

論月柴門不浪開，命車良欲故人來〔二〕。茫然極目春千里，尚想愁腸日九回〔三〕。緑水池邊聊復爾，黄粱枕上信悠哉〔四〕！何時共約參寥子，自擷青菁作飯材〔五〕。

【校】

〔黄粱〕原誤作「黄糧」，據張本、胡本、李本、段本、王本、秦本、四部本改。

【箋注】

〔一〕本篇作於元豐二年己未（一〇七九）春。卷三九送錢秀才序云：「去年夏，余始與錢節遇於京師。……至秋，余先浮汴絶淮以歸。……而時過之者，惟道人參寥、東海徐子思兄弟數人而已。節聞而心慕之，數人者來，節每偕焉。……一日，節曰：『我補官嘉禾，今期至，當行矣，盍有詩以爲送乎？』」案：少游入京應試凡三次，第一次據秦譜云係元豐五年，落第後「遂如黄州，候蘇公於官舍」；第三次爲元豐八年，中焦蹈榜進士，授定海主簿。此處謂「浮汴絶淮以歸」，當爲第一次。云「去年夏者」，乃元豐元年。時參寥正在淮南漫游，故節能偕同訪問。節，錢塘人。宋元學案補遺卷二五錢先生節：「錢節，忠懿王（錢俶）之後，居上虞，從沙隨程氏學，館虞雍公之孫勇，守富川，以盡室行。」（任松卿集）新鰥，新近喪妻。參寥，僧名，見卷二夜坐懷莘老司諫注〔一〕。

〔二〕論月二句：寫與錢節、參寥子等在高郵家中聚首情景。浪開，猶妄開。詳見卷三九送錢秀才序。

〔三〕茫然二句：愁腸日九回，司馬遷報任安書：「腸一日而九回。」柳宗元登柳州城樓寄漳汀連封四州詩：「嶺樹重遮千里目，江流曲似九回腸。」二句似之。愁腸九回，當係想見錢節新鰥後之愁苦情懷。

〔四〕黄粱枕上：沈既濟枕中記云，盧生於邯鄲旅舍中遇道者吕翁。生自嘆貧困，翁探囊中枕授之，謂枕此當令子榮適如意。時主人正蒸黄粱。生枕之晝寢入夢，歷盡富貴榮華。及醒，黄粱尚未熟。後稱之爲黄粱夢。

〔五〕青菁：亦作青精，指青菁飯。採南燭枝葉，取其汁浸米，蒸飯曝乾，色青碧。道家以爲久服可延年益顏。神仙傳：「鄧伯元、王元甫俱在霍山，服青精飯。」案本草青精乾石䭀飯：「時珍曰：此飯乃仙家服食之法，今釋之家多於四月八日造之以供佛耳。」

贈劉使君景文〔一〕

落落衣冠八尺雄，魚符新賜大河東〔二〕。穰苴兵法申司馬〔三〕，曹植詩原出國風〔四〕。拈筆古心生篆刻〔五〕，引觴俠氣上雲空。石渠病客君應笑，手校黄書兩鬢蓬〔六〕。

【校】

篇末原附王仲至、曹子方、劉景文和詩，他本無。

【箋注】

〔一〕本篇作於元祐七年壬申(一〇九二)。少游録壯愍劉公遺事云：「元祐壬申歲，公之子隰州使君某，與余會於京師，嘗道公之遺事。」案：隰州使君某，即劉景文。景文，名季孫，開封祥符人，贈侍中平之子。初以右班殿直監饒州酒稅。王安石提點江東刑獄，行部至饒，見廳内小屏所題絶句，大爲稱賞，使之兼攝饒學教授。後以左藏庫副使爲兩浙兵馬都監。元祐四年至六年，蘇軾守杭，一見遇以國士，表薦之，除知隰州，仕至文思副使，見東都事略卷一一〇、宋詩紀事卷三十及黄庭堅書劉季孫詩後。又王文誥蘇詩總案卷三四謂元祐六年十一月十日，蘇軾時知潁州，「喜劉季孫至，並和季孫禱雨詩」；二十日，「和劉季孫雪(詩)并送知隰州詩」。結合少游録壯愍劉公遺事來看，則景文離潁赴闕，翌年始與少游相會於京師，故少游作此詩贈之。

〔二〕魚符句：魚符，魚形之符節。王楙野客叢談：「唐故事，以左魚給郡守，以右魚留郡庫。每郡守之官，以左魚合郡庫之右魚爲信。」大河東，指隰州。隰州，今山西隰縣，春秋時晉蒲邑，漢置蒲子縣，屬河東郡，宋因之。見太平寰宇記卷四八。此句謂劉景文新任隰州守。

〔三〕穰苴：春秋時名將，本田氏，齊景公時爲將軍，曾擊敗燕晉之師，收復齊之失地。死後，齊威王使大夫將穰苴之作附於古司馬兵法之中，稱司馬穰苴兵法。史記有傳。此句謂景文曾爲兵馬都監。

〔四〕曹植句：鍾嶸詩品魏陳思王植詩：「其源出於國風，骨氣奇高，詞采華茂，情兼雅怨，體被文質，粲溢千古，卓爾不群。」此句以曹植喻景文，謂其詩文繼承國風傳統。

〔五〕拈筆句：古心，韓愈孟生詩：「孟生江海士，古貌又古心。」篆刻，喻精心爲文。任昉爲范尚書讓吏部封侯第一表：「篆刻爲文，而三冬靡就。」

〔六〕石渠二句：寫仕途蹭蹬心情。據長編卷四六二云：元祐六年七月己卯，「左宣德郎吕大臨、秘書省校對黄本書籍秦觀並爲正字」。又卷四六三載劉摯私志其事云：「既而賈易詆觀『不檢』之罪，同日君錫亦有一章曰：『臣前薦觀，以其有文學。今始知其「薄於行」，願寢前薦，罷觀新命。』」由于洛蜀黨争激烈，少游遂罷正字，依舊校對黄本書籍，故詩云「石渠病客」。石渠，見卷八次韻馬忠玉喜王定國還自賓州注〔七〕。

【附】

王仲至和詩：每愛楊莊解薦雄，喜君歸興自江東。軒昂豈爲兵家學？磊落真餘國士風。垂橐忽驚詩滿卷（自注：近惠予詩一卷），論文常負酒樽空。邊州千騎新居上，莫憶鱸魚記棹蓬。

曹子方和詩：使君家世本英雄，名字流傳久已東。遠略未銘燕塞石，多材聊賦楚臺風。滿頭霜雪心猶壯，萬卷圖書室屢空。却愧故情於我厚，高車時有過蒿蓬。

劉景文自和：天禄誰嘲寂寞雄，吹嘘亦或誦河東。淹留未試胸中策，慷慨聊生座上風。客至探珠邊笥滿，日長吹玉趙囊空。一篇憐我飄飄去，政似曹家詠轉蓬。（原注：詩云飄飄隨長風。）

答龔深之〔一〕

深巷茅簷日漸長，卧看花鳥競朝陽。惜無好事攜罇酒，賴有鄰家振燭光〔二〕。尚友頗存書萬卷〔三〕，封侯正闕木千章〔四〕。錯刀錦段相仍至〔五〕，小子都忘進取狂〔六〕。

【箋注】

〔一〕本篇疑作於元祐七年壬申（一〇九二）前後。據長編卷四七四載，是歲六月丙寅，龔原爲「徐王府記室參軍加祕閣校理」。時少游在祕書省任職，故得以爲鄰。龔深之，名原，處州遂昌人，師王安石。進士高第，元豐中爲國子直講。哲宗即位，爲國子丞、太常博士，其後屢經黜陟。宋史有傳。案參寥子詩集卷二有次韻少游學士送龔深之往金陵見王荆公絶句四首，少游原唱已佚。

〔二〕鄰家句：戰國策秦策二：「夫江上之處女，有家貧而無燭者，處女相與語，欲去之。家貧無燭者將去矣，謂處女曰：『妾以無燭，故常先至掃室布席。何愛餘明之照四壁者？幸以賜妾！』」此謂得到龔深之之助。

〔三〕尚友：上與古人爲友。孟子萬章下：「以友天下之善士爲未足，又尚論古之人。頌其詩，讀其書，不知其人可乎？是以論其世也，是尚友也。」趙岐注：「尚，上也。」

〔四〕封侯句：史記貨殖列傳：「通邑大都……木千章，竹竿萬个，其軺車百乘，牛車千兩……此亦比千乘之家。」集解引漢書音義：「章，材也。」按「千乘之家」即指「封侯」。孟子梁惠王上「千乘之國」朱熹注：「乘，車數。千乘之國，諸侯之國。」

〔五〕錯刀錦段：見卷五南京妙峯亭注〔六〕。

〔六〕小子句：論語公冶長：「歸與，歸與！吾黨之小子狂簡。」又子路：「狂者進取，狷者有所不爲也。」

次韻答裴仲謨〔一〕

十年淮海閒居草〔二〕，偶遣兒童次第成。方愧貧家矜敝帚〔三〕，忽聞鄰壁借餘明〔四〕。文昌但願花前老〔五〕，張翰何須身後名〔六〕！移病閶門參拜阻〔七〕，卧聽車馬去來聲。

【箋注】

〔一〕本篇元祐三年戊辰（一〇八八）作於蔡州。據卷三四裴秀才跋尾云：「元祐三年冬，君之弟朝散君通判蔡州。」裴仲謨，爲裴秀才之弟，時爲蔡州通判。詳卷五送裴仲謨注〔一〕。

〔二〕淮海閒居草：即淮海閒居集，已佚，序見後集卷之六，云：「元豐七年，余將西赴京師，索文稿於囊中……合二百一十七篇，次爲十卷，號淮海閒居集云。」

〔三〕敝帚：曹丕典論論文：「夫人善於自見，而文非一體，鮮能備善，是以各以所長，相輕所短，里語曰：『家有敝帚，享之千金。』斯不自見之患也。」

〔四〕鄰壁借餘明：史記甘茂傳：「我無以買燭，而子之燭光幸有餘，子可分我餘光。」

〔五〕文昌：張籍，字文昌，唐蘇州吴人，寓和州。貞元十五年進士，官至國子司業。爲詩長於樂府，其春日行云：「不用積金著青天，不用服藥求神仙。但願園裏花長好，一生飲酒花前老。」舊唐書有傳。

〔六〕張翰：晉吴郡人，字季鷹，有清才，善屬文，齊王司馬冏召爲大司馬東曹掾。時政事混亂，翰爲避禍，乃託辭南歸。不久齊王冏敗，翰謂人曰：「使我有身後名，不如即時一杯酒。」見晉書本傳。參見卷四別子瞻學士詩注〔六〕。

〔七〕移病句：作書稱病曰「移病」，多爲居官者求退之婉辭。漢書疏廣傳：「即日父子俱移病。滿三月賜告，廣遂稱篤，上疏乞骸骨。」闔門參拜阻，謂杜門謝客。

答曾存之〔一〕

環堵蕭然汝水隈〔二〕，孤懷炯炯向誰開〔三〕！青春不覺書邊過，白髮無端鏡上來〔四〕。祭竈請鄰聊復爾〔五〕，賣刀買犢豈難哉〔六〕？故人休説封侯事〔七〕，歸釣江天有舊臺〔八〕。

【箋注】

〔一〕本篇當作於元祐三年戊辰（一〇八八）。卷三四高無悔跋尾云：「元祐三年，余爲汝南學官，被詔至京師，以疾歸。」長編卷四一四謂是歲九月辛亥，「考試應賢良方正能言極諫科舉人」，又卷四一五謂蘇軾所舉「制科人秦觀，皆誣以過惡，了無事實」，故而應試者「並行黜落，曲收謝悰」一人。本篇結二句云「故人休説封侯事，歸釣江天有舊臺」，即指落第歸蔡州事。曾存之，見卷六次韻曾存之嘯竹軒注〔一〕。本篇又見張右史文集卷二十二，案張耒生平與詩意不合，當係誤收。

〔二〕環堵句：環堵，陶淵明五柳先生傳：「環堵蕭然，不蔽風日。」汝水限，指蔡州。見卷六正仲左丞生日注〔一三〕。

〔三〕炯炯：心不安貌。楚辭嚴忌哀時命：「夜炯炯而不寐兮，懷隱憂而歷兹。」

〔四〕白髮句：時少游年四十，而體已衰，故云。中寓不遇之感。

〔五〕祭竈請鄰：漢書孫寶傳：「寶以明經爲郡吏，御史大夫張忠辟寶爲屬，欲令授子經，更爲除舍設儲偫，寶自劾去，忠固還之，心内不平。後徙寶主簿，寶徙入舍，祭竈請比鄰。忠陰察，怪之。」按主簿爲當時高士所不爲，而寶欣然入舍，故張忠怪之。寶曰：「不遭者可無不爲，況主簿乎！」少游時爲蔡州教授，與主簿等，故云。

〔六〕賣刀買犢：據漢書龔遂傳：遂爲渤海太守，「見齊俗奢侈，好末技，不田作，乃躬率以儉約，勸民務農桑。……民有帶持刀劍者，使賣劍買牛，賣刀買犢」。此指歸耕。

〔七〕封侯：後漢書梁竦傳：「大丈夫居世，生當封侯，死當廟食。」

〔八〕歸釣句：謂將致仕回鄉，仿嚴子陵之垂釣。

春日寓直有懷參寥〔一〕

觚稜金爵自岧嶤〔二〕，藏室春深更寂寥〔三〕。捫虱幽花欹露葉〔四〕，岸巾高柳轉風條〔五〕。文書几上鬚髯變，鞍馬塵中歲月銷。何日一笻江海上，與君徐步看生潮〔六〕。

【箋注】

〔一〕本篇云：「文書几上鬚髯變，鞍馬塵中歲月銷。」意緒消沉，末二句且有歸隱之思，蓋元祐六年秋遭賈易之議，除正字不久即罷，復校對黄本書籍時也。題云「春日寓直」，乃元祐七年壬申（一〇九二）之春。參見本卷贈劉使君景文注〔六〕。參寥，見卷二夜坐懷莘老司諫注〔一〕。

〔二〕觚稜金爵：見本卷西城宴集詩其二注〔四〕。

〔三〕藏室：即藏書室。後漢書竇章傳：「是時學者稱東觀爲老氏藏室，道家蓬萊山，康遂薦章入東觀爲校書郎。」此指祕書省。

〔四〕捫虱：虱，通蝨。初學記五引崔鴻前燕録：「王猛隱華山，桓温入關，猛被褐而詣之，一面説當代之事。捫蝨而言，旁若無人。」

〔五〕岸巾：猶岸幘，見卷二三老堂注〔九〕。

〔六〕何日二句：少游元豐二年中秋後曾與參寥沿西湖策杖步月，見卷三八龍井題名記。此兼有懷舊及歸隱意。江海，喻在野。莊子讓王：「身在江海之上，心居乎魏闕之下。」

次韻裴仲謨和何先輩二首〔一〕

其一

聞説何郎操行端，蕭然環堵若爲安〔二〕？鳥啼花發阻攜手，水遠山高空憑欄。別後想多黄絹作〔三〕，春來尤厭惠文彈〔四〕。兩章讀罷知高義，貴賤交情自古難〔五〕。

【校】

〔二首〕王本、四部本無此二字。

〔其一〕此爲箋注者所加，下同。

【箋注】

〔一〕此二首均作於元祐四年己巳（一〇八九）春。據卷三四裴秀才跋尾，裴仲謨於元祐三年冬通判蔡州；又據續資治通鑑長編卷四四二，少游於元祐五年五月新除太學博士被召至京師，此詩云「鳥啼花發」，又云「春來」，故可推定作於四年春。裴仲謨，見前送裴仲謨注〔一〕。何先輩，名字不詳。案先輩爲唐宋科舉士人相互間之敬稱。李肇國史補：「得第謂之前進士，互相推敬謂之先輩。」

〔二〕蕭然環堵：見本卷答曾存之注〔二〕。

〔三〕黄絹：即黄絹幼婦，謂文章絶妙，見卷七懷李公擇學士注〔四〕。

〔四〕惠文：冠名。後漢書輿服志云：「武冠，諸武官冠之，貂尾爲飾，謂之趙惠文冠。趙武靈王效胡服，以金璫飾首，前插貂尾爲貴職。秦滅趙，以其君冠賜近臣。」案：趙惠文王，乃趙武靈王之子。惠文彈，即彈冠，喻將要出仕。沈約郊居賦：「或辭禄而反耕，或彈冠而來仕。」此句謂不欲求仕。

〔五〕貴賤交情：史記汲鄭列傳贊：「下邽翟公有言：始翟公爲廷尉，賓客闐門；及廢，門外可設雀羅。翟公復爲廷尉，賓客欲往，翟公乃大署其門曰：『一死一生，乃知交情；一貧一富，乃知交態；一貴一賤，交情乃見。』」

其二

汝南古郡寡参尋〔一〕，兀兀長如鶴在陰〔二〕。支枕星河横醉後，入簾風絮報春深。青山未落詩人手，白髮誰知國士心〔三〕？多謝名郎傳緑綺，愧無佳句比南金〔四〕。

【箋注】

〔一〕汝南句：汝南，見卷五送劉貢父舍人二首其二注〔五〕。寡参尋，見本卷西城宴集其二注〔二〕。

〔二〕兀兀句：兀兀，昏昏沈沈。唐韓愈進學解：「焚膏油以繼晷，恒兀兀以窮年。」又白居易對酒詩：「所以劉阮輩，終年醉兀兀。」鶴在陰，易中孚：「鳴鶴在陰，其子和之。我有好爵，吾與爾靡之。」孔疏：「靡，散也。」「我有好爵，吾願與爾賢者分散而共之。」此謂任蔡州教授時常有閑暇，飲酒賦詩，與友人唱和。

〔三〕青山二句：盧綸九日同司直九叔崔侍御登竇雞南樓詩：「短長新白髮，重疊舊青山。」賈島答王建祕書詩：「白髮無心鑷，青山去意多。」國士，國中才能出衆之士。戰國策趙策一：「智伯以國士遇臣，臣故國士報之。」此蓋少游自許。黄庭堅送少章從翰林蘇公餘杭詩：「東南淮海惟揚州，國士無雙秦少游。」亦以國士稱之。

〔四〕多謝二句：名郎，宋代禮部郎中的别稱。宋元豐三年改官制，禮部郎中謂之名表郎官，故稱。王安石寄題思軒詩：「名郎此地昔徘徊，天誘良孫接踵來。」此指裴仲謨。參見卷七次韻朱李二君見寄二首其二注〔五〕。

【彙評】

賀裳載酒園詩話秦觀：昔人評少游詩「如時女步春，終傷婉弱」。如「支枕星河橫醉後，入簾風絮報春深」，真好姿態！至「屠龍肯自羞無用，畫虎從人笑未成」，亦自骯髒也！然終不如介甫「雞蟲得失何須問，鵬鷃逍遥各自知」，真是老手。（徐案：「屠龍」二句見後集卷四次韻參寥三首之三。）

答閻求仁謝參寥彥温訪於墳所〔一〕

老濞城西木半摧〔二〕，崑崙岡下路新開〔三〕。故人此地銜憂去〔四〕，禪客他時問疾回〔五〕。聞爲樹風增永感〔六〕，却因水鳥證西來〔七〕。已謀寒食驅羸馬〔八〕，細聽清談動玉哀〔九〕。

【箋注】

〔一〕本篇作於元豐元年戊午（一〇七八）寒食節前。閻求仁，見卷七題閻求仁虚樂亭三首其一注〔一〕。參寥子自熙寧九年來淮南，至元豐二年春始去，其在揚州，有次韻閻求仁博士同飲蜀井、次韻求仁見贈二詩，後者云：「憐君泣血依墳墓，雖設衡門不妄開。……夜寒幽鳥窺香火，歲暮鄰僧數往來。」時閻求仁在揚州廬墓。此首與參寥子詩同韻，且云「墳所」，知爲同時之作。參寥子，見卷二夜坐懷莘老司諫注〔一〕。彥温，不詳。

〔二〕老濞城：即廣陵城。史記吴王濞列傳：「吴王濞者，高帝兄劉仲之子也。……孝景帝三年正月甲子，初起兵於廣陵。」鮑參軍集注蕪城賦注引王逸廣陵圖經曰：「郡城吴王濞所築。」因稱老濞城。

〔三〕崑崙岡：即蜀岡，亦名崑岡。河圖括地象：「崑岡山横爲地軸，交帶崑崙，故廣陵也。」參見卷八次韻子由題蜀井注〔二〕。

〔四〕故人：指閻求仁。含憂去，丁憂去職。

〔五〕禪客：謂僧人，此指參寥子。問疾：用文殊師利問維摩詰病故事，見維摩詰經。

〔六〕樹風：孔子家語致思：「夫樹欲静而風不停，子欲養而親不待，往而不來者年也，不可再見者親也。」永感，大唐創業起居注：引隋少帝詔：「哀號永感，心情糜潰。」言父母喪，終身爲之悲痛也。

〔七〕却因句：謂閻母未能西去烏江兒子任上。景德傳燈録二十七：「僧問講彌陀經坐主：『水鳥樹林，皆悉念佛念法念僧，作麽生講？』坐主曰：『基法師道真友不待請，如母赴嬰兒。』」案：閻求仁熙寧九年守烏江，少游遊湯泉時曾過訪，今來揚州廬墓，故以佛家語喻之。

〔八〕寒食：節氣名，在清明前一日。秦氏有墓在揚州，寒食將祭掃，故云。參見卷三十與參寥大師簡。

〔九〕玉哀：見本卷顯之禪老許以草庵見處作詩以約之其二注〔五〕。

次韻劉遜父以寧齋詩二軸作以還之〔一〕

揚舲偶過海邊州〔二〕，一見名郎破百憂。荀氏諸龍俱俊偉〔三〕，河東小鳳最風流〔四〕。明珠白璧堪投報〔五〕，細草幽花入獻酬〔六〕。别駕舊齋何足念，文昌新府待公游〔七〕。

【校】

〔堪投報〕「堪」原作「俱」。案頷聯「俱俊偉」，此處複出「俱」字，疑誤。據張本、胡本、李本改。

【箋注】

〔一〕劉遜父：生平無考。詩稱「别駕舊齋」，其先人當爲州倅。

〔二〕揚舲：謂開船。舲，有屋有窗之小船。屈原九章涉江：「乘舲船余上沅兮，齊吴榜以擊汰。」

〔三〕荀氏諸龍：東漢荀淑，有子八人，並擅才名，時稱荀氏八龍。見後漢書荀淑傳，並世説新語品藻注引逸士傳。

〔四〕河東小鳳：指薛收。見卷四别子瞻學士注〔一一〕。

〔五〕明珠句：喻劉遜父寧齋詩之美。韓愈奉酬盧給事雲夫四兄曲江荷花見寄並呈上錢七兄閣老張十八助教詩：「遺我明珠九十六，寒光映骨睡驪目。」注：「盧汀詩九十六字，借珠喻詩也。」又張衡四愁詩：「美人贈我金琅玕，何以報之雙玉盤。」此處化用其意。

〔六〕細草句：自謙酬作之渺小。

〔七〕文昌新府：指尚書省。見卷六正仲左丞生日注〔一五〕。

次韻何子温〔一〕

一星就起海隅傍，縣弩前驅過射陽〔二〕。行見斯民無重困，坐令吾道有餘光〔三〕。簿書不礙詩人筆〔四〕，猿鳥常窺使者章〔五〕。談笑自然群吏肅，何須酒後次公狂〔六〕？

【箋注】

〔一〕本篇作於元豐八年乙丑（一〇八五）歲暮。續資治通鑑長編卷三九一謂元祐元年十一月壬申，「朝請郎行鴻臚寺丞何琬爲江南路轉運判官。先是琬自通判秦州除淮南東路提舉常平，到任未幾，提舉官俱罷」。原注：「除常平在元豐八年十一月七日，罷提舉在元祐元年閏二月二十八日。」是時少游回里迎親赴蔡州任，故賦此詩。詩云「行見斯民無重困」，即結合提舉常平而言。宋詩紀事補遺卷十三云：「何琬，字子温，龍泉人，皇祐進士，元豐中太常博士，知司農寺丞。神宗嘗書其名於屏曰：『政事何琬，文章葉濤。』七歷監司，終於龍圖學士。」參寥子詩集卷二有次韻何子温龍圖見贈，與本篇同韻，可資參考。

〔二〕射陽：湖名，即古射陂。乾隆淮安府志卷四山川：「射陽湖，治東南七十里，山陽、鹽城、阜寧三縣分湖爲界，闊約三十里，周回約三百里。」又卷三十二雜記：「宋初運道，自黃浦至故晉口入射陽湖。晉口，即今寶應人所謂山陽溝也。自射陽湖西達三脚村入雙溝，迤邐而來，經郡東門……出口溯淮以達於汴。」案少游故里武寧鄉瀕山陽河，時何琬提舉淮南常平，蓋率部過此，以北上淮安也。

〔三〕餘光：見卷五送劉貢父舍人二首其二注〔一〇〕。

〔四〕簿書：官署文牘。漢書禮樂志：「而大臣特以簿書不報期會爲故。」注：「簿，文簿也。」

〔五〕猿鳥句：李商隱籌筆驛詩：「猿鳥猶疑畏簡書，風雲長爲護儲胥。」此反其意而用之。

〔六〕次公狂：蓋寬饒，字次公。漢書蓋寬饒傳：「寬饒不行，許伯請之，迺往，從西階上，東鄉特坐。許伯自酌曰：『蓋君後至。』寬饒曰：『無多酌我，我迺酒狂。』丞相魏侯笑曰：『次公醒而狂，何必酒也。』」

次韻宋履中近謁大慶退食館中〔一〕

翠華初到殿中間〔二〕，三館諸儒共一班〔三〕。迎謁曉廷清蹕近〔四〕，退穿春仗綵旓閑〔五〕。病來怕飲東西玉〔六〕，老去慚陪大小山〔七〕。知續春明退朝録〔八〕，借觀當奉一鴟還〔九〕。

【箋注】

〔一〕本篇疑元祐七年壬申（一〇九二）春作於汴京。詩云「三館諸儒」，謂供職祕書省時；「病來」

二句寫其情懷抑塞，似係受賈易彈劾之後，故繫於是歲。參見卷九贈劉使君景文注〔六〕。范祖禹太史范公文集卷五五手記謂元祐二年庚子，「朝奉郎宋匪躬爲正字。匪躬，敏求子，文彦博薦之也」。續資治通鑑長編卷四〇七謂元祐二年蘇軾權知禮部貢舉，注謂宋履中與晁無咎、廖明略、蔡天啓等「點檢試卷」。又卷四〇八云，元祐三年春元祐七年正月甲午，「正字宋匪躬爲祕閣校理」。宋史藝文志二載：「宋匪躬：館閣録十一卷。」大慶，殿名。宋史地理志一：「（宫城）正南門内正殿曰大慶。……大慶殿，舊名崇元，乾德四年重修，改曰乾元，太平興國九年改朝元，大中祥符八年改天安，明道元年十月改今名。」趙升朝野類要卷一御殿：「正旦、冬至及聖節，稱賀大禮，奏請致齋，則皆大慶殿。」

〔二〕翠華：指皇帝儀仗。漢書司馬相如傳上林賦：「建翠華之旗，樹靈鼉之鼓。」注：「翠華之旗，以翠羽爲旗上葆也。」

〔三〕三館：唐以昭文館、集賢院、史館爲三館，職司修史、藏書、校讎，宋因之。歐陽修歸田録：「三館謂文館、史館、集賢院。建隆元年二月，避諱字，詔易名昭文館。」見錦繡萬花谷前集卷十二引。

〔四〕清蹕：謂天子出行前掃清道路，辟止行人。北史儒林傳：「帝服衮冕，乘碧輅，陳文物，備禮容，清蹕而臨太學。」

〔五〕綵旆：旌旗上綵色飄帶。文選揚雄甘泉賦：「建光耀之長旆兮，昭華覆之威威。」注引埤蒼曰：「旓，旌旗斿也。」

〔六〕東西玉：指瑩白如玉之酒杯。張邦基墨莊漫録：「王禹玉丞相寄程公闢詩云：『舞急錦腰迎十八，酒酣玉琖照東西。』樂府六幺曲有花十八，古有玉東西杯，其對甚新也。」

〔七〕大小山：指漢代淮南小山、淮南大山。時淮南王劉安招集文人從事著述，各造辭賦，以類相從，分别稱爲大山或小山，猶詩之有大雅、小雅。（見王逸楚辭章句招隱士注）後常用以稱呼同時有名之弟兄倆，如南朝梁何點、何胤兄弟。羅隱暇日投錢尚父詩：「望高漢相東西閣，名重淮南大小山。」

〔八〕春明退朝録：書名，履中之父宋敏求撰，三卷，多述唐宋典制，亦記雜説瑣事。敏求於熙寧三年以諫議大夫奉朝請，每退朝，觀唐宋名人撰著，補記所聞，纂輯是書。因所居爲春明里，故名。

〔九〕一鴟：猶一杯或一袋。鴟，一作癡、嗤。爲宋時俗語。王楙野客叢書卷十一借書一鴟：「李正文資暇集曰：『借書集，俗謂借一癡，與二癡；索三癡，還四癡。』又杜元凱遺其子書曰：『書勿借人。古諺云：借書一嗤，還書一嗤。』後人生其詞至三四，譌爲癡。或曰：癡甚無謂，當作瓻。僕觀廣韻注張孟押韻所載瓻字，皆曰借書、盛酒器也。故曾文清公還鄭侍郎通鑑詩曰：『借我以一鑑，餉公無兩瓻。』然又觀魯直詩曰：『願公借我藏書目，時送一鴟開鎖魚。』蘇養直詩曰：『休言貧病惟三篋，已辦借書無一鴟。』又曰：『去止書三篋，歸亡酒一鴟。』曰：『慙無安世書三篋，濫得揚雄酒一鴟。』乃作『鴟夷』之鴟。」案：史容山谷外集詩注卷九聞致政胡朝請多藏書以詩借書目注引此詩末二句云：「蓋用揚雄酒箴：鴟夷滑稽，腹大如壺。盡日盛酒，人復借酤。」

與鄧慎思沐於啓聖遇李端叔〔一〕

羸兵瘦馬犯黃塵，自笑區區夢裏身。不是對花能伏老，自緣無酒可澆春〔二〕。校書天禄陪群彦〔三〕，晞髮陽阿遇故人〔四〕。三百六旬如此少〔五〕，更添香火坐逡巡〔六〕。

【箋注】

〔一〕觀起二句及「校書」句，知本篇係遭賈易彈劾後作於元祐七年壬申（一〇九二），參見本卷贈劉使君景文注〔六〕。據宋詩紀事卷二五云：鄧慎思，名忠臣，一字謹思，長沙人，熙寧三年進士，初爲大理丞，以獻詩賦擢爲祕書省正字，遷考功郎、祕書少監，出守彭門，改汝、海，以宮祠罷歸，居玉池峰，別號玉池先生，有玉池集。續資治通鑑長編卷四六四謂元祐六年八月丙申，右僕射劉摯云：「祕書省注晉書官鄧忠臣舉劉燾等充檢討官。」摯又云：「忠臣，長沙人，王珪門客，及第後因緣入館，丁憂去，服除再入祕書省爲正字，爲言者所攻，去，通判瀛州（徐案：通判瀛州在元祐三年正月初），還，差注晉書，校對黃本。忠臣有學問，能文，長於雜記，頃嘗注杜詩，久留心晉史，故使注之。」少游此時亦校對黄本，當爲同館。啓聖院，佛寺名。宋敏求東京記：「啓聖院，本晉護聖營。天福四年，宣祖典禁兵，太宗誕聖其地。」李濂汴京遺跡志：「啓聖院在大梁門内街北，太平興國六年建，雍熙二年成，賜名。」葉夢得石林燕語卷一：「啓聖禪院，太宗誕生之地。太平興國中既建爲寺，以奉太宗神御。」李端叔，見卷四送李端叔從辟中山注〔一〕。

〔二〕澆春：謂以酒澆溉春情。

〔三〕天禄：指祕書省。參見卷二次韻邢敦夫秋懷十首之六注〔三〕。

〔四〕晞髮陽阿：此喻浴後。參見卷六反初注〔一〇〕。

〔五〕三百六旬：一年之天數。書堯典：「朞三百有六旬有六日，以閏月定四時，成歲。」

〔六〕更添句：香火，供奉佛前之物，謂信神拜佛。張籍玉真觀：「院中仙女修香火，不許閑人入看花。」逡巡，義猶頃刻。韓湘言志：「解造逡巡酒，能開頃刻花。」李商隱春日寄懷：「世間榮落重逡巡，我獨丘園坐四春。」句意謂拜佛後小坐片時。

和程給事賨閣黎化去之什〔一〕

風流雲散越王城〔二〕，珍重闍黎願力成。不使鄧尼驚倒化〔三〕，祇教白傅歎先行〔四〕。早因妙契窺曹洞〔五〕，竟以清芬繼肇生〔六〕。回首中庭旌騎散，月華還可一方明〔七〕。

【箋注】

〔一〕本篇元豐二年己未（一〇七九）歲暮作於會稽。時少游正如越省親，見秦譜。程給事，即程公闢，見卷七遊龍門山次程公韻注〔一〕。贇闍黎：僧人。冒廣生後山詩注補箋謝贇闍黎見訪箋：「按淮海集有和程給事贇化去之什句云『風流雲散越王城』，給事嘗知越州軍事，越州寶林院爲其興建，贇闍黎當即院僧。又研北雜志：『東溪贇上人爲子東言，嘗與其徒月夜登閣，聽江貫道鼓琴……隆茂宗乃畫爲撫琴圖。』」案五燈會元卷十六謂天衣懷禪師法嗣有平江府明因慧贇禪師。程公闢平江人，故慧贇化去時，公闢可能作詩悼之。然其屬雲門宗，與本詩所云曹洞不合，待考。

〔二〕風流雲散：王粲贈蔡子篤詩：「風流雲散，一別如雨。」

〔三〕鄧尼句：據五燈會元卷三云：「五臺山隱峯禪師，邵武鄧氏子，時稱鄧隱峯。」亦稱頓息師，唐元和中人。「將示滅，先問衆曰：『諸方遷化，坐去卧去，吾嘗見之。還有立化也無？』曰：『有。』師曰：『還有倒立者否？』曰：『未嘗見有。』師乃倒立而化，亭亭然，其衣順體……屹然不動。遠近瞻睹，驚歎無已。師有妹爲尼，時亦在彼。」鄧尼即指隱峯禪師之妹。

〔四〕白傳：白居易，字樂天，唐太原人。新、舊唐書有傳。此喻指程公闢。葉夢得避暑録話卷下：「程光禄師孟，吴下人，樂易純質，喜爲詩，效白樂天，而尤簡直。」案：白居易與果上人殁時題此訣别兼簡二林僧社詩：「不須惆悵從師去，先請西方作主人。」此以果上人喻贇闍黎也。

〔五〕曹洞：即曹洞宗，佛教禪宗五家之一，蓋取該宗二祖曹山本寂及初祖洞山良价之號而成。祖庭事苑：「曹山即洞山之嗣子，今不言洞曹而言曹洞者，蓋由語便而無他。」

〔六〕肇生：指僧肇與生公。據高僧傳云，僧肇爲鳩羅摩什門下四哲之一。初好老莊，然猶謂未盡善也。後讀舊譯維摩經，始知所歸。鳩羅摩什至長安，姚興命僧肇僧叡等入逍遥園，詳定經綸。肇著般若無知論、涅槃無名論等，極盡玄微，晉義熙十年（四一四）卒。生公，即道生，俗姓魏，從師姓竺，入廬山，幽棲七年，鑽研群經。後游長安，受學於鳩羅摩什，著有二諦論、佛性常有論、法身無色論、佛無浄土論等。時涅槃經前數卷傳至中國，生剖析經理，立闡提成佛之義，爲舊學所擯斥，乃至平江（今蘇州）虎丘，豎石爲徒，講涅槃經至闡提有佛性處，群石皆點頭。後於廬山宣講此經。宋元嘉十一年（四三四）卒。事見吴郡諸山録。

〔七〕回首二句：化用劉禹錫生公講堂詩：「高坐寂寥塵漠漠，一方明月可中庭。」旌騎，旌旆車騎。

再賦流觴亭〔一〕

仙山遊觀甲寰瀛〔二〕，不比人間自雨亭〔三〕。歌斷瑶池雲杳杳〔四〕，酒行金谷水泠泠〔五〕。珠簾捲雨驚秋近〔六〕，羅襪凌波笑客醒〔七〕。月下珮環聲更好〔八〕，應容揮麈伴公聽〔九〕。

【箋注】

〔一〕據秦譜，本篇元豐二年己未(一〇七九)作於會稽。流觴亭，見卷七流觴亭并次韻二首其一注〔一〕。

〔二〕仙山句：仙山，指會稽卧龍山，上有望海亭、蓬萊閣諸名勝。寰瀛，猶寰宇。晉書地理志上：「昔大禹觀於濁河而受緑字，寰瀛之内可得而言也。」

〔三〕自雨亭：唐王鉷所居處之亭。唐語林卷五：「天寶中，御史大夫王鉷有罪賜死，縣官簿録鉷太平坊宅，數日不能遍。宅内有自雨亭子，簷上飛流四注，當夏處之，凜若高秋。」

〔四〕瑶池：穆天子傳卷三：「乙丑，天子觴西王母於瑶池之上，西王母爲天子謡。」

〔五〕金谷：金谷園，晉石崇所建，故址在河南省洛陽市西北金谷澗。石崇金谷園詩序云：「有别廬在河陽縣金谷澗中，有清泉茂林、衆果竹柏、藥草之屬，其爲娱目歡心之物備矣。……余與衆賢……晝夜游宴，屢遷其坐，或登高臨下，或列坐水濱，時琴笙筑合載車中，道路並作，及住，令與鼓吹遞奏，遂各賦詩，以序中懷；或不能者，罰酒三斗。」

〔六〕珠簾捲雨：王勃滕王閣詩：「畫棟朝飛南浦雲，珠簾暮捲西山雨。」

〔七〕羅襪凌波：曹植洛神賦：「凌波微步，羅韈生塵。」

〔八〕月下珮環：杜甫詠懷古迹五首其三：「畫圖省識春風面，環珮空歸月夜魂。」此指歌妓。

〔九〕應容句：公，指會稽郡守程公闢。時少游受知於程，館之於蓬萊閣。揮麈，晉人清談，每揮麈尾，以爲談助，後世因稱談論爲「揮麈」。蘇軾贈治易僧智周詩：「斷絃掛壁知音喪，揮麈空山亂石聽。」

燕觴亭〔一〕

碧流如鏡羽觴飛〔二〕，夏木陰陰五月時〔三〕。清渭日長遊女困〔四〕，武陵春去落花遲〔五〕。玉笙吹罷觥籌錯〔六〕，蜜炬燒殘簪珥遺〔七〕。吳越風流公第一〔八〕，未輸山簡習家池〔九〕。

【校】

〔題〕王本、四部本案：「疑是讌流觴亭。」

【箋注】

〔一〕據秦譜，本篇作於元豐二年己未（一〇七九），時少游在會稽省親。詩云「夏木陰陰五月時」，乃自湖州別東坡後初到會稽。燕觴亭，當於流觴亭燕集耳。參見卷七流觴亭并次韻二首其一注〔三〕。

〔二〕羽觴：酒器名。漢書班倢伃傳：「顧左右兮和顔，酌羽觴兮銷憂。」注：「劉德曰：酒行疾如羽也。孟康曰：羽觴，爵也，作生爵（雀）形，有頭尾羽翼。」據出土實物，以孟康之説近是。

〔三〕夏木陰陰：王維積雨輞川莊作詩：「漠漠水田飛白鷺，陰陰夏木囀黄鸝。」

〔四〕清渭句：清渭，即渭水，語謂「涇渭分明」，以涇水濁而渭水清。此喻亭下曲水。遊女，詩周南漢廣：「漢有游女，不可求思。」游，通遊。

〔五〕武陵：陶淵明桃花源記：「晉太元中，武陵人，捕魚爲業，緣溪行，忘路之遠近，忽逢桃花林。夾岸數百步，中無雜樹，芳草鮮美，落英繽紛。」

〔六〕觥籌錯：即觥籌交錯。見卷八寄題倪敦復北軒注〔五〕。

〔七〕簪珥遺：史記滑稽列傳：「若乃州閭之會，男女雜坐，行酒稽留，六博投壺，相引爲曹，握手無罰，目眙不禁，前有墮珥，後有遺簪。」又曰：「杯盤狼藉，堂上燭滅。」詩意仿此。

〔八〕吴越句：稱譽會稽郡守程公闢風流倜儻。

〔九〕山簡習家池：山簡，字季倫，山濤子。世説新語任誕：「山季倫爲荆州，時出酣暢，人爲之歌曰：『山公時一醉，徑造高陽池。日暮倒載歸，茗艼無所知。復能乘駿馬，倒著白接䍦。舉手問葛彊，何如并州兒？』高陽池在襄陽。」注引襄陽記曰：「漢侍中習郁，於峴山南，依范蠡養魚法作魚池。池邊有高隄，種竹及長楸，芙蓉、蔆芡覆水，是游宴名處也。山簡每臨此池，未嘗不大醉而還，曰：『此是我高陽池也。』襄陽小兒歌之。」

會蓬萊閣〔一〕

冠裳蓋座灑清風〔二〕，軒外時聞韻籜龍〔三〕。人面春生紅玉液〔四〕，銀盤煙覆紫駝峯〔五〕。天涵秋色山山共，樹攬鄉思葉葉重〔六〕。便欲買船江北去，爲懷明德更從容。

【箋注】

〔一〕據秦譜，本篇元豐二年己未（一〇七九）秋作於會稽。蓬萊閣，見卷五送蔡子驥用蔡子駿韻注〔八〕。

〔二〕冠裳蓋座：猶冠蓋，指舊時上層人物。班固西都賦：「冠蓋如雲，七相五公。」宋史范應鈴傳：「應鈴知崇仁縣，夙興冠裳聽訟。」

〔三〕籜龍：喻竹筍。盧仝寄男抱孫詩：「竹林吾最惜，新筍好看守。萬籜包龍兒，攢迸溢林藪。……宅錢都未還，債利日日厚。籜龍正稱冤，莫殺入汝口。丁寧囑託汝，汝活籜龍不?」

〔四〕玉液：指酒。白居易效陶潛體之三：「開瓶瀉罇中，玉液黄金卮。」

〔五〕紫駝峯：菜餚名，古爲八珍之一。杜甫麗人行：「紫駝之峯出翠釜，水精之盤行素鱗。」

〔六〕樹攪句：杜甫醉歌行：「風吹客衣日杲杲，樹攪離思花冥冥。」句謂動思歸之念。

【彙評】

阮閱詩話總龜前集卷七：舒王有詩云：「籊龍將雨遶山行。」而周次元遊天竺觀詩亦云：「竹龍驅水轉山鳴。」余以爲當與少游同科。

次韻侍祠南郊〔一〕

風馬雲車下九天〔二〕，郊柴初告帝心虔〔三〕。天如倚蓋臨壇上〔四〕，星若連珠繞御前。縹緲佩環參雅奏〔五〕，岧嶤樓閣抱非煙〔六〕。侍臣舉酒欣相屬，醉看參横左右肩〔七〕。

【箋注】

〔一〕本篇作於元祐七年壬申(一〇九二)冬。宋史禮志二南郊：「南郊壇制，梁及後唐郊壇皆在洛陽。宋初始作壇於(汴京)南薰門外。」續資治通鑑長編卷四七八謂是歲十一月，「癸巳冬至，合祭天地於圜丘，以太祖配。禮畢，群臣賀於端誠殿」。此即南郊祭天。後集卷一進南慶成詩與本篇作於同時，可參看。

〔二〕風馬雲車：傅玄吴楚歌：「雲爲車兮風爲馬，玉在山兮蘭在野。」案：東京夢華録卷十記冬至日侍祠南郊云：「千乘萬騎，出宣德門，由景靈宫太廟」，「逐室行禮畢，甲馬、儀仗、車輅，番衮出南薰門。」

〔三〕郊柴：帝王祭天時有燔柴典禮。東京夢華録卷十駕詣郊壇行禮：「南壝門外，去壇百餘步，有燎爐高丈許。諸物上臺，一人點唱，入爐焚之。壇三層回，踏道之間有十二龕，祭十二宫神。」

〔四〕倚蓋：猶大傘。晉書天文志：「天之居如倚蓋，故極在人北，是其證也。極在天之中，而今在人北，所以知天之形如倚蓋也。」

〔五〕縹緲句：東京夢華録卷十駕詣郊壇行禮：「（焚柴後）執事與陪祠官皆面北立班，宫架樂罷，鼓吹未作，外内數十萬衆肅然，惟聞輕風環佩之聲。」即「縹緲佩環」之意。雅奏，即郊壇行禮時所奏音樂，夢華録同卷謂有編鐘、玉磬、琴瑟、簫鼓、筝、笙等，「其聲清亮，非鄭衛之比」。參雅奏，意謂祭者環佩聲間雜於祭樂聲中。

〔六〕岧嶢句：岧嶢，高峻貌。曹植九愁賦：「践蹊隧之危阻，登岧嶢之高岑。」非煙，卿雲。史記天官書：「若煙非煙，若雲非雲，郁郁紛紛，蕭索輪囷，是謂卿雲。」卿雲，即「慶雲」、「景雲」，古人以爲祥瑞。

〔七〕參横：謂參星横亘天上，天將明也。

與李端叔遊智海用前韻〔一〕

點目誰能化兩龍〔二〕？超然想見古人風。紅塵稍與僧家遠〔三〕，白髮偏於我輩公。休計浮名千載後〔四〕，且欣湯餅一杯同〔五〕。何時並築邗溝上〔六〕，引水澆花半畝宫〔七〕。

【箋注】

〔一〕本篇似元祐八年癸酉（一〇九三）作於汴京。詩云「白髮偏於我輩公」，與送李端叔從辟中山詩中「孰云行半百，身世各茫然」，所反映之年貌心緒正相同，蓋作於一時。李端叔，見卷四送李端叔從辟中山注〔一〕。智海，佛刹名，在汴京大相國寺内。見卷二次韻邢敦夫秋懷十首其二注〔一〕。方勺泊宅編卷下：「是秋，二朱至京，服舍開寶寺，容寓智海禪刹。」前韻，今不存。

〔二〕點目句：張彦遠歷代名畫記卷七：「（梁）武帝崇飾佛寺，多命（張）僧繇畫之。……金陵安樂寺四白龍，不點眼睛，每云：『點睛即飛去。』人以爲妄誕，固請點之。須臾雷電破壁，兩龍乘雲騰去上天。二龍未點眼者見在。」此寫寺中壁畫。

〔三〕紅塵：佛家道家稱俗世爲紅塵。徐陵洛陽道詩：「緑柳三春暗，紅塵百戲多。」

〔四〕休計句：世説新語任誕：「張季鷹縱任不拘，時人號爲江東步兵。或謂之曰：『卿乃可縱適一時，獨不爲身後名邪？』答曰：『使我有身後名，不如即時一杯酒。』」此用其意。

〔五〕湯餅：古代凡水煮麵食皆曰「湯餅」。廣雅：「餛飩，餅也。」是餛飩亦可稱餅。程大昌演繁露續集卷六：「釋名曰：『餅，併也。溲麥使合并也。』蒸餅、湯餅之屬，隨形而名之。」麵條亦可稱湯餅。蘇軾過土山寨：「湯餅一杯銀綫亂，蔞蒿數莖玉簪横。」

〔六〕邗溝：見卷三春日雜興十首其二注〔九〕。

〔七〕半畝宫：嘉慶揚州府志卷八高郵：「半畝塘在趣園内。」蓋指此。

【彙評】

阮閲詩話總龜卷九評論門：古詩云：「公道世間惟白髮，貴人頭上不曾饒。」而元祐初，多用老成，故東坡有云：「此生自斷天休問，白髮年來漸不公。」陳無己答邢敦夫云：「今代貴人須白髮，掛冠高處不宜彈。」其後秦少游謂李端叔復有「白髮偏於我輩公」之句，則是白髮有隨時之義。

和黄冕仲寄題延平泠風閣〔一〕

泠風三伏是清秋，雖有炎蒸不汝留。滿地溪山歸藻井〔二〕，有時絲管下滄洲〔三〕。

快哉便得逍遥趣〔四〕，偶爾還成汗漫遊〔五〕。誰謂發揮無妙手？賦凌楚玉有家丘〔六〕。

【校】

〔泠風〕「泠」原作「冷」，誤。王本、四部本作「泠」。案黄裳有次泠風閣之韻詩一首（見附），俱作「泠」，應以「泠」爲是。

【箋注】

〔一〕本篇作於元祐八年癸酉（一〇九三）夏，時黄裳爲集賢校理。參見卷六次韻黄冕仲寄題順興步雲閣注〔一〕。南平縣志卷四名勝志云：「泠風閣，面仙山，俯劍潭，登者有出塵之想。」仙山，即演山。朱熹有題冷（當作泠）風閣望演山詩云：「方舟越大江，凌風下飛閣。仙子去不還，蒼屏倚寥廓。」時與黄冕仲爲鄰，故以「東家丘」喻之。

〔二〕藻井：亦稱綺井，見本卷寄題趙侯澄碧軒注〔三〕。

〔三〕滄洲：見卷六送楊康功守蘇注〔三〕。

〔四〕快哉：形容涼風。宋玉風賦：「楚襄王游於蘭臺之宫，宋玉、景差侍。有風颯然而至，王迺披襟而當之，曰：『快哉此風！』」

〔五〕汗漫遊：見卷四别子瞻學士注〔一五〕。

〔六〕賦凌句：楚玉，宋玉，楚國人，故稱。家丘，相傳孔丘之西鄰不知孔子有才學，逕稱之爲東家丘。文選陳琳爲曹洪與魏文帝書：「恠乃輕其家丘，謂爲倩人，是何言歟？」五臣注銑曰：「魯人不識孔丘聖人，乃云我東家丘，吾知之矣。」此句稱譽黄詩超過宋玉風賦。

【附】

黄裳次泠風閣之韻：九龍峯下閣横秋，世上纖塵不可留。清伴夜蟾留醉客，細吹時雨走歸舟。天南從此載鵬往，山北與誰乘鶴遊（原注：山有演仙）？已是逍遥何所待，上人高卧見蓬丘（原注：列子御風而行，猶有所待者也。惟無所待，所以爲逍遥遊）。

又：能御泠風入九秋，豈愁光景去難留。翠摇竹影落猿嶠，清遞笛聲來鷺洲。兩腋獨乘盧椀興，滿襟誰作楚臺遊？須知大塊生微意，豈俟雲邊虎嘯丘！

次韻謝李安上惠茶〔一〕

故人早歲佩飛霞〔二〕，故遺長須致茗芽〔三〕。寒橐遽收諸品玉〔四〕，午甌初試一團花〔五〕。著書懶復追鴻漸〔六〕，辨水時能效易牙〔七〕。從此道山春困少〔八〕，黄書剩校兩三家〔九〕。

【校】

〔一團花〕花，蜀本注：「一作茶。」

【箋注】

〔一〕本篇元祐六年辛未（一〇九一）以後作於汴京。秦譜云：「七月，先生由博士遷正字，八月罷正字，依舊校對黄本書籍。」詩末云「黄書剩校兩三家」，正指此。李安上，高郵縣令，見嘉慶揚州府志卷三六秩官二。

〔二〕佩飛霞：見卷六游仙二首其二注〔一〇〕。

〔三〕長須：即長鬚，指僕人。韓愈寄盧仝詩：「玉川先生洛城裏，破屋數間而已矣。一奴長鬚不裹頭，一婢赤脚老無齒。」書言故事妓女類：「僕曰長須。」

〔四〕寒橐句：寒橐，空囊。諸品玉，謂各色名茶。茶之佳者，稱玉茗，故云。

〔五〕午甌：宋人有午時用茶之習。陸游出游詩：「篝火就炊朝甑飯，汲泉自煮午甌茶。」

〔六〕鴻漸：唐陸羽字，見卷四同子瞻參寥游惠山三首其三注〔六〕。

〔七〕易牙：春秋時齊桓公幸臣，長於調味，善逢迎。事見戰國策齊策、史記齊太公世家。列子説符云：「白公問曰：『若以石投水，何如？』孔子曰：『吴之善没者能取之。』曰：『若以水投水，何如？』孔子曰：『淄澠之合，易牙嘗而知之。』」趙彦衛雲麓漫鈔卷四云：「陸羽别天下水味，各立名品，有石刻行於世。列子云：孔子『淄澠之合，易牙能辨之』。易牙，齊威公大夫。淄澠二水，易牙知其味，威公不信，數試皆驗。陸羽豈得其遺意乎？」案：威公即桓公，宋刻避欽宗諱改。

〔八〕道山：指秘書省，見卷四送少章弟赴仁和主簿注〔一九〕。

〔九〕黄書句：謂飲茶提神，可多校對幾卷黄本書籍。剩，多餘，更加。高適贈杜二拾遺詩：「聽法還應難，尋經剩欲翻。」此時正任祕書省校對黄本書籍，故云。

次韻范純夫戲答李方叔饋筍兼簡鄧慎思〔一〕

楚山冬筍斸寒空〔二〕，北客長嗟食不重。秀色可憐刀切玉〔三〕，清香不斷鼎烹龍〔四〕。論羹未愧蓴千里〔五〕，入貢當隨傳一封〔六〕。薄禄養親甘旨少〔七〕，滿包時賴故人供。

【校】

李廌師友談記引此篇，文字小異。見篇後附録。

【箋注】

〔一〕本篇元祐六年辛未（一〇九一）作於汴京。范純夫，一作淳甫，名祖禹，一字夢得。成都華陽人。進士甲科。從司馬光修資治通鑑，居洛十五年。書成，薦爲祕書省正字。哲宗立，擢右正言，除著作郎，國史編修，修神宗實録，遷禮部侍郎。元祐末，因諫沮章惇爲相不從，出知陝州。紹聖時，連貶昭、永、賀、賓諸州，卒於化州。宋史有傳。其子温，字元實，爲少游之壻。李方叔，名廌，一作豸。以學問稱鄉里。曾謁蘇軾於黄州。軾謂其筆墨瀾翻，有飛沙走石之勢。「蘇門六君子」之一。元祐三年，廌與秦少章並落第，定居潁之長社。見宋史文苑傳。此詩李廌亦次韻。參本詩末附苕溪漁隱叢話。可見方叔曾館於范家，少游因以次韻。鄧慎思，見本卷與鄧慎思沐於啓聖遇李端叔注〔一〕。

〔二〕斸：斫，鋤斷根株。

〔三〕切玉：列子湯問：「周穆王大征西戎，西戎獻錕鋙之劍，火浣之布。其劍長尺有咫，練鋼赤刃，用之，切玉如切泥焉。」此喻指切筍。

〔四〕烹龍：李賀將進酒：「烹龍炮鳳玉脂泣，羅幃繡幕生香風。」此處以龍喻指竹筍。筍亦稱籜龍，見本卷會蓬萊閣注〔三〕。

〔五〕蓴千里：苕溪漁隱叢話後集卷八引藝苑雌黄云：「世説載陸機詣王武子。武子前有羊酪，指示陸曰：『卿吴中何以敵此？』陸曰：『千里蓴羹，但未下鹽豉耳。』……作晉史者，取世説之語，而删去兩字，但云『千里蓴羹，未下鹽豉』。……蓋『千里』，湖名也。千里湖之蓴菜，以之爲羹，其美可敵羊酪。然未可猝至，故云『但未下鹽豉耳』。子美又有别賀蘭銛詩云：『我戀岷下芋，君思千里蓴。』以岷下對千里，則千里爲湖名可知。」案：陸機語見世説新語言語。杜詩仇兆鰲注曰：「一統志：『千里湖在溧陽縣東南一十五里，至今産美蓴，俗呼千里蓴。』」

〔六〕傳一封：傳，驛站。一封，謂一紙驛券。史記孟嘗君列傳：「更封傳，變姓名以出關。」索隱：「封傳，今之驛券也。」據宋史職官志十二給券，宋代驛券爲官員出任外職、回京述事等乘坐驛站車馬之憑證。

〔七〕薄禄句：史記仲尼弟子列傳正義引韓詩外傳：「曾子曰：『吾嘗仕爲吏，禄不過鍾釜，尚猶欣欣而喜者，非以爲多也，樂道養親也。』」此用其意。

【附】

胡仔苕溪漁隱叢話後集卷三十六：（李廌）師友談記云：「友人董耘饋長沙貓筍，廌以享太史公，太史公輒作詩爲貺，以筍寓意，且以爲贈爾。其詩曰：『穿雲斸石遠林空，來涉煙波萬萬重。實比梧桐能食鳳，籜翻風雨便成龍。一枝未許塵鞍掛，千畝終留渭水封。陋巷菜羹知不稱，君王玉食願持供。』廌即和之，亦以寓自興之意，且述前相知情焉。其詩曰：『節藏泥滓氣凌空，薦俎寧知肉味重？未許韋編充簡册，已勝絲縷誑蛟龍。短萌任逐霜刀重，美幹須煩雪壤封。他日要令高士愛，不應常奉宰夫供。』秦少游亦和之曰：『楚山春筍斸雲空，北客常嗟食不重。秀色可憐刀切玉，清香不斷鼎烹龍。論羹不愧蓴千里，入貢常隨傳一封。薄禄奉親甘旨少，滿苞時賴故人供。』」苕溪漁隱曰：「李方叔稱范淳夫爲太史公，以其爲國史修撰故也。」

寄少儀弟〔一〕

一隔音塵月屢遷〔二〕，忽收來問涕潸然。棲遲册府吾如昨〔三〕，流落江村汝可憐。

夢裏漫成池草句〔四〕,愁來空誦棣華篇〔五〕。卑飛暫爾無多恨〔六〕,會有高風送上天〔七〕。

【箋注】

〔一〕據秦譜,本篇元祐六年辛未(一〇九一)作於汴京。少儀,名覿,觀詩意,其時正居高郵鄉間。

〔二〕音塵:音訊、消息。晉陸機思歸賦:「絶音塵於江介,托影響乎洛湄。」

〔三〕棲遲册府:指在祕書省任職。棲遲,滯留。漢書叙傳:「棲遲於一丘,則天下不易其樂。」後漢書馮衍傳下:「久棲遲于小官,不得舒其所懷。」册府,藏書之處。晉書葛洪傳論:「紬奇册府,總百代之遺編。」此指祕書省。

〔四〕夢裏句:謝靈運登池上樓詩:「池塘生春草,園柳變鳴禽。」據南史謝惠連傳云:「族兄靈運……嘗於永嘉西堂思詩,終日未就,忽夢見惠連,即得『池塘生春草』,大以爲工。」

〔五〕棣華篇:指詩小雅常棣,首章云:「常棣之華,鄂不韡韡。凡今之人,莫如兄弟。」傳:「此詩首章略言至親莫如兄弟之意。」

〔六〕卑飛:低飛,喻未出仕。杜甫贈鄭十八賁詩:「卑飛欲何待,捷徑應未忍。」

〔七〕會有句:杜甫贈獻納使起居田舍人澄詩:「揚雄更有河東賦,唯待吹噓送上天。」

九月八日夜大風雨寄王定國〔一〕

長年身外事都捐，節物驚心一悵然〔二〕。正是山川秋入夢，可堪風雨夜連天〔三〕！桐梢摵摵增悽斷〔四〕，燈燼飛飛落小圓〔五〕。湔洗此情須痛飲，明朝試就酒中仙〔六〕。

【箋注】

〔一〕此詩似作于元祐中。對仗工整，氣韻流麗，七律中佳作也。王定國，名鞏，詳見卷八次韻馬忠玉喜王定國還自賓州注〔一〕。

〔二〕節物驚心：謂重陽前夕風雨添入愁緒。唐高適重陽詩：「節物驚心兩鬢華，東籬空繞未開花。」

〔三〕可堪：怎能禁受。五代張泌浣溪沙：「早是出門長帶月，可堪分袂又經秋。」宋徐鉉山路花詩：「半隔烟嵐遥隱隱，可堪風雨暮瀟瀟。」

〔四〕桐梢句：摵摵，落葉聲。唐韓愈贈崔立之評事詩：「曈曈簷日暖且鮮，摵摵井梧疎更殞。」悽斷，悲痛欲絶。庾信夜聽擣衣詩：「風流響和韻，哀怨聲悽斷。」

〔五〕燈燼：燈芯燃盡後的灰燼。唐元稹空屋題詩：「月明穿暗隙，燈燼落殘灰。」

〔六〕酒中仙：杜甫飲中八仙歌：「李白一斗詩百篇，長安市上酒家眠。天子呼來不上船，自稱臣是酒中仙。」

【彙評】

方回瀛奎律髓卷十二：少游詩文自謂秤停輕重，銖兩不差。故其古詩多學三謝，而流麗之中有澹泊。律詩亦敲點匀浄，無偏枯突兀生澀之態。然以其善作詞也，多有句近乎詞。此詩下「淒斷」、「小圓」字，亦三謝餘味。

馮舒康熙五十二年石門吴之振黄葉村莊刻本瀛奎律髓卷十二評語：結句宋。

紀昀嘉慶五年侯官李光垣校刻本瀛奎律髓刊誤：（評方回語）亦是詞家字，非三謝也。○六句用字太纖，然通體却一氣鼓盪。

林次中使契丹劉平仲出倅鄆州同舍十有六人飲餞於丁氏園次少蓬韻〔一〕

送次中諫議

鮮車百乘使龍庭〔二〕，路指金燕古北平〔三〕。祖帳列仙修故事〔四〕，行臺諸部奏新聲〔五〕。留犂撓酒知胡意〔六〕，尺牘移書示漢情〔七〕。納節便應歸法從〔八〕，中途已報制書行〔九〕。

【校】

〔劉平仲〕各本俱誤作「劉仲平」，兹依本題第二首小標題改正。

〔送次中諫議〕各本均置篇末作小字。

〔金燕〕原誤作「全燕」，據張本、胡本改。

〔列仙〕張本誤作「列山」。

【箋注】

〔一〕此二首當作於元祐五年庚午（一〇九〇）。林次中，名旦，福州人，與兄希子中同登嘉祐二年進士第。宋史有傳。據續資治通鑑長編卷四四七云，元祐五年九月一日，命林旦爲賀遼生辰使，陸孝立副之。餞行時間當在九月。少蓬，唐代祕書少監之别稱。洪邁容齋四筆官稱别名：「唐人好他名標榜官稱，祕書監爲大蓬，少監爲少蓬。」據長編卷四一五云，元祐三年十月，王欽臣爲祕書少監；又卷四五三云，元祐五年十二月戊申，王欽臣由祕書少監遷祕書監。此次其韻。

〔二〕龍庭：班固封燕然山銘：「躡冒頓之區落，焚老上之龍庭。」文選李善注：「龍庭，單于祭天所也。」後指北方民族之王庭。

〔三〕金燕：古北平，即今北京市。宋史地理志六：「燕山府，唐幽州范陽郡，盧龍軍節度。石晉以賂契丹，契丹建爲南京，又改號燕京。」

〔四〕祖帳：見卷六南都新亭行寄王子發注〔二四〕。

〔五〕行臺：見本卷送蔣穎叔帥熙河二首其二注〔三〕。

〔六〕留犂：見本卷送蔣穎叔帥熙河二首其二注〔五〕。

〔七〕尺牘：漢制，詔書寫一尺一寸長木板上，稱尺一牘。漢書匈奴傳：「漢遺單于書，以尺一牘。」

〔八〕納節句：納節，謂納還朝廷所賜之旌節，此指完成使命，回朝覆命。法從，見卷五送劉貢父舍人二首其一注〔九〕。

〔九〕制書：詔敕之一種。漢書吕后紀「太后臨朝稱制」，顔師古注：「天子之言，一曰制書，二曰詔書。制書者，謂之制度之命也。」文體明辨制：「唐世大賞罰、赦宥虜囚，及大除授，則用制書；其褒嘉贊勞，則有慰勞制書；餘皆用敕，中書省掌之。宋承唐制，用以拜三公三省等官；而罷免大臣亦用之。其詞宣讀於庭，皆用儷語。」此預祝次中將有大除授。

【彙評】

曾季貍艇齋詩話：荆公送人使虜詩云：「留犂撓酒見戎心，繡袷通歡歲月深。」秦少游送人使虜亦云：「留犂撓酒知胡意，尺牘貽書見漢情。」皆用「留犂撓酒」，事見匈奴傳：「韓昌、張猛與單于盟，單于以路徑刀、金留璃撓酒。」注：「撓，攪也。」案：路徑，當依漢書作「徑路」。應劭曰：「徑路，匈奴寶刀也。」瑠璃，當依漢書作「留犂」。應劭曰：「留犂，飯匕也。」

送平仲學士〔一〕

須句別駕偉儀刑〔二〕，陵谷初無見坦平〔三〕。七子建安推世藝〔四〕，五經中祕擅家聲〔五〕。南宫參綴端如夢〔六〕，東觀分攜空復情〔七〕。莫愛谿堂好風月，早來龍尾道前行〔八〕。

【校】

〔參綴〕原作「參掇」，疑誤，據張本、胡本改。

【箋注】

〔一〕平仲學士：姓劉名定國，字平仲，長興（今屬浙江）人。受詩、書、易於胡瑗，應舉不偶，退而益自刻礪，未嘗一日不觀書。桐川太守胡撰、孫覺皆聘主鄉校。後以五試禮部，策於廷，授官，調通判司户參軍。見毘陵集卷十四劉公神道碑、宋元學案補遺卷一。

〔二〕須句句：須句，周國名。句，一作朐。故址在今山東東平縣須朐城。此處借指鄆州。儀刑，見卷六正仲左丞生日注〔三二〕。

〔三〕陵谷句：詩小雅十月之交：「高岸爲谷，深谷爲陵。」此處稱喻平仲胸無城府，坦蕩平易。

〔四〕七子句：指劉楨。楨，字公幹，漢末東平人，建安七子之一。鍾嶸詩品列楨爲上品，並曰：「真骨凌霜，高風跨俗，但氣過其文，雕潤恨少；然自陳思以下，楨稱獨步。」此句以劉楨與平仲同姓，故云推世藝。

〔五〕五經中祕：漢書成帝紀：「光禄大夫劉向校中祕書。」中祕，宫中藏書處，此指天禄閣。此句以劉向與平仲同姓，故云擅家聲。

〔六〕南宫句：南宫，本秦漢宫名。史記高祖本紀：「高祖置酒洛陽南宫。」正義引括地志：「南宫在雒州雒陽縣東北二十六里洛陽故城中。」此處借指禮部。王禹偁贈禮部宋員外閣老詩：「未還西掖舊詞臣，且向南宫作舍人。」自注：「禮部員外，號南宫舍人。」此句憶平仲五試禮部事。

〔七〕東觀：在漢洛陽南宫，明帝時命班固等在此修漢紀，章帝後爲藏書處。庾信皇夏樂：「南宫樂已開，東觀書還聚。」此指祕書省，時與少游同事，故有此語。

〔八〕龍尾：殿前甬道。王建宫詞一百首之二：「殿前傳點各依班，召對西來六詔蠻；上得青花龍尾道，側身偷覷正南山。」吴曾能改齋漫録卷七：「唐含元殿前龍尾道，自平堦地凡詰曲七轉，由丹鳳門北望，宛如龍尾下垂於地焉。兩垠欄悉以青石爲之，故謂之龍尾道。」